GEFESSELTE SEELE

GEBUNDEN AN DIE FAE
BUCH ACHT

EVA CHASE

Gefesselte Seele

Gebunden an die Fae Buch 8

Erste Digitale Ausgabe, 2021

Copyright © 2023 Eva Chase

Übersetzung: Stephanie Kotz

Lektorat: Nadja Uebach

Umschlaggestaltung: Covers by Christian

Ebook ISBN: 978-1-998752-49-2

Paperback ISBN: 978-1-998582-69-3

 Formatiert mit Vellum

Talia

Die Unseelie-Frau steht gebückt, steif und mit bläulich verfärbter Haut vor mir. Sie ist die siebte Winter-Fae, die ich in den anderthalb Wochen geheilt habe, seit ich den Murk entflohen bin und es zurück in die Nebelwelt geschafft habe. Allerdings fühlt sich der Vorgang irgendwie immer noch anders als zuvor an.

An dieser Andersartigkeit ist nicht zwangsläufig alles schlecht. Meine Tränen fließen dieser Tage schneller und kosten mich so gut wie keine Mühe. Das liegt jedoch daran, dass ich nicht umhinkomme, an die verfluchten Fae zu denken, die ich *nicht* retten konnte, als ich von den Rattengestaltwandlern in der Menschenwelt gefangen gehalten wurde – an die Unseelie-Männer und Frauen, die auf meine Rückkehr hofften und warteten, während die eisigen Krallen des Fluchs sie immer fester packten, bis ihr Körper seine Funktionen komplett einstellte.

Als ich mit meinen tränenfeuchten Fingern über die Wange der Frau streiche, hellt sich ihr bleiches Gesicht vor Erleichterung auf. Ich wünschte, ich könnte das Gleiche fühlen. Obwohl ich weiß, dass ich ihr Leben rette und im Moment keine weiteren Leben verloren werden, kann ich nicht anders, als mich an die schlimmen Dinge zu erinnern, die ich während meiner Gefangenschaft bei den Murk erfahren habe.

Dieser Fluch ist ihr Werk. Ihrem König Orion ist es gelungen, die gesamte Nebelwelt mit der schrecklichen Magie des falschen Herzens zu infizieren, das er erschaffen hat. Jedes bisschen Furcht und Kummer, das sein Fluch erzeugt, ist aus der Nebelwelt geflossen und hat die Macht des Herzens der Murk vergrößert. Der Gedanke an das hektische orangefarbene Leuchten des Herzens jagt mir einen Schauder übers Rückgrat.

Mittlerweile weiß ich, wie ich mit dem Fluch und den Murk in Verbindung stehe. In mancherlei Hinsicht bin ich ihnen entkommen, doch ich bin immer noch an Orion und seine Magie gebunden. Ich kann nicht zulassen, dass der Fluch die Fae um mich herum überwältigt – das würde ihren Kummer nur vergrößern, was wiederum sein Herz mächtiger machen würde – doch mit jeder Heilung, die ich vollbringe, verlassen sie sich stärker auf mich. Das bedeutet, dass es ihnen noch mehr schaden wird, wenn es Orion gelingt, mich ihnen erneut zu entreißen.

Die Frau strahlt mich an, der Frost in ihren Haaren schmilzt und ich schaffe es, ihr Lächeln zu erwidern. Ich kann jetzt nicht über diese Dinge nachdenken. Orion wird mich meinem Zuhause *nie* wieder entreißen – meine Gefährten unternehmen jeden Schritt, um sicherzustellen, dass das nicht möglich ist.

Ob er seine Murk-Kräfte hierherbringen und versuchen

wird, uns alle in Stücke zu reißen, ist eine ganz andere Überlegung.

Deswegen muss ich mich für eine andere Art der Konfrontation wappnen, als ich von der Frau zurücktrete. Ihr Gefährte hilft ihr, mit den wenigen Schwarmmitgliedern zu ihrem Gefährt zurückzukehren, die sie begleitet und die Heilung bezeugt haben. Als die verfluchte Frau ankam, hatten wir uns bereits auf ein Treffen mit allen Erzlords in der Grenzburg vorbereitet, die zu meinem wahren Zuhause zwischen den Winter- und Sommerreichen geworden ist.

Sie haben das Treffen vermutlich aufgeschoben und auf meine Rückkehr gewartet, doch ich freue mich nicht auf ein weiteres der Gespräche, bei denen zu gleichen Teilen gestritten und geplant wird.

Corwin und ein paar seiner Zirkelmitglieder haben mich zu der Stelle am Herzen der Nebelwelt begleitet, an der ich stets meine Heilungen vollbringe. Sie stehen wie ein Gruppe Personenschützer in einem Halbkreis um mich herum. Es scheint unwahrscheinlich zu sein, dass mich die Murk hier anfallen würden, wo das rhythmische Pulsieren der Energie des Herzens aus einer kurzen Distanz über mich hinwegwäscht. Allerdings haben mich die Rattengestaltwandler das letzte Mal aus einer der Ländereien am Herzen entführt. Niemand geht jetzt das kleinste Risiko ein, wenn es um meine Sicherheit geht.

Ich wende mich kurz dem Herzen zu und bade in dem strahlenden Leuchten, das sich wie die wärmsten Sonnenstrahlen anfühlt. Meine Hand greift automatisch nach meinem anderen Arm, an dem ein neuer Bronzearmreif mein Handgelenk umschließt. August verknüpfte diesen auf magische Weise mit dem Armreif, den er meinem Bruder gab, als wir nach meiner Rückkehr einen kurzen Ausflug machten, um nach ihm zu schauen. Jamie geht es gut. Mir geht es gut. Wie kann ich mehr verlangen?

Ich habe Orions grausame Behandlung überstanden. Ich besitze die Werkzeuge, um mich so gut wie möglich zu verteidigen. Außerdem wirft das wahre Herz sein Licht auf Arten auf mich, an die Orion nie denken würde. Eigenartigerweise fühle ich mich dem Herzen jetzt näher, da ich weiß, dass es mir nicht all meine Kräfte gegeben hat.

Das bisschen Magie, das ich wirken kann, schien ein zufälliges Nebenprodukt, eine Fügung der Natur zu sein. In Wahrheit hat mir jedoch Orion die Macht verliehen, den Fluch zu heilen und ein Seelenband zu formen. Obwohl der schreckliche Einfluss der Murk untrennbar mit mir verbunden ist, hat mich das Herz der Nebelwelt willkommen geheißen und mir einen Teil seiner Macht angeboten. Ohne die wahren Namen, die ich in geringem Maß nutzen kann, wäre ich womöglich nicht so weit gekommen.

Als ich in Richtung Burg loslaufe, tritt Corwin neben mich. Zelpha und Olander behalten ihre Positionen vor und hinter uns bei. Mein seelenverbundener Gefährte nimmt meine Hand in seine.

Es wird wieder einfacher werden, spricht er durch unsere innere Verbindung. *Die Heilung des Fluchs, meine ich. Du erholst dich selbst noch von deiner Tortur.*

Mein Mund verzieht sich. *Ich glaube nicht, dass ich aufhören kann, daran zu denken, wie mich die Murk benutzt haben, bis die Bedrohung vorbei und der Fluch beendet ist. Wenigstens haben deine Kollegen beschlossen, mir zu vertrauen und zu erlauben, ihre Leute zu heilen, anstatt sie sterben zu lassen.*

Darum ging es bei einer der ersten Diskussionen nach meiner Rückkehr. Wir machten uns Sorgen, die Murk könnten irgendein Übel heimlich in das Heilmittel selbst gewoben haben. Die Winter-Erzlords beschlossen jedoch schnell, dass irgendein unbekannter Schaden ein kleineres

Problem darstellt, als ihre Leute buchstäblich vor ihren Augen sterben zu lassen.

Ich vermute, ihre Entscheidung wurde stark davon beeinflusst, dass diejenige der Erzlords, die bisher am lautesten gegen meine Mithilfe protestiert hat – Laoni – bald ebenfalls zum zweiten Mal geheilt werden muss.

Als wir uns dem Wintereingang der Burg nähern, schwappt eine Woge der Müdigkeit durch mich hindurch. Ich bleibe kurz stehen, um mich zusammenzureißen, und unterdrücke ein Gähnen.

Geht es dir gut, meine Seele?, erkundigt sich Corwin und runzelt besorgt die Stirn. *Du wirkst heute erschöpfter als üblich. Hast du schlecht geschlafen?*

Ein wenig, gebe ich zu. Ich träume nur noch selten von meiner ersten Gefangenschaft bei den Sommer-Fae, doch seit meiner Rückkehr suchen die Dinge meinen Schlaf heim, die ich bei den Murk erlebt habe. Der Stahlkäfig, in den mich Orion warf. Der Schmerz, der meinen Verstand durchschnitt, als er mich zwang, seine Fragen zu beantworten.

Und auch die Gewalt, die den Murk von den Fae angetan wurde, die ich als meine Sippe betrachte. Alle paar Nächte finde ich mich in dem Waisenhaus in der Kanalisation wieder und schaue zu, wie mehrere Wolfskrieger die Murk-Kleinkinder wie blutige Puppen zerreißen.

Nicht alle Verbrechen wurden von den Murk begangen.

Die letzten Tage *habe* ich mich besonders erschöpft gefühlt aus keinem Grund, den ich benennen kann. Vielleicht hat es einfach eine Weile gedauert, bis mich nach der anfänglichen Erleichterung über meine Heimkehr alles eingeholt hat, was ich erfahren habe. Ich habe es so gut wie möglich vor Corwin geheim gehalten, weil er sich schon genug Sorgen macht und meine Müdigkeit kaum ein Vergleich zu einem bevorstehenden Krieg ist. Heute will ich allerdings einfach wieder ins Bett kriechen und den Rest des Tages verschlafen.

Ich werde nach dem Treffen ein Nickerchen halten, informiere ich Corwin, straffe die Schultern, nehme meine Kräfte zusammen und humple in unsere Burg.

Die restlichen Erzlords, die vier Winter- und die drei Sommer-Erzlords haben sich bereits um den langen Konferenztisch in der Burgmitte versammelt. Mehrere Kader- und Zirkelmitglieder stehen entlang der Wände. Ich nehme am Kopfende des Tisches Platz. Corwin sitzt links und Sylas rechts von mir. Whitt, der mit August hinter seinem Lord steht, streckt die Hand aus und zupft spielerisch sowie liebevoll an meinen Haaren, als wollte er mich daran erinnern, dass sie alle für mich da sind.

„In Ordnung", beginnt Laoni forsch, als hätte sie hier das Sagen. „Jetzt können wir loslegen. Der erste Punkt auf der Tagesordnung …" Sie richtet ihren stechenden Blick auf mich. „Hast du seit unserem letzten Treffen irgendetwas gespürt, was darauf hinweist, dass die Murk Einfluss auf dich nehmen?"

Natürlich ist das ihre erste Priorität. „Nein", antworte ich mit ruhiger Stimme. „Wenn ich etwas bemerkt hätte, wüssten Sie bereits davon."

Celia, die älteste der Sommer-Erzlords, räuspert sich. „Nun, dann lasst uns die Fortschritte besprechen, die wir bei der Lokalisierung dieses ‚Refugiums' gemacht haben, in dem sich dieser Rattenkönig versteckt, sowie bei der Entdeckung der anderen Murk-Kolonien. Die Spähtrupps, die von meinem Kader überwacht werden, haben noch keine größeren Behausungen des Ungeziefers gefunden. Allerdings haben sie in Oslo ein Gebäude entdeckt, das vor kurzem von Ratten verlassen wurde. Wie sieht es bei euch aus?"

Ich bin so müde, dass ich meinen Verstand nicht daran hindern kann, abzudriften, während die anderen Erzlords ihre Berichte abgeben. Ich merke lediglich auf, wenn der ein oder andere um meine Meinung zu einer bestimmten Beobachtung bittet. Deswegen nehme ich an diesem Treffen teil, obwohl keine anderen Gefährten anwesend sind – ich bin die Einzige, die etwas über die aktuelle Lage und Angewohnheiten der Murk weiß. Doch es scheint kaum jemand Hinweise auf den Feind gefunden zu haben.

„Den Murk ist garantiert bewusst, dass ich Ihnen kurz nach meiner Ankunft alles erzählt habe, was ich erfahren habe", sage ich, nachdem alle Erzlords gesprochen haben. „Sie sind untergetaucht, weil sie wissen, wie gründlich Sie nach ihnen suchen werden." Das bedeutet jedoch nicht, dass sich die Murk nicht genauso angestrengt wie zuvor auf den Krieg vorbereiten. Orions Leute haben in ihrem unterirdischen Zuhause aus verlassenen U-Bahn-Stationen eine Menge zustande gebracht.

„Sie versuchen nach wie vor, uns auszuspionieren", schimpft Uzziah. Der mürrische Winter-Erzlord macht ein finsteres Gesicht. „Eine meiner Patrouillen hat gestern Nacht eine Ratte in der Nähe der Randgebiete gefangen und sich angemessen um sie gekümmert."

Damit meint er, dass sie den Murk getötet haben. Mein Magen verknotet sich und ich setze mich etwas aufrechter auf meinen Stuhl. Ich erinnere mich an die Geschichte, die mir Madoc über seine Eltern erzählt hat, die brutal abgeschlachtet wurden, nur weil sie es wagten, im Randgebiet des Unseelie-Reichs ein Leben für sich und ihren Sohn aufzubauen.

Ein Protest steigt in meiner Kehle auf, doch ich weiß nicht, was ich sagen soll. Ich habe bereits auf die Fae in diesem Raum eingeredet, dass sie nicht davon ausgehen sollten, dass jeder Rattengestaltwandler, dem sie begegnen, etwas Böses im Schilde führt. Doch bei der ersten Andeutung, dass ich Mitgefühl für einen Murk hege, spannten sich sogar meine Gefährten an. Laoni behauptete, dass sie mich einer Gehirnwäsche unterzogen hätten.

Danach dauerte es einige Tage, mehrere Zauber und Gespräche, bis ich mich den Treffen wieder anschließen durfte, und selbst jetzt scheinen nur Corwin und Sylas meine Bedenken zu verstehen. Wenn ich die Zustimmung von so vielen Erzlords erhalten will, dass ich das Gleichgewicht ändern und eine andere Strategie verfolgen kann, muss ich das Ganze auf eine praktische anstatt einer emotionalen Art angehen.

Madoc, der Murk-Mann, der mir geholfen hat, seinem König zu entkommen, hoffte, mir mit seiner Hilfe die Gelegenheit zu geben, den Hass auf die Murk zu zerstreuen und eine Art Dialog zu öffnen, sodass der Konflikt ohne einen Krieg gelöst werden kann. Bisher habe ich in diesem Punkt versagt. Andererseits wusste sogar Madoc, dass die Erfolgsaussichten gering sind.

Er hat mir hauptsächlich zur Flucht verholfen, weil es für ihn wichtiger war, mich vor einem Schicksal zu bewahren, das schlimmer als der Tod war, als seinem König treu zu bleiben. Genau das ist einer der Gründe, aus denen ich weiß, dass nicht alle Murk gehässige Bösewichte sind.

„Hat die Patrouille versucht, den Murk zu befragen, den sie gefunden haben?", frage ich.

Uzziah richtet seinen finsteren Blick auf mich. „Was meinst du?"

„Was ich gesagt habe. Haben sie versucht, den Murk zu befragen und herauszufinden, was die Ratten im Moment planen, oder haben sie ihn sofort getötet? Wir müssen so viel in Erfahrung bringen, wie wir können, oder nicht? Und sie wissen mehr über die Pläne ihres Volkes als jeder andere hier, einschließlich mir."

Uzziahs Miene verfinstert sich noch mehr. Er vermutet wahrscheinlich, dass ich mir über mehr Sorgen mache als die

Aufdeckung der Pläne der Murk, doch er kann so viel vermuten, wie er will. Er hat keine Gegenargumente für meine vorgebrachten Bedenken.

Zumindest nicht viele. Celia versucht es. „Wir haben bereits gesehen, wie schnell die Murk ihr eigenes Leben beenden, damit sie nichts preisgeben – und wie viel Magie sie wirken können, wenn sie eine Gelegenheit dazu erhalten. Da es unwahrscheinlich ist, dass wir irgendetwas von ihnen erfahren, scheint es sicherer zu sein, sie einfach unschädlich zu machen, bevor sie eine Gelegenheit erhalten, unsere Leute anzugreifen.“

„Jeder sollte mittlerweile auf ihre Magie vorbereitet sein“, entgegne ich. „Und wenn eine Patrouille aus mehreren Fae über ein oder zwei Murk stolpert, kann ich mir nicht vorstellen, dass die Murk ihnen entkommen könnten. Wenn wir bei unserer Suche kaum Erfolge vorzuweisen haben, sollten wir dann nicht wenigstens *versuchen*, ihnen Informationen zu entlocken?“

Oder sicherstellen, dass sie überhaupt zu den feindlichen Kräften gehören und nicht einfach irgendein Fae sind, der zufällig vorbeigekommen ist, denke ich mir, spreche es jedoch nicht aus.

Sylas beugt sich vor. „Ich stimme Talia zu. Es ist das Risiko wert, wenn wir dadurch womöglich etwas Nützliches erfahren. Wir können keinen Krieg gewinnen, indem wir alle Gefahren meiden.“

„Selbst wenn sie uns etwas verraten, können wir uns nicht darauf verlassen, dass es der Wahrheit entspricht“, widerspricht Laoni. „Ihr falsches Herz hat offensichtlich kein Problem mit Lügen.“

„Warum besprechen wir dann nicht, was sie sagen, und entscheiden selbst, wie wir damit umgehen wollen“, schlägt Donovan vor. „Wir können es nicht besprechen, wenn wir die Information nicht haben.“

Corwin nickt. „Ganz meine Meinung. Ich habe meine Patrouillen bereits angewiesen, jeden Eindringling so gründlich zu befragen, wie sie können."

Terisse, die sich anscheinend auf Corwins Seite gestellt hat, nachdem sie Laoni lange Zeit unterstützt hat, neigt ebenfalls den Kopf. „Ich halte das für eine vernünftige Herangehensweise. Wir haben aus Wut und dem Wunsch heraus gehandelt, sie zu zerstören, obwohl wir einen kühlen Kopf bewahren und das Problem vernünftig angehen sollten. Sie haben sich von Anfang an darauf verlassen, dass sie uns durch unsere Emotionen manipulieren können."

„In Ordnung", murrt Laoni und Uzziah seufzt, nickt jedoch. Celia verzieht leicht das Gesicht, stimmt allerdings zu.

Ich wäre nicht überrascht, wenn sie ihren Patrouillen nach wie vor Befehle erteilen, die sie dazu ermutigen, bei der kleinsten Provokation gewalttätig zu werden, doch vielleicht habe ich es geschafft, die Bösartigkeit ein wenig zu schwächen.

Das restliche Gespräch hat kaum etwas mit mir zu tun. Als wir am Ende des Treffens alle aufstehen, muss ich ein weiteres Gähnen unterdrücken. Ich brauche definitiv ein Nickerchen. Doch vorher lasse ich mich mit meinen Gefährten zurückfallen, während unsere Gäste den Raum in die Richtungen ihrer eigenen Reiche verlassen.

August zieht mich von hinten an sich und drückt mir einen Kuss auf den Kopf. „Du hast gut gesprochen", lobt er mich.

„Nur, weil ich nicht einmal die Hälfte dessen gesagt habe, was ich sagen wollte", brumme ich und halte inne. „Denkt ihr, es besteht eine reelle Chance, dass wir darauf hinarbeiten können, eine Art gemeinsamen Nenner mit den Murk zu finden?"

Durch mein Band mit Corwin fange ich einen Funken

Skepsis auf, der sich auf den Gesichtern meiner anderen Gefährten widerspiegelt.

„Ich bin noch immer nicht überzeugt, dass es einen gemeinsamen Nenner *gibt*, der gefunden werden kann", erwidert Whitt und lehnt sich an den Tisch. „Ja, diese eine Ratte hat dir zur Flucht verholfen, doch im Großen und Ganzen war diese Geste auch sehr egoistisch. Er erwartet, dass du im Gegenzug den Murk hilfst … was du tust."

„Er wusste, dass es womöglich nicht funktionieren würde, und er hat sein Leben aufs Spiel gesetzt, indem er sich gegen Orion gestellt hat", protestiere ich.

Corwin legt seine Hand auf meine Schulter. „Was ich in deinem Verstand von deinen Interaktionen mit Madoc gesehen habe, wirkte aufrichtig. Allerdings hat er zugegeben, ein Meister der Illusion zu sein. Ich denke nicht, dass es klug ist, ohne weitere Beweise einem der Murk zu vertrauen, vor allem wenn wir genügend Beweise dafür haben, dass uns so viele von ihnen vernichten wollen."

Mein Verstand ist zu benommen, als dass mir in diesem Moment ein vernünftiges Argument einfallen würde. Vielleicht gibt es keines, vielleicht hat er recht. Ich kann das Entsetzen über all die Szenen einfach nicht abschütteln, die ich gesehen habe, über die Arten, auf die die Seelie und Unseelie den Hass der Murk geschürt haben, indem sie sie wie Ungeziefer behandelt haben.

„Wir werden versuchen, zu sprechen, anstatt zu kämpfen, wann immer wir können", verspricht Sylas mit seinem beruhigenden Bariton. „Wir müssen einfach mehr denn je auf der Hut vor der Bedrohung sein, die sie darstellen."

„Ich weiß." Ich atme langsam aus und ein Gähnen dehnt meinen Kiefer, bevor ich es zurückhalten kann.

August schiebt mich zur Tür. „Ruh dich aus. Du hast dich überfordert."

„Mir geht es gut", protestiere ich, doch als ich die ersten

unrunden Schritte am Tisch vorbeimache, überkommt mich ein Schwindelgefühl. Ich schwanke, packe den nächstbesten Stuhl, um das Gleichgewicht zu halten, und mein Magen dreht sich vor Übelkeit um.

Corwin ist sofort an meiner Seite. Als er mir in die Augen blickt, durchbohrt mein Herz ein Beben der Furcht. Was, wenn ich nicht nur müde bin … was, wenn etwas nicht mit mir stimmt?

Doch er beugt sich etwas näher, atmet tief ein und als er zurückweicht, damit ich sein Gesicht wieder deutlich sehen kann, ist das Lächeln blendend, das dort erschienen ist.

„Meine Seele", sagt er mit einer vor Staunen sanften Stimme, „es ist kein Wunder, das du dich nicht wohlfühlst. Es muss gerade erst entstanden sein … du bist schwanger."

2

Madoc

Die Wache erreicht mich, kurz nachdem ich aus meinem Privatzimmer gekommen bin. „Orion will dich sprechen", verkündet sie, ihr Schwanz zuckt nervös und sie huscht durch den schattigen Tunnel davon.

Ich war bereits auf dem Weg zum Thronsaal, um mich bei meinem König zu melden. Dass er zu dieser frühen Stunde speziell nach mir gerufen hat, sorgt jedoch dafür, dass ich mich anspanne. Daher zwinge ich mich, meine Muskeln zu lockern, und gehe los, um in Erfahrung zu bringen, welche Neuigkeiten er für mich hat.

Das Alltagsgeschäft im Refugium geht ringsum mich herum weiter. Ich nehme weder aufgeregtes Flüstern wahr noch bemerke ich einen ungewöhnlichen Aufruhr in der Richtung, in die ich unterwegs bin.

Hätte Orion Talia irgendwie wieder in seine Fänge

bekommen, würde sich diese Neuigkeit bereits im Refugium herumsprechen, oder?

Das rede ich mir zumindest ein, komme jedoch nicht umhin, mich für das Schlimmste zu wappnen, als ich durch die breite Tür des Thronsaals trete. Ich habe meine Reaktionen fest im Griff für den Fall, dass ich gleich wieder die Frau in einem Käfig sehen werde, die Orion für seine ,Fiffi', sein Haustier, hält. Erleichterung erfasst mich, als ich nur meinen König sehe, der über das Podest tigert. Abgesehen von ein paar seiner anderen Ritter, die sich in der Nähe aufhalten, und einiger Bittsteller, die sich an den Wänden herumdrücken und darauf warten, angehört zu werden, ist niemand anwesend. Die Erleichterung löscht allerdings nicht all meine Sorgen.

Es gibt andere schreckliche Entwicklungen, mit denen ich mich hier womöglich auseinandersetzen muss. Orion könnte beispielsweise einen Beweis dafür gefunden haben, dass ich Talia zur Flucht aus dem Refugium verholfen habe.

Als ich mich dem Podest nähere, tigert Orion weiter hin und her. Sein Schwanz peitscht von einer Seite zur anderen und in seinen gelben Augen schimmert ein manisches Leuchten, das mich noch wachsamer werden lässt. Die anderen Ritter behalten ihre lässigen Posen bei, beobachten unseren König jedoch mit kaum merklicher Vorsicht.

Orion vermutet zu Recht, dass mindestens einer seiner Untertanen Talia bei ihrer Flucht geholfen hat, weshalb sein Temperament in den zwei Wochen seit ihrem Verschwinden noch unberechenbarer als üblich ist. Um ihn zu erreichen, muss ich über frische Blutflecke auf dem Boden laufen, die von dem Bediensteten stammen, den er gestern töten ließ, weil er nicht schnell genug antwortete, als er zu Talias Flucht befragt wurde.

Bisher sind außer diesem Murk noch fünf weitere für mein Verbrechen gestorben. Dabei wurde eine Menge Blut vergossen. Orions Foltermaßnahmen konnten jedoch keinen von ihnen dazu bringen, zuzugeben, dass sie Talias Käfig geöffnet oder ihr Werkzeuge gegeben haben. Ich habe keinen einzigen von ihnen beschuldigt. Die Schuldgefühle wegen ihres Todes lasten allerdings beinahe so schwer auf mir, als hätte ich es getan.

Ich hätte meinen Beitrag zu Talias Flucht gestanden und meine Bestrafung hingenommen, wenn ich nicht der Meinung wäre, dass das Leben für den Rest unseres Volkes noch viel schlimmer wäre, wenn ich nicht da wäre, um die Stimme der Vernunft zu sein, sollte Talia die Fae der Jahreszeiten überzeugen können, uns ein Friedensangebot zu unterbreiten.

Natürlich wirkt dieses *Falls* zunehmend unwahrscheinlicher. Meines Wissens haben wir in den zwei Wochen keine Nachricht aus der Nebelwelt erhalten. Die Seelie- und Unseelie-Geschwader, die wir bei Streifzügen durch die Menschenwelt beobachtet haben, sahen bedrohlich und nicht freundlich aus.

Vielleicht ist es übertrieben optimistisch von mir, zu erwarten, dass Talia auch nur einen der Fae der Jahreszeiten von Jahrtausenden an Vorurteilen und Feindseligkeit abbringen kann. Womöglich hatte sie auch nie vor, sich für uns einzusetzen. Es könnte sein, dass ihre Behauptungen, es hätte sie schwer getroffen, welche Gräueltaten die anderen Fae an uns verübt haben, ein Trick waren, um mein Mitgefühl zu gewinnen, damit ich ihr helfe.

Meine bisherigen Lebenserfahrungen haben mich so misstrauisch gemacht, dass ich den Gedanken ab und zu einige Minuten lang in Erwägung gezogen habe. Mein Gespür für die Frau, die mich überzeugte, ihre Seite zu ergreifen und mich gegen meinen König zu stellen, ist im Lauf der Tage ohne ihre Präsenz verblasst. Kann ich mir wirklich sicher sein, dass sie so aufrichtig war, wie ich zum damaligen Zeitpunkt dachte?

Andererseits erinnere ich mich noch gut daran, dass sie sich erbrach, als sie aus der Erinnerung an das Waisenhaus-Massaker auftauchte. Ich erinnere mich an das aufsässige Beben in ihrer Stimme, als sie mir erzählte, dass sie gewillt war, an den Geschichten über die Murk zu zweifeln … ich jedoch im Gegenzug das Gleiche bei den Fae der Nebelwelt tun sollte. Sie glaubte nicht, dass sie mich auf ihre Seite ziehen würde. Sie dachte, ich wäre wütend, dass sie es wagte, ehrlich über ihre Gefühle zu sprechen.

Und selbst wenn sie mich manipuliert hat, hätte sie wirklich die Folter verdient, die Orion für sie geplant hatte?

Nein. Ich tat das Richtige, obwohl es mein König nicht so sehen würde. Sie wird Zeit brauchen, um sich von der Tortur zu erholen und die anderen Fae zu überreden. Sogar ihren Gefährten wird es vermutlich schwerfallen, sich mit dem Gedanken anzufreunden, sich mit einem Murk zu verbünden. Ich kann sie nicht dafür kritisieren, dass ihr das nicht schneller gelungen ist. Wie viele Fortschritte habe *ich* dabei gemacht, meine Leute auf die Möglichkeit einer Friedensverhandlung anstelle eines Krieges vorzubereiten?

Gar keine.

Am Fuß des Podests bleibe ich in der Nähe des Throns stehen und spähe zu Orion auf. „Ich war bereits auf dem Weg hierher, als du mich gerufen hast. Was brauchst du?"

Orion setzt seine rastlose Wanderung über das Podest noch eine Weile fort, bevor er schließlich stehen bleibt und sich mir zuwendet. Er fährt mit dem Daumen über seine Lippen. Seine Krallen sind ausgefahren und er zieht eine dünne Linie über seinen Mund, aus der Blut quillt, scheinbar ohne es zu bemerken. Oder vielleicht merkt er es und genießt die Empfindung. Sogar zu den besten Zeiten ist das bei

Orion schwer zu sagen, und die haben wir momentan definitiv nicht.

„Dieser Bren", sagt er auf seine kühle, gleichgültige Art. „Ich habe nachgedacht. Er hat für eine gewaltige Störung gesorgt, als wir mein Haustier hierhergebracht haben. Hatte er womöglich Hintergedanken? Hast du irgendeinen Grund gesehen, ihm zu misstrauen?"

Ich vermeide es sorgsam, nicht zu erwähnen, dass Bren die Störung nicht verursacht hat, in die er verwickelt wurde. Das ging auf die Kappe zweier Lakaien Orions, die das Ganze ins Rollen brachten, und Orion selbst, der die Flammen anfachte. Ich bezweifle, dass der junge Fae bis zum Tod gegen einen seiner Kollegen kämpfen wollte, auch wenn er glücklich über die Belohnung ist, die er sich dadurch verdient hat.

Eine Erinnerung geht mir durch den Kopf – harsche Atemzüge, die meiner Lunge entweichen; Glieder, die vorschnellen, um zu kratzen und zu brechen; eine Faust, die mich so heftig gegen die Kehle trifft, dass ein Hauch des Schmerzes sogar jetzt noch, Jahrzehnte später, zu spüren ist. Ich widerstehe dem Drang, die Stelle zu berühren. Orion weiß sonst, woran ich denke.

„Nichts, was ich bei ihm beobachtet habe, hat bei mir einen Verdacht aufgeworfen, dass er ihr geholfen hat", erwidere ich. „Denkst du, dass ihr mehr unserer Leute zur Flucht verholfen haben als die, mit denen du dich bereits befasst hast? Ich gehe davon aus, dass das Problem mittlerweile gelöst ist."

Und du kannst aufhören, deine eigenen Leute aus Paranoia und der sadistischen Freude, ihnen beim Betteln zuzuschauen, abzuschlachten.

Wieso habe ich so lange gebraucht, um zu sehen, wie toxisch Orions Führung ist? Dass er uns genauso oft bricht, wie er uns aufbaut? Und das, was er aufbaut, ist eine

Gemeinde nach seiner Vorstellung, die für meinen Geschmack viel zu sehr an das bösartige Ungeziefer erinnert, das die anderen Fae in uns sehen.

Nachdem ich so viel durchgemacht hatte, um mir einen Platz in seinem inneren Kreis zu verdienen, erlaubte ich mir nicht, die Realität besonders aufmerksam unter die Lupe zu nehmen. Ich hielt an dem Glauben fest, dass dies die einzige Möglichkeit sei und es besser werden würde, wenn wir erst einmal unser Zuhause zurückerobert hatten.

Jetzt, mit Talias Worten im Hinterkopf und klarem Blick, kann ich sehen, dass das nicht stimmt. Orion wird immer so sein, wie er ist: ein Mann, der genug Macht versammeln konnte, um die Fae der Nebelwelt anzugreifen, und der so viel Spaß an dem Leid hat, das diese Macht verursachen kann, wie an der Hoffnung. Vermutlich genießt er das Leid sogar mehr.

Mein König schnaubt. „Von keinem der Verräter habe ich ein Geständnis erhalten. Vielleicht habe ich den Mistkerl – oder die Mistkerle – die das Mädchen irgendwie um seinen kleinen Finger gewickelt hat, erwischt, aber vielleicht auch nicht. Wir müssen alle wachsam bleiben." Er schüttelt einen knochigen Finger vor mir.

Ich neige den Kopf. „Selbstverständlich. Ich habe nach Anzeichen einer Rebellion Ausschau gehalten. Wenn ich irgendetwas bemerke, werde ich den Täter natürlich sofort zu dir bringen. Bisher habe ich jedoch nur gesehen, dass alle hart arbeiten, um die nächsten Schritte des Krieges vorzubereiten."

Ich hatte gehofft, diese Aussage würde Orion dazu ermutigen, sich dazu zu äußern, wie diese nächsten Schritte aussehen, jetzt, da sein ursprünglicher Plan vereitelt wurde, Talia bei unserem ersten Angriff zu nutzen. Stattdessen läuft er von mir weg und sein Blick richtet sich in die Ferne. Das orangefarbene Leuchten seines Herzens tanzt über die weißen Spitzen seiner Haare, wodurch sie wie Flammen aussehen.

„Wir werden die Nebelwelt erobern", brummt er. „Wir werden sie alle zerstören, sogar das kleine Mädchen, das lieber unter den Monstern leben will als bei uns."

Ich beschließe, etwas genauer nachzufragen. „Was denkst du, wann wir die Nebelwelt angreifen werden? Gibt es noch andere Dinge, die ich unsere Leute und die anderen Kolonien sammeln oder machen lassen soll?"

Orion schüttelt den Kopf. „Alles kann so fortfahren, wie bisher. Die Flucht meines Haustiers ändert die Lage ein wenig, was jedoch lediglich bedeutet, dass wir etwas länger warten müssen, bis es an der Zeit für unseren Angriff ist."

Er dreht sich plötzlich zu mir um und wedelt erneut mit dem Finger. „Ich habe das in Gang gesetzt – ich habe gerade jemanden losgeschickt, der den Abzug betätigen wird. Es sollte bald passieren. Ich möchte, dass du wieder deine ehemaligen Pflichten übernimmst und das Mädchen sowie die Fae in ihrem Umfeld in der Nebelwelt beobachtest. Du musst womöglich eine Weile dortbleiben. Also nimm dir ein oder zwei Tage, um dich angemessen vorzubereiten. Du kannst mir Bericht erstatten, wenn sich die Lage dort verändert. Wir wollen zuschlagen, sobald sie am verletzlichsten sind."

Kälte kriecht mir in die Brust. Was hat er ausgelöst? „Hast du bereits einen frühen Vorstoß gestartet?", wage ich mich vor.

Ein scharfes Kichern entfährt Orion. „In gewisser Weise. Du musst vorsichtiger als zuvor sein. Dieser Tage patrouillieren sie eifriger in den Randgebieten. Ein paar meiner Männer haben es bereits nicht zurückgeschafft. Doch mit deinen Fähigkeiten gelingt es dir bestimmt."

„Ich war zuvor stets in der Lage, den Wölfen und Raben auszuweichen, und bin sogar in die Ländereien der Erzlords vorgedrungen", erwidere ich. „Darüber mache ich mir keine Sorgen. Aber worauf soll ich achten? Gibt es irgendein Zeichen, mit dem ich rechnen sollte?"

Orion lacht erneut und tigert wieder hin und her. „Ich will, dass diese Scheißkerle am Boden sind, bevor wir angreifen. Ich will, dass sie von innen zerrissen sind, bevor wir sie von außen zerschneiden. *Sie* vor den Fae der Jahreszeiten aufzuschlitzen, hätte die Aufgabe schnell erledigt. Diese neue Methode sollte allerdings genauso effektiv sein, auch wenn es etwas länger dauern wird." Er dreht sich zu mir um und seine Augen leuchten noch heller als zuvor. „Den besten Rat, den ich dir geben kann, Madoc, besteht darin, immer mindestens einen Ersatzplan zu haben."

3

Talia

Ich hätte nicht gedacht, dass meine Gefährten einen noch stärkeren Beschützerinstinkt entwickeln könnten, als sie bereits hatten. Wie sich herausstellt, habe ich mich geirrt.

„Du hättest das wirklich nicht tun müssen", erkläre ich August, als er ein Tablett mit einem extravaganten Mittagessen auf meinem Schoß abstellt, nachdem ich mich im Bett aufgerichtet habe. „Ich fühle mich schon besser. Ich hätte problemlos zum Esszimmer laufen können."

August setzt sich neben mich, lehnt sich an die Kissen, die entlang des Kopfteils ruhen, und küsst meine Schläfe. „Es war viel einfacher für mich, dir das Essen zu bringen. Es besteht kein Grund, aus dem du dich nicht entspannen solltest."

Ich befürchte, dass er als Nächstes versuchen wird, mich zu füttern. Ich nehme den Löffel, bevor er das tun kann, und stecke ihn in den gehaltvollen Eintopf, der einen kräftigen Geruch von Fleisch, Zimt und Nelken verströmt. Mir läuft das Wasser im Mund zusammen, obwohl mir noch ein wenig übel ist.

Die kleinen Fleisch- und Gemüsebröckchen schmelzen praktisch in meinem Mund. Ich schließe die Augen und genieße das Aroma, öffne sie jedoch wieder, um August einen bedeutsamen Blick zuzuwerfen. „Das ist wirklich lieb von dir, aber ich glaube nicht, dass es gut für mich ist, wenn ich die nächsten neun Monate nichts anderes tue, als im Bett zu liegen."

„Ich weiß." Er reibt seine Nase an meinen Haaren und lässt seine Hand über meine Taille gleiten, um meinen Bauch sanft zu streicheln. „Aber du gewöhnst dich momentan noch an die körperlichen Veränderungen. Du kannst dir eine Pause gönnen und mir ein Weilchen erlauben, für dich zu sorgen."

Meine Schwangerschaft ist noch so frisch, dass es kein äußerliches Anzeichen des Lebens gibt, das in mir heranwächst. Innerlich hat es sich definitiv auf mich ausgewirkt. Die letzten Tage wurde ich in den unterschiedlichsten Momenten von Wogen der Erschöpfung gepackt und habe mehr als üblich geschlafen. Die Übelkeit kommt und geht. Sie ist nicht besonders schlimm, nur gestern erwischte sie mich heftig und ich musste aus der Küche rennen, als mir der Geruch gebratener Eier in die Nase stieg.

Ich bin mir ziemlich sicher, August hat seitdem jedes einzelne Ei aus der Burg entfernt.

Trotz meiner regelmäßigen Müdigkeit wurde ich von einer freudigen Energie erfasst. Zuvor habe ich kaum darüber nachgedacht, Kinder mit meinen Gefährten zu haben. Ich habe lediglich deren Zeugung verhindert, indem ich enthaltsam lebte, solange ich fruchtbar war. In unserem Leben war so viel los und wir waren alle in Gefahr, dass es nicht der richtige Zeitpunkt zu sein schien, die Gründung einer Familie in Erwägung zu ziehen. Doch jetzt, da es passiert ist, breitet sich jedes Mal ein Lächeln auf meinem Mund aus, wenn ich mir vorstelle, ein Baby auf die Welt zu bringen, das zur Hälfte aus meinen Genen und zur Hälfte aus denen eines meiner Männer besteht.

Während unseres leidenschaftlichen Intermezzos nach meiner Flucht von den Murk war ich mit allen vier zusammen. Bis das Baby geboren wurde, werden wir nicht wissen, wer der Vater ist. Allerdings meinten meine Gefährten, dass sie womöglich mit der Zeit an meinem Geruch erkennen können, ob das Baby ein Seelie oder Unseelie ist. Keinen von ihnen scheint es besonders zu stören, dass das Kind genetisch gesehen nicht seines sein könnte. Ich merke bereits, dass dieses Baby nicht nur einen, sondern vier hingebungsvolle Väter haben wird, die über es wachen, egal wessen Blut durch seine Adern fließt.

Genauso, wie jetzt alle vier Männer über mich wachen.

Als ich mich an Augusts muskulöse Gestalt kuschle und den Eintopf sowie das gebutterte Brötchen, die gezuckerten Beeren und den Zitronenkuchen verschlinge, die er mir gebracht hat, betritt Sylas den Raum. Ein sanftes Leuchten tritt in seine ungleichen Augen, sobald sie auf mir landen, was ein warmes Flattern in meiner Brust auslöst. Der Seelie-Lord war immer freundlich zu mir und ich habe nie daran gezweifelt, wie sehr er mich liebt, seit er es mir zum ersten Mal gestanden hat. Seine Zuneigung hat nun jedoch eine neue Eigenschaft angenommen, bei der es mir noch wärmer ums Herz wird.

Ist es bei Menschenfamilien auch so? Ich war erst vier Jahre alt, als Jamie auf die Welt kam, weshalb ich keine deutlichen Erinnerungen daran habe, ob Dad Mom anders behandelt hat, als sie schwanger war. Und vielleicht ist es bei einem ersten Kind anders als bei einem zweiten.

Die Fae haben Schwierigkeiten, Kinder zu bekommen. Daher weiß ich, dass es für meine Gefährten sehr besonders ist, dass sie eines erwarten. Besonderer, als ich verstehen kann, obwohl ich direkten Zugang zu Corwins freudigen Reaktionen habe.

Sylas kommt herüber, beugt sich an August vorbei und gibt mir schnell einen Kuss. „Geht es dir gut?", fragt er, als er zurückweicht.

„Es wäre wirklich schwer für mich, mich schlecht zu fühlen, so verhätschelt wie ich werde", erwidere ich und ziehe die Augenbrauen hoch.

Er gluckst, doch ein Schatten huscht über sein Gesicht. „Hast du irgendetwas Ungewöhnliches gefühlt? War irgendetwas anders als in den letzten Tagen?"

Ich schüttle den Kopf und runzle die Stirn. „Nein, ich habe nichts bemerkt. Warum?"

Sylas atmet erleichtert aus und sein Lächeln kehrt zurück. „Eine unserer Patrouillen hat gestern Nacht eine Murk-Spionin gefangen. Sie hatte die Randgebiete hinter sich gelassen. Wir wissen nicht, wie lange sie schon hier war. Unsere Wachen schafften es, die Murk-Frau zu überwältigen und für eine Befragung nach Hearth-by-the-Heart zu bringen, doch bis jetzt konnten wir ihr nichts entlocken. Ich wollte nur sichergehen, dass alles in Ordnung ist, da eine von ihnen frei durch die Nebelwelt gewandert ist."

Mein eigener Beschützerinstinkt regt sich und meine Hand wandert automatisch zu meinem Bauch. Ich war bereit, zu tun, was ich kann, um den Krieg aufzuhalten und den Ort zu verteidigen, den ich mein Zuhause nenne, doch jetzt … jetzt habe ich das Gefühl, ich könnte Bäume ausreißen und Mauern umpusten, wenn das nötig ist, um für den Schutz des neuen Lebens in mir zu sorgen.

Ab jetzt geht es nicht mehr nur um meine Gefährten und den Rest der Fae. Wir gründen unsere eigene Familie. Ich *kann* nicht zulassen, dass dieser Krieg das in Gefahr bringt.

Sylas bemerkt meine Abwehrhaltung. „Wir halten die Frau nicht in der Nähe dieser Burg fest … und auch nicht in der Nähe der Burg von Hearth-by-the-Heart. Sie wird in sicherem Abstand zum gesamten Rudel und insbesondere zu dir gefangen gehalten."

„Okay." Ich stoße die angehaltene Luft aus, der Appetit ist mir jedoch vergangen. Es ist ein unangenehmes Gefühl, sich darüber zu freuen, dass sich Sylas' Krieger zurückgehalten und die Murk-Frau nicht sofort getötet haben, und zugleich Angst vor dem Gedanken zu haben, dass sie in meiner Nähe existiert. „Bist du dir sicher, dass sie mit Orion zusammenarbeitet?"

Sylas nickt. „Sie hat keinen Versuch unternommen, es zu leugnen, und sie hat die gleichen Illusionszauber benutzt, die wir bei den anderen gesehen haben."

Die Illusionszauber, die Madoc ihnen womöglich beigebracht hat, oder bei deren Perfektionierung er zumindest geholfen hat. Mein Magen zieht sich noch fester zusammen. „Ich gebe dir Bescheid, falls sich etwas ändert, aber im Moment geht es mir wirklich gut."

„Dann überlasse ich dich deiner Mahlzeit." Der Seelie-Erzlord wirft mir einen letzten zärtlichen Blick zu und geht.

Ich esse noch ein wenig Eintopf und einige Beeren, stelle jedoch fest, dass ich jetzt zu unruhig bin, um die gesamte Mahlzeit aufzuessen. Zum Glück nimmt mir August das nicht übel.

„Der Kuchen wird später noch genauso gut schmecken, wenn du ihn dann möchtest", versichert er mir und lässt den kleinen Teller auf meinem Nachttisch stehen. „Und gib mir Bescheid, sobald du wieder Hunger hast."

Ich würde ihn fragen, ob er mir als Nächstes eine Glocke

geben wird, damit ich nach ihm klingeln kann, doch ich vermute, dass er das tatsächlich tun würde, wenn ich ihn auf die Idee bringe. Ich strecke die Arme über den Kopf und wackle unter der Decke mit den Beinen. „Ich glaube, ich habe mich genug ausgeruht. Du hast nichts dagegen, wenn ich etwas frische Luft schnappe, oder?"

„Tu, was auch immer dich glücklich macht, Süße", erwidert August. „Verlass die Burg nur nicht ohne Begleitung."

„Ich weiß, ich weiß." Gegen *diese* Vorsichtsmaßnahme habe ich tatsächlich nichts einzuwenden angesichts dessen, dass ich schon einmal vor den Augen meiner Gefährten entführt wurde.

August eilt aus dem Raum, um das Geschirr in die Küche zurückzubringen. Ich rutsche aus dem Bett, als Corwins und Whitts Stimmen vom Gang an meine Ohren dringen. Corwin hat eine halbe Mauer um unsere Verbindung errichtet, damit ich nicht mit den Eindrücken seiner häufig stressigen Kriegsvorbereitungen bombardiert werde. Jetzt berührt mich jedoch ein Flackern seiner Furcht, als ihre Worte deutlicher werden.

„… denke nicht, dass dies die beste Zeit für diese Art von Experiment ist", sagt er.

„Es ist die perfekte Zeit", widerspricht Whitt. „Alles, was wir tun können, um unsere Chancen zu verbessern, müssen wir so schnell wie möglich tun. Es ist nicht so, als würde es ihr wehtun." Er klingt beleidigt, weil Corwin andeutet, er würde etwas vorschlagen, was mir schaden könnte.

„Allein sie in irgendetwas davon zu involvieren …" Corwin verstummt, als sie die Tür erreichen. Sie kommen beide angespannt und leicht verlegen herein, als würden sie sich schämen, da ihnen bewusst wird, dass ich ihren Streit vermutlich gehört habe.

„Was ist los?", frage ich. „Worin werde ich vielleicht involviert?"

Corwin fängt meinen Blick auf und eine Woge der Zärtlichkeit vermischt mit Resignation erreicht mich. Er weiß, dass ich mir keine Gelegenheit entgehen lassen werde, zu helfen, ganz gleich, wie gerne er mich vor den harscheren Teilen des Konflikts abschirmen würde.

Whitt schenkt mir eines seiner typischen schiefen Grinsen, das seine ozeanblauen Augen allerdings nicht erreicht. Ganz gleich, was er zu Corwin gesagt hat, er zögert ebenfalls, irgendetwas von mir zu verlangen.

„Ich hatte eine Idee", erklärt er. „Eine Möglichkeit, wie wir die Murk vielleicht einfacher aufspüren oder alarmiert werden können, wenn sie die Nebelwelt betreten."

Ich merke sofort auf. Nach der Anwesenheit der Murk zu suchen, indem sie nach Spuren ihrer Magie Ausschau halten, ist nicht einfach – dass die Frau, die Sylas' Patrouille erwischt hat, die Randgebiete verlassen konnte, bestätigt das. Ihre Kolonien in der Menschenwelt zu finden, war sogar noch schwieriger. Wenn wir eine Möglichkeit hätten, Orion und sein Refugium zu lokalisieren und uns direkt mit ihm zu befassen ... würde das den Krieg sofort beenden, oder nicht?

„Das ist wundervoll", sage ich. „Wie lautet deine Idee?"

Whitt und Corwin wechseln einen Blick. Whitt fährt mit sanfter Stimme fort. „Mir kam die Idee, nachdem Corwin neulich deinen ... aktuellen Zustand bemerkt hat." Seine Augen funkeln bei der Erwähnung meiner Schwangerschaft. „Wir können die neue Lebensenergie, die sich in dir bildet, durch ihre Anwesenheit in deinem Blut riechen. Das ist allerdings nicht die *einzige* Energie, die dich durchströmt. Der Murk-König hat eine Menge Magie genutzt, um dich zu formen und dafür zu sorgen, dass dein Blut und deine Tränen unseren Fluch heilen können und sich deine Seele mit Corwins verbinden konnte."

Ich widerstehe dem Drang, bei dieser Erinnerung die Arme um mich zu schlingen. „Ich weiß. Doch wie hilft das bei deinem Plan?"

„Ähnliches kann Ähnliches rufen. Ich vermute, dass wir mit einer winzigen Blutprobe von dir – oder vielleicht sogar mit etwas Kleinem wie einem Hautstückchen oder Haar – einen Aufspürzauber wirken können, indem der Murk-Anteil in deinem Blut jegliche Ratten innerhalb der Reichweite des Zaubers aufsucht."

Bei dem Gedanken, dass mein Blut so viel Murk-‚Anteil' enthält, dass ein derartiger Zauber funktionieren würde, breitet sich Gänsehaut auf meinem Körper aus. Ich kann jedoch verstehen, was Whitt sagt. Und es würde mir nicht wehtun. Corwin hat nur versucht, mir den Druck zu ersparen, darüber nachdenken zu müssen.

Ich bin zwar etwas müder als üblich, aber ich werde nicht zusammenbrechen, erkläre ich ihm sanft durch unser Band. *Ich will immer noch alles in meiner Macht Stehende tun.*

Natürlich willst du das. Es ist nur …

Ein wortloser Anflug von Emotionen erreicht mich, ich kenne ihn allerdings so gut, dass ich sein Unbehagen verstehe. Er dachte schon einmal, dass er ein Kind bekommen würde, entdeckte jedoch, dass ihn die Frau angelogen hatte, mit der er zusammen gewesen war. Er hat keine Angst, dass ich ihn getäuscht habe, doch meines Wissens ist er der Einzige meiner Gefährten, der zuvor die Chance auf ein Kind hatte und es verlor. Obwohl er sich bewusst ist, dass das Baby in genetischer Hinsicht nicht seines sein könnte, ergibt es Sinn, dass er die größten Schwierigkeiten hat, seinen Beschützerinstinkt zu zügeln.

Es ist okay, versichere ich ihm und schicke ihm den Eindruck einer Umarmung. *Denk einfach daran, dass ich mich schlechter fühlen werde, wenn ich im Dunkeln gehalten werde oder etwas Schlimmes geschieht, bei dessen Verhinderung ich hätte helfen können, jedoch keine Gelegenheit dazu erhielt.*

Als er den Kopf mit einer entschuldigenden Miene neigt, konzentriere ich mich wieder auf Whitt. „Ich sehe keinen Grund, aus dem wir es nicht zumindest versuchen sollten. Was brauchst du jetzt von mir?“

„Wir haben die Mittel für einen einfachen Test“, erklärt der Stratege. „Ich glaube, Sylas hat dir von der Murk-Frau erzählt, die wir gefangen genommen haben? Sie wird in einem Randgebiet des Reviers festgehalten. Mit einem Tropfen deines Blutes kann ich den Zauber wirken und wir können schauen, ob er uns zu ihr führt.“

Das klingt ziemlich einfach. Ich strecke meine Hand aus, Whitt nimmt sie, neigt den Kopf und drück einen Kuss auf meine Fingerknöchel, als wolle er sich bei mir bedanken.

Er holt eine kleine Glasscheibe aus seiner Tasche und murmelt schnell ein Wort, um die Haut an meinem Zeigefinger zu öffnen. In dem Moment, in dem ein Blutstropfen hervorquillt, drückt er den Finger auf die Mitte der Scheibe. Dann schließt er den winzigen Schnitt mit einem weiteren intonierten wahren Namen. Ich spüre das leichte Brennen kaum, bevor es auch schon vorbei ist.

„In Ordnung.“ Whitt mustert den Blutfleck auf der Scheibe mit offenkundiger Konzentration. Er sammelt sich, schließt die Augen und murmelt leise mehrere Silben, die mein Verständnis übersteigen. Als er mich wieder ansieht, leuchtet Hoffnung auf seinem Gesicht. „Ich hatte offensichtlich noch keine Gelegenheit, den Zauber auszuprobieren, doch ich glaube, er sollte funktionieren.“

Ich schätze, er hat die letzten Tage an der Idee gearbeitet und wollte mich nicht mit der Bitte stören, bis er eine einfache Möglichkeit hatte, einen Testlauf durchzuführen. Jetzt, da der Test durchgeführt wird, bebt eine unerwartet freudige Erwartung durch mich hindurch.

Als sich meine Gefährten zur Tür drehen, ziehe ich meine Stiefel und die Stütze an, die sich eng um meinen krummen Fuß legt. „Ich will euch begleiten. Ich will sehen, ob es funktioniert."

Corwin versteift sich. „Wir können uns nicht sicher sein, dass die Ratte dich nicht angreift, wenn sie dich sieht."

Ich bedenke ihn mit einem unheilvollen Blick. „Haben sie Sylas' Krieger nicht so gut gefesselt, dass das nicht möglich ist? Wenn sie *irgendjemanden* angreifen könnte, hätte sie das bestimmt schon getan."

Whitt reibt sich über den Mund und sein Blick huscht zwischen mir und der Scheibe hin und her. „Ich kann nicht behaupten, dass mir die Vorstellung gefällt, dass du ihr zu nahe kommst, aber ich sehe nicht, was es schaden könnte, wenn du mitkommst, bis wir uns zumindest sicher sein können, dass der Zauber wirkt. Wir zwei werden da sein, um dich notfalls zu verteidigen."

Wir schauen beide zu Corwin, der seufzt und mit den Fingern über meine Wange streichelt. „Wenn es denn sein muss, meine Seele. Ich schätze, ich sollte es besser wissen, als zu versuchen, dich zurückzuhalten."

„Meine Schwangerschaft hat kaum begonnen, ich bin keine Invalidin", erinnere ich ihn und betrachte den blutroten Fleck. „Soll der irgendetwas tun?"

Ein Lächeln biegt Whitts Lippen nach oben. „Das tut er bereits. Schau." Er deutet auf den Rand des Flecks. Dieser ist beinahe kreisrund und ringsum relativ ebenmäßig – doch an einer Seite ist eine kleine Beule entstanden. Vor meinen Augen kriecht sie ein winziges bisschen weiter auf den Rand der Scheibe zu.

Trotz all der Fae-Magie, die ich bereits gesehen habe, ist es erstaunlich. Ein leises Lachen entfährt mir. „Wow. Ist das die *richtige* Richtung?"

„Ich weiß es nicht", antwortet Whitt mit offensichtlicher

Belustigung. „Ich habe Sylas gebeten, mir nicht zu verraten, wo sie die Murk-Frau festhalten, damit ich dieses kleine Experiment durchführen kann, solltest du zustimmen. Wenn ich weiß, wo wir hingehen müssen, könnte ich aus Versehen den Zauber lenken. Warum finden wir es nicht heraus?"

Wir drei eilen durch die Burg, wobei uns mein Humpeln ein wenig ausbremst. Nachdem wir die Burg verlassen haben, mustert Whitt die Scheibe erneut und deutet nach rechts zu der Wiese, die zum nördlichen Wald führt.

Beim Laufen werfe ich immer wieder Blicke auf den Blutfleck. Die Ausbuchtung von zuvor deutet nun eindeutig in die Richtung, in die wir unterwegs sind. Whitt testet das, indem er die Scheibe auf seiner Hand dreht. Daraufhin zieht sich die ursprüngliche Wölbung zurück, während sich eine andere bildet, die auf den Weg zeigt, dem wir bereits folgen.

In den Schatten zwischen den Bäumen erreicht Corwins Sorge mich durch unser Band. Er mustert das Gebiet vor uns nachdenklich. „Ich werde vorausgehen", schlägt er vor. „Falls die Gefängniszelle dort drüben ist, werde ich das bestätigen und mich in sicherer Entfernung mit euch treffen."

Whitt gibt ihm ein Handzeichen und Corwin hebt sich in seiner Rabengestalt in die Luft. Er fliegt durch den Wald.

Der Spionagechef betrachtet die Scheibe und passt unseren Weg an, sodass wir leicht nach links gehen. „Es kann nicht mehr weit sein. Sylas sagte, er würde sie innerhalb der Grenzen des Reviers festhalten. Wie geht's deinem Fuß?"

Mein Humpeln ist nicht schlimmer als sonst, doch ich vermute, die Frage beruht auf der gesteigerten Aufmerksamkeit, die ich ab jetzt erwarten kann. „So wie immer", antworte ich. „Fang du nicht auch noch an, dir Sorgen um mich zu machen. Wenn ich Hilfe brauche, sage ich es."

Whitt schenkt mir einen verschlagenen, liebevollen Blick.

„Ich weiß, wie stoisch du gerne bist. Es kann nicht schaden, nachzufragen."

Wir trampeln weiter durchs Unterholz und folgen einem Pfad, den zuvor nur wenige Leute genommen haben nach den herumliegenden Ästen und Baumstämmen zu urteilen, die überall auf dem Waldboden verstreut sind. Zweige knacken unter unseren Füßen und Büsche zerren an unseren Kleidern. Der Boden neigt sich nach unten, als wir die Hügelkuppe erreichen.

Nachdem wir einige Minuten weitergelaufen sind, erscheint Corwin in einem Sonnenfleck vor uns. Seine Miene ist noch angespannt, eine Spur von Befriedigung zeichnet sich jedoch auf seinen Lippen ab. „Dein Trick hat funktioniert. Sie halten sie am Fuß des Hügels fest – wenn du in diese Richtung weitergehst, wirst du sie finden."

Wir haben eine zuverlässige Methode, um die Murk aufzuspüren. Whitt und ich wechseln ein Grinsen, bevor Whitt vorausmarschiert. „Ich möchte sehen, wie der Zauber reagiert, wenn ich näher bin."

Als ich Anstalten mache, ihm zu folgen, versperrt Corwin mir den Weg. „Ich denke, du solltest besser nicht ... Sie ist zwar gefesselt, aber es wäre nicht angenehm für dich."

Ich will gerade protestieren, als eine heisere Stimme vom Fuß des Hügels durch die Bäume schallt. „Ihr seid alle Scheißkerle und Bastarde. Ich freue mich darauf, zu sehen, wie ihr alle filetiert und in eine Grube geworfen werdet."

Ich zucke zusammen und bleibe stehen. Der Zorn in der Stimme der Murk-Frau lässt keinen Raum für Verhandlungen. Ich kann mir nicht vorstellen, dass irgendjemand das Thema auch nur ansprechen könnte.

Sie will uns bloß verletzen ... wie es so viele der Fae wollen, die Orion noch immer folgen. Was, wenn Madoc eine seltene Ausnahme ist?

Zugleich komme ich allerdings nicht umhin, mich zu

fragen, was sie durchgemacht hat, was ihren Hass auf die Fae der Jahreszeiten angefeuert hat.

Ich bezweifle, dass sie es mir erzählen würde, wenn ich sie fragen würde. Mich zu sehen, würde ihre Wut möglicherweise nur noch mehr anstacheln.

Ich zögere und greife nach Corwins Hand. „Lass uns zurück zur Burg gehen."

Und hoffen, dass uns der Krieg nicht dorthin folgt, ganz gleich, was wir tun.

4

August

Die Portale, durch die man die Nebelwelt verlassen kann, bringen einen stets zu den friedvollsten Orten der Menschenwelt. Ich habe meine gemischte Gruppe Fae-Krieger ans Ufer eines kleinen, funkelnden Sees geführt. Dieser Bereich wird von einer dicht stehenden Baumgruppe vom Rest des Ufers abgegrenzt. Die Laute – und Gerüche – des gelegentlich vorbeifahrenden Verkehrs werden mit der kühlen Brise zu uns getragen und nach wenigen Schritten kann ich die Gebäude entlang der Großstadtstraßen ein kurzes Stück vor uns sehen.

Das Dämmerungslicht kriecht gerade erst über den Himmel, die Schatten sind noch lang und das Sonnenlicht um uns herum ist schwach. Wir haben diesen Ausflug zeitlich so gut wie möglich geplant in der Hoffnung, mehr Murk-Aktivitäten aufzuspüren, während die meisten Menschen noch schlafen. Dadurch wollen wir auch das

Risiko reduzieren, dass Menschen im Kampfgewühl verletzt werden, sollten wir eine Gelegenheit zum Angriff erhalten.

Als wir innehalten, um uns zu vergewissern, dass unsere Tarnzauber die Reise durch das Portal unbeschadet überstanden haben, tritt Kesral neben mich. Sylas hat die Winter-Erzlords gebeten, einige ihrer Leute für diese Mission abzustellen, damit wir eine große Bandbreite an Fähigkeiten haben, auf die wir zugreifen können. Wenn das hier gut läuft, werden wir womöglich mit mehr Ratten denn je kämpfen und das näher bei ihrem Zuhause als unserem.

Der Unseelie-Krieger betrachtet die Glasscheibe, die ich in der Hand halte. „Dieses kleine Ding wird die Murk für uns finden, während alles andere versagt hat?"

Ich kann es ihm nicht verübeln, dass er skeptisch ist. Ich bedachte Whitt ebenfalls mit einem schiefen Blick, als er anfing, mir sein neues Werkzeug zu erklären.

„Ich habe es in Aktion gesehen", erzähle ich ihm. „Allerdings in einem viel kleineren Rahmen als dem hier. Wir müssen die ganze Zeit wachsam bleiben und nach anderen Anzeichen von Ratten Ausschau halten. Unser Ziel ist es, zu schauen, ob wir hier eine Kolonie finden können. Falls wir ihnen zahlenmäßig überlegen sind, werden wir so viele Ratten zur Befragung mitnehmen, wie wir können. Es wird einfacher sein, wenn wir sie bemerken, bevor sie uns entdecken."

Kesral nickt und ich mustere Talias Blutstropfen auf der Scheibe. Wir haben jeden Grund zu der Annahme, dass in dieser Stadt Murk hausen. Der Rattengestaltwandler, der Talia zur Flucht verholfen hat, entließ sie aus ihrer Hauptkolonie, die sie Talia zufolge das Refugium des Königs nennen, auf diese Straßen. Selbst wenn das Refugium selbst nicht hier ist, aufgrund der magischen Tricks, die sie nutzen, um Eindringlinge mit den Pfaden zwischen diesem und der überirdischen Welt zu verwirren, ist das hier ein Ort, der zumindest zeitweise mit dem Refugium verbunden ist. Während unserer letzten Expeditionen haben wir hier und da Hinweise auf die Anwesenheit der Murk entdeckt.

Falls wir auch nur eine Ratte finden können, die uns zum Refugium bringen kann, wäre ein viel größerer Sieg in greifbarer Nähe.

Mich packt der Drang, durch die Stadt zu rennen und jede Ratte zu zerfetzen, die mir über den Weg läuft – die schrecklichen Wesen, die mir meine Gefährtin geraubt und sie gequält haben. Dadurch will ich sie und das Kind, das in ihr heranwächst, auf die direkteste und gründlichste Art schützen, die mir möglich ist. Allein der Gedanke an den Schmerz, den sie ihr verursacht haben, sorgt dafür, dass erneut eine defensive Wut in meiner Brust aufwallt zusammen mit einem Anflug von Zuneigung, der noch berauschender ist als jemals zuvor.

Wir haben nicht darüber gesprochen und ich sehe auch keinen Grund dazu, doch das Kind ist höchstwahrscheinlich meines. Der eine Vorteil daran, viel weniger Fae-Blut in den Adern zu haben als meine reinblütigen und beinahe-reinblütigen Brüder und unser Unseelie-Pendant, besteht darin, dass ich nicht so viele Probleme damit habe wie sie, Kinder zu zeugen. Mein Samen schlägt viel einfacher Wurzeln als ihre.

Auch wenn ich sehr glücklich über dieses Wissen bin, macht Talias aktueller Zustand *sie* verletzlicher. Ich werde nicht zulassen, dass sie das gleiche Schicksal ereilt, unter dem so viele Menschen leiden, die sich in der Fae-Leidenschaft verloren haben. Sie verdient etwas Besseres. Und im Moment sind die Murk die bei weitem größte Bedrohung für ihre Sicherheit und Glück.

Doch obwohl die Fangzähne in meinem Zahnfleisch kribbeln, weiß ich, dass Talia recht hat und wir unsere Gewalt zurückhalten müssen. Ich traue zwar keiner einzigen

Ratte über den Weg, aber sie planen etwas Größeres, das nicht von einer blinden Raserei der Wölfe verhindert werden kann. Wir müssen mehr herausfinden, damit wir gut vorbereitet sind und sie dort treffen können, wo es wirklich wehtun wird.

Das bedeutet, dass wir die Mistkerle so lange am Leben halten müssen, dass wir ihnen Informationen entlocken können.

Mein ganzes Geschwader weiß, wie wir vorgehen werden. Als ich in Richtung der Stadtstraßen losmarschiere, folgen sie mir in einer lockeren Formation. Der Blutfleck zeigt eine zunehmend deutliche Spitze in südlicher Richtung.

Ich konzentriere mich darauf, da ich weiß, dass meine Begleiter die Gegend nach anderen Anzeichen einer Murk-Präsenz absuchen werden, solange ich es nicht kann. Alle ein oder zwei Minuten bleibe ich stehen und gebe dem Fleck die Gelegenheit, sich zu bewegen. Als sich der Winkel leicht verändert, gehe ich durch eine andere Straße und überquere einen breiten Hof.

Einige menschliche Frühaufsteher schlendern nichts ahnend die Straßen entlang und an uns vorbei. Unsere Zauber drängen sie dazu, uns zu meiden, ohne dass sie bemerken, dass sie beeinflusst werden. Der Geruch frisch gebackenen Brotes mit einem starken Nussaroma kitzelt meine Nase, als ich eine Bäckerei in der Nähe passiere, die gerade das Tagesgeschäft beginnt. Daraufhin läuft mir das Wasser im Mund zusammen. Wenn wir nicht auf einer so dringenden Mission wären, würde ich stehen bleiben und mir eine kleine Kostprobe stehlen. Stattdessen gehe ich weiter.

Als ich das nächste Mal anhalte, hat sich die Spitze des Blutflecks nicht verändert. Die Murk müssen in der Nähe sein.

Einer meiner Rudelkollegen schnuppert in der Luft und

grinst scharf. „Ich rieche eine Ratte. Wir haben sie fast erreicht."

„Geht langsam weiter und haltet nach Anzeichen ihrer Anwesenheit Ausschau", erinnere ich die anderen. „Wir wollen nicht, dass sie wissen, dass wir kommen, bis wir bereit sind, zuzuschlagen."

Wir flüstern, um unsere Tarnzauber um uns herum zu verdichten, und laufen mit aufmerksamen Blicken und gespitzten Ohren weiter. Jetzt konzentriere ich mich stärker auf unsere Umgebung, da ich bereits weiß, wo uns Talias Blut hinführt.

Vor uns befindet sich eine schmale Straße, die mit drei- und vierstöckigen Gebäuden gesäumt ist. Da die Sonne so tief steht, bedecken die Schatten der Häuser die gesamte Straße. Die Fenster sind dunkel, denn die Bewohner liegen zweifellos noch im Bett.

Am anderen Ende der Straße kann ich ein größeres Gebäude erkennen, das prachtvoll aussieht – vielleicht ist es ein Regierungsgebäude oder ein Museum? Ist es den Murk gelungen, ein Teil des Gebäudes für sich zu beanspruchen?

Meine Nackenhaare sträuben sich. Wir beschützen nicht nur uns selbst und meine Gefährtin, sondern auch all die Menschen, denen die Ratten ihre bösartigen Streiche spielen würden. Beide Welten werden ein besserer Ort sein, wenn wir das schlimmste Ungeziefer vernichten können.

Talia sagt, dass nicht alle schrecklich sind. Die Liebenswürdigkeit in ihr, die immer das Beste in den Leuten sieht, ist einer der Gründe, aus denen ich mich in sie verliebt habe. *Ich* bin nie einer Ratte begegnet, die es wert gewesen wäre, dass man auch nur auf sie spuckt, wenn sie in Flammen steht. Ich vermute, nachdem wir einige von ihnen für eine Befragung gefangen genommen haben, werden wir herausfinden, ob sich einer von ihnen Talias Mitgefühls für würdig erweist.

Meine Krieger verteilen sich in einer breiten Formation in der Straße, überprüfen die Türen und die wenigen engen Gassen zwischen den Gebäuden. Talias Blut deutet noch immer vor uns. Ich glaube nicht, dass wir schon nah genug sind, um die Ratten zu entdecken, aber ich sehe keinen Grund, aus dem es schaden könnte, die Gegend schnell zu inspizieren. Wir müssen uns erst für eine Schlacht wappnen, wenn wir sie quasi berühren können. Woher sollten sie wissen, dass wir sie mittlerweile mühelos aufspüren können?

Doch vielleicht hätte ich alles bedenken sollen, was ich über die Murk und ihre Tricks weiß.

Wir haben beinahe das Ende der Straße erreicht, als ich erneut auf die Glasscheibe blicke, wie angewurzelt stehen bleibe und sie stirnrunzelnd betrachte. Die offensichtlichste Spitze deutet wie zuvor nach vorne, aber … ist der gesamte Fleck *größer* geworden?

Mein Geschwader hält um mich herum an und wartet auf meine Anweisungen. Ich starre die Scheibe an und drücke meinen Daumen auf die andere Seite, sodass der Blutfleck eingerahmt ist. Zumindest ist er anfangs eingerahmt. Jetzt, da ich eine andere Form zum Vergleich habe, kann ich sehen, dass sich der rötliche Fleck ausdehnt und ganz langsam größer wird, bis er fast so breit ist wie mein Daumen. Die ursprüngliche Spitze beginnt, sich zurückzuziehen …

Mit einem kalten Schauder und einen Augenblick zu spät verstehe ich es. „Rücken an Rücken!", brülle ich. „Sie umzingeln uns!"

Doch noch während die Worte über meine Lippen kommen, springt ringsum uns herum eine Flut aus Körpern aus den dichtesten Schatten entlang der Gebäude. Die Murk reißen mehrere der Krieger, die ihnen am nächsten sind, zu Boden. In ihren Händen blitzen Klingen auf und nadelscharfe Krallen funkeln im Licht.

Meine Krallen brechen zusammen mit meinen Fangzähnen hervor. Ich stürze mich auf die zappelnden Körper in der Nähe und reiße im Gehen mein Schwert aus seiner Scheide.

Die Murk-Angreifer haben es geschafft, uns zu umzingeln – so schnell und heimlich, dass wir sie nicht einmal bemerkt haben. Als ich einen Rattengestaltwandler von einem meiner Kameraden reiße und ihm mein Schwert in den Bauch stoße, bevor er mit dem Messer meine Kehle aufschlitzen kann, setzen sich die Puzzlestücke irgendwo in meinem Hinterkopf zusammen.

Wir dachten, wir wüssten, womit wir es zu tun haben. Wir dachten, wir wären darauf vorbereitet, dass die Murk stärker und listiger sind, als wir je für möglich gehalten hätten. Doch wir haben sie trotzdem unterschätzt.

Wahrscheinlich hat ein Kundschafter das Portal beobachtet, aus dem wir gekommen sind, und hat die anderen in der Nähe gewarnt. Entweder hat dieser Kundschafter mein neues Werkzeug beobachtet, oder sie haben uns in unserer Welt so aufmerksam ausspioniert, dass sie im Voraus von unserer neuen Verwendungsmethode von Talias Blut erfahren haben. Sie haben sich zusammengetan, sodass wir auf einen eindeutigen Kurs geführt wurden, und uns anschließend im genau richtigen Tempo umzingelt, sodass die Bewegung nicht auf der Scheibe zu erkennen war. Zudem haben sie sich noch schlauer getarnt, als ich es für möglich gehalten hätte, während wir uns direkt neben ihnen aufhielten.

Die Murk sind nicht nur die schlimmste Bedrohung, mit der wir es momentan zu tun haben. Sie sind womöglich sogar die schlimmste Bedrohung, der wir uns *jemals* stellen mussten.

Es sind nicht nur ihre Tücke und List, die ihnen erlaubt haben, uns vorübergehend zu überwältigen. Die Fae, die sich auf uns gestürzt haben, schwingen nicht nur Klingen und Krallen, sondern sprechen auch Worte der Magie. Einer öffnet einen tiefen Schnitt im Arm einer Seelie-Kriegerin, ohne sie zu berühren. Eine andere sorgt dafür, dass einem Unseelie-Krieger die Füße weggerissen werden, sodass sie auf ihn springen und ihm ihre Klinge in den Rücken stoßen kann.

Während ich einen Rattengestaltwandler und noch einen schlage und zerschneide, registriere ich, dass wir zahlenmäßig überlegen sind. Die Murk haben vermutlich nicht erwartet, uns vollständig zu übermannen. Sie wollten nur so viele von uns wie möglich töten, bevor sie selbst umgebracht werden. Meine Krieger erholen sich allmählich von dem Schock, der Überraschungsangriff hat jedoch einige überwältigt. Mehrere meiner Kameraden liegen ausgestreckt zwischen den gefallenen Rattengestaltwandlern auf der Straße. Einige kämpfen mit ihren Wunden, andere sind erschlafft und möglicherweise tot.

Momentan habe ich keine Gelegenheit, einem von ihnen zu helfen. Noch ein Murk stürzt sich aus einem unerwarteten Winkel auf mich und seine Krallen bohren sich tief in meine Schulter, bevor ich ihm mein Schwert ins Herz rammen kann. Als er zusammenbricht, dringt ein schmerzerfülltes Grunzen an meine Ohren. Ich wirble herum und sehe, dass sich zwei Rattengestaltwandler aus unterschiedlichen Richtungen auf Kesral stürzen.

Der Unseelie-Krieger, der Talia und mich auf vergangene Ausflüge in die Menschenwelt begleitet hat, ist keine Niete. Er schlägt einen der verzweifelten Angreifer mit der flachen Seite seines Schwerts und rammt die Klinge in die Brust der Murk-Frau. Der Schlag seines anderen Arms reicht jedoch nicht aus, um den zweiten Angreifer abzuwehren. Der Murk-Mann rammt sein Messer in die Seite von Kesrals Hals.

Ich eile bereits zu ihm. Als er zusammenbricht, löst sich

ein zornerfülltes Brüllen aus meiner Lunge. Mein Wolf springt automatisch hervor und meine haarige Gestalt kracht gegen die Ratte. Meine Fangzähne sinken in seinen Hals und reißen seine Kehle auf.

Der ekelerregende metallische Geschmack des Blutes des Murk-Mannes flutet meinen Mund. Daran ist nichts Appetitliches. Ich schiebe den erschlaffenden Körper weg, spucke aus und verwandle mich wieder in einen Mann.

Als ich mich an Kesrals Seite fallen lasse, starren seine Augen bereits ausdruckslos in den Himmel. Das Blut, das aus der durchtrennten Arterie spritzt, verlangsamt sich zu einem schwächeren Pulsieren, während das Leben aus ihm weicht. Ich kann nichts für ihn tun.

Ich schaue auf und betrachte die Szene um mich herum, woraufhin Kummer mein Herz zusammendrückt. Der Kampf ist vorbei. Die letzten Murk sind tot. Doch zu viele meiner eigenen Leute liegen zwischen ihnen. Einige der Krieger, die besonders geschickt im Heilen sind, beugen sich über diejenigen, die ihren Wunden noch nicht erlegen sind, doch ich kann sehen, dass zumindest ein paar von ihnen sterben.

Kesral ist tot. Ich muss denen helfen, für die noch Hoffnung besteht.

Mit einem Kloß im Hals lasse ich ihn zurück und eile zu einem Unseelie-Mann, der panische Worte über einer meiner Rudelkolleginnen murmelt, deren Bauch aufgeschlitzt wurde. Ich schließe mich ihm an und füge der Beschwörung meine wahren Namen bei.

Wir schaffen es, ihr Fleisch zu binden und die Wunde zu verschließen, doch das Blut, das sie bereits verloren hat, durchtränkt ihre Kleider. Ihre Augen schließen sich und ihr Kopf rollt zur Seite. Ich kann nicht sagen, ob sie das Trauma überleben wird, das sie erlitten hat.

Keiner der Murk hat überlebt. Ich sollte etwas grimmige

Befriedigung aus ihren Leichen ziehen. Doch als ich zum nächsten verletzten Krieger eile, verschlechtert das Wissen stattdessen meine Laune.

Die Murk haben bereits unsere neue Strategie entdeckt und sie *gegen* uns verwendet. Wir haben mehrere unserer Leute auf eine schreckliche Art verloren. Und wir haben es nicht einmal geschafft, *eine* der verdammten Ratten für eine Befragung gefangen zu nehmen, wie wir es vorhatten. Diese Mission war in jeder Hinsicht ein Fehlschlag.

Nachdem ich für diejenigen, die schwer verletzt sind, getan habe, was ich kann, richte ich mich auf und fange die Blicke meiner Kameraden auf, die noch relativ unverletzt sind. Ich zwinge den Kummer und Frust mehr schlecht als recht aus meiner Stimme.

„Tragt die Toten und diejenigen, die nicht laufen können, mit der Magie, die ihr am einfachsten benutzen könnt. Wir werden sie nach Hause bringen."

Und dann werde ich mich dem Urteil stellen, das ich verdiene.

5

Talia

Als der Abend hereinbricht und sich der Himmel lila verdunkelt, tritt das Rudel von seinen zwei gefallenen Kollegen zurück, um die es sich geschart hatte. Ich schlängle mich durch die versammelten Fae zu einer Stelle, von wo ich beobachten kann, wie Sylas die Beerdigungszeremonie beginnt, die ich ihn einst für seinen Schwager Kellan abhalten sah.

Ein paar Familienmitglieder und Freunde der beiden ermordeten Fae schließen sich dem Erzlord an, sodass sie gemeinsam die magischen Worte skandieren und die Gesten vollführen. Der Kräutergeruch, der von den Blattwedeln aufsteigt, die um die verhüllten Körper der Gefallenen drapiert wurden, erinnert mich lebhafter an diese vergangene Zeremonie, als mir lieb ist.

Kellan war der erste Fae, den ich sterben sah. Seitdem sind so viele weitere gestorben. Ich habe in der Nebelwelt viel

Glück gefunden, es lässt sich jedoch nicht leugnen, dass dieses mit einer Menge Gefahr und Gewalt einhergegangen ist.

Ich kannte keinen meiner Rudelkollegen gut, die heute Abend geehrt werden. Als Krieger des Rudels waren sie oft auf Patrouille und hielten sich nicht im Rudeldorf auf, um den häuslicheren Aufgaben nachzugehen, bei denen ich geholfen habe. An Sylas' Worten und denen ihrer Angehörigen kann ich jedoch erkennen, dass sie sehr angesehen waren und vermisst werden.

Als Sylas den Kelch mit seiner schimmernden Flüssigkeit hebt und die Sommersonne bittet, die tote Frau zu seinen Füßen „mit all ihrer Wärme" zu umarmen, durchläuft mich ein Schauder. Wie viele Fae werden uns die Murk nehmen, bevor sie fertig sind?

Sylas schüttet die Flüssigkeit über die Leiche, woraufhin das Tuch, das sie verhüllt, einige Momente lang schimmert, bevor es diese aufsaugt. Die anderen Fae weichen zurück, als er in einen drängenderen Singsang verfällt, der die Frau in ihren Seelenstein verwandeln wird – eine schimmernde Repräsentation des Wesens, das sie einst war.

Er beendet die Beschwörung, indem er seine Hände über ihrem Körper ausstreckt, und ein Lichtblitz fegt über uns alle hinweg. Dieses Mal weiß ich, womit ich zu rechnen habe, dennoch raubt es mir den Atem.

Nachdem Sylas das Ritual beendet hat, geht er zu dem verhüllten Mann neben ihr. Whitt bringt ihm einen frischen Kelch mit der zeremoniellen Flüssigkeit. Sogar der Spionagechef mit seiner normalerweise unerschütterlichen guten Laune wirkt heute Abend grimmig.

Er dachte, er hätte uns mit der neuen Aufspürstrategie, die er sich einfallen ließ, einen großen Vorteil verschafft. Stattdessen führte sie zum Tod mehrerer Fae aus den

Ländereien der Erzlords. Ich sah die Leiche nicht, doch August erzählte mir, dass Kesral ebenfalls getötet wurde.

Mein Blick schnellt zu dem schimmernden Dunst entlang der Grenze zwischen den Reichen. Wie geht Laoni mit seinem Verlust um, da es ihr so schwerfiel, zuzugeben, dass er ihr wichtig war, als er noch lebte?

Kesral hat seine Lady stärker unterstützt als mich, was ich ihm allerdings nicht verübeln kann. Er war nett zu mir und gewillt, sich bei den wenigen Malen zu öffnen, die wir gemeinsam in die Menschenwelt reisten. Ich hätte gerne auch an seiner Beerdigung teilgenommen, um ihn auf meine eigene Art zu ehren, doch ich bezweifle, dass Laoni meine Anwesenheit gutgeheißen hätte.

Ich habe Corwin nicht einmal gefragt. Er hat unsere Verbindung teilweise blockiert, während er eine Beerdigung für eines seiner Schwarmmitglieder abhält. Die Eindrücke, die zu mir durchsickern, sind mit so viel Kummer und Zorn versetzt, dass ich verstehen kann, warum er versucht, mich abzuschirmen, obwohl er es nicht tun muss.

August steht mit tief gebeugtem Kopf einige Schritte entfernt von Sylas vor den versammelten Fae und tritt von einem Fuß auf den anderen. Seit er heute Nachmittag mit den Toten zurückgekehrt ist, hatte ich keine Gelegenheit, mit ihm zu sprechen. Der Kummer, den ich von seiner Haltung und seinem Gesicht ablesen kann, zieht an meinem Herzen. So wie ich ihn kenne, gibt er sich die alleinige Schuld an dem Vorfall. Als hätten die Rattengestaltwandler nicht schon viele von uns viele Male überrascht.

Als Sylas das zweite Ritual beendet, treten die Familien vor, um die Seelensteine an sich zu nehmen. Dann zerstreut sich das Rudel. Viele versammeln sich in der Nähe der Häuser und trauern gemeinsam.

Sylas nickt mir zu und dreht sich zur Burg von Hearth-by-the-Heart um, flankiert von Whitt. Ich werde dort bei ihnen wohnen, bis sich zu beiden Seiten der Grenze alles beruhigt hat. Sie und Corwin haben Angst, dass sie unsere gemeinsame Burg nicht gut genug schützen können, während alle von den Beerdigungen abgelenkt sind.

August macht auf dem Absatz kehrt, streckt sich in seiner Wolfgestalt aus und springt zum Wald. Die letzten Sonnenstrahlen reflektieren von seinem rötlichen Fell, bevor ihn die Schatten zwischen den Bäumen verschlucken.

Ich weiß, dass er manchmal allein laufen geht, wenn er mit seinen Emotionen zu kämpfen hat. Ich hoffe, dass er bald zurückkommen wird.

In der Burg ertappe ich mich dabei, wie ich hinab in den Keller gehe. An dem Ledersofa im Unterhaltungsraum haftet Augusts herber Duft von den vielen Malen, die er hier Videospiele gespielt hat. Vielleicht wird er nach seiner Rückkehr hierherkommen oder zum Fitnessstudio gehen, um einen Teil seiner Anspannung auf andere Art loszuwerden.

Ich kuschle mich an die Armlehne des Sofas und warte mit gespitzten Ohren. Als Schritte auf der Treppe erklingen, hebe ich erwartungsvoll den Kopf. Sie halten jedoch inne, als sie den glatten Boden des Flurs erreichen. Ich warte mehrere Sekunden lang, ehe ich zur Tür humple.

Es ist August. Er steht reglos in der Mitte des Ganges am Fuß der Treppe. Das hellere Licht, das vom Treppengang herabfällt, verstärkt den Kontrast der Schatten auf seinem muskulösen Körper. Er scheint die Wand anzustarren oder ins Leere zu blicken — oder vielleicht betrachtet er auch etwas, was er nur vor seinem inneren Auge sehen kann, und verliert sich in seinen Erinnerungen.

Es ist nicht schwer, zu erraten, woran er sich erinnert und weshalb er so aufgebracht aussieht.

Ich gehe zu ihm. Er schüttelt seine Benommenheit ab und wendet sich mir zu, als ich ihn erreiche. Ich lege meine Arme um seine massive Brust. Er erwidert die Umarmung, doch etwas daran fühlt sich zaghafter an, als ich es gewohnt bin.

„Es ist nicht deine Schuld", informiere ich ihn, wobei meine Worte teilweise von seinem Oberteil gedämpft werden. „Ich weiß, dass ich gesagt habe, nicht alle Murk seien böse ... doch viele von ihnen hassen die anderen Fae und sind gewillt, absolut bösartig zu sein, um euch zu schaden. Außerdem gibt es noch immer so viel, was wir nicht über ihre neue Art der Magie wissen und darüber, wie organisiert sie sind."

August seufzt und sein Kinn legt sich auf meinen Kopf. „Ich habe mein Geschwader im Stich gelassen. Ich habe sie in eine Falle geführt, wenn auch aus Versehen. Ich habe nicht schnell genug reagiert, um all diese Tode zu verhindern. Und ich habe auch *dich* enttäuscht, indem ich all die Murk getötet habe. Mitten im Kampfgewühl habe ich nicht einmal daran gedacht, einen gefangen zu nehmen – ich habe sie einfach zerrissen."

Ich umarme ihn fester. „Du hast dich und deine Leute verteidigt. Ich bin deswegen nicht sauer auf dich. Wenn du versucht hättest, deine Angreifer nachsichtig zu behandeln, wären vielleicht noch mehr Fae auf unserer Seite gestorben. Es war nicht so, als hättest du eine Wahl gehabt."

„Es ist nur ..." Er hält inne und seine Stimme senkt sich, als wäre er sich nicht sicher, ob er möchte, dass ich höre, was er sagen wird. „Ich nenne dich Süße, weil du das bist – du bist stark, aber immer fürsorglich und mitfühlend. Du würdest niemals jemandem wehtun, außer es lässt sich auf keinen Fall vermeiden. Und ich habe diese Bestie in mir. Es gibt einen Teil in mir, der *zuerst* an Gewalt denkt, wenn mein Temperament mit mir durchgeht. Wie kannst du jemals richtig sicher sein ..."

Er verstummt erneut.

Ich weiche zurück, berühre sein Gesicht und gebe einen

Laut der Fassungslosigkeit von mir. „Denkst du ehrlich, dass ich mir Sorgen darum mache, dass du *mich* verletzen könntest? Denn die mache ich mir nicht. Nichts an dir flößt mir Angst ein. Es ist lange Zeit her, seit das der Fall war."

„Du hast mich nie kämpfen sehen, nicht wirklich, nicht besonders erbittert", wendet August ein. „Wenn ich so auf dich losgehen würde wie Aerik und sein Kader in jener Nacht, würdest du in Panik geraten."

„Du *würdest* nicht so auf mich losgehen", merke ich an. „Und falls du nur deinen Wolf meinst, vor dem habe ich keine Angst. Ich habe ihn und andere bereits aus der Nähe erlebt. Ich kenne den Unterschied."

„Ich sage nur, dass es womöglich nicht so anders wäre, wenn du mich in bestimmten Zuständen sehen würdest."

Die Entschlossenheit, ihm zu zeigen, wie sehr ich ihm vertraue, steigt in mir auf. Ich gehe rückwärts zum längeren Ende des Ganges, der zum Fitnessstudio führt. „Warum finden wir es nicht heraus? Zeig mir deinen Wolf."

August wirft mir einen fragenden Blick zu, doch weil er August ist, sinkt er bei meiner Bitte zu Boden und nimmt mit einer fließenden Bewegung seine Wolfgestalt an. Die Verwandlung hat eine Eleganz an sich, die ich jedes Mal mehr zu schätzen weiß, wenn ich sie sehe.

Er steht auf allen vieren vor mir, seine goldenen Augen funkeln in seinem rötlichen Fell und sein Schwanz schwingt von einer Seite zur anderen. Sein Kopf reicht bis zu meiner Schulter. Ein Kribbeln durchfährt meine Narben, die dort meine Haut zieren, reicht jedoch nicht tiefer. Ich kenne den Mann vor mir, sogar wenn er die Gestalt eines Tieres hat. Das Einzige, was ich für ihn empfinde, ist Liebe.

Bei dem Gedanken daran, was ich als Nächstes tun werde, setzt mein Herz einen Schlag aus. Dennoch betrachte ich meinen Gefährten noch einige Augenblicke lang und gebe meinen Emotionen Gelegenheit, sich zu beruhigen, ehe ich auf dem Absatz kehrtmache. „Fang mich!"

Ich sage die Worte fröhlich und mit einer Herausforderung in der Stimme, bevor ich so schnell, wie es mir mein krummer Fuß erlaubt, durch den Flur jogge.

Augusts Wolf stößt ein verwirrtes Schnauben aus und kurz glaube ich, er wird bei dem Spiel nicht mitmachen, das ich initiiert habe. Doch dann trommeln seine Pfoten langsam hinter mir über den Boden. Er verfolgt mich nicht richtig, folgt mir allerdings.

Der Laut löst ein Beben der Panik in mir aus, das genauso schnell zu einem Ruck der Aufregung wird. „Ist das alles, was du draufhast?", rufe ich mit einem atemlosen Lachen über meine Schulter. „So wirst du deine Gefährtin nie für dich beanspruchen."

Mit einem Laut, der beinahe wie ein Glucksen klingt, beschleunigt August seine Schritte. Er jagt mir hinterher. Ich schaue hinter mich, sehe, dass seine haarige Gestalt näher kommt, und alles an seinen muskulösen Schritten spiegelt den Mann wider, den ich liebe. Den Mann, der mich niemals so verfolgen würde, wenn es nicht Teil eines Spiels wäre.

Noch ein Kichern entwischt meinem Mund. Ich treibe mich zu einer etwas schnelleren Geschwindigkeit an und schaffe es, dicht gefolgt von August durch die Tür des Fitnessstudios zu rennen. Als ich herumwirble, stürzt er sich auf mich und verwandelt sich rechtzeitig in einen Mann, um mich mit seinem Arm zu stützen, bevor ich auf den dicken Matten aufschlage, die den Boden polstern.

Sein Gesicht wirkt noch immer angespannt, doch in seinen Augen tanzt Begeisterung. Die gleiche Freude breitet sich bis zu meiner Mitte in mir aus. Bevor er etwas sagen kann, schiebe ich meine Finger in seine Haare und ziehe seinen Mund zu meinem.

August küsst mich tief und sein Herz hämmert noch

schneller in seiner Brust als meines. Es ist jedoch eine gute Energie, als würden wir gemeinsam der Gefahr ins Gesicht lachen, was das Feuer in mir noch mehr entfacht.

Ich vertraue diesem Mann und ich liebe ihn. Im Moment *will* ich ihn stärker, als ich ausdrücken kann.

August löst seinen Mund kurz von mir und seine Stimme krächzt: „Bist du dir sicher, dass es dir gut geht?"

Ich zerre beharrlich an ihm. „Mir wird es noch besser gehen, wenn du mich wieder küsst."

Endlich weicht auch das letzte bisschen Anspannung aus seiner Haltung. Er kommt meinen Lippen mit einem Lachen entgegen, bei dem sein heißer Atem über meinen Mund weht.

Ich war seit Tagen nicht so leidenschaftlich mit einem meiner Männer zusammen. Sie haben mich alle mit Samthandschuhen angefasst, seit sie herausgefunden haben, dass ich schwanger bin. Während das Adrenalin durch meinen Körper summt, bin ich überhaupt nicht müde und mir ist auch nicht schlecht. Mit jedem Kuss und jeder Liebkosung weckt August ein schärferes Bewusstsein in mir – und Verlangen.

Ich will auf *jede* mögliche Art geliebt werden, nicht nur auf eine sanfte Weise.

Meine Finger machen sich an dem Saum seines Shirts zu schaffen. Mit einem Stöhnen hilft mir August, es ihm auszuziehen. Er ragt über mir auf und seine Augen verdunkeln sich, als ich mit den Händen über die muskulösen Flächen seiner Schultern und seines Oberkörpers fahre. Seine Bauchmuskeln spielen, als ich den Bund seiner Hose berühre.

Er küsst mich erneut und findet den Reißverschluss an der Seite meines Kleides. Er ruckt hastig daran und ich winde mich ein bisschen, woraufhin ich das Kleid beiseitewerfen kann. Mein Gefährte blickt auf mich herab und in seinen Augen leuchtet ausschließlich gierige Bewunderung.

Er erobert erneut meinen Mund, ehe er meinen Kiefer und Hals küsst, wo er so heftig an der Haut saugt, dass ich keuche. Während er diesen Abwärtspfad nachfährt, umfasst er meinen Busen und kreist mit dem Daumen immer näher um die Spitze, bis ich seiner Berührung entgegenkomme. Mit einem wohlwollenden Knurren saugt er den anderen Nippel in seinen Mund, während er die erste Spitze zwickt.

Ich wölbe mich ihm entgegen und genieße die Wonne, die durch meine Brust bebt und zwischen meinen Beinen pulsiert. Zum Glück bemerkt August meine Ungeduld. Außerdem konnte er mir noch nie etwas lange verwehren. Mit einem zufriedenen Grinsen senkt er sich tiefer und hakt seine Finger in die Seiten meines Höschens.

Über meinem Bauch hält er inne, der in dieser frühen Phase noch flach ist, und verteilt so zärtlich Küsse um meinen Bauchnabel herum, dass sich meine Kehle vor Emotionen zuschnürt. Ich schiebe meine Finger in seine kurzen rotbraunen Haare, woraufhin er sich noch tiefer senkt und an meinem Höschen reißt.

In dem Augenblick, in dem er meine Mitte entblößt, presst er seinen Mund auf sie. Seine Zunge schnalzt gegen meine Öffnung, seine Lippen gleiten über die empfindsame Perle und Wonne durchflutet mich.

Ich packe seine Haare fester und er leckt noch eifriger an mir. Da kann ich nur noch den Sturm der Leidenschaft reiten, den er mit jedem Zungenschlag in mir heraufbeschwört. Ich wimmere und hebe ihm meine Hüften entgegen, woraufhin er stöhnt.

„So süß innen und außen", raunt er und drückt seinen Mund wieder auf mich.

Mein Körper beginnt, zu zittern, da ihn so viele Empfindungen durchströmen. Meine Hüften schaukeln nach oben, Augusts Zähne streifen meine Lustperle und ich komme mit einem gewaltigen Beben, bei dem ich ihm möglicherweise den Hals verrenke, weil ich so stark an seinen Haaren ziehe.

August macht allerdings nicht den Eindruck, als würde ihn das stören. Als meine Glieder in den Nachbeben des Orgasmus erschlaffen, schiebt er sich mit einem strahlenden Lächeln über mich, fängt meine Lippen ein und gibt mein herbes Aroma an mich weiter.

Meine Hüften biegen sich auf der Suche nach tieferer Wonne nach oben, um seinen entgegenzukommen. Ich zerre an seiner Hose.

August atmet zittrig aus. Er tritt seine Hose beiseite und ich schlinge sofort meine Finger um seine dicke Erektion. Sie zuckt in meinem Griff und ist so hart, dass ich ein Stöhnen schlucken muss, als ich sie spüre.

„Ich will dich in mir haben", verkünde ich und blicke ihm in die Augen. „Ich liebe dich zahm und ich liebe dich wild. Ich werde nicht zerbrechen."

August knurrt begehrlich und dringt in mich, wobei er sich einen weiteren Kuss stiehlt. Ich hebe die Knie, damit er tiefer in mich stoßen kann. Das Stöhnen, das von meiner Brust aus meinem Mund vibriert, kann ich nicht aufhalten. Wir schaukeln mit den Hüften, um einander entgegenzukommen, drängend, jedoch zärtlich. Seine Lippen verteilen Küsse auf meinem Gesicht und Hals. Er stützt eine Hand neben mir ab, während die andere über meine Kurven gleitet und noch mehr Lust in mir erzeugt.

Als mich das Gefühl, von seiner Härte gefüllt zu sein, zu meinem zweiten Gipfel bringt, stoße ich mich ihm kraftvoller entgegen. August schiebt seine Hand unter meinen Po und hebt mich hoch. In dem neuen Winkel entzünden seine Stöße eine stärkere Wonne, die durch meinen gesamten Körper fegt. Ich wimmere, presse mich ihm ein, zwei Mal entgegen und schreie, als ich erneut über diese ekstatische Klippe stürze.

Augusts Tempo wird hektischer. Als ich mich um ihn herum verkrampfe, stockt ihm der Atem. Er vergräbt sein Gesicht an meiner Schulter und grunzt, als mich seine Hitze füllt.

Er sinkt neben mich, legt einen Arm um mich und zieht mich eng an sich. Ich kuschle mich in seine Arme. Einige Minuten lang liegen wir einfach nur da, beruhigen uns und genießen die nachhallende Hitze, die wir zwischen uns erzeugt haben.

„Mach die keine Sorgen mehr", verkünde ich und drehe den Kopf, damit ich ihm in die Augen schauen kann. „Nicht darüber, wie ich für dich empfinde. Wir haben eine Menge anderer Sorgen, ohne dass wir die Liste vergrößern. Du bist mein Gefährte und nichts kann das ändern."

August seufzt, es ist allerdings eher ein Laut der Erleichterung als der Resignation. Er küsst meine Haare oberhalb meines Ohrs. „Du weißt, wie man seine Argumente vorbringt, Süße", sagt er mit einem liebevollen Funkeln in den Augen. „Ich werde versuchen, mir das zu merken."

„Wehe, wenn nicht", drohe ich spielerisch, kuschle mich wieder an ihn und wünsche mir, es gäbe nicht ganz so viele andere Sorgen, die Raum in unseren Köpfen einnehmen.

6

Talia

Als mich das Hämmern an meiner Schlafzimmertür in der nächsten Nacht aus dem Schlaf reißt, zeigt die Dunkelheit vor meinem Fenster, dass der Morgen noch nicht angebrochen ist. Ich rolle mich neben Sylas herum, der die Nacht mit mir in der Grenzburg verbracht hat, als die Stimme einer der vielen Wachen der Burg durchs Holz dringt.

„Mein Lord, es gibt Nachrichten aus Tumble-by-the-Heart, die Sie sofort hören sollten."

Tumble-by-the-Heart ist Celias Revier. Sylas setzt sich sofort auf. „Einen Augenblick!" Er drückt mir schnell einen Kuss auf die Lippen, bevor er seine Kleider holt. „Schlaf weiter", raunt er mir zu.

Ich spüre erneut das zusätzliche Gewicht der Erschöpfung, weshalb ich meinen Kopf wieder auf das Kissen sinken lasse. Mein Verstand ist jedoch zu wach, als dass ich wieder einschlafen könnte. Ich versuche es, bis Sylas den Flur betritt. Dann hole ich meine dünne Robe, ziehe sie über mein Nachthemd an und tapse zur Tür. Ich werde mich besser fühlen, wenn ich weiß, was los ist.

Ich habe gerade die Tür ein Stück weit geöffnet, als mein Name an meine Ohren dringt. Mein Herz setzt aus. Ich eile auf den Gang. Bei meinem Anblick verstummen Sylas und die Wache, die sich etwas weiter weg im Flur unterhalten haben.

„Was ist mit mir?", frage ich. „Was ist passiert?"

Sylas öffnet und schließt den Mund mit einer gequälten Miene. Er will mich offensichtlich nicht an der Angelegenheit beteiligen. Dann seufzt er jedoch. Er kennt mich zu gut und weiß, dass ich keine Ruhe geben werde, bis er es mir erklärt.

„Jemand aus Celias Patrouille hat einen Murk-Mann unweit von ihrem Revier gefangen", erzählt er. „Er behauptet, er sei nur hergekommen, um eine Nachricht zu überbringen ... und zwar dir."

Mein Herz setzt eine Sekunde lang aus. Ich humple zu ihm und schlinge die Arme um mich. „Sie haben ihn nicht *getötet*, oder? Es könnte Madoc sein ... er will uns womöglich helfen." Ich will gar nicht daran denken, was der Murk-Mann, der mir bei der Flucht half, herausgefunden hat, das so schlimm war, dass er es riskierte, hierherzukommen, um es mir zu erzählen. Irgendwie kann ich mir nicht vorstellen, dass er uns die Botschaft überbringen wird, dass Orion einer Friedensverhandlung zugestimmt hat.

Nein, was auch immer es ist, es ist bestimmt schrecklich.

Die Wache bedenkt mich mit einem eigenartigen Blick, sagt jedoch: „Er lebt noch, soweit wir wissen. Erzlord Celia hält ihn am Fuß des Hügels auf ihrer Seite fest, so wie wir es mit der Frau getan haben, die wir gefangen haben." Er wendet sich wieder an Sylas. „Sie will wissen, wie Sie vorgehen möchten.“

Ich richte mich auf, bevor Sylas antworten kann. „Ich werde natürlich in Erfahrung bringen, was er mir mitteilen will.“

Sylas runzelt die Stirn. „Wir wissen nicht mit Sicherheit, ob es der Murk ist, der dir zuvor geholfen hat … und selbst wenn er es ist, können wir uns nicht sicher sein, welche Absichten er jetzt hat. Ich will nicht, dass du in die Reichweite ihrer Magie kommst. Wenn er etwas zu sagen hat, kann er die Nachricht durch mich weitergeben.“

Ich verschränke die Arme vor der Brust. „Ich denke, es ist etwas spät, um sich Sorgen darüber zu machen, dass ich mit Murk-Magie in Berührung komme. Wenn er gewillt wäre, die Nachricht jemand anderem als mir auszurichten, hätte er das vermutlich bereits getan. Madoc vertraut dem Rest von euch nicht. Ich bin mir nicht einmal sicher, wie sehr er mir vertraut.“ Genug, um zu denken, dass ich es nicht verdiene, gefoltert zu werden, das ist allerdings eine ziemlich niedrige Messlatte.

„Vorausgesetzt, es handelt sich überhaupt um ihn“, erinnert mich Sylas. „Vermutlich kennen eine Menge Murk deinen Namen und wissen, dass du wieder bei uns bist. Das könnte einer ihrer Tricks sein, um dich angreifbar zu machen.“

Ich atme schnaubend aus, doch er hat recht. Wir müssen vorsichtig sein. „Na schön. Ich werde ihn dir beschreiben und dir ein paar Fragen geben, die du dem Murk stellen kannst und die nur Madoc beantworten kann. Wenn du überzeugt bist, dass er es ist, haben wir eine Sorge weniger.“ Ich halte inne. „Doch selbst wenn er es nicht ist, denke ich, dass wir dem Murk eine Gelegenheit geben sollten, zu erklären, weshalb er hergekommen ist.“

Sylas gibt ein unzufriedenes Knurren von sich, lehnt

meinen Vorschlag jedoch nicht ab. „Das besprechen wir, wenn es so weit ist." Sein Blick gleitet über meine Schlafkleidung. „Warum ziehst du dich nicht an und ich schaue nach, wen ich um diese Stunde aufwecken und zur Begleitung mitnehmen kann? Ich werde jede mögliche Vorsichtsmaßnahme ergreifen."

Als ich zu meinem Zimmer zurückhumple, dringt Corwins Stimme durch unser Band, die leicht erschöpft klingt, weil er aus dem Schlaf gerissen wurde. *Worum geht es bei diesem Aufruhr so früh am Morgen, meine Seele? Geht es dir gut?*

Ja, ich bin nur ein wenig müde, wie man es erwarten würde, antworte ich, während ich das erstbeste Kleid aus meinem Schrank ziehe, das mir in die Hände fällt. *Es tut mir leid, dass ich dich geweckt habe. Anscheinend wurde einer der Murk in der Nähe von Celias Revier gefangen und er behauptet, er hätte eine Nachricht für mich. Es könnte Madoc sein. Wir werden das in Erfahrung bringen.*

Sofort ist mein seelenverbundener Gefährte hellwach. *Ich kann auch kommen, falls die Seelie nichts dagegen haben.*

Ich sehe keinen Grund, aus dem sie sich beschweren sollten. Es wäre vermutlich gut, wenn jemand aus dem Winterreich ebenfalls Zeuge dessen wird, was geschieht.

Ich lege meine Schlafkleidung ab und ziehe das Kleid an, das so schlicht ist, dass keine komplizierten Handgriffe nötig sind, damit es richtig liegt. Dennoch ist es viel ladyhafter als mein Nachthemd. Ich werde vor eine Gruppe aus Celias Rudelmitgliedern und vielleicht sogar vor Celia persönlich treten sowie vor die Fae, mit denen ich vertrauter bin.

Und möglicherweise werde ich diesen Rattengestaltwandler treffen, wer auch immer er ist.

Als ich den Sommereingang der Burg im Erdgeschoss erreiche, hat sich Corwin bereits zu Sylas gesellt – genauso wie Sylas' gesamter Kader, obgleich Whitt ein wenig verschlafen aussieht. August ist bereits angespannt und hat eine Abwehrhaltung eingenommen. Astrid hält ihr Kurzschwert in der Hand. Sie verbirgt ein Gähnen und schüttelt sich.

„Ich glaube nicht, dass ihr *alle* hier sein müsst, um mich zu beschützen", sage ich und Schuldgefühle breiten sich in mir aus, weil sie wegen mir aus den Betten gezogen wurden.

Whitt schenkt mir ein lässiges Grinsen. „Wer sagt, dass es für dich ist?", neckt er mich. „Ich will hören, was die Ratte zu sagen hat." Er streckt die Arme über den Kopf. Mittlerweile schont er seine Verletzungen nicht mehr, die er sich bei Tristans Angriff auf Hearth-by-the-Heart vor einigen Wochen zugezogen hat. „Und zusätzliche Augen und Ohren haben bisher niemandem geschadet. Er wird dir kein Haar krümmen."

Ich vermute, wenn ich sie nicht begleiten würde, hätten sie sich verwandelt, um den relativ kurzen Weg in einem wölfischen Galopp hinter sich zu bringen. Stattdessen treten wir in die warme Nachtluft zu einem Gefährt, das bereits heraufbeschworen wurde. Ich lasse mich auf einer der Bänke nieder, verkneife mir ein Gähnen und denke darüber nach, was Sylas den Murk-Mann fragen könnte. Etwas, was nur Madoc und ich wissen.

„Falls er sagt, dass er Madoc ist, und er richtig aussieht", ich blicke zu Corwin, „du solltest ihn aus meinen Erinnerungen erkennen können. Allerdings könnte das natürlich auch eine Illusion sein. Fragt ihn nach den drei Szenen, die ich mir in der Gruft der Erinnerungen angeschaut habe. Es gab das brennende Haus, der Mann, der von den Unseelie gefangen wurde, während er Essen für seine Gefährtin sammelte, und ... und die Kinder im Waisenhaus."

Ich habe meinen Gefährten erzählt, was ich gesehen habe, und ihre Gesichter werden bei der Erinnerung ernst.

„Gibt es noch etwas, was wir überprüfen können?", fragt Sylas sanft.

Mir fällt kein Grund ein, aus dem Madoc jemand anderem diese drei Erinnerungen aus der Gruft hätte erzählen sollen, doch nur für den Fall … „Ihr könntet ihn fragen, bezüglich welcher Sorge – eine Lüge, die mir Orion erzählt hatte – er mich beruhigen musste, als wir das Refugium verließen. Ich dachte, Orion hätte meine Gedanken gelesen, aber Madoc erklärte mir, dass er nur so getan hatte."

Wird er sich überhaupt daran erinnern? Ich hoffe es. Doch wenn er es nicht tut, kann er es einfach sagen und ich werde mir einen anderen Beweis überlegen.

Das Gefährt gleitet über die offenen Felder, die das Herz umgeben, und zwischen die kleineren Bäume. Als wir Celias Burg erreichen, wartet dort eine Wache auf uns. Er winkt uns mit einem Arm und bedeutet uns, ihm in den dichten Wald am Abhang zu folgen.

Ich glaube, wir befinden uns ungefähr auf halber Höhe des Abhangs, als Sylas das Gefährt anhalten lässt. „Du wirst mit Astrid und August hier warten", informiert er mich. „Corwin, Whitt und ich werden den Gefangenen besuchen. Wir werden zurückkehren, sobald wir eine bessere Vorstellung davon haben, wer er ist."

Sie springen aus dem Gefährt, die Seelie-Männer nehmen sofort ihre Wolfgestalt an und Corwin fliegt als Rabe hinter ihnen her. Der Unseelie-Erzlord errichtet wieder seine mentale Barriere, wofür er sich bei mir entschuldigt. Er will nicht, dass ich von dem verstört werde, was der Murk-Mann womöglich sagt oder tut, solange wir nicht wissen, womit wir es zu tun haben.

August legt seinen Arm um mich, ich lehne mich an ihn und schließe meine Augen ein Weilchen. Ich bin zu aufgedreht, um jetzt auf Schlaf zu hoffen, döse allerdings ein wenig.

Ehe ich mich versehe, steht Whitt mit argwöhnischer Miene an der Seite des Gefährts.

„Es ist dein Mann, soweit wir das erkennen können", verkündet er. „Dieser Madoc. Er hat alles zu unserer Zufriedenheit beantwortet. Celia hat ein Dutzend Wachen aufgestellt, die das Gefängnis bewachen. Anscheinend hat es ihnen Sorgen bereitet, dass er so nah ans Herz herangekommen ist, bevor ihn jemand gefangen hat, weshalb sie vermuten, dass er ziemlich mächtig ist. Das passt zu dem, was du über seine Illusionskünste erfahren hast."

„Wie *haben* sie ihn gefangen?", frage ich, als mir August aus dem Gefährt hilft.

Der Mundwinkel des Spionagechefs biegt sich nach oben. „Es war einer der Blut-Tracker, bei deren Herstellung du mir geholfen hast. Anscheinend haben die Murk nicht gelernt, wie sie ihnen komplett ausweichen können, oder dieser Murk wusste noch nicht davon."

Bei dem Gedanken, dass ich irgendwie für Madocs Gefangennahme verantwortlich bin, verdreht sich mein Magen, doch es ist passiert. Ich muss herausfinden, warum er gekommen ist – und sicherstellen, dass ihm Celias Wachen nicht wehtun.

August und Astrid flankieren mich auf dem kurzen Weg durch den dichten Wald, wo es schwierig gewesen wäre, ein Gefährt zu lenken. Wir betreten eine große Lichtung. Einige magische Kugeln tauchen diese in ein bernsteinfarbenes Leuchten. Sylas und Corwin stehen am Waldrand. Die Wachen, die Whitt erwähnt hat, sind um sie herum positioniert.

Und in der Mitte der Lichtung, umgeben von einer durchsichtigen Mauer aus Licht, die sich bewegt und wirbelt wie Öl auf Wasser …

„Madoc!" Sein Name kommt mir über die Lippen und ich schnelle nach vorne, bevor ich darüber nachdenken kann.

Mein Impuls besteht darin, zu ihm zu rennen, ihn zu untersuchen und mich zu vergewissern, dass es ihm gut geht, doch August hebt mich von den Füßen, bevor ich die leuchtende Barriere erreichen kann, die ihn umgibt.

„Vorsicht, Süße", murmelt er.

Ich starre den Mann in dem schimmernden Käfig an. Madoc, der zuvor gebückt auf dem Boden kauerte, hat sich aufgerichtet und seine halb geschlossenen Augen sind auf mich gerichtet. Das bernsteinfarbene Licht färbt seine glatten, strohblonden Haare orange. Mein Blick huscht tiefer und sucht automatisch nach dem langen, spärlich behaarten Schwanz, an den ich mich bei ihm gewöhnt habe. Es ist merkwürdig, ihn nicht zu sehen, obwohl ich weiß, dass die Fae dazu neigen, ihre tierischen Eigenschaften nicht unnötig zu zeigen. Es war nur eine Marotte von Orion und seiner Leitung des Refugiums. Er wollte, dass alle ihre Schwänze zeigen.

Ein großer Bluterguss leuchtet auf Madocs linkem Wangenknochen und aus einem Schnitt, der von seiner rechten Schläfe bis zu seinem Kiefer verläuft, quilt noch immer Blut. Jetzt, da er sich bewegt, bemerke ich, dass er eine Seite schont, als hätte er noch eine andere, unsichtbare Verletzung. Mein Magen schlingert.

„Was habt ihr mit ihm gemacht?", will ich wissen, als sich Augusts Griff so weit lockert, dass ich wieder auf meinen Füßen stehe. Er lässt seine Hände allerdings auf meinen Schultern liegen. Ich schaue die Wachen auf der Lichtung finster an. „Ihr hättet ihn nicht angreifen müssen."

Derjenige, der anscheinend der Anführer des Geschwaders ist, blickt mich böse an. „Das waren wir nicht. Er ist so angekommen. Und die Patrouille wusste nicht, wie stark sie ihn angreifen sollte, als sie ihn entdeckte. Warum sollten wir dem Ungeziefer eine Gelegenheit geben, die Oberhand zu gewinnen?"

Ich vermute, das ergibt Sinn, verhindert jedoch nicht, dass mir schlecht wird. Ich richte meine Aufmerksamkeit wieder auf Madoc, der mich angespannt anlächelt.

„Ich werde es überleben", beruhigt er mich mit der heiseren Stimme, die mich während so vieler Schrecken angeleitet hat, denen ich mich im Refugium stellen musste. „Man könnte auch sagen, dass es meine Schuld ist, dass ich mich erwischen habe lassen. Ich wollte meine Nachricht auf eine weniger aktive Art ausrichten, aber ich nehme, was ich kriegen kann. Es freut mich, dass dein aufsässiges Temperament nicht verschwunden ist, nur weil du die Freiheit gefunden hast."

Ein Schmerz bildet sich um mein Herz herum, weil er diesen Rückschlag so ruhig hinnimmt und sich nicht einmal von den Fae erschüttern lässt, die nicht zögern würden, ihn zu töten. Als wäre für ihn nur wichtig, seine Mission zu beenden. Doch so war er schon immer, oder? Hingebungsvoll und entschlossen, manchmal in einem solchen Ausmaß, dass es mich frustrierte.

Dass er hier ist, beweist allerdings, dass er in der Lage ist, seine Entschlossenheit anzupassen. Ich bezweifle, dass es Orion gutheißt, dass er sich mit mir in Verbindung setzt. Er hat nicht zugelassen, dass seine Hingabe für sein Volk jeden anderen Gedanken daran auslöscht, was richtig ist.

„Natürlich nicht", antworte ich auf seine Bemerkung über mein Temperament. „Ich werde sie dazu bringen, dir einen Heiler zu schicken." Ich wirble zu Sylas herum. „Du kannst Celia dazu überreden, oder?"

Sylas neigt den Kopf, lässt Madoc jedoch nicht aus den Augen. „Zuerst möchte ich wissen, was unseren unerwarteten Besucher hierhergeführt hat. Wie lautet die Botschaft? Was wolltest du Talia erzählen?"

Madocs Augen werden schmal, als er die Fae-Männer um mich herum betrachtet. Dann konzentriert er sich auf mich anstatt auf Sylas. „Deine Gefährten achten sehr auf deinen Schutz, das muss ich ihnen lassen. Hoffen wir, dass sie das auch weiterhin tun können."

„Ist das eine Drohung?", knurrt August, bevor der Murk-Mann weitersprechen kann.

Madocs Blick wird hart und düster. „Nein", blafft er. „Es ist eine Warnung, eine, für deren Überbringung ich eine Menge riskiert habe. Also kannst du mir vielleicht die Gelegenheit geben, sie euch tatsächlich mitzuteilen." Er atmet tief ein und blickt mir wieder in die Augen. „Zusammen mit all der Magie, die Orion an dir gewirkt hat, hat er dich auch mit einem Zauber belegt, der bis jetzt geschlummert hat. Er war sein Ersatzplan. Wenn ich es richtig verstanden habe, hat er vor ungefähr zwei Tagen jemanden in die Nebelwelt geschickt, der den Zauber aktiviert hat."

Vor zwei Tagen? Kälte kribbelt über meine Haut. Ich erinnere mich nicht, dass zu diesem Zeitpunkt etwas Ungewöhnliches geschehen ist. Seit wir erkannten, dass ich schwanger bin, ist alles wie in einem Rausch an mir vorbeigezogen. Das war allerdings vor fast einer Woche.

Meine Hand hebt sich instinktiv zu meinem Bauch. Orions Zauber hat nichts *damit* zu tun, oder?

„Was genau hat er aktiviert?", frage ich, obwohl ich die Antwort nicht wissen will. Ich weiß jedoch, dass ich sie hören muss.

Madoc verzieht das Gesicht. „Seinen Erzählungen zufolge ist es ein Fluch, mit dem *du* belegt wurdest. Er wird dich anfangs einfach nur schwächen und dir Schmerzen bereiten. Innerhalb weniger Tage wird er allerdings schlimmer werden, bis … bis er dich tötet."

7

Sylas

Ich lehne mich an den Rumpf des Gefährts und blicke auf meine schlafende Gefährtin hinab. Sie hat sich geweigert, sich weiter von dem Gefängnis zu entfernen, obwohl sie die Erschöpfung offensichtlich eingeholt hat. Wir errichteten ihr ein so gemütliches Bett wie möglich zwischen zwei Bänken des Gefährts und sie schlief beinahe augenblicklich ein.

Das frühe Dämmerlicht, das durch die Blätter über uns dringt, fällt auf ihre bunten Haare. Ich raune einige Worte, um einen Sonnenschutz zu erschaffen, damit die Strahlen sie nicht aufwecken, wenn sie intensiver werden. Daraufhin schaue ich zu meinem Kriegschef – und Chefheiler.

„Du hast keine Anzeichen einer Krankheit bei ihr gespürt?", frage ich August. Er hat nicht den Eindruck gemacht, als würden Madocs Behauptungen mit seinen eigenen Beobachtungen übereinstimmen, aber vielleicht wollte er nichts vor den anderen sagen. Womöglich wollte er nicht einmal mit Talia darüber reden, bis wir es untereinander besprochen hatten, um ihr nicht unnötig Sorgen zu bereiten.

Mein Bruder schüttelt den Kopf und lächelt viel angespannter als üblich. „Nichts ... und ich habe sie jeden Tag auf alles Mögliche untersucht, seit wir von der Schwangerschaft erfahren haben. Abgesehen von dem Kind, das in ihr heranwächst, habe ich seit ihrer Entführung keine Veränderung an ihrer körperlichen Präsenz bemerkt."

„Du glaubst nicht, dass die Schwangerschaft in Bezug zu dem Fluch stehen könnte, oder?" Bei dem Gedanken sinkt mein Magen.

Augusts Lächeln verschwindet vollständig. Seine Stirn runzelt sich, während er Talias schlafende Gestalt mustert. „Wir wussten, dass sie fruchtbar war, als wir nach ihrer Flucht mit ihr schliefen. Der Zeitpunkt, an dem Corwin die Schwangerschaft das erste Mal bemerkte, und die Energie, die sie ausstrahlt, passen zu diesem Tag der Empfängnis. Ich habe speziell nach einem Murk-Einfluss gesucht, der mit dem neuen Leben verbunden ist, und nichts entdeckt. Ich vermute jedoch, dass wir uns nicht vollkommen sicher sein können. Sie haben eine Menge vor uns verborgen."

„Ja." Ich kämpfe den Drang nieder, das Gesicht finster zu verziehen. „Wir müssen sie und das Voranschreiten der Schwangerschaft gut im Auge behalten. Es ist womöglich das Beste, wenn du sie ab jetzt zweimal am Tag untersuchst, damit wir jede neue Entwicklung so früh wie möglich feststellen."

„Vielleicht irrt sich Madoc", schlägt August vor. „Oder vielleicht hat der Auslöser, von dem ihm Orion erzählt hat, nicht funktioniert. Talia hat ihm schon auf andere Arten einen Strich durch die Rechnung gemacht. Das Herz der Nebelwelt hat sie unterstützt."

„Das würde ich gerne glauben, doch wir können uns nicht darauf verlassen. Unser Fluch zeigt sich nur an einer Nacht im Monat. Der Fluch der Unseelie schlägt wahllos zu. Es wäre nicht so ungewöhnlich, wenn das, was der Murk-König in unserer Gefährtin platziert hat, eine Weile braucht, um zum Vorschein zu kommen."

Diese grimmige Feststellung hängt bedrohlich über uns, dennoch wende ich mich dem Abhang zu, der mich wieder zu Madocs Gefängnis bringen wird. „Ich muss die Ratte noch einmal befragen. Du bleibst hier und wachst über sie. Ich werde dir Astrid zur Hilfe schicken." Nach allem, was Talia durchgemacht hat, ist mir nicht wohl bei dem Gedanken, sie mit weniger als zwei vertrauenswürdigen Wachen allein zu lassen, obwohl wir uns tief in unserem Territorium befinden und in der Nähe unseres Herzens. Corwin ist gegangen, um über die Ländereien in der Nähe zu fliegen und nach Anzeichen Ausschau zu halten, dass Madoc nicht allein gekommen ist.

August neigt den Kopf und nimmt meine Befehle entgegen, bevor ich den Hügel hinab zu der Lichtung marschiere, wo ich meine zwei anderen Kader-Gewählten zurückgelassen habe – und den Murk-Mann, der angeblich nur das Beste für Talia will.

Ihm würde ich nicht zutrauen, sie vor seinen Murk-Brüdern zu beschützen, doch es war offensichtlich, dass sich sein Verhalten in ihrer Anwesenheit änderte. Es gab einen deutlichen Unterschied in seiner Mimik und Gestik, als er sich auf sie anstatt auf uns konzentrierte. Sie hat bei ihm einen Sieg errungen, so wie sie es bei so vielen anderen Fae geschafft hat. Doch reicht das, um seine unverhohlene Verachtung für die Seelie und Unseelie zu überwinden?

Es interessiert mich, wie er spricht, wenn ihre Anwesenheit seine feindseligeren Impulse nicht im Zaum hält. Vielleicht werde ich etwas erfahren, was ihm nur vor anderen Fae entschlüpfen würde.

Mir fallen Nuldars Worte ein, die der Weise bei meinem letzten Besuch gesprochen hat, als ich ihn danach fragte, wie wir den Fluch beenden können. Er sagte, die Antwort sei auf dem Weg zu uns ... und dass wir eine ‚Schlinge' bräuchten, um diese Antwort zu fangen. *Wenn sie ein einziges Herz fangen kann, wird sie euch alles bringen, was ihr wissen müsst.*

Könnte Talia diese Schlinge sein ... und Madoc das Herz, das sie gefangen hat? Bis jetzt hat er uns nichts erzählt, was uns dabei helfen würde, den Fluch zu vernichten, zumindest nichts, was wir nicht bereits von Talia nach ihrer Zeit bei den Murk erfahren haben. Andererseits wäre sie womöglich nie zu uns zurückgekehrt, wenn sie ihn nicht zu ihrem Verbündeten gemacht hätte.

Wir werden abwarten und schauen müssen, wie sich das Ganze entwickelt.

Als ich die Lichtung betrete, auf der Celias Truppe Wache hält, gesellen sich Whitt und Astrid zu mir. „Wie geht es unserer allkräftigen Gefährtin?", erkundigt sich Whitt. Der spielerische Ton in seiner Stimme ist ungewöhnlich gedämpft.

„Sie bekommt ihre dringend benötigte Ruhe", antworte ich und nicke Astrid zu. „Du solltest dich August anschließen und mit ihm über sie wachen. Benachrichtige mich über alles Besorgniserregende."

„Natürlich, mein Lord", erwidert die drahtige Frau und springt beinahe so gewandt in ihre Wolfgestalt, als wäre sie mehrere Jahrhunderte jünger. Sie war meine loyalste und fähigste Wache und hat sich als exzellentes Mitglied meines Kaders erwiesen. Ich hätte viel früher daran denken sollen, sie in diesen einzuladen.

Whitt geht mit mir zurück zur Gefängniszelle. Er kann meinem Verhör womöglich ein paar Fragen beisteuern. Ich trete näher an die leuchtenden Wände heran als die Wachen, bleibe jedoch einige Schritte davon entfernt stehen, bevor ich Madoc durch die wabernde Barriere hindurch betrachte.

Er ist nicht so muskelbepackt wie ich oder August, könnte jedoch mit Whitts Körperbau mithalten. Außerdem haben sowohl die Tatsache, dass er so dicht an unsere inneren Ländereien herangekommen ist, als auch Talias Berichte deutlich gemacht, dass sein magisches Talent ebenfalls beachtlich ist. Er könnte ein eindrucksvoller Verbündeter sein, wenn er gewillt ist, einer zu bleiben – oder ein eindrucksvoller Feind.

Er erwidert meinen Blick mit skeptischer Miene. Er ist in die Hocke gegangen, lehnt leicht nach vorne und hat seine Unterarme auf seinen Knien abgelegt. Ich kann jedoch erkennen, dass er bereit ist, sofort aus dieser Haltung aufzuspringen, sollte er eine Gelegenheit sehen. Er ist definitiv nicht glücklich darüber, unser Gefangener zu sein.

„Ich habe weitere Fragen an dich“, verkünde ich und verschränke die Arme vor der Brust.

„Natürlich hast du die.“ Er richtet sich auf, sodass wir beinahe auf Augenhöhe sind. Ich überrage ihn um ein paar Zentimeter. „Was möchtest du noch wissen, Erzlord?“

Er spricht meinen Titel leicht spöttisch aus, als wäre er eine Beleidigung anstelle einer Ehre. Ich knirsche automatisch mit den Zähnen, konzentriere mich jedoch auf die Befragung. Ich darf nicht zulassen, dass er *mich* mit seinen Provokationsversuchen ablenkt.

„Dieser Fluch, mit dem dein König Talia angeblich belegt hat … Du hast gesagt, er hätte erwähnt, er hätte vor ein paar Tagen jemanden geschickt, der ihn aktiviert hat. Hat er irgendeinen Hinweis fallen lassen, wann der Fluch an sich gewirkt wurde?“

Madocs Augen zucken und ich vermute, dass er mit sich ringt, ob er mir so viel verraten will. Doch nach einem

Augenblick holt er tief Luft. „Ich habe so getan, als sei ich neugierig, und habe ihm einige Fragen gestellt. Soweit ich anhand seiner Antworten verstehen konnte, die nicht immer besonders konkret sind, gehörte der Fluch zu dem ursprünglichen Zauber, mit dem er sie belegte, als sie ein Neugeborenes war.“

Der Gedanke an Talia als Baby weckt all meine Furcht über ihren aktuellen Zustand. „Er hat dir keine Einzelheiten genannt, wie der Fluch wirken würde?“

„Das habe ich euch bereits erzählt“, erwidert Madoc knapp. „Er sagte nur, dass sie leiden und dahinsiechen würde. Er erwartet, dass ihr alle panisch und verzweifelt werdet, weil es nichts gibt, was ihr tun könnt, um es aufzuhalten. Ich konnte nicht zu viele Nachfragen stellen, ohne sein Misstrauen zu erregen, warum ich so viel über die Einzelheiten wissen wollte. Glaub mir, wenn ich irgendetwas herausgefunden hätte, was euch – *ihr* – dabei helfen würde, euch besser vorzubereiten, würde ich das nicht für mich behalten.“

Ich kann nicht sagen, dass ich von dieser Behauptung überzeugt bin, zweifle seine Antwort jedoch nicht an. Whitt hat offensichtlich etwas Ähnliches gedacht. Als ich innehalte, um über meine nächste Frage nachzudenken, räuspert er sich. „Hat er irgendetwas gesagt, was darauf hinweist, dass der Fluch etwas mit einer Schwangerschaft zu tun hat?“

So viele Emotionen huschen über Madocs Gesicht, dass es beinahe ein beeindruckender Anblick ist. Aufgrund des Schattens, der durch seine Augen zieht, und des Zuckens seiner Muskeln, das beinahe ein Zurückschrecken ist, bin ich mir nur einer Sache sicher, und zwar, dass dieser Gedanke eine Überraschung für ihn ist – und er gefällt ihm überhaupt nicht. Das könnte an und für sich schon Antwort genug sein.

„Nein“, antwortet er und die Heiserkeit seiner Stimme verstärkt sich ein wenig. „Keines seiner Worte, die mir einfallen, hat darauf hingedeutet, dass … *Ist* sie es? Schwanger?" Seine Stimme klingt eigenartig zögernd, als sei er sich nicht sicher, ob er die Antwort wissen will.

„Ich decke lediglich alle Eventualitäten ab", erwidert Whitt aalglatt. „Es scheint ein vernünftiger möglicher Trick zu sein."

Madoc mustert ihn misstrauisch, sagt allerdings nichts.

„Warum *bist* du hergekommen, um Talia diese Warnung zu überbringen?", frage ich und lenke seine Aufmerksamkeit wieder auf mich. „Du hast angedeutet, dass du dadurch dein Leben aufs Spiel gesetzt hast. Weshalb war es so wichtig für dich, dass du dieses Risiko eingegangen bist?"

Sein Blick wird finster. „Ich habe bereits einmal mein Leben riskiert, um sie von Orion wegzubringen in der Hoffnung, ihres zu retten. Das hätte offensichtlich nicht viel Sinn gehabt, wenn ich sie jetzt einfach sterben lassen würde."

„Ich denke, die Frage bleibt bestehen", entgegnet Whitt lässig und legt den Kopf schief. „Warum hilfst du ihr?"

Madocs Finger zucken und kurz meine ich, seine Krallen aufblitzen zu sehen. Doch sie verschwinden so schnell, wie sie aufgetaucht sind. Er schaut uns beide böse an. „Ich denke, ich muss keinem von euch erklären, dass sie eine ziemlich außergewöhnliche Frau ist. Sie hat es geschafft, mich davon zu überzeugen, dass die Hoffnung besteht, den Konflikt auf andere Art als durch einen blutigen Krieg zu beenden. Und ungeachtet dessen, ganz gleich, was ihr von den Murk haltet, ich genieße es nicht, zuzuschauen, wie jemand leidet, der es nicht verdient."

Ich habe das Gefühl, dass er uns nicht zu denen zählt, die es nicht verdienen, zu leiden. Ich konzentriere mich auf den anderen Teil seiner Antwort. „Ist es das, was du willst? Ein Ende dieses Konflikts, bei dem kein Krieg nötig ist? Es war dein Volk, das den Krieg begonnen hat. Es macht den

Anschein, als würdet ihr ihn bereits seit Jahrzehnten gegen uns führen, ohne dass wir davon wussten.“

„*Wir* haben ihn begonnen?“, bricht es ungläubig aus Madoc hervor. Doch dann schüttelt er den Kopf. „Es spielt keine Rolle. Ich denke nicht, dass es gut für *mein* Volk wäre, wenn wir auf diese Art des Kampfes zurückgreifen müssen. Talia sieht etwas Gutes in euch, also gibt es vielleicht einige von euch, die ebenfalls am Leben bleiben sollten.“ Er macht sich nicht die Mühe, seine Skepsis zu verbergen.

Meine Augenbrauen heben sich leicht. „Du schätzt die Meinung meiner Gefährtin sehr.“

Ich spreche absichtlich meine Beziehung zu Talia an, um seine Reaktion zu testen. Madoc zeigt keine zusätzliche Feindseligkeit, andererseits herrscht bereits genügend davon zwischen uns. Seine Lippen ziehen sich geringfügig zurück. „Ich hoffe, ihr tut das auch.“

Ich sehe keinen Sinn darin, ihn weiter mit Fragen zu belästigen. Abgesehen davon, dass er seine Abscheu für uns etwas deutlicher gezeigt hat, hat er nichts Nützliches verraten, und die einzigen Dinge, die er uns offen erzählen konnte, wussten wir bereits. Ich weiß noch immer nicht, was wir mit ihm tun sollen.

„Du kennst den Weg zu deinem Refugium, wo dein König sein falsches Herz hat“, sage ich vorsichtig. „Wenn wir dieses ausschalten würden …“

Madocs Blick wird bitterböse. „Ich führe euch nicht dorthin, damit ihr dort ein Massaker anrichten könnt. *Das* würde meinem Volk auch nichts nützen. Ich bin in der Hoffnung hergekommen, Talia Schmerzen zu ersparen, nicht um den Murk noch mehr zu bereiten.“

Ich hatte ohnehin erwartet, dass er ablehnen würde. „Das verstehe ich.“ Ich ziehe mich zurück und verneige den Kopf vor ihm – es ist keine Verbeugung, jedoch eine kurze respektvolle Geste. Ungeachtet dessen, wie ich in Bezug auf sein Volk empfinde oder er in Bezug auf meines, er hat eine Menge für meine Gefährtin geopfert. Diese Großzügigkeit kann ich anerkennen.

„Das reicht fürs Erste", verkünde ich. „Ich werde dich in Ruhe lassen."

Als ich zu den Bäumen gehe, erklingt ein Rascheln, weil Madoc nach vorne tritt. Seine Stimme senkt sich. „Geht es ihr ... geht es ihr gut? Der Fluch hat sich wirklich noch gar nicht auf sie ausgewirkt?"

Ich blicke über meine Schulter zu ihm. Der Kummer, der sich in seine Stimme geschlichen hat, und die Fassungslosigkeit auf seinem Gesicht – als würde er es hassen, mich um eine Bestätigung zu bitten, könnte jedoch einfach nicht anders – vertreiben meine Skepsis auf eine Weise, wie es nichts getan hat, was er zuvor gesagt hat.

Sie ist ihm wichtig, und zwar nicht nur, weil sie den Murk dabei helfen könnte, ihre Ziele zu erreichen.

Ich habe nach wie vor kaum Vertrauen in das, was er gesagt hat, diese Erkenntnis sorgt jedoch dafür, dass sich meine Barrieren so weit senken, dass ich ihm ehrlich antworte. „Nichts. Soweit wir das erkennen können, ist sie absolut gesund ... und mein Heiler hat eine Menge Erfahrung in allen Arten körperlicher Magie."

„Gut", erwidert Madoc und seine Schultern sacken herab. „Danke schön."

Whitt und ich gehen mehrere Schritte weiter in den Schutz der Bäume, bevor mich mein Bruder am Arm packt. Er raunt schnell einen Zauber an die Luft um uns herum, um unser Gespräch für andere Ohren zu dämpfen. „Was hältst du von ihm?"

„Ich wollte dich das Gleiche fragen." Ich reibe über meinen Kiefer. „Er redet nur ungern mit uns, ich habe allerdings nicht den Eindruck, dass er etwas Bedeutsames vor uns zurückgehalten hat."

„Ich auch nicht." Whitt schaut dorthin, wo wir herkamen. „Doch was machen wir jetzt mit ihm? Wir können Celia nicht bitten, ihn freizulassen, nur weil er sich mit unserer Gefährtin angefreundet hat."

„Nein." Ich halte inne. „Aber vielleicht können wir eine formellere Vereinbarung mit ihm treffen, nachdem wir ihn ein Weilchen festgehalten haben und Gelegenheit hatten, seine Absichten zu prüfen. Es könnte helfen, Talia mit ihm sprechen zu lassen. Wenn wir uns darauf verlassen könnten, dass er mehr über die Vorbereitungen der Murk preisgibt, wäre das viel wert."

„Das wäre es." Whitt knurrt leise und blickt mir in die Augen. „Doch soweit wir wissen, könnte diese ganze Geschichte bezüglich des Fluchs eine Lüge sein. Wie sehr wollen wir ihm trauen, ganz gleich, was er sagt?"

8

Talia

Mit jedem wahren Namen, den August sanft murmelt, kribbelt es auf meiner Haut und in meinem Fleisch. Er scheint seine Magie an jedem Teil meines Körpers zu wirken, angefangen bei meinem Kopf, von dem er sich abwärts arbeitet. Ich halte still und kämpfe gegen den Drang an, zu zappeln.

Was werden wir tun, wenn er feststellt, dass etwas nicht mit mir stimmt? Ich bin das Heilmittel für den Fluch der Fae, Madoc hat allerdings angedeutet, dass es keine Heilung für den Fluch gibt, mit dem mich Orion belegt hat.

Mein Magen verknotet sich, doch August beendet seine Untersuchung mit einem Lächeln und drückt kurz meine Schulter. „Ich kann noch immer nichts Ungewöhnliches feststellen. Ich würde sagen, dass du stärker bist, als dieser Rattenkönig vermutet hat, Süße."

Ich erwidere sein Lächeln, bin jedoch nur teilweise

erleichtert. Er kann das leicht sagen, da er nie vor Orion oder im Schein des nervenaufreibenden Herzens der Murk stehen musste.

Alles gut?, erkundigt sich Corwin in hoffnungsvollem Ton durch unser Band. Wenn ihn seine Pflichten nun von meiner Seite wegholen, erkundigt er sich öfter als zuvor nach meinem Wohlbefinden.

Soweit August erkennen kann, und körperliche Magie ist sein Fachgebiet, erwidere ich. *Vielleicht werden wir mehr darüber erfahren, worauf ich achten muss, wenn ich mich noch einmal mit Madoc unterhalten habe.*

Bei der Erwähnung des Murk-Mannes erreicht mich ein Beben des Unbehagens von meinem seelenverbundenen Gefährten, er protestiert allerdings nicht. Er wusste bereits, dass dies der Plan ist. Ich soll zu Madoc gehen und versuchen, einen Deal mit ihm auszuhandeln – seine Hilfe im Austausch für seine Freiheit. Ich denke nicht, dass es die Art von Verhandlung ist, die er führen wollte, doch ich kann es den Fae der Nebelwelt nicht verübeln, dass sie den Murk noch mehr misstrauen nach dem Angriff vor einigen Tagen und der Nachricht, dass ich mit einem tödlichen Fluch belegt bin.

„Bereit, runter zu gehen?", fragt August. „Wenn du mehr Zeit brauchst, werden sie warten, Erzlords hin oder her."

Ich straffe die Schultern, drehe mich zu meinem Schlafzimmerspiegel um und betrachte mein Spiegelbild. August hat das Pink und Lila in meinen Haaren seit meiner Rückkehr aus dem Refugium aufgefrischt. Das türkisfarbene Kleid, das ich ausgewählt habe und das förmlich lang, jedoch nicht besonders kunstvoll ist, betont diese leuchtenden Farben und das Grün meiner Augen.

Ich bin Lady Talia. Meine Meinung zählt ebenfalls. Ich werde mich nicht dazu drängen lassen, etwas zu sagen, mit dem ich nicht einverstanden bin.

Wenigstens muss ich mir diesbezüglich bei den Seelie-Erzlords weniger Sorgen machen, als wenn jemand wie Laoni Madoc gefangen genommen hätte. Ich bin mir nicht sicher, ob er lang genug am Leben geblieben wäre, um mir seine Botschaft auszurichten, wenn ihn ihre Krieger aufgegriffen hätten.

Bei dem Gedanken, dass er hätte getötet werden können, zieht sich mein Magen noch fester zusammen. Ich schüttle mein Unbehagen ab und nicke August zu. „Mir geht's gut. Besser wird es nicht." Da mein Schlaf gestört wurde, ist mein Verstand ein wenig benebelt, obwohl ich heute Morgen in Sylas' Gefährt ein wenig Schlaf nachgeholt habe. Letzte Woche war ich von der Schwangerschaft jedoch genauso müde. Wenn mir noch acht weitere Monate in diesem Zustand bevorstehen, sollte ich mich besser daran gewöhnen, damit klarzukommen.

Das wird es wert sein. Als August mich in den Gang begleitet, wandert meine Hand zu meinem Bauch. Das wird es wert sein für ihn … oder sie … Ich frage mich, ob mir irgendeine Fae-Magie vor der Geburt verraten wird, ob ich einen Sohn oder eine Tochter erwarte.

Diese wärmeren Gedanken verfliegen, als wir den Versammlungsraum der Grenzburg betreten, wo sich Sylas und Whitt bereits aufhalten. Astrid ist bei Madoc geblieben, um darauf zu achten, wie er behandelt wird. Donovan und Celia warten dort ebenfalls auf mich und stehen beide jeweils mit einem ihrer Kader-Gewählten an der langen Tischseite. Donovans Augen funkeln hell vor Aufregung über die Möglichkeiten, die wir besprechen werden, wohingegen Celia ernst wirkt. Die älteste der Seelie-Erzlords ist stets die Pessimistischste des Trios.

„In Ordnung", sage ich. „Ich bin hier. Ich denke allerdings, dass diese Sache relativ unkompliziert ist, oder? Ich werde Madoc erklären, dass wir ihn gehen lassen, wenn er einwilligt, uns weiterhin über Orions Pläne auf dem Laufenden zu halten. Ich denke, er wird dem zustimmen." Es ist nicht so, als wollte er für immer eingesperrt sein.

Celia sieht Sylas an anstatt mich. „Hat sie kein Gespür für die notwendigen Vorsichtsmaßnahmen?"

Sylas erwidert ihren Blick ruhig. „Deswegen führen wir dieses Gespräch, oder nicht? Um uns darauf zu einigen, welche Vorsichtsmaßnahmen notwendig sind?"

Ich schaue Celia finster an. „Wovon sprechen Sie? Ich werde mich offensichtlich nicht in Gefahr bringen oder etwas sagen, was jemandem in der Nebelwelt schaden könnte. Ich bin keine Idiotin."

Sie wendet sich schließlich an mich. „Diesem Ungeziefer die Freiheit anzubieten, könnte uns bereits stark schaden. Wir haben keine Garantie, dass er uns helfen wird. Und wer weiß, was er herausgefunden hat, bevor ihn meine Wachen gefangen haben, und er seinem ‚König' berichten könnte?"

Ich empöre mich automatisch bei ihrem herablassenden Tonfall. „Er hat bereits bewiesen, dass er Orion nicht besonders treu ergeben ist, indem er hierhergekommen ist, oder? Wenn Sie ihn behandeln, als hätte er uns angegriffen und nicht geholfen, was bisher das Einzige ist, was er getan hat, ermutigen Sie ihn lediglich dazu, keinem Fae der Nebelwelt zu vertrauen."

Ihre Augen werden schmal. „Es ist nicht unsere Schuld, wenn uns die Ratten ein natürliches Misstrauen übelnehmen, das auf den schrecklichen Taten beruht, die sie jahrhundertelang verübt haben."

Bevor ich die schrecklichen Taten ansprechen kann, die die anderen Fae an den Murk verübt haben, mischt sich Sylas ein. „Dieser Madoc *hat* uns geholfen oder es zumindest versucht. Außerdem hat er Talia in der Vergangenheit geholfen, obwohl er sich selbst dadurch in Gefahr gebracht hat. Ich vertraue ihm auch nicht blind, nicht nur wegen seiner geteilten Loyalität, sondern auch weil wir nicht wissen, was ihm sein König später womöglich noch aufzwingen wird. Doch ich bin einer Meinung mit Talia, dass wir seine *bessere* Seite mindestens so sehr ansprechen müssen wie die Aspekte, die wir fürchten.“

„Es geht nicht um Furcht“, brummt Celia und seufzt. „Wir brauchen eine Art Sicherung. Andernfalls werde ich meinen Leuten nicht befehlen, ihn freizulassen.“

„Selbstverständlich“, sagt Donovan, dessen Eifer sich auch in seiner Stimme ausdrückt. „Es ist jedoch eine exzellente Gelegenheit, die wir erhalten. Wir hatten noch nie eine Ratte auf unserer Seite und eine Möglichkeit, herauszufinden, was innerhalb der Murk-Gemeinde vor sich geht. Ganz egal, wie viel Magie sie besitzen, wir könnten uns keinen besseren Vorteil wünschen.“

Celia bedenkt ihn mit einem kühlen Blick. „Vorausgesetzt, wir werden nicht reingelegt. Und es wäre ein noch besserer Vorteil, wenn er uns den Weg zu seinem König zeigen würde, damit wir die Wurzel dieser Rebellion ausreißen können.“

Sylas räuspert sich. „Er hat bereits sehr deutlich gemacht, dass er sein Volk nicht in diesem Ausmaß verraten wird. Ihn dazu zu drängen, wird nur dafür sorgen, dass er noch weniger geneigt ist, uns irgendetwas anzubieten.“

„Na schön. Aber wir brauchen immer noch eine Garantie für seine Loyalität, egal, wie viel er davon anbieten wird.“

Zuvor war mir nicht übel, doch dieses angespannte Hin und Her hat einen Anflug der Übelkeit in mir ausgelöst. Ich sinke auf einen der Stühle. „Was meinen Sie mit einer Sicherung? Wir können einen Schwur oder etwas Derartiges nicht erzwingen, da die Murk nicht mehr an das Herz dort draußen gebunden sind, oder?“ Ich deute zum Herzen der Nebelwelt, dessen nachhallende Energie in der Luft summt, obwohl die Wände es vor unseren Blicken verbergen.

„Darüber habe ich nachgedacht", erwidert Celia. „Du hast erzählt, dass der Murk-König streng gegen jeden seiner Untertanen vorgeht, wenn er provoziert wird, stimmt's? Bedeutet das, dass dieser Murk für einen Fehler eine schlimme Strafe erhalten würde trotz seiner hohen Stellung an ihrem falschen Hof?"

Ich kann mir nur ausmalen, was Orion Madoc antun würde, wenn er herausfände, wie ihn sein Ritter verraten hat. Die Strafe wäre so grausam, dass ich sie mir nicht einmal vorstellen will. „Ja. Seine Stellung würde ihm keinen Schutz garantieren. Er würde vermutlich eine schlimmere Bestrafung erhalten, damit Orion ein Exempel an ihm statuieren kann, um andere davon abzuschrecken, selbst zum Verräter zu werden."

Sylas nickt, da er anscheinend verstanden hat, worauf Celia hinauswill. „Dann haben wir ein Druckmittel gegen ihn, weil er zu uns gekommen ist."

Ihre Augen leuchten. „Genau. Wir brauchen lediglich einen einfachen Beweis für seine Komplizenschaft. Vielleicht können wir ihn bitten, ein Objekt auf eine eindeutig identifizierbare Weise zu markieren oder mit einem Zauber zu belegen – etwas, was er bei seinen gewöhnlichen Missionen nicht tun würde und wir ohne seine Kooperation nicht erhalten hätten. Falls er irgendetwas unternimmt, um uns zu schaden, nachdem wir ihn freigelassen haben, können wir den restlichen Murk den Beweis vorlegen. Es klingt, als sollte ihm das genügend Motivation geben, sein Wort zu halten."

Ich kann ihre Logik nachvollziehen, die Idee gefällt mir trotzdem nicht. Vielleicht liegt es daran, dass sie im Grunde genommen den Mann bedroht, der mich mehr als einmal beschützt hat – und dass sie sich auf eine Drohung anstatt auf Vertrauen verlässt, um seine fortwährende Hilfe zu sichern.

Doch wie kann ich es den Fae in diesem Raum zum Vorwurf machen, dass sie einem ihrer langjährigen Feinde nicht vertrauen, der sie eindeutig auch nicht besonders mag? Ich bin mir nicht sicher, ob *ich* darauf vertraue, dass er zurückkommt, nachdem sie ihn gefangen gehalten haben, unbekümmert dessen, was er als Nächstes von Orion hört.

„Er *müsste* nicht zurückkommen, oder?", frage ich langsam. „Falls er nichts hört, was wir seiner Meinung nach wissen müssen, hätte er keinen Grund dazu. Ich möchte nicht, dass wir sein Leben zerstören, nur weil wir wegen einer langen Funkstille nervös werden."

„Das ist ein gutes Argument", meint Sylas. „Wir würden nur gegen ihn vorgehen, wenn er aktiv gegen uns vorgeht."

Celia sieht aus, als wollte sie protestieren, aber Donovan meldet sich zuerst zu Wort. „Und wir könnten das ziemlich leicht testen. Bevor er geht, lassen wir ihn eine Sache sehen, die er für schädigend halten würde. Etwas, was ein offensichtliches Ziel oder Taktik für die Murk darstellen würde. Dann warten wir und schauen, ob sie diese Gelegenheit nutzen. Wenn sie es nicht tun, wissen wir, dass er die Information nicht an seinen König weitergegeben hat."

Die Idee, Madoc eine Falle zu stellen, gefällt mir auch nicht, aber … falls er seine Zeit hier nutzen *würde*, um Orion bei seinem Angriff zu helfen, ist er kein Verbündeter und Freund von mir, nicht wirklich.

„Dem würde ich zustimmen", sage ich.

Celia schürzt die Lippen. Ich glaube, für sie ist meine Meinung nicht so wichtig wie ihre eigene und die ihrer Kollegen, doch wenigstens macht sie das nicht so offensichtlich, wie es manche der Winter-Erzlords getan haben. „In Ordnung. Wir können die genauen Einzelheiten ausarbeiten, während Talia mit dem Mann spricht. Wenn wir ihn benutzen wollen, sollten wir das schnell tun. Je länger er hier ist, desto misstrauischer wird sein König wegen seiner Abwesenheit werden.“

Whitt legt seine Hand auf meine Schulter. „Ich werde dich zu ihm bringen, Krümel. Ich werde mich im Hintergrund halten, damit ich kein offenkundiger Teil des Gesprächs bin, aber ich würde gerne zuhören, damit ich seine Antworten selbst einschätzen kann.“

Ich hole tief Luft und bin mir plötzlich nicht mehr sicher, ob *ich* für dieses Gespräch bereit bin. „Okay.“

Whitt führt mich zu einem kleinen Gefährt. „Heute kein Ritt auf dem Wolfsrücken?“, ziehe ich ihn auf.

Der Spionagechef zieht eine Braue hoch. „Ich hätte nicht gedacht, dass es in deinem aktuellen Zustand gut ist, wenn du so stark durchgeschüttelt wirst.“

Meine Hand wandert wieder zu meinem Bauch. Es stimmt, dass mir im Allgemeinen viel schneller übel wird als gewöhnlich. „Ich hatte zuvor nie ein Problem damit, aber vielleicht ist es besser, vorsichtig zu sein.“

Als er das Gefährt zu dem Wald lenkt, in dem Madoc festgehalten wird, senkt Whitt seine Stimme. „Celia hat eingewilligt, die Wachen außer Hörweite zu platzieren. Sie werden das Gefängnis jedoch nach wie vor auf magische Art überwachen. Wir möchten, dass Madoc das Gefühl hat, er würde nur mit dir reden, da du die Einzige bist, der er zu vertrauen scheint. Ich möchte jedoch, dass du meinen wahren Namen benutzt und mich bittest, mir anzuhören, was du hörst, sodass ich dem Gespräch folgen kann, ohne selbst in der Nähe zu sein. Das Gespräch wird nicht so mühelos zu mir durchdringen wie zu deinem seelenverbundenen Gefährten, doch das Ergebnis ist ähnlich.“

„Selbstverständlich.“ Ich greife nach seiner Hand und drücke sie, da ich die Berührung plötzlich brauche. Ich habe Whitts wahren Namen nicht mehr benutzt, seit ich zum zweiten Mal versuchte, ihn aus dem Refugium heraus zu erreichen. Es löst immer noch eine Woge der Freude in mir aus, dass er etwas so Intimes mit mir geteilt hat.

Jetzt muss ich schauen, ob ich Madoc dazu bringen kann, mir den Bruchteil eines derartigen Vertrauens zu schenken.

Wie zuvor steigen wir auf halber Höhe des Hügels aus, wo der Wald dichter wird, und bringen den restlichen Weg zur Lichtung zu Fuß hinter uns. Als wir in Sichtweite des Gefängnisses kommen, gibt Whitt dem Anführer der Wachen ein Zeichen. Sie ziehen sich alle zwischen die Bäume zurück, als seien sie nie dagewesen.

Ich bleib stehen und gehe auf die Zehenspitzen, um Whitts wahren Namen in sein Ohr zu flüstern. *„Wye-con-ell.* Höre, was ich höre."* Ein freudiger Schauder bebt durch meine Brust und er lächelt, bevor er mir einen Kuss auf den Kopf drückt. Dann bringt er mich zu der schimmernden Wand, bevor er sich umdreht und geht, um uns Raum zu geben.

Madoc setzt sich auf der Matte auf, die man ihm zum Ausruhen gegeben hat. Jemand hat ihm auch ein kleines Kissen und eine Decke gebracht. Die Wunde auf seinem Gesicht wurde geheilt und nur eine schwache rosafarbene Narbe zeigt, wo die Haut zuvor aufgeschnitten wurde. Sein Gesicht hellt sich bei meinem Anblick nicht auf, die Schatten, die es verdüstern, weichen jedoch ein wenig.

Ich setze mich auf der anderen Seite der schimmernden Barriere auf den Boden, damit ich nicht über ihm aufrage, was sich unangenehm anfühlen würde. „Es tut mir leid, dass ich so lange gebraucht habe, um dich wieder zu besuchen. Ich freue mich, dass sie deinen Aufenthalt wenigstens etwas angenehmer gestaltet haben."

„Soweit ich das erkennen kann, hat es nicht so lange gedauert", erwidert Madoc leicht sarkastisch. „Liege ich richtig in der Annahme, dass ich dir für diese unglaubliche Großzügigkeit zu danken habe?"

Ich bestand darauf, dass Sylas Celia dazu brachte, etwas mehr Rücksichtnahme für unseren Gefangenen zu zeigen. Ich zucke verlegen mit den Achseln, da ich keine große Sache daraus machen will, und frage: „Haben sie dir etwas zu essen gebracht?"

„Oh ja, ich werde nicht verhungern." Er gluckst düster.

Dass er in diesem Gefängnis festgehalten wird, bestätigt allerdings zweifellos seine Meinung darüber, wie die Fae der Nebelwelt die Murk sehen. Ich schlucke schwer. Ich weiß, dass ich bei ihm vorsichtig sein muss und meine Gefährten allesamt denken, er könnte Hintergedanken hegen. Doch ich kann nicht anders, als mir zu wünschen, wir würden dieses Gespräch anständig an einem Tisch in einem gewöhnlichen Raum führen so wie das, welches ich gerade mit den Seelie-Erzlords geführt habe.

„Ich entschuldige mich für all das hier", fahre ich fort. „Mir gefällt es nicht, dich wie einen Verbrecher eingesperrt zu sehen."

Madoc zuckt mit den Achseln. „Ich weiß, dass es nicht dein Werk ist. Und ich weiß, dass es viel von den Fae der Nebelwelt verlangt wäre, mich als etwas *anderes* als einen Verbrecher zu sehen."

„Trotzdem ... ich weiß, wie es ist, in einem Käfig zu sitzen, und ich wünsche das niemandem."

Wir sehen einander einen Moment lang an und ich merke, dass er sich ebenfalls an die Nacht erinnert, in der er Orions Käfig für mich öffnete. Seine Stimme wird sanfter. „Wenigstens ist dieser geräumiger als die, in denen du leiden musstest. Und es ist eine Erleichterung, dass sie noch nicht beschlossen haben, mich zu töten."

In dieser Aussage liegt mehr Wahrheit als Neckerei. Ich begegne seinem wolkengrauen Blick und mein Magen verknotet sich erneut. Er *muss* mir zuhören, um unser beider willen.

„Sie wollen dich nicht töten", verkünde ich. „Sie hoffen, dass wir uns auf einen Deal einigen können, der bedeuten würde, dass du nicht nur am Leben bleibst, sondern auch freigelassen wirst."

Madoc blinzelt mich an und ist aufrichtig verblüfft. „Was ist es ihrer Meinung nach wert, eine der gefürchteten Ratten freizulassen, nachdem sie sie gefangen haben?"

Ich lege mir meine Worte zurecht und nehme all meinen Mut zusammen. „Du willst, dass die Murk ein besseres Leben bekommen, ohne Krieg zu führen, wenn du es ermöglichen kannst, stimmt's?"

„Du weißt, dass ich das möchte", erwidert er und seine Stimme wird rau vor leidenschaftlicher Entschlossenheit, die ich einfach bewundern muss. „Deswegen bin ich hier."

„Nun dann … Die Seelie – und die Unseelie ebenfalls, vermute ich – fänden es einfacher, den Murk, und dir als ihrem Repräsentanten, zu vertrauen, wenn sie sehen würden, dass du gewillt bist, mit uns zusammenzuarbeiten. Sie würden dich unter der Bedingung zu Orion zurückkehren lassen, dass du uns rechtzeitig warnst, solltest du etwas von seinen Plänen mitkriegen, was uns schaden würde. Etwas wie der Fluch, den er in mir zu aktivieren versucht hat, oder ein Angriff oder ein Hinterhalt."

Madoc sieht nicht unwillig, nur skeptisch aus. „Ich werde ihnen nichts erzählen, was *meinem* Volk schaden würde."

„Natürlich nicht. Und falls es keine Neuigkeiten für uns gibt, wäre das auch in Ordnung, allerdings vermute ich, dass wir uns in diesem Fall in einer Pattsituation befänden." Ich halte inne. „Ich denke, dies könnte ein guter Schritt in die richtige Richtung sein. Du hättest eine Gelegenheit, mit den anderen Murk zu sprechen, die womöglich gewillt sind, mit uns zu verhandeln. Über diese

Fortschritte solltest du uns ebenfalls auf dem Laufenden halten.“

„Und das ist alles? Kein Haken?“

Ich verziehe das Gesicht. „Sie wollen einen Vertrauensbeweis als Sicherheit, dass du dich nicht gegen uns wendest.“ Ich erkläre ihm Celias Vorschlag so schnell wie möglich. „Aber wenn du deine Kollegen nicht anstachelst, wird es keiner der Murk jemals erfahren. Wenn nötig werde ich … werde ich die Erzlords dazu bringen, das zu schwören, bevor du in irgendetwas einwilligst.“

Madoc schweigt lange. Er mustert mich mit unergründlicher Miene. „Was denkst du?“, fragt er plötzlich. „Glaubst du wirklich, dass es besser für uns alle – nicht nur für die Fae der Nebelwelt – wäre, diesem Deal zuzustimmen?“

„Ja“, antworte ich, ohne zu zögern. „Andernfalls wäre ich nicht hier und würde es mit dir besprechen. Ich habe mit *ihnen* diskutiert, was ein vernünftiger Vorschlag sein könnte, bevor ich hierhergekommen bin.“

Sein Mundwinkel zuckt nach oben. Seine Miene wirkt zwar düster und ein Bluterguss ziert seine Wange, doch dieser Schatten eines Lächelns zeigt, wie gut dieses Gesicht auf unerwartete Arten aussehen kann.

„Diese Diskussion kann ich mir vorstellen“, meint er. Er stützt sich nach hinten auf seine Hände und das Lächeln weicht einer nachdenklichen Miene. „Ich muss darüber nachdenken. Ich werde nicht lange brauchen, aber … es ist eine Menge, was bedacht werden muss.“

„Ich werde ihnen das ausrichten. Danke, dass du es wenigstens in Erwägung ziehst.“

Sein Lächeln kehrt nicht zurück, doch ein Funkeln, das beinahe spielerisch ist, tritt in seine Augen. „Es ist gut für sie, dass sie dich auf ihrer Seite haben.“

Ich stehe auf und er legt sich auf den Rücken, um zum

Himmel zu schauen, während er nachdenkt. Wie oft hat er so eine klare Sicht auf das sonnenbeschienene Firmament erhalten, während er im Refugium lebte?

Kann er das überhaupt genießen, während er in diesem Gefängnis sitzt?

Ein tieferer Drang packt mich, ihm auch nur einen Bruchteil dessen anzubieten, was er mir geschenkt hat, indem er hergekommen ist. Ich befeuchte meine Lippen. „Ich muss den Erzlords Bericht erstatten, aber ich werde zurückkommen. Ich könnte ein Buch mitbringen, falls mir die Wachen erlauben, es dir zu geben, oder wir könnten uns einfach nur unterhalten. Wenn du das möchtest."

Madoc hält inne und legt den Kopf auf die Seite, um mich zu betrachten. Kurz sieht er so unsicher aus, dass ich durch die magische Barriere greifen und seine Hand drücken will. Er weiß auch nicht, was er von meiner Freundlichkeit halten soll, oder?

Die plötzliche Verletzlichkeit verschwindet hinter einer ausdruckslosen Miene, doch ich weiß, dass er es ernst meint, als er sagt: „Das würde mir gefallen."

Als er seinen Kopf wieder nach hinten neigt, humple ich zu den Bäumen und halte nach Whitt Ausschau, der sich hier mit mir treffen wird. Die Wachen kehren zuerst zurück. Sie haben meine Bewegungen anscheinend so aufmerksam beobachtet, dass sie wissen, dass das Gespräch zu Ende ist.

Ich habe beinahe den Waldrand erreicht, als eine eigenartig kribbelnde Empfindung meine Brust durchfährt. Ich laufe weiter und achte nicht darauf, da ich wegen dieser Schwangerschaft bereits so einige kleinere Schmerzen erlebt habe. Als mein Fuß bei meinem nächsten Schritt auf dem Boden auftritt, explodiert das Kribbeln jedoch in einer Lanze aus Schmerz.

Ich keuche und meine Lunge zieht sich zusammen, als wäre sie von einem Speer durchbohrt worden. Meine Beine zittern. Ich greife nach etwas, um das Gleichgewicht zu halten, doch meine Arme sind vor Schmerzen steif geworden und mein Sichtfeld verschwimmt.

„Talia?", ruft Madoc alarmiert hinter mir und ich höre, wie er auf die Füße springt.

Ich kann keine Worte formen, um ihm zu antworten, Whitt zu rufen oder irgendetwas zu tun. Zwei von Celias Wachen eilen an meine Seite, doch ich breche zusammen, bevor sie mich erreichen.

9

Talia

Ich erinnere mich kaum an die hastige Rückreise zur Burg, die ich hauptsächlich in Whitts Armen verbrachte. Die Schmerzen schwappen in Wellen durch meine Nerven und sind in meinem Oberkörper am schlimmsten. In den Momenten zwischen den Wellen fühle ich mich vollkommen schwach, meine Muskeln weigern sich, ihre Arbeit zu tun, und meine Glieder sind erschlafft. Das alles wird von einer immer stärker werdenden Furcht begleitet.

Ich bin Orions Fluch doch nicht entkommen. Es hat nur eine Weile gedauert, bis er eingesetzt hat. Das hier ist nur der Anfang. Wer weiß, wie schrecklich es ab jetzt noch wird, wenn sich dieser brutale Tyrann den Fluch ausgedacht hat?

Nach einer Weile kann ich kaum noch denken. Ich realisiere benommen, dass ich in dem bernsteinfarbenen Schein der Leuchtkugeln meines Zimmers auf weiche

Decken gelegt werde. Worte werden über mir gemurmelt, doch sie betäuben lediglich die schärfsten Schmerzensbisse. Egal, mit welchen Zaubern ich belegt werde, sie können die Mitte meines Körpers nicht erreichen, wo sich scheinbar die Quelle des Angriffs befindet.

Eine mir unbekannte Zeit lang bin ich in einem Nebel verloren. Schließlich verringern sich die Qualen langsam. Als sie so schwach geworden sind, dass ich nur noch ein ständiges, jedoch leichtes Kribbeln hinter meinem Brustbein spüre, öffne ich die Augen und sehe mich um.

Meine vier Gefährten sind bei mir im Zimmer. Sylas, Whitt und Corwin stehen in der Ecke und unterhalten sich leise und besorgt. August tigert vor dem Fußende meines Bettes hin und her. Corwin dreht sich um und Erleichterung fließt durch unser Band, als er erkennt, dass ich mir meiner Umgebung wieder bewusst bin. August spricht allerdings, bevor mein seelenverbundener Gefährte etwas sagen kann.

„Ich weiß nicht, wie … ich habe sie erst eine Stunde vorher untersucht. Es gab keinerlei Hinweise, dass etwas nicht stimmt. Ich verstehe nicht, wie mir etwas entgangen sein könnte … aber ich muss etwas übersehen haben.“

„Die Murk scheinen sich auf eine Magie spezialisiert zu haben, die uns unvorbereitet erwischt“, erwidert Whitt. Er und Sylas folgen Corwin zum Bett.

Corwin nimmt meine Hand. „Ich bin froh, dass du dich jetzt etwas wohlerfühlst, meine Seele. Wir werden alles in unserer Macht Stehende tun, um weitere Anfälle zu verhindern.“ Er schaut zu Whitt, dessen Kiefer sich anspannt. „Was genau hat die Ratte zu ihr gesagt, bevor sie der Schmerz übermannte?“

Whitt öffnet den Mund, doch ich komme ihm zuvor. Meine Stimme krächzt ein wenig, als ich die Worte durch meine Kehle zwinge. „Es war nicht Madoc. Er hat nichts mit mir getan.“

Corwin macht ein finsteres Gesicht. „Dessen kannst du dir nicht sicher sein. Du warst in seiner Nähe, als dich dieser Fluch getroffen hat, oder was auch immer es ist. *Er* könnte der Auslöser sein."

Ich stemme mich in eine sitzende Position und ignoriere Augusts Laute der Empörung. „Gestern Nacht war ich genauso lange in seiner Nähe und nichts ist passiert. Ich bin von ihm *weggelaufen*, als es passiert ist. Ich glaube nicht, dass wir einen Grund haben, ihm die Schuld zu geben."

Whitt räuspert sich. „Ich sage nicht, dass wir die Ratte von jeglichem Verdacht freisprechen sollen, doch in meinen Augen wirkte er ehrlich erschüttert von Talias Zusammenbruch."

„Falls er eine Art Auslöser ist, weiß er das vielleicht selbst nicht", meint Sylas. „Sein König hat ihn womöglich ohne sein Wissen benutzt."

„Doch woher sollte Orion wissen, dass Madoc nah genug an mich herankommen kann, um irgendetwas auszulösen, falls das für den Fluch notwendig ist?", frage ich. „Selbst als er mich nach der Paarungszeremonie entführte, hat er es nicht gewagt, zu nahe an die Feier heranzugehen. Und das war, bevor wir so aufmerksam nach den Murk Ausschau hielten. Er konnte sich offensichtlich nicht darauf verlassen, unbemerkt zu bleiben. Meiner Meinung nach ergibt das keinen Sinn."

Sylas atmet harsch aus. „Das mag wahr sein, meine Liebe. Und es stimmt, dass seine Präsenz zuvor keine negative Wirkung auf dich hatte. Dennoch denke ich, dass wir noch vorsichtiger vorgehen müssen als zuvor. Er hat den Bedingungen nicht zugestimmt, die du ihm angeboten hast. Er denkt eindeutig, dass wir ein größerer Feind sind als sein König."

Ich denke nicht, dass es noch etwas gibt, was ich sagen kann – und um ehrlich zu sein, würde ich es Orion zutrauen, sich irgendeinen grausamen Plan zu überlegen, bei dem Madoc und ich bestraft werden. Ich kann mir nur nicht vorstellen, dass er eine so wichtige Aufgabe dem Zufall überlassen würde: dem Zufall, dass Madoc mir nahe kommt, ohne gefangen genommen zu werden, dem Zufall, dass ihn die Fae im Falle einer Gefangennahme nicht sofort töten oder sich weigern, mich in seine Nähe zu lassen.

Der Murk-König glaubte nie, dass die anderen Fae meine Meinung respektieren. *Er* tat das jedenfalls nicht, als es hart auf hart kam. Selbst wenn ihm bewusst war, dass ich Madoc verteidigen würde, hätte er Probleme, sich vorzustellen, meine Gefährten würden mir das erlauben.

Ich ziehe die Knie unter der Decke an und schlinge meine Arme um sie. „Also was passiert jetzt? Ich fühle mich einigermaßen gut." Ich blicke zu August. „Hat mir dieser ‚Anfall' echten Schaden zugefügt?"

Augusts Mund verzieht sich. „Ich kann einige Spuren geringfügiger innerer Verletzungen an deiner Lunge und deinem Herzen wahrnehmen. Es ist nicht so schlimm, dass es mit der Zeit nicht von allein heilen wird, doch wenn du weiterhin solche Anfälle hast ... wenn sie schlimmer werden ..."

„Es muss eine Möglichkeit geben, diesem Fluch entgegenzuwirken", sagt Whitt bestimmt, obwohl seine Augen dunkel vor Sorge sind. „Es existiert keine Magie, die keinen Gegenzauber hat. Man muss ihn nur finden. Wir können die besten Heiler aus beiden Reichen herbeirufen – und es gibt Orte wie die Erquickenden Quellen."

Doch wir haben so lange kein echtes Heilmittel für die anderen Flüche gefunden, die die Fae der Nebelwelt plagen. Ich beiße mir auf die Lippe.

Bei dem unerwarteten Klopfen an der Tür zucken wir alle zusammen. Sylas öffnet sie.

Eine Frau aus seinem Personal steht davor. „Mein Lord,

Erzlord Celia ist gekommen, um mit Ihnen zu sprechen. Sie hat Neuigkeiten bezüglich des Gefangenen."

Ich spanne mich auf dem Bett an. Sie hat nicht beschlossen, dass Madoc für die Aktivierung meines Fluchs verantwortlich war, und die Sache selbst in die Hand genommen, oder?

„Sag ihr, dass sie hochkommen soll", befiehlt Sylas. „Meine Gefährtin will bestimmt hören, was sie zu sagen hat, und möchte ebenfalls ihre Meinung beitragen."

Die Frau zögert, als hätte sie Angst vor Celias Reaktion auf diesen Befehl, allerdings nur kurz. Dann huscht sie durch den Gang davon.

Ich schlage die Decke zurück und gleite zur Bettkante, obwohl ich es nicht eilig habe, aufzustehen. Meine Gefährten sehen aus, als seien sie bereit, mich aufzuhalten, sollte ich es versuchen. Ich trage noch immer das gleiche Kleid wie zuvor, weshalb ich vor Celia einigermaßen zurechtgemacht aussehen werde, obwohl ich momentan im Grunde genommen eine Invalidin bin.

Ein Schauder durchläuft mich. Ich verdränge meine Sorgen an die Zukunft. Eines weiß ich mit Sicherheit: Die Männer neben mir werden vor nichts Halt machen, um mich vor diesem Fluch und jeder anderen Bedrohung zu schützen, der ich mich womöglich stellen muss.

Celia erscheint in der Tür und sieht wie üblich ernst, jedoch auch ein wenig verwirrt aus. Sie betrachtet uns fünf und verneigt kurz den Kopf vor mir. „Es ist schön, zu sehen, dass du dich einigermaßen erholt hast, Lady Talia."

Ich weiß nicht, was sie zu dieser Geste des Respekts bewogen hat – vielleicht ihre Gedanken daran, was mit ihrem Volk geschieht, wenn ich mich nicht erhole – doch ich werde sie gerne annehmen.

„Was sind die drängenden Neuigkeiten?", fragt Sylas.

Celia wendet sich an ihn und ihr Kiefer mahlt kurz, als

würde sie ihm eigentlich nicht davon erzählen wollen. „Der Rattengestaltwandler. Madoc, oder wie auch immer er heißt. Er hat dem Deal zugestimmt.“

Mein Herz setzt einen Schlag aus. Whitt zieht seine Brauen hoch. „Einfach so?“

Celia lächelt ihn und anschließend mich schmal an. „Ich glaube, das verdanken wir eurer Gefährtin. Sie hat ihm die Bedingungen nicht nur auf eine vorteilhafte Art unterbreitet, sondern er scheint auch motiviert zu sein, herauszufinden, was er seinem König noch über ihre Erkrankung entlocken kann. Wenn man ihm Glauben schenken kann.“

Das Anschwellen einer zärtlichen Emotion betäubt vorübergehend das anhaltende unangenehme Kribbeln in meiner Brust. Madoc ist gewillt, seine zukünftige Sicherheit in die Hände der Leute zu legen, die er hasst, damit er mir erneut helfen kann.

„Wir brauchen dennoch seinen Beweis“, wendet August ein und strafft die Schultern, als würde er denken, er müsste sofort zu Madoc marschieren und diesen verlangen. „Wir können nicht annehmen …“

„Er hat ihn uns bereits gegeben“, unterbricht ihn Celia. „Ich hätte euch nicht von seiner Entscheidung berichtet, wenn sie nicht besiegelt wäre. Ich habe eine Tontafel besorgt und er hat sie markiert. Ich wollte lediglich mit euch sprechen, bevor ich meinen Wachen den Befehl erteile, ihn tatsächlich gehen zu lassen.“

Meine Gefährten schweigen kurz. Ich vermute, jetzt, da sie sich der Realität stellen müssen, einen Rattengestaltwandler freizulassen, können sie nicht anders, als nervös zu sein, ganz gleich, wie sehr sich dieser bewiesen hat. Ich mache mich bereit, mich erneut für Madoc einzusetzen, als Corwin seinen Arm um meine Schultern legt.

„Der Deal wurde mit den Seelie vereinbart, weshalb ich

nichts dazu sagen kann. Ich habe nichts dagegen, ihn freizulassen, wenn er den Bedingungen zugestimmt hat, die eurer Meinung nach für die Einhaltung der Abmachung sorgen. Doch bevor er für unbestimmte Zeit zu seinem Volk zurückkehrt, denke ich, dass wir mit ihm über Talias Fluch sprechen sollten, jetzt, da er seine Wirkung entfaltet hat. Vielleicht bemerkt er etwas, was uns entgehen würde, da er mit der neuen Magie der Murk vertrauter ist. Oder vielleicht kann er eine Behandlung vorschlagen, die wir normalerweise nicht in Betracht ziehen würden."

Whitt nickt und ein schwaches Grinsen breitet sich auf seinem Gesicht aus. „Lord Vogel ist kein Federhirn."

Celia denkt mit schiefgelegtem Kopf über den Vorschlag nach. „Ihr würdet ihn nah genug an Lady Talia heranlassen, dass er sie untersuchen kann?"

Sylas summt. „Wir könnten mit einer größeren Entfernung anfangen. Wir setzen bereits viel Vertrauen in ihn. Ich sage, wir sollten dieses Vertrauen angesichts der bedrohlichen Lage ausweiten. Wir sollten ihm zeigen, dass wir uns an *unseren* Teil der Abmachung halten, bevor wir mehr von ihm verlangen." Er schaut zu Celia. „Kannst du ihn von deinen Wachen zu dem Feld vor dem Sommereingang der Burg bringen lassen?"

„Bist du dir sicher?", fragt sie.

„Wir werden nicht alle Vorsicht außer Acht lassen. Falls er uns irgendeinen Hinweis geben kann, wird es den Versuch wert sein."

Corwin stützt mich, als ich mich erhebe. Ich teste mein Gleichgewicht mit ein paar typischen unrunden Schritten und stelle fest, dass ich wie üblich laufen kann. Es wachen keine weiteren Schmerzen in mir auf und mich packt keine Schwäche. Ich drücke seinen Arm. „Ich glaube, mir geht es fürs Erste gut."

Meine Gefährten bleiben alle in meiner Reichweite, als

wir zum Eingang auf der Sommerseite gehen. Corwin überwacht meinen inneren Zustand so aufmerksam, dass ich praktisch spüren kann, wie seine Aufmerksamkeit durch mich hindurch gleitet.

Wir werden das durchstehen, versichere ich ihm. *Wir haben so viel durchgestanden. Ein kleiner Fluch wird mich jetzt nicht aufhalten.*

Doch zum ersten Mal, seit ich angefangen habe, mich angesichts der verschiedenen Bedrohungen, mit denen ich es unter den Fae zu tun bekam, auf diese Weise zu beruhigen, weiß ich nicht, ob ich es selbst glaube.

Sylas führt uns zu einer Stelle, die sich zwischen der Grenzburg und dem Rudeldorf von Hearth-by-the-Heart befindet, als wollte er nicht, dass Madoc einem dieser Orte zu nahe kommt. Er und Whitt beschwören rasch einen schmalen Holztisch und Stühle herauf, sodass es sich wie ein richtiges Treffen anfühlen wird – allerdings vermute ich aufgrund der Worte, die sie im Anschluss an die Möbelstücke wenden, dass sie auch einen Schutz vor dem einbauen, was sie von dem Murk-Mann befürchten.

Sie arrangieren die Möbelstücke so, dass fünf Stühle auf der langen Seite stehen und der Burg den Rücken zukehren. Ein Stuhl befindet sich auf der anderen. Dieser Aufbau verleiht dem Ganzen die Atmosphäre einer Befragung, doch es ist ein großer Schritt für sie, Madoc in dieser Nähe zu unserem Zuhause zu akzeptieren. Daher beschwere ich mich nicht.

Sylas lässt mich ganz rechts Platz nehmen. Er setzt sich in die Mitte, wodurch er dem Rattengestaltwandler direkt gegenübersitzen wird. August befindet sich zwischen ihm und mir, Corwin sitzt auf seiner anderen Seite und Whitt am linken Ende.

Wir haben uns gerade erst hingesetzt, als eine Gruppe in Sicht kommt. Sie geht den Pfad entlang, der in den Wald in der Nähe führt. Fünf von Celias Wachen stehen in einem ungefähr ein Meter großen Kreis um Madoc herum, die Hände an die Schwerter gelegt. Das Schimmern in der Luft deutet an, dass sie einen Teil der Barriere des Gefängnisses mitgebracht haben.

Madoc sieht aus, als wäre ihm unbehaglich zumute, doch als sein Blick von uns zu dem pulsierenden Leuchten des Herzens wandert, wird etwas auf seinem Gesicht weicher. Ich kann sogar aus dieser Entfernung sehen, dass die Quelle der Magie, die er vor so langer Zeit zurückgewiesen oder verloren hat, noch immer Ehrfurcht in ihm weckt.

Als sie uns erreichen, gibt Sylas den Wachen ein Zeichen. „Ihr könnt ihn unserer Sorge überlassen. Er wird ohnehin bald freigelassen."

Die Wachen versteifen sich leicht bei diesem Befehl, verbeugen sich jedoch und entfernen die magische Barriere um Madoc herum, bevor sie ihre Wolfgestalt annehmen und zu ihrem Revier zurückrennen. Madoc steht angespannt mit den Händen auf der Stuhllehne da und mustert uns.

Sein Blick bleibt auf mir liegen. „Dir geht es gut", stellt er fest, wobei Erleichterung und Entsetzen in seiner Stimme um die Vorherrschaft kämpfen. „Ich hatte Angst ... es hat dich so schnell überkommen ..."

„Ich erhalte den Eindruck, dass es dein König genießt, Qualen in die Länge zu ziehen, anstatt sie sofort zu einem Ende zu bringen", bemerkt Whitt trocken am anderen Tischende.

Madocs Mund spannt sich an. „Das tut er in der Tat."

Sylas deutet mit dem Kopf zu dem Stuhl. „Ich hoffe, du wirst Platz nehmen. Wie ich gehört habe, hast du unsere Bedingungen akzeptiert und unsere Abmachung mit Erzlord Celia besiegelt. Wir hatten auf ein kurzes Gespräch gehofft, bevor du deines Weges gehst ... da du besorgt über das Wohlbefinden unserer Gefährtin zu sein schienst."

Madocs Haltung entspannt sich ein wenig. Ich weiß nicht, ob es daran liegt, dass Sylas bestätigt hat, dass er freigelassen wird, oder an der Erkenntnis, dass es bei diesem Treffen um mich geht. Er zieht den Stuhl heraus und lässt sich darauf nieder, nimmt jedoch eine argwöhnische Haltung an, als müsste er notfalls schnell wegspringen können. Ich schätze, er kann nichts für seine instinktive Wachsamkeit.

„Falls es irgendeine Möglichkeit gibt, wie ich euch helfen kann, für Talias Sicherheit zu sorgen, würde ich das sehr gerne tun", sagt er. „Das ist der einzige Grund, aus dem ich hierherkam. Ich kann Orion nicht zu eindringlich befragen, da er sonst Verdacht schöpft, aber ich bin mir sicher, dass ich *mehr* darüber in Erfahrung bringen kann, was der Fluch mit sich bringt. Vielleicht erhalte ich sogar Hinweise auf seine Heilung."

„Es gibt eine offenkundige Möglichkeit", sagt August. „Ich weiß, du hast die Idee zuvor abgelehnt, doch jetzt ist es dringender. Wenn wir zu eurem falschen Herzen gelangen und es zerstören könnten, würde sämtliche Magie verpuffen, die damit gewirkt wurde."

„Ja", stimmt Corwin zu. „Und das würde auch unsere Flüche beenden. Es scheint eine einfache Lösung zu sein."

Ich wusste nicht, dass sie dieses Argument vorbringen würden, doch die Stimmung auf meiner Seite des Tisches verrät mir, dass es geplant war. Sie müssen es besprochen haben, während ich zu sehr neben der Spur war, um darauf zu achten.

Madoc verzieht das Gesicht. „Das hängt davon ab, was ihr mit einfach meint. Orion hat Jahrzehnte gebraucht, um diese Magie zu entwickeln und unser Herz zu erschaffen, und es dauerte über ein Jahrhundert, dessen Macht auszubauen. Ich habe keine Ahnung, wie man es zerstören kann. Ihr hättet bereits Schwierigkeiten, es zu erreichen, falls ich gewillt wäre, euch den Weg ins Refugium zu zeigen. Ihr könnt euch sicher sein, dass Orion überall Wachen positioniert hat, die nach Anzeichen der Seelie oder Unseelie Ausschau halten, die durch eines der Portale in einer vernünftigen Reiseentfernung kommen."

„*Falls* du gewillt bist", wiederholt Sylas.

Madoc verengt seine sturmgrauen Augen auf den Seelie-Erzlord. „Ich dachte, ich hätte deutlich gemacht, dass ich nicht gewillt bin, so viele meiner Leute von euren abschlachten zu lassen wegen eines Herrschers, der zu weit gegangen ist. Ich schwor, euch Informationen zu liefern, die eure Leute und Talia schützen können, und falls es eine Gelegenheit gibt, nur Orion zu beseitigen, werde ich euch das mitteilen. Doch wenn wir eine Möglichkeit finden können, die Flüche zu beenden, ohne das Herz anzufassen, wäre mir das lieber."

Whitt zieht seine Augenbrauen hoch. „Du hängst ziemlich daran, was?"

„Ihr versteht es nicht." Madocs Blick wandert erneut zum Herzen der Nebelwelt, ehe er ihn wieder auf meine Gefährten richtet. „Die meisten von uns können *euer* Herz nicht mehr erreichen. Orions Herz ist die einzige Magiequelle, die wir nutzen können. Wir haben es genutzt, um Dinge wachsen zu lassen, zu heilen und zu allen anderen Zwecken, die nichts damit zu tun haben, irgendjemanden zu verletzen. Das Herz selbst ist nicht schädlich."

„Es klingt, als müssten wir diese Möglichkeit vertagen, bis wir uns sicher sein können, dass wir die Oberhand haben", meint Sylas. „Die Magie, die Talia beeinflusst, stammt von diesem Herzen, von den Mächten, mit denen du viel vertrauter bist als wir. Ich weiß, du bist dir momentan keines Heilmittels bewusst, wir möchten jedoch all deine Ideen hören, wie wir Talia möglicherweise heilen könnten, oder Auflösungsstrategien, die unter deinen Leuten üblich sind."

Madoc mustert mich. „Ich bin mir nicht sicher. Normalerweise verfluchen wir einander nicht oder heben die Flüche auf, mit denen wir andere belegen. Der Flucher legt die Bedingungen fest." Er hält inne. „Wir nutzen sehr häufig Abschirmungsmethoden – um eine Blutung zu stoppen, um verwundete oder kranke Körperteile abzutrennen, damit sie sich nicht auf den restlichen Körper auswirken … Es ist möglich, dass so etwas das Voranschreiten des Fluchs zumindest verlangsamen würde."

Ich habe es satt, hier zu sitzen, während andere über mich reden, als läge ich im Koma und könnte nichts beisteuern. „Kannst du jetzt etwas an dem Fluch spüren, was aktiv ist – was er tun wird, wie er sich auf mich auswirken wird?"

Sein Blick wird eindringlicher. Dann schüttelt er den Kopf. „Nicht von hier."

Ich widerstehe dem Drang, die Augen zu verdrehen. „Du kannst näher kommen."

Sylas hustet. „Ich bin mir nicht sicher …"

Er unterbricht sich und erfasst die Reaktion des Murk-Mannes. Madoc ist auf seinem Stuhl noch steifer geworden und seine Schultern wirken geradezu starr. Sylas' Stirn runzelt sich. „*Du* willst ihr nicht näher kommen."

Madoc scheint nach Worten zu ringen, bevor er spricht. Er schaut mich nicht an. „Mir ist der Gedanke gekommen, dass es vielleicht kein Zufall war, dass sie krank wurde, kurz nachdem sie sich mit mir unterhalten hatte. Ich weiß von nichts in mir oder um mich herum, was sich auf sie auswirkt, doch falls irgendein Risiko besteht …"

„Oh mein Gott, das reicht!", platzt es aus mir heraus. „Euch allen wird das Heilmittel noch entgehen, weil ihr zu große Angst habt, irgendetwas zu tun." Ich stehe auf und humple so energisch wie möglich um den Tisch herum. Die Männer springen ebenfalls auf, einschließlich Madoc. Bevor er zurückweichen kann, packe ich sein Handgelenk und ziehe seine Hand zu mir, sodass seine Handfläche über meinem Brustbein auf meinem Kleid ruht.

Er erstarrt, reißt sich jedoch nicht von mir los, obwohl er vollkommen elend aussieht. „Talia, falls irgendeine Chance besteht, dass ich …"

„Falls irgendeine Chance besteht, dass deine Nähe einen weiteren Anfall auslöst, sollten wir das am besten in der Anfangsphase herausfinden, meinst du nicht?" Ich bedenke ihn mit meinem strengsten Blick und schaue anschließend zu meinen Gefährten, die nicht viel glücklicher über die Situation aussehen als Madoc. Sie haben sich dafür entschieden, sich in kurzer Entfernung zu uns aufzubauen für den Fall, dass sie sich einmischen müssen.

Madoc entspannt sich allmählich und lässt seine Hand auf meiner Brust liegen. Die Wärme seiner Handfläche ist etwas stärker als die angenehme Sommerluft um uns herum und sickert durch den Stoff in meine Haut. Er verlagert seine Finger ein wenig, raunt einige Worte und sein Blick huscht kurz zu unserem Publikum, als würde er sich Sorgen machen, dass sich meine Gefährten auf ihn stürzen. Ein Kribbeln durchläuft meine Brust, das sich nicht besonders von dem unterscheidet, das ich fühlte, als mich August untersuchte.

Madocs Mund verzieht sich nach unten. „Ich kann den Zauber spüren. Ich kann Orions Einfluss darin fühlen." Er schließt die Augen und intoniert noch ein paar Silben.

Nichts verändert sich in mir abgesehen von dieser kurzen kribbelnden Empfindung. Die kribbelnde Stelle zwischen meinen Lungenflügeln bleibt bestehen, dehnt sich jedoch weder aus noch verstärkt sich das Kribbeln. Deshalb bin ich mir noch sicherer, dass Madoc nicht der Auslöser war.

Wenn wir zulassen, dass sich eine derartige Paranoia darauf auswirkt, wie sehr wir einander – oder uns selbst – vertrauen, hat Orion bereits gewonnen.

„So etwas ist mir noch nie begegnet", meint Madoc nach einem Augenblick. „Ich weiß nicht … der Vorschlag einer Barriere, den ich vorhin gemacht habe, würde sogar in dieser Phase ein schwieriges Unterfangen sein, da sich die Energie des Fluchs so nah an ihren lebenswichtigen Organen befindet. Aber vielleicht werde ich nun, da ich eine bessere Vorstellung von dem Fluch habe, zu Hause etwas finden, was mich in die richtige Richtung weist."

Er öffnet die Augen und macht Anstalten, seine Hand zurückzuziehen. Ich lasse sein Handgelenk los. Als seine Finger und ihre Wärme meine Brust verlassen, fängt sein Blick meinen aus einer Entfernung von ein paar Schritten auf. Seine flüchtige Berührung erinnert mich an den kurzen Kontakt seiner Lippen auf meinen, kurz bevor ich das Refugium verließ – und weckt eine plötzliche Neugier darauf, wie es sich anfühlen würde, wenn er meinen Mund gründlicher erobern würde.

Meine Wangen werden heiß. Ich trete zu meinem Stuhl und verdränge diese Gedanken so schnell ich kann.

Er hat dir nicht wehgetan, meine Seele?, fragt Corwin durch unser Band ohne ein Anzeichen, dass er die eigenartige Richtung bemerkt hat, die meine Emotionen kurz eingeschlagen haben.

Nein, ich fühle mich prima. „Madoc hatte nichts mit der Aktivierung des Fluchs zu tun", verkünde ich laut. „Also hören wir auf damit, uns darüber den Kopf zu zerbrechen, und konzentrieren uns stattdessen auf das Finden einer echten Lösung."

Whitt gluckst. „Wie immer bist du geschickt darin, uns in die Schranken zu weisen, Allkräftige."

„Ich schätze, dann sollte ich gehen und sehen, was ich in Erfahrung bringen kann?", fragt Madoc mit zweifelnder Stimme. Erwartet er immer noch, dass die anderen Fae enthüllen, dies sei nur ein Trick gewesen und er könnte nicht gehen?

Sylas nickt. „Ja. Berichte uns alles, was du hörst und für uns von Nutzen sein könnte, so schnell du kannst.“

„Es ist wahrscheinlich, dass mich Orion von sich aus hierher zurückschicken wird, nachdem ich *ihm* Bericht erstattet habe. Aber ich kann nicht versprechen, dass ich bis dahin etwas Nützliches herausfinde.“ Madoc wendet sich von ihnen ab und konzentriert sich wieder auf mich. „Ich werde so viel wie möglich tun. Falls es irgendeine Möglichkeit gibt, wie ich dir helfen kann, werde ich das tun.“

„Ich weiß“, sage ich leise. Ich kämpfe noch immer mit den unerwarteten Gefühlen, die seine Nähe in mir aufgewühlt hat. „Danke schön.“

„Danke *dir*“, erwidert er. „Dass du gewillt bist, an uns zu glauben trotz dem, was dir der Mann angetan hat, der über uns herrscht.“

Daraufhin nickt er meinen Gefährten, ohne zu zögern, zu und geht in den Wald davon. In einem Augenblick ist er ein Mann, der dahinschreitet, im Nächsten ist er verschwunden – oder beinahe verschwunden. Es ist nur noch eine kleine Gestalt mit hellem Fell zu sehen, die durchs Gras huscht.

Zurück zu seinem Zuhause und dem König, der uns alle vernichten wird, wenn er seinen Willen bekommt.

Corwin

Ich war schon immer ein Frühaufsteher. Diese Tendenz ist jetzt noch ausgeprägter, da mich meine Sorgen um Talia quälen. Die Sonne taucht den Horizont kaum in Gold, als ich vom Palast von Heart's Cadence zur Grenzburg marschiere, um nach ihr zu sehen. Als ich vor ihrem Zimmer stehen bleibe, kann ich anhand der gedämpften Eindrücke, die mich durch unser Band erreichen, und an dem Krächzen leiser Atemzüge, die durch die Tür dringen, erkennen, dass sie und Whitt noch schlafen, der heute Nacht bei ihr geblieben ist.

Ich möchte sie nicht aus ihrer dringend benötigten Ruhe reißen, stelle jedoch fest, dass ich nicht ruhig in den Gemeinschaftsräumen oder in meinem Zimmer sitzen und darauf warten kann, dass sie aufwacht. Meine ruhelosen Füße tragen mich durch die Gänge und die Tür, woraufhin ich durch die eiskalte Brise schlendere, die über die eisigen

Flächen tanzt. Nicht einmal die Melodie, die diese Brise in den Diamantmauern meines Palasts erzeugt, beruhigt meine Nerven.

Ein paar Heiler sind gestern Nacht angekommen und haben einige Zauber an Talia ausprobiert. Bisher ist sie nicht in den gleichen schmerzhaften Zustand verfallen, der sie gestern Morgen überkommen hat. Es könnten jedoch Tage zwischen der Aktivierung des Fluchs und den ersten Symptomen vergangen sein. Wer weiß, in welchem Tempo der Fluch voranschreitet? Die Heiler konnten diese Einzelheiten bei ihrer Untersuchung meiner Gefährtin nicht feststellen.

Einige weitere Fae, die zu den Besten im Bereich der Heilkünste zählen, werden im Lauf des Tages aus allen Ländereien der Nebelwelt herkommen, sobald die Boten sie erreichen, die wir ausgesandt haben. Wenn es das Herz so will, werden wir sie nicht einmal brauchen. Doch nach allem, was ich bisher von den Murk und ihrem verfluchten König gesehen habe, bin ich nicht besonders optimistisch.

Unsere beste Chance ist womöglich die Ratte, die uns die Warnung überbracht hat. Eine Ratte, für die sich Talia bestimmt mehr erwärmt hat, als mir lieb ist. Sie liebt so tief und ist gewillt, so viel zu vergeben, meine gutherzige Liebste. Das hat sich zu meinem Vorteil ausgewirkt, als sie und ich uns kaum kannten, jetzt jedoch …

Nachdem Madoc ihren Fluch untersuchte, flackerte etwas in ihr auf, was tiefer reichte als Dankbarkeit. Ich bin zwar nicht der Erfahrenste aller Fae, wenn es um romantische Beziehungen geht, doch seine Reaktion auf sie wirkte auf mich eher hingebungsvoll und nicht nur wie reines Mitgefühl.

Wenn *er* sie am Ende verletzt …

Als ich diesen Gedanken abschüttle, segelt eine meiner Kolleginnen in Sicht, die vielleicht noch erfolgloser bei ihren persönlichen Beziehungen ist, als ich es war. Ich erkenne Laoni an dem türkisfarbenen Farbstich ihrer Federn und anhand ihrer Bewegungen, noch bevor sie landet und sich einen Augenblick später in ihre menschliche Gestalt verwandelt.

Sie fährt mit der Hand über ihre dichten Haare, die einen helleren Ton der gleichen Farbe wie ihre Federn aufweisen, und neigt den Kopf zum Gruß. „Ich dachte ... ich würde nachschauen, wie es dir mit den neuesten Entwicklungen geht."

Ich hatte meine Erzlordkollegen natürlich über Madocs Behauptung bezüglich des Fluchs informiert, kurz nachdem ich sie gehört hatte. Außerdem berichtete ich ihnen, dass der Fluch das erste Mal ausgebrochen war, nachdem ich mich zum ersten Mal nach dem Anfall gezwungen hatte, die Seite meiner Gefährtin zu verlassen. Talias Schicksal wirkt sich auf die gesamte Fae-Welt aus. Ich komme jedoch nicht umhin, mir zu wünschen, dass ich dieses eine Mal meine Pflichten als Herrscher beiseiteschieben und mich ausschließlich auf sie konzentrieren könnte.

„Es ist natürlich besorgniserregend", erkläre ich Laoni, die vermutlich auf Anzeichen achtet, dass ich von dem gleichen allumfassenden Kummer gepackt werde wie meine Mutter. „Aber wir gehen das Problem schnell, entschlossen und auf jede Weise an, die uns einfällt. Falls es eine Lösung in unserer Reichweite gibt, werden wir sie finden."

Falls es keine gibt ... darüber denke ich noch nicht nach.

Laoni reibt sich über den Mund. Kurz steht sie bloß neben mir und blickt über die glitzernde Landschaft, als würden wir gemeinsam über das gleiche Thema nachdenken. Ich habe sie noch nie so nachdenklich erlebt. Ich bin mir nicht sicher, ob ich erleichtert oder besorgt über ihr neues Verhalten sein soll.

„Es tut mir leid, dass du dich schon wieder einer

erneuten Bedrohung für deine Gefährtin stellen musst", sagt sie schließlich, ohne mich anzuschauen. „Ich kann mir nur vorstellen, wie schwierig es sein muss, sie vor sich zu haben und nicht zu wissen, wie man sie retten kann."

Ich blinzle und bin überrascht von den unerwarteten Beileidsbekundungen. Von allen Fae, denen ich begegnen könnte, ist Laoni die *Letzte*, von der ich Mitleid erwartet hätte. Sie hat den Großteil der wenigen Monate, seit sich uns Talia angeschlossen hat, damit verbracht, alles in ihrer Macht Stehende zu tun, um meine Gefährtin und unsere Einheit zu untergraben.

Die Lage hat sich jedoch verändert. Talia hat sowohl Laoni als auch viele unserer Leute gerettet. Erst vor wenigen Tagen hat sie meine Erzlordkollegin ein zweites Mal geheilt – in Laonis Palast, damit es geheim blieb, so wie es Laoni vorzieht.

Und vielleicht *kann* sich meine Kollegin besser als zuvor vorstellen, wie ich mich fühle. Sie hat jemanden auf eine viel endgültigere Art verloren – jemanden, den sie nicht retten konnte, weil sie nicht bei ihm war.

„Die Ratten müssen für vieles zur Verantwortung gezogen werden", erwidere ich zaghaft, da ich weiß, wie sie reagierte, als Talia dieses Thema sanft ansprach. „Einschließlich des Todes einer deiner langjährigen Wachen."

Laoni blickt unverwandt zu den Bergen in der Ferne, doch ich arbeite bereits lange genug an ihrer Seite, um anhand der zuckenden Muskeln an ihrem breiten Hals zu erkennen, dass sie die Bemerkung nicht kalt lässt. Sie schnaubt und ihre Stimme wird ein wenig heiser. „Wir hätten all dieses Ungeziefer vor Jahren ausrotten sollen, bevor es so weit kommen konnte."

Sie wird ihre Gefühle für Kesral oder sogar die Freundschaft, die sie in Kindertagen verband, nach wie vor nicht zugeben. Was hat ihr Vater zu ihr gesagt und wie hat er im Lauf der Jahre auf sie eingeredet, dass sie einen Punkt erreichte, an dem sie sich so sehr von einem Mann distanzierte, der ihr so wichtig war, nur weil er zur Hälfte ein Mensch war?

Ich bezweifle, dass sie diese Frage beantworten würde, weshalb ich auf die Worte reagiere, die sie ausgesprochen hat. „Ich glaube, wir haben so viele von ihnen getötet, wie wir gefunden haben. Es ist schwierig, sich mit denen zu befassen, die in der Menschenwelt leben, ohne uns selbst den Menschen mehr zu offenbaren, als klug ist.“

„Wir hätten sie alle vernichten sollen, bevor sie aus der Nebelwelt dorthin flohen.“ Ihre Gesichtszüge verhärten sich. „Wir müssen womöglich einige Kompromisse schließen hinsichtlich unserer Regeln, eine Entdeckung durch die Menschen zu vermeiden. Ich will, dass ihr König, sein Herz und alle, die sich auf seine Seite stellen, in Fetzen gerissen werden.“

Die wütende Heftigkeit in ihrer Stimme findet einen Nachklang in meinem eigenen inneren Aufruhr. Ein Bild blitzt in meinem Kopf auf, wie sich eine Schar Raben auf ein Gewimmel aus Ratten stürzt, sie mit den Krallen aufschlitzt und in ihr falsches Herz wirft, bis es von ihren Leichen erstickt wird.

Der Gedanke löst einen Anflug von Befriedigung in meiner Brust aus, wird jedoch von einer ekelerregenden Empfindung begleitet, die mir den Magen umdreht. Wenn Talia wach und sich meiner Gedanken bewusst wäre, würde sie vor diesen Bildern zurückschrecken. Ich weiß, dass sie hasst, wofür Orion steht, und sie würde es nicht bereuen, ihn untergehen zu sehen, aber sie will nicht, dass sich dieser Konflikt zu einem ausgewachsenen Krieg entwickelt, wenn sie es vermeiden kann.

Nachdem sie bereits beobachten musste, wie das Blut ihrer Eltern und ihres Bruders vergossen wurde, und so viel von sich geben musste, kann ich ihr daraus keinen Vorwurf machen.

„Ich möchte diejenigen ebenfalls töten, die uns verletzt haben", erkläre ich Laoni. „Allerdings denke ich, dass wir gemäßigter vorgehen müssen. Wir dachten einst, alle Seelie seien Schurken, und das ist eindeutig nicht der Fall. Seit Jahrhunderten hat keiner von uns ein richtiges Gespräch mit einem der Murk geführt. Madoc macht einen relativ vernünftigen Eindruck."

Laoni schnaubt. „Weil es für ihn von Vorteil war, diesen Anschein zu machen."

„Dank ihm ist Talia wieder bei uns", erinnere ich sie und auch mich.

„Nun, manche Leute können *nicht* zurückgebracht werden", brummt sie. Daraufhin richtet sich ihr Blick schließlich ein wenig besorgt auf mich. „Deine Gefährtin hatte einige konkrete Vorstellungen bezüglich meiner Verbindung zu meinem Personal, die …"

Wird sie es offen leugnen, nachdem sie das Blut derjenigen gefordert hat, die ihren alten Freund getötet haben?

Ich schüttle den Kopf, bevor sie fortfahren kann. „Ich weiß von den Gesprächen, die ihr geführt habt. Ich verurteile dich nicht dafür. Es tut mir noch immer leid, dass du diesen Verlust erleiden musstest. Mehr müssen wir dazu nicht sagen."

Laonis Mund spannt sich an. Ich erhalte den Eindruck, dass sie das Gefühl hat, sie müsste sich bei mir dafür bedanken, wie ich mit der Situation umgegangen bin. Zugleich will sie nicht zugeben, dass es etwas gab, mit dem umgegangen werden musste. Sie entscheidet sich für ein Seufzen. „Ich werde mich an die Vereinbarung halten, jeden Murk zu befragen, der in unser Gebiet dringt oder von den Patrouillen in der Menschenwelt aufgegriffen wird.

Allerdings nur, weil ich ihnen jeden Hinweis entlocken will, mit dessen Hilfe wir sie auslöschen können."

Sie fliegt als Rabe davon, bevor ich eine Gelegenheit habe, auf ihre letzte Ankündigung zu reagieren. Es gab ohnehin nicht viel, was ich darauf hätte antworten können.

Eine verschlafene Regung erreicht mein Bewusstsein – Talia wacht auf. Ich will mich gerade umdrehen, zu ihr gehen, ihr einen guten Morgen wünschen und mich darüber freuen, dass es ihr noch gut geht, als ein Gefährt vor den Bergen in Sicht kommt. Mir wird das Herz schwer.

Natürlich sind unsere anderen Flüche nicht einfach verschwunden, nur weil ein neuer erschienen ist.

Ich gehe zu dem Gefährt, sobald es das Plateau erreicht. Seit Talias Entführung sind unsere Brüder sparsamer und weniger Schwarmmitglieder begleiten die Fluchopfer. Als das Gefährt langsamer wird, erkenne ich nur vier Gestalten – der Mann, dessen Gesicht eine bläuliche Farbe angenommen hat, eine Frau, die dicht bei ihm sitzt und seine Gefährtin zu sein scheint, ein jüngerer Mann mit ähnlichen Gesichtszügen, der vermutlich ein Sohn ist, und eine ältere Frau, die das Gefährt lenkt, während die anderen von der Krankheit ihres Angehörigen abgelenkt sind.

„Es tut mir leid, euch zu sehen, aber ich bin froh, dass ihr es hergeschafft habt, bevor der Fluch schlimmer wurde", begrüße ich sie. „Fliegt zu der Stelle vor dem Herzen und Lady Talia wird die Heilung durchführen, sobald sie dazu in der Lage ist."

Meine Gefährtin hat die Aktivität bereits bemerkt, auch wenn sich ihre Gedanken aufgrund der frühen Stunde noch ein wenig benebelt anfühlen. *Ich werde mich anziehen und runterkommen.*

Iss vorher etwas, beharre ich, während ich zur Grenzburg marschiere, um dafür zu sorgen, dass dies geschieht. *Er wird nicht in der nächsten Stunde erfrieren. Du musst jetzt mehr denn je auf dich achten.*

Ich werde ein schnelles *Frühstück zu mir nehmen,* lenkt Talia ein. *Ich brauche definitiv keine Stunde. Ich werde diesen Mann und seine Familie nicht länger ihrem Elend überlassen, als ich muss.*

Als ich die Burg erreiche, kann ich sie und Whitt bereits in der Küche reden hören. Ich finde sie dort, während sie über die gefüllten Gebäcke herfallen, die August gestern Abend zusammen mit dem Abendessen zubereitet hat. Er wollte sicherstellen, dass Talia ein Frühstück hat, dass seine strengen Anforderungen erfüllt, während er heute Morgen die Patrouille leitet.

Ich nehme mir eines und kann nicht anders, als das knusprige Gebäck zu genießen, während es in meinem Mund zusammen mit der Füllung aus weichem Gemüse, gebratenem Fleisch und einer würzigen Soße schmilzt. Ein Grund, aus dem ich nichts dagegen habe, dass meine Gefährtin noch drei weitere hat: Dadurch habe ich mittlerweile noch bessere Mahlzeiten in meinem Leben. Nicht, dass ich das Charles oder Beth jemals verraten würde, deren Kochkünste nach wie vor ziemlich beeindruckend sind.

„Ist alles in Ordnung?", erkundigt sich Talia, die womöglich mein nachhallendes Unbehagen von meinem Gespräch mit Laoni bemerkt hat.

„Laoni hat mich aufgesucht und sich kurz mit mir unterhalten", erkläre ich und beschließe, dass keine weiteren Einzelheiten nötig sind. „Sie neigt dazu, eine recht ... abkühlende Wirkung auf meine Laune zu haben."

Whitt lacht schallend und hustet, als er beinahe an seinem Bissen des Gebäcks erstickt. „Ich mag deinen Sinn für Humor, wenn du dich dazu entscheidest, ihn einzusetzen, mein gefiederter Freund."

Ich schaue ihn halbherzig finster an und Talia verpasst ihm einen Klaps. „Du musst dir bessere Spitznamen für ihn überlegen. Wenn ‚Krümel‘ zu ‚Allkräftiger‘ werden konnte, bist du offensichtlich dazu in der Lage.“

Whitt feixt und zieht Talia dicht zu sich, um einen Kuss auf ihren Hals zu drücken. „Du bist immer noch mein Krümel, ganz gleich, wie allkräftig du geworden bist.“

„Nun, dein Krümel muss einen der Flüche heilen, die in Angriff genommen werden *können*.“ Sie beugt sich zur Seite, küsst ihn rasch auf den Mund und hüpft von ihrem Hocker. „Ich bin bereit. Gehen wir.“

Whitt folgt uns über die eisige Landschaft zum Herzen, wo die vier Bittsteller und ihr Gefährt warten. Seine scharfen Augen schweifen über die verschneiten Ebenen und ich weiß, dass er nach Anzeichen von Ratten oder ihren Illusionen Ausschau hält.

Talia lächelt den vornübergebeugten Mann an und geht leicht in die Knie, um auf einer Höhe mit seinem Gesicht zu sein. „Du wirst dich bald besser fühlen. Es dauert nicht lange.“

Sie holt tief Luft, schließt die Augen und zieht zugleich ihre innere Mauer hoch. Sie mag es nicht, wenn ich die schrecklichen Erinnerungen sehe, die sie heraufbeschwören muss, um Tränen auszulösen. Es sind Erinnerungen, die ich bereits durch sie erlebt habe, die mir jedoch jedes Mal wehtun, wenn ich an sie erinnert werde. Ich würde sie mit ihr teilen, wenn sie das will, werde es allerdings nicht verlangen.

Es dauert ungefähr eine Minute, bis die ersten Tränen über ihre Wangen strömen. Sie wendet sich von dem verfluchten Mann ab, um so zu tun, als würde sie sie verbergen, verdeckt die Augen und dreht sich mit feuchten Fingern wieder zu ihm um. Als sie mit diesen Fingern über die Seite seines Gesichts streicht, zieht sich der Fluch zurück und es wirkt, als würde ein Licht in ihm angeschaltet werden. Sein Körper beginnt, sich zu entspannen …

Und Talias verspannt sich.

Der Schmerz durchfährt sie so plötzlich, dass ich mich auch krümme. Ich taumle und überwinde die wenigen Schritte zwischen uns, während Whitt ebenfalls an ihre Seite eilt.

Ihr ganzer Körper zittert und ich kann anhand der Qualen, die von ihr auf mich übergehen, spüren wieso.

„Was stimmt nicht?", fragt der nun geheilte Mann mit kratziger, jedoch ruhiger Stimme und aufgerissenen Augen.

Ich lege meine Arme um meine Gefährtin und weiß nicht, was ich ihm antworten soll. Sie ist ebenfalls krank, ganz egal, was die ersten Heiler für sie getan haben.

Und wir wissen nicht, ob es eine einzige Person auf dieser Welt gibt, die sie heilen kann, so wie sie ihn gerade geheilt hat.

11

Talia

Die neuste Heilerin runzelt die Stirn und zwickt sich in ihre Knollennase, so wie sie es bereits ein Dutzend Mal getan hat, als könnte sie dadurch weitere Fähigkeiten aktivieren. Sie raunt einige magische Worte, während ihre Hände über meiner Brust schweben.

Wie bei ihren anderen Versuchen spüre ich nichts außer einem schwachen Kribbeln der Energie, das mich durchläuft. Daran, wie sie anschließend ihre Brauen zusammenzieht, erkenne ich, dass sie auch keinen Unterschied festgestellt hat.

„Ich werde weitere Berichte durchgehen und mit dem Herzen meditieren und zurückkehren, wenn ich neue Ideen habe", informiert sie mich.

Ich nicke zum Dank und verharre reglos und einigermaßen majestätisch auf dem Bett, bis sie den Raum verlassen hat. Dann lasse ich mich stöhnend nach hinten in die Kissen fallen.

Corwins Stimme erklingt sofort in meinem Kopf. *Alles in Ordnung?*

Ja, antworte ich schnell. *Aber auch keine Fortschritte. Ich weiß, dass sie alle versuchen, mir zu helfen, doch ich fühle mich allmählich wie eine Versuchsperson in einem Labor.*

Corwin schickt mir eine Woge entschuldigenden Mitgefühls. *Das ist die letzte Heilerin, die wir gerufen haben. Ich glaube, Sylas und Whitt werden bald mit den Ergebnissen ihrer Nachforschungen zurückkehren. In der Zwischenzeit schicke ich jemanden, der hoffentlich dafür sorgen wird, dass du dich wieder wie eine Person fühlst.*

Ich lehne mich zurück, meine Neugier ist geweckt. *Wer?*

Ich erhalte lediglich eine schelmische Stille. Das stört mich nicht angesichts dessen, dass er trotz der Situation ein wenig gute Laune heraufbeschwören konnte.

Es vergeht nur eine Minute, bevor es leise an der Tür klopft und eine behutsame Stimme hindurchdringt. „Talia?"

Ein Lächeln breitet sich auf meinem Gesicht aus. Es ist Harper. Ich habe meine beste Freundin aus dem Rudel wegen des ganzen Aufruhrs seit Tagen nicht gesehen.

„Komm rein", rufe ich und rutsche an die Bettkante.

Harper schlüpft ins Zimmer und ihre schlanke Gestalt wirkt so elegant wie eh und je. Sie betrachtet mich mit ihren übergroßen Augen und sieht aus, als würde sie sich ein wenig Sorgen machen, dass ich jeden Moment vor ihr zusammenbreche.

„Mir geht es gut", beruhige ich sie und lächle sie sanft an. „Zumindest für den Moment. Es ist schön, dich zu sehen." Mein Blick fällt auf das Stoffbündel, das sie an sich drückt. Ich muss die eifrige Schneiderin nicht einmal fragen, was es ist. Meine Wangen werden vor Verlegenheit und Scham warm. „Du hättest mir kein Geschenk mitbringen müssen."

„Das habe ich nicht getan, weil du krank bist", beteuert Harper und entspannt sich so weit, dass sie neben mich aufs

Bett hüpft. Sie hält die Schulterpartie des neuen Gewandes fest und schüttelt es, damit es sich öffnet. „Ich habe angefangen, daran zu arbeiten, als Sylas verkündete, dass du ein Kind erwartest. Eine werdende Mutter verdient Kleider, die diese Tatsache ehren." Sie grinst mich an.

Als mein Blick über das Kleid wandert, bleibt mir die Luft weg. „Es wird mir eine Ehre sein, so etwas Umwerfendes zu tragen."

Harpers Arbeit ist immer beeindruckend, doch das hier ist … Sie hat Dunkelgrün und Rosa so miteinander kombiniert, dass die Trägerin aussehen wird, als würde sie von leuchtenden Ranken mit Rosen umarmt werden. Eine Reihe der zarten Blüten biegt sich über den Bauchbereich, als würden sie das heranwachsende Kind halten. Ich kann an dem Kleid erkennen, wie wichtig den Fae jedes neue Leben ist und wie sehr das gesamte Rudel das Baby feiern wird, das in mir heranwächst.

Ich lege meine Hand auf die Stelle, wo es wächst, obwohl es nach den wenigen Wochen von außen noch nicht zu sehen ist, und füge hinzu: „Danke. Ich liebe es." Jetzt muss ich meine Männer nur noch dazu bringen, sich einen Anlass einfallen zu lassen, zu dem ich es anziehen kann. Es ist viel zu edel, um es als Nachthemd zu tragen.

Harper grinst noch breiter. Sie faltet das Kleid mit einigen schnellen Gesten, legt es weiter weg aufs Bett und beugt sich zur Seite, um mich kurz zu umarmen. „Ich will dich während deiner Schwangerschaft und danach viele Male darin sehen."

In diesen Worten schwingt ein unausgesprochener Wunsch mit. Sie möchte, dass ich so lange überlebe, dass ich es so oft tragen kann.

Ich schlucke schwer. „Das habe ich vor", verkünde ich mit all der Zuversicht, die ich heraufbeschwören kann. Ich ziehe meine Beine aufs Bett und drehe mich, sodass ich im

Schneidersitz am Kopfteil sitze. „Ich hatte in letzter Zeit kaum Gelegenheit, das restliche Rudel zu besuchen. Wie geht es allen? Gibt es irgendetwas Interessantes, zu berichten?"

Ich muss Harper nicht sagen, dass ich auf fröhliche Nachrichten hoffe, denn es gab so viele ernste Entwicklungen, von denen ich bereits weiß. Sie streicht die glatten Strähnen ihrer flachsblonden Haare hinter ihr Ohr und neigt den Kopf mit einem nachdenklichen Lächeln zur Seite.

„Nun, die Schafe sind aus ihrem Gehege ausgebrochen und Elliot musste einigen von ihnen bis in Erzlord Donovans Revier folgen. So wie sie geblökt haben, als er sie zurückbrachte, hätte man meinen können, er würde sie fürs Abendessen kleinschneiden und sie nicht nur melken, um Käse herzustellen." Sie kichert. „Und ein paar Frauen aus Erzlord Celias Rudel haben mich gebeten, ihnen zueinander passende Kleider zu machen. Du wirst nicht glauben, was für ein Motiv sie wollten …"

Sie erzählt mir von den Alltagsaktivitäten in den Revieren ringsum das Herz und ich lehne mich zurück und höre zu. Ein bittersüßer Schmerz formt sich um mein Herz herum. Trotz der Möglichkeit eines bevorstehenden Krieges geht das normale Leben weiter, so gut es das kann – aber ich kann nicht daran teilnehmen.

Hält Whitt noch immer Feiern ab? Ich kann mir nicht vorstellen, dass er dieser Tage in Feierlaune ist, doch ich sollte ihn dazu ermutigen, eine Feier auszurichten. Das Rudel braucht eine Gelegenheit, sich zu entspannen und glücklich zu sein, während wir unser Zuhause so aufmerksam bewachen.

Harper beendet gerade eine lebhafte Erzählung eines albernen Streits zwischen Brigit und Pomya, als Schritte im Gang vor der Tür erklingen. Als sich diese öffnet, klappt Harpers Mund zu. Sie richtet sich auf, als Sylas und Whitt hereinkommen. In der Gegenwart des Rudelanführers benimmt sie sich immer ein wenig unbeholfen, vielleicht weil sie sich daran erinnert, dass er sie beinahe aus dem Rudel verbannt hätte, nachdem einige von Ambrose' Rudelmitgliedern sie in eine Intrige gegen mich verwickelt hatten.

Sylas zeigt jedoch keine anhaltende Feindseligkeit ihr gegenüber. Er nickt ihr zu. „Es war nett von dir, herzukommen. Ich kann sehen, dass meine Gefährtin deinen Besuch genossen hat." Er schenkt mir eines seiner stillen, jedoch warmen kleinen Lächeln.

„Ich werde bald zurückkommen", verspricht Harper ihm und mir, bevor sie mich noch einmal kurz umarmt und vom Bett hüpft. „Ich will allerdings nicht im Weg sein." Sie verneigt sich tief, winkt mir zum Abschied und lässt mich mit meinen Gefährten allein.

Während wir uns unterhielten, war ich eine Weile in der Lage, nicht an den Grund zu denken, aus dem Sylas und Whitt ‚Nachforschungen' angestellt haben. Jetzt, da ich ihre ziemlich ernsten Mienen betrachte, sinkt meine Laune. Es ist nicht alles normal, vor allem bei mir nicht.

„Habt ihr nichts gefunden?", frage ich. Sie sind einigen Erwähnungen seltener Heilpflanzen aus Whitts Aufzeichnungen nachgegangen, waren sich jedoch nicht sicher, wie akkurat die wenigen Details waren oder, zumindest in einem Fall, ob die Pflanze überhaupt existiert.

Sylas setzt sich neben meine überkreuzten Füße auf die Bettkante und nickt Whitt zu, der einen Lederbeutel von seinem Gürtel nimmt. „Wir konnten ein paar der Kräuter aufspüren, die wir gesucht haben. Keines von ihnen hat eine besonders mächtige Aura, sie scheinen allerdings auch nicht schädlich zu sein, weshalb wir genauso gut in Erfahrung bringen können, was sie bewirken."

Der erste Zweig, den Whitt herauszieht, hat glänzende

runde Blätter und flauschige blaue Blüten. Er zupft eine der Blüten ab und beginnt, sie zwischen seinem Daumen und der anderen Handfläche zu zerreiben. „Eine Geschichte schlägt vor, dass die Himmelsblüte feindliche Magie auflöst, wenn die zerquetschen Blütenblätter der Blume über die betroffene Stelle gerieben werden. Es wird nur in einem Bericht erwähnt, weshalb es offensichtlich nicht oft getestet wurde."

Ich lockere das Mieder meines Kleides, damit ich es über meine Schultern ziehen kann, und lasse den Ausschnitt an meinen Brüsten ruhen. Whitt verteilt die blaue Paste mit einigen gemurmelten Worten auf meinem Brustbein. Das Zeug wird in den nächsten Minuten von meiner Haut absorbiert und hinterlässt bloß einen hellblauen Farbstich.

„Fühlst du dich anders?", erkundigt sich der Spionagechef.

Ich konzentriere mich angestrengt, kann jedoch nicht so tun, als sei die kribbelnde Empfindung verschwunden, die ich fühle, seit mich der Fluch das erste Mal erwischt hat. Sie ist immer zwischen meinen Lungenflügeln spürbar. „Nein", gebe ich widerwillig zu. „Soweit ich es erkennen kann, ist der Fluch noch da."

„Nun, es dauert womöglich eine Weile, bis die Wirkung einsetzt. Es ist uns auch gelungen, eine Clayvinwurzel auszugraben." Er zückt etwas, was wie eine knollige, gelbe Karotte aussieht.

„*Ich* habe es geschafft, sie auszugraben, meinst du wohl", wirft Sylas in einem neckenden Ton ein.

Whitt hält die Hände hoch und tut so, als müsste er sich wehren. „Es ist nicht meine Schuld, dass Clayvin nur in den tiefsten Spalten wächst und du ein viel besserer Kletterer bist als ich. Wäre ich dort runtergegangen, wäre ich nie wieder hochgekommen. Es war allerdings mein Zauber, der sie gefunden hat."

Sylas gluckst. „Das muss ich dir lassen."

Ihr unbeschwertes Geplänkel zu sehen und zu hören, dass sie auf ihrer Mission zusammengearbeitet haben, löst eine willkommene Wärme in meiner Brust aus. Ich neige den Kopf zu der Wurzel. „Also was machen wir damit?"

Whitt wackelt damit hin und her. „Die soll zu einem Tee verarbeitet werden, den du trinkst. Er soll jedoch bei Sonnenuntergang gebraut und um Mitternacht getrunken werden, um die beste Wirkung zu erzielen. Wir müssen uns also ein wenig gedulden, bevor wir das ausprobieren können."

„So viel, worauf ich mich freuen kann", witzle ich, doch mein Lachen fällt flach aus.

Eine Wolke aus Schwermut legt sich wieder über meine Gefährten und die Wärme, die zuvor entstanden ist, zieht sich schmerzhaft zusammen. Wir *sollten* uns auf so viele Dinge freuen: der neugefundene Friede zwischen den Reichen, unser gemeinsames Leben als Gefährten, das Kind, das ich in diese Einheit bringen werde. Doch die Bedrohung durch die Murk hat einen Schatten auf all die Freude geworfen, die wir eigentlich teilen sollten.

Wir sollten trotzdem feiern – denn wer weiß, ob wir später noch eine Gelegenheit dazu erhalten werden.

Ich rutsche übers Bett, lege meinen Arm um Sylas und lehne meinen Kopf an seine Schulter. Er summt zufrieden und drückt mich an sich. Whitt nutzt die freie Stelle neben mir, lässt sich auf meiner anderen Seite nieder und gibt meiner Schulter einen kurzen Kuss.

Es ist alles sehr sanft und tröstlich. Von ihren Körpern und ihren gegensätzlichen Gerüchen umhüllt zu werden, entzündet jedoch eine tiefere Hitze in meinem Unterleib. Ich stelle den Drang nicht infrage, sondern stemme mich einfach hoch und drücke einen Kuss auf Sylas' Mund.

Er erwidert ihn zärtlich und seine Hand streichelt über

meine Haare, doch als ich Anstalten mache, mein Bein über seinen Schoß zu werfen, packt er mich um die Taille. „Ich denke nicht, dass wir deinen Körper jetzt strapazieren sollten."

Ich zerre an seinem Hemd. „Ich denke, wir haben eine Menge Dinge entdeckt, zu denen mein Körper definitiv in der Lage ist und bei denen sich niemand strapazieren muss."

„Das war, als es dir noch gut ging."

Es widerstrebt mir, die Sorge zu akzeptieren, die seine braunen Augen verdunkelt hat. Ich bin noch immer ihre Gefährtin und ich will alle Vorteile dieser Beziehung genießen, vielen Dank auch.

Ich kralle meine Finger in Sylas' Hemd, blicke zu Whitt und wieder zum Erzlord. „Mir geht es im Moment gut. Ich vermisse es nur, meinen Gefährten richtig nahe zu sein. Es klingt, als hättet ihr beide sehr gut zusammengearbeitet, um mögliche Heilmittel für mich zu finden. Es gibt eine Menge *andere* Dinge, bei denen ich eure Zusammenarbeit genieße."

Ich gebe mein Bestes, kokett mit den Wimpern zu klimpern, bin mir jedoch nicht sicher, ob es funktioniert. Ich bin keine Expertin im Flirten. Sylas zögert. Whitt streichelt mit den Fingern über meinen Außenschenkel, bewegt seine Hand allerdings nicht höher. Ich glaube, er wird meine Einladung nicht annehmen, solange es sein Lord nicht tut.

Mit einem entschlossenen Schnauben packe ich Sylas' Hemd fester und setze mich rittlings auf ihn, bevor er mich erneut aufhalten kann. Ich starre ihm bestimmt in seine ungleichen Augen. „Ich will die Männer, die meine Gefährten sind. Die Murk versuchen, mir alles zu nehmen, und ich werde nicht zulassen, dass sie mir auch das rauben. Wag es ja nicht, ihnen dabei zu helfen."

Daraufhin presse ich meinen Mund auf seinen.

Ob ihn meine kleine Rede oder die Leidenschaft meines Kusses oder beides umgestimmt hat, weiß ich nicht, doch

Sylas' wirft seine Bedenken über Bord. Er erwidert meinen Kuss hart, heiß und knurrend, während die Hand an meiner Taille zu meinem Po wandert und mich näher an sich zieht. Ich schaukle ihm entgegen und keuche gegen seine Lippen, als ich spüre, wie sein Schaft in seiner Hose hart wird.

Ja. Ich will das hier. Ich will ihn und Whitt und all meine Gefährten, wenn ich die Gelegenheit dazu erhalte.

Ich bin noch am Leben. Orion hat mich nicht gebrochen. Wir sind zusammen und wir feiern das ungeachtet der anderen Probleme, die noch auf uns warten.

Eine andere Hand wandert über meine Schultern und streicht meine Haare beiseite. Dann markiert Whitts talentierter Mund die Seite meines Halses. Während ich Sylas küsse, knabbert der Spionagechef meinen Kiefer entlang und beißt in mein Ohrläppchen. Lust durchfährt mich und entlockt meiner Kehle ein weiteres Keuchen.

„Ich glaube, unsere allkräftige Gefährtin sollte bekommen, was sie will, wenn sie so eindeutig darum bittet", raunt er und reibt seine Nase an meinen Haaren, bevor er noch eine Hitzespur auf meinem nackten Schulterblatt hinterlässt.

Sylas gibt einen Laut von sich, der eine Mischung aus Knurren und Stöhnen ist. Er zieht das Mieder meines Kleides tiefer, sodass der Ausschnitt meine Nippel berührt, und umfasst eine meiner Brüste. Sein Daumen gleitet über die Spitze und seine Zunge ahmt die Bewegung in meinem Mund nach, um mit meiner zu tanzen.

Whitt streichelt mit seinen geschickten Fingern über meinen anderen Busen, bis Glückseligkeit durch meine Brust bebt. Sie erstickt das schwache Kribbeln komplett. Ich wölbe mich den Berührungen meiner Gefährten entgegen und küsse Sylas noch stürmischer, bevor ich Whitts Mund suche.

Ich habe so ein großes Glück, dass ich das hier habe und nicht nur einen, sondern vier Gefährten gefunden habe, die mich zu solchen Höhen befördern können und die das gemeinsam tun.

Ich packe Whitts Hemd und weiche so weit zurück, dass ich erst ihm und anschließend Sylas in die Augen schauen kann. Die Worte kommen tief aus meinem Inneren. „Egal, was geschieht und Orion mir antut, ich bin froh, dass ich hier bin. Mir ist es lieber, hier bei euch zu sein und seine Magie in mir zu haben, als ein normales Leben in der Menschenwelt zu führen. Selbst wenn es mich heilen würde, euch aufzugeben, würde ich das nicht tun.“

„Talia“, sagt Sylas mit erstickter Stimme. Er küsst mich erneut grob, als wüsste er nicht, wie er sich sonst ausdrücken soll.

Whitt legt seinen Arm fest um mich, während sie mich gemeinsam umarmen. „Ich würde dich nur aufgeben, wenn es die einzige Möglichkeit wäre, dich zu retten. Aber so weit werden wir es nicht kommen lassen. Und im Moment will ich einfach nur sehen, wie du dich vor Ekstase windest, während wir dich verwöhnen.“

Das Versprechen in seinen hitzigen Worten löst ein freudiges Kribbeln auf meiner Haut aus. Ich reiße an seinem Hemd in dem Bemühen, uns zu dem Teil zu bringen, bei dem ich mich vor Ekstase winde. Glucksend zieht Whitt das Hemd über seinen Kopf.

Ich drehe mich zu ihm, rutsche von Sylas' Schoß und klettere stattdessen auf den meines anderen Liebhabers. Als ich mit den Händen und meinem Mund über Whitts durchtrainierte Brustmuskeln gleite, neigt er den Kopf mit einem erstickten, jedoch zufriedenen Laut nach hinten. Ich lecke mit der Zunge über einen seiner Nippel, woraufhin er meinen Hinterkopf umfasst, mich nach oben zieht und meinen Mund so gründlich wie möglich erobert.

Sylas wirft sein Hemd beiseite, beugt sich zu mir und seine nackte Haut versengt meinen Rücken. Er küsst meinen

Nacken und meine Wirbelsäule entlang, während seine Hände über meine Hüften und zwischen meine Beine gleiten, jedoch nicht die Stelle berühren, die sich nach seiner Berührung sehnt.

Ich schubse Whitt aufs Bett und kann es mir nicht verkneifen, mich an ihm zu reiben. Er zischt durch seine Zähne. Er und Sylas scheinen wortlos miteinander zu kommunizieren und heben mich gemeinsam hoch, um mir mein Kleid sowie mein Höschen auszuziehen. Ich zerre an ihren Hosen.

„So ungeduldig, Krümel", neckt Whitt und stiehlt sich noch einen Kuss, als er seine Hose öffnet. Er tritt sie beiseite und Sylas legt unterdessen seine Hand auf meine Mitte.

Ich stöhne wegen der Wonne, die mich daraufhin durchfährt. Einige Sekunden lang lehne ich mich nur an Sylas und reite seine Hand. Als er seine Finger wegzieht, wimmere ich protestierend, doch kurz darauf spüre ich stattdessen Whitts Härte an dieser Stelle.

Mir läuft das Wasser im Mund zusammen, als mich die tiefste Form von Hunger befällt, die ich kenne. Ich rutsche über Whitt. Mittlerweile kenne ich seinen Körper so gut, dass ich mich auf ihm positionieren kann, ohne darüber nachzudenken. Er streichelt meine Wange und in seinen Augen leuchten Verlangen und Bewunderung, bevor er in mich dringt.

Lust fegt durch meine Mitte und in meinen Oberkörper. Ich schaukle auf Whitt und komme seinen Hüftbewegungen entgegen, während sich meine Hände auf seine Brust stützen und ich mich in den Empfindungen verliere.

Als Whitt sich nach oben stemmt, um meine Brust in den Mund zu nehmen, fährt Sylas meine andere Öffnung mit magisch befeuchteten Fingern nach. Mein Körper zittert vor Begehren. Ich greife mit einer Hand nach hinten und drücke ermutigend seinen Arm, woraufhin er ein

Knurren ausstößt, das beinahe verzweifelt vor Verlangen klingt.

„Meine Liebste", murmelt er, als er mich mit einem und dann zwei Fingern dehnt. Ein peinlicher bedürftiger Schrei entfährt mir. „Du verdienst sämtliche Wonne, die wir dir schenken können. Scheue dich nie, um das zu bitten, was du willst."

Ich bitte jetzt mit den Bewegungen meines Körpers und presse mich immer wieder nach hinten seiner Berührung entgegen, während ich auf Whitt hin und her schaukle. Eine berauschende Hitze entzündet sich in meinem Bauch. Dann stupst die Spitze von Sylas' dickem Schwanz gegen mich. Er schiebt sich langsam in mich und dringt mit jeder Bewegung meiner Hüften etwas tiefer. Das wundervolle Brennen meiner gedehnten Muskeln sorgt beinahe dafür, dass ich zersplittere.

„Mmmh", summt Whitt. „Das ist in der Tat eine exzellente Zusammenarbeit. Wir müssen das öfter tun, glaube ich."

Er zwinkert mir zu und mein atemloses Kichern geht in einem Stöhnen verloren, als beide Männer gemeinsam in mich tauchen. Ich klammere mich an Sylas' Arm, auf dem er sich neben mir abstützt, und an Whitts Schulter und reite auf den Wogen der Ekstase, die sie in mir heraufbeschwören.

Mit jedem Keuchen und Wimmern, das mir entwischt, beschleunigen sie ihr Tempo und ihre Muskeln spielen vor Anstrengung. Unsere Haut ist dort schweißnass, wo unsere Körper aneinanderreiben.

Whitt zwickt meinen Nippel und kreist zugleich mit seinem Daumen über meine Perle, woraufhin ich spüre, dass die Welle bricht. Das Beben schüttelt mich durch, Lust wirbelt durch jeden Nerv, bevor sie wie ein Lagerfeuer aufflammt und explodiert.

Funken füllen mein Sichtfeld. Als ich schreie und sich

meine inneren Muskeln verkrampfen, stöhnen meine Männer. Sylas kommt mit mir, dicht gefolgt von Whitt.

Wir brechen in einem Durcheinander aus verschwitzten Gliedern und zufriedenen Atemzügen zusammen. Ich ziehe meine Gefährten zu beiden Seiten von mir näher und suche so viel von ihrer Hitze wie möglich, während mein Körper in den Nachbeben treibt.

Doch nicht einmal diese Zufriedenheit kann das schwache, unausweichliche Kribbeln dämpfen, das erneut in meiner Brust aufwallt.

12

Whitt

Als uns in der Nacht die Nachricht erreicht, dass unsere Ratte mit der geteilten Loyalität zu uns zurückgekehrt ist, lässt ihn Sylas zu einem der Versammlungsräume der Burg von Hearth-by-the-Heart bringen. Für das bevorstehende Gespräch wollen wir Privatsphäre, doch keiner von uns will den Murk-Mann im gleichen Gebäude wie Talia haben, wenn wir es vermeiden können.

Dass er so schnell zurückgekehrt ist und keine Armee mit sich bringt – zumindest keine, die wir bisher entdeckt haben – verheißt Gutes. Kein Murk hat auf den Köder reagiert, den Donovan ausgelegt hat – eine beiläufige Bemerkung, die eines seiner Rudelmitglieder in Madocs Hörweite über eine ungeschützte Stadt gemacht hat, die uns angeblich unverzichtbare Waffen liefert. Der Rattengestaltwandler scheint diese Information also nicht an seinen König weitergegeben zu haben. Dennoch werde ich die Vorsicht nicht außer Acht lassen.

Corwin und einer seiner älteren Zirkelmänner, Verik, schließen sich uns in dem breiten Raum mit seinem glänzenden Holztisch an. Die zwei Unseelie wirken in dem sommerlichen Zimmer etwas fehl am Platz. August, Astrid und ein paar andere Mitglieder von Corwins Schwarm sind zusammen mit dem üblichen Kontingent an Wachen in der Grenzburg geblieben. Ich habe mich dort erst vor einer Stunde mit einem Gute-Nacht-Kuss von Talia verabschiedet.

Madoc kommt eskortiert von vier unserer Rudel-Krieger herein. Er sieht ein wenig verärgert über die Sicherheitsmaßnahmen aus, die wir immer noch treffen, sollte jedoch froh sein, dass wir ein Signal mit ihm vereinbart haben, mit dem er uns über seine Ankunft in Kenntnis setzen konnte, sodass ihn *unsere* Krieger herbringen und nicht Celias oder die eines feindseligeren Lords, dem die Abmachung womöglich egal ist, die wir getroffen haben.

Der Rattengestaltwandler setzt sich an das Tischende, das wir für ihn freigelassen haben. Die Wachen zögern hinter seinem Stuhl und blicken zu Sylas, um auf weitere Befehle von ihm zu warten. Selbst als er sie mit einem Dank für ihre Dienste wegschickt, scheinen sie kurz zu zögern, bevor sie uns allein lassen.

Ich denke jedoch, dass zwei Erzlords und ein beinahe reinblütiger Fae einem Murk gewachsen sind, ganz gleich, wie gut er in der Erstellung von Illusionen ist. Ich habe bereits einen Zauber gewirkt, der jetzt subtil durch den Raum summt und uns warnen wird, falls von einem anderen als uns dreien Magie benutzt wird.

„Du bist schnell zurückgekehrt", stellt Sylas fest und stützt seine Ellenbogen auf den Tisch, an dem er nur wenige Meter entfernt von dem Rattengestaltwandler sitzt. Er spricht so ruhig wie immer und sein Gesicht ist eine Maske autoritären Selbstvertrauens, doch ich erkenne den Eifer in seinen Augen. Er ist so erpicht darauf wie ich, zu hören, welche Neuigkeiten unser theoretischer Verbündeter von seinen Ungezieferkollegen gebracht hat.

„Ja", antwortet Madoc. Sein Blick gleitet über jeden von uns, bevor er sich wieder auf Sylas heftet. Er ballt und öffnet seine Hände, als würde er sich vergewissern, dass sie nicht gefesselt sind. „Bei meinen Einsätzen verbringe ich normalerweise lange Zeitspannen in diesem Reich und kehre nur kurz ins Refugium zurück, um Orion Bericht zu erstatten. Ich konnte nicht lange im Refugium bleiben, ohne Zweifel bei ihm zu wecken. Ich habe ihm erzählt, dass der Fluch seine Wirkung entfaltet hat und alle Fae besorgt sind, denn das wollte er hören. Daraufhin hat er mich hierher zurückgeschickt, damit ich überwache, wie sich die Situation entwickelt."

Er hält inne und sein Blick huscht erneut den Tisch entlang. Der argwöhnische Unterton weicht aus seiner Stimme. „Geht es ihr noch gut? Ich hatte gehofft … geht es ihr so schlecht, dass sie ihr Zimmer nicht mehr verlassen kann?"

Er hat erwartet, dass Talia dabei sein würde, wenn wir mit ihm sprechen. Ich schätze, das ist nicht überraschend angesichts dessen, dass sie die bei weitem größte Rolle bei der Aushandlung des Deals gespielt hat. Ich kann nicht verhindern, dass meine Stimme trocken klingt, als ich antworte: „Ihr geht es momentan prima, abgesehen von den Sorgen bezüglich der Zukunft. Da es jedoch mitten in der Nacht ist, schläft sie. Du bist nicht so wichtig, dass wir ihre Ruhe stören, nur weil du aufgetaucht bist."

Ich rechne mit einer scharfen Erwiderung, doch stattdessen sieht Madoc ein wenig reumütig aus. Meine Gefährtin ist ihm auf seine eigene merkwürdige Art wirklich wichtig, oder? Ich bin mir nicht sicher, was ich davon halten soll.

„Natürlich", erwidert er. „Ich habe nicht nachgedacht. Wir sind normalerweise die ganze Nacht wach und schlafen tagsüber, außer wir müssen uns um etwas Bestimmtes kümmern." Sein Kiefer arbeitet. „Was genau bedeutet ‚prima'? Hatte sie weitere Anfälle des Fluchs?"

Wir drei wechseln über den Tisch hinweg einen Blick und diskutieren schweigend, wie viel wir ihm verraten sollen. Corwin räuspert sich. Da ich ihn für den Vorsichtigsten von uns halte, werde ich akzeptieren, was er für eine angemessene Information hält.

„Sie hatte zwei weitere Anfälle, seit du gegangen bist", erzählt er. „Sie scheinen sie ungefähr einmal am Tag relativ kurz zu überkommen, allerdings ist der Zeitpunkt nicht vorhersagbar." Damit beendet er seinen Bericht und aufgrund des Schattens, der über sein Gesicht huscht, nehme ich an, dass er sich daran erinnert, wie sie vor wenigen Stunden während unseres Abendessens in der gemeinsamen Burg zusammengebrochen ist.

„Konntest du in der kurzen Zeit, die du im Refugium warst, etwas über den Fluch in Erfahrung bringen?", fragt Sylas und lenkt das Gespräch wieder auf das wichtigste Thema. „Ich nehme an, du hast uns etwas mitzuteilen, sonst hättest du deine Ankunft nicht angekündigt."

Noch bevor er spricht, wird an seinem verzogenen Mund deutlich, dass Madoc nicht viel hat. „Ich hielt es für das Beste, wenn ich geradewegs zu euch komme für den Fall, dass ich irgendetwas beitragen kann. Orion wird es merkwürdig finden, wenn ich zu schnell ohne wichtige Neuigkeiten nach Hause zurückkehre, weshalb ich genauso gut hier sein und meine Hilfe anbieten kann." Er atmet rau aus. „Ich habe ihn bezüglich der Art des Fluchs so stark bedrängt, wie ich es für sicher hielt. Er hat angedeutet, dass das Muster aus kurzen Anfällen und einer scheinbaren Genesung normal ist, das ihr beobachtet habt. Es ist seine Art, euch Hoffnungen zu machen, bevor er sie euch wieder entreißt."

„Wundervoll", brummt Sylas. „Noch etwas?"

„Er scheint sich sehr sicher zu sein, dass sie nichts heilen wird, was ihr an ihr ausprobiert", antwortet Madoc grimmig. „Was ein weiterer Grund ist, aus dem es besser erschien, hier zu sein, als durch die Nebelwelt zu wandern und nichts zu erreichen. Er denkt, die Seelie und Unseelie besitzen weder die nötige Macht noch das Wissen. Allerdings weiß er nicht, dass es Murk gibt, die gewillt sind, Talia zu helfen."

Ist er nur hier, weil er Talia nicht leiden sehen will, oder auch weil er sich Sorgen macht, dass wir eine Möglichkeit finden werden, sein falsches Herz, die Magiequelle seiner Leute, zu zerstören, wenn ihm kein anderes Heilmittel einfällt? Anhand seines Protests hinsichtlich seiner Zerstörung konnte ich erkennen, wie viel es ihm bedeutet.

Ich schätze seine Beweggründe spielen eigentlich keine Rolle, solange wir Talia am Ende wieder gesund machen können.

Corwins Kopf senkt sich kurz und ich kann nicht anders, als Mitgefühl für den Mann zu empfinden, der Talias Fluch beinahe so lebhaft erlebt wie sie. Er weiß genau, wie viele Qualen ihr der Fluch schon bereitet hat.

„Es stimmt, dass unsere bisherigen Versuche keinen Unterschied gemacht haben", erzählt er. „Wir konnten auch nicht mit der Barrieren-Magie arbeiten, die du erwähnt hast, um die Anfälle zu verhindern. Wie du angedeutet hast, scheint der Fluch in zu großer Nähe zu ihren lebenswichtigen Organen zu liegen, als dass man ihn abtrennen könnte."

Madoc macht ein finsteres Gesicht. „Ich wünschte, ich wäre besser bewandert in den Heilkünsten. So weit entfernt von meinem Herzen … und wir können die Murk-Mediziner nicht um Hilfe bitten, die ich kenne."

Da hält er inne und sein Blick richtet sich kurz in die Ferne. Meine Sinne gehen in Habachtstellung. Er schüttelt sich und fügt diesem Gedanken nichts an, doch er hat sich offensichtlich an *etwas* Relevantes erinnert. Ich speichere dieses Wissen für später ab.

„Was ist mit den Kriegsvorbereitungen deines Königs?", frage ich. „Hast du ein Gespür dafür bekommen, wie bald er uns angreifen will?"

Madoc neigt den Kopf. „Er hortet weiterhin Ausrüstung für den Krieg und versammelt so viele Murk wie möglich, die gewillt sind, für ihn zu kämpfen. Er hat keine spezifischen Pläne erwähnt, bald einen Angriff zu starten. Aufgrund dessen, was er gesagt hat, glaube ich, dass er wartet, bis sich Talias Fluch bedeutend verschlechtert hat … oder vielleicht sogar sein … Ende erreicht hat. Damit ihr von euren Sorgen oder eurer Trauer abgelenkt seid."

Meine Lippen ziehen sich wegen der Bösartigkeit dieser Strategie zurück. Wir arbeiten also mit einer Zeitspanne, die direkt mit Talias Wohlbefinden verknüpft ist. Wenn wir dafür sorgen, dass sie gesund ist, schieben wir auch den Krieg auf.

Wenn es doch nur so einfach wäre.

„Nun, wenigstens müssen wir uns momentan keine Sorgen um eine bevorstehende Offensive machen", brumme ich.

Madoc wendet sich an die Erzlords. „Ich weiß auch, dass Orion versucht, es für euch so schmerzhaft wie möglich zu machen, in die Menschenwelt vorzudringen. Er lässt die Portale überwachen, die eure Patrouillen am häufigsten frequentieren, und hat verbreiten lassen, dass jeder Murk belohnt wird, der ihm die Köpfe von Fae der Nebelwelt bringen kann. Wenn ihr eure Leute beschützen wollt, solltet ihr euch vielleicht daran halten, eure Grenzen auf dieser Seite der Nebel zu verteidigen."

Corwin bedenkt ihn mit einem scharfen Blick. „Das würde auch bedeuten, dass es viel schwieriger für uns wäre, den Großteil der Murk-Aktivitäten im Auge zu behalten."

Madoc breitet seine Hände aus. „Ich kann euch nur sagen, was ich weiß. Es liegt an euch, was ihr mit der Information macht. Wenn ihr denkt, dass es das wert ist, sich auf eine Vielzahl von Scharmützeln einzulassen und möglicherweise einige eurer Soldaten zu verlieren, noch bevor der Krieg wirklich begonnen hat, versucht es."

Ich denke an August, der von seiner Mission in München mit den Leichen mehrerer treuer Krieger zurückkehrte, und zucke innerlich zusammen.

„Wir werden die beste Strategie gründlicher unter uns besprechen", sagt Sylas. „Hast du noch etwas hinzuzufügen?"

„Das sind die einzigen Dinge, die ich aufgeschnappt habe, die meiner Meinung nach für euch von Nutzen sein können", erwidert Madoc. „Falls ich während meines Aufenthalts hier etwas bemerke, was mich an andere relevante Informationen erinnert, werde ich es euch mitteilen."

Mein Bruder sieht aus, als würde er sich eine finstere Miene verkneifen, nickt jedoch lediglich und schiebt seinen Stuhl zurück. „Dann würde ich vorschlagen, dass wir alle schlafen gehen und die Situation am Morgen besprechen. Bei dieser Gelegenheit kannst du dich auch mit Talia unterhalten, da ich mir sicher bin, dass sie dich sehen möchte. Ich habe in meinem Revier eine kleine Hütte eingerichtet, die du benutzen kannst. Ich hoffe, du verstehst, dass wir sie für den Moment bewachen lassen und magisch sichern, wenn keiner von uns da ist, um dich an einen anderen Ort zu begleiten."

Madocs Mund verzieht sich zu einem Strich, doch er

scheint sich ebenfalls um sein bestes Verhalten zu bemühen. „Ich hoffe, dass ihr mit der Zeit feststellen werdet, dass diese Vorsichtsmaßnahmen nicht nötig sind. Angesichts dessen, dass es eine Verbesserung der Gastfreundschaft ist, die mir zuvor entgegengebracht wurde, nehme ich diesen Vorschlag jedoch an."

Als er aufsteht, folge ich seinem Beispiel und hebe meine Hand. „Tatsächlich würde ich mich gerne noch ein wenig mit unserem Murk-Kameraden unterhalten. Ihr zwei müsst nicht warten."

Sylas zögert und ich kann Corwins Besorgnis praktisch fühlen, doch sie vertrauen *mir* mittlerweile genug, um zu spüren, dass ich ein Vieraugengespräch im Sinn habe. Die Ratte wird womöglich mehr enthüllen, wenn ihm nicht zwei bedrohliche Erzlords im Nacken sitzen. Sie nicken bestätigend und lassen uns zwei allein.

Madoc setzt sich wieder, als ich das tue, und mustert mich mit doppelt so viel Misstrauen wie zuvor. „Worüber möchtest du noch sprechen? Ich habe all eure Fragen so gut wie möglich beantwortet."

Ich summe leise. „Vielleicht, aber ich bin mir nicht sicher, ob du alle Antworten auf Fragen mit uns geteilt hast, die du dir selbst gestellt hast. Du hattest eine Idee, als du über die Murk-Heiler gesprochen hast, die du kennst, nicht wahr?"

Madoc spannt sich auf seinem Stuhl an. „Wenn ich der Meinung wäre, dass es eine Erwähnung wert wäre, hätte ich etwas gesagt."

„Warum lässt du mich nicht entscheiden, was es wert ist und was nicht? Ich bin hier der Stratege … mach mich nicht arbeitslos."

Offensichtlich gegen seinen Willen zucken Madocs Lippen zu dem Schatten eines Lächelns. Es verschwindet so schnell, wie es sich gezeigt hat. „Selbst wenn du etwas mit dieser Information tun wollen würdest, bin ich mir nicht sicher, ob *ich* der Idee nachgehen möchte. Und du bräuchtest meine Kooperation."

„Ich akzeptiere diese Bedingungen", erwidere ich. „Lass uns sehen, was wir besprechen können. Du bist es gewohnt, Hindernisse zu umschiffen und Herausforderungen auf unerwartete Arten anzugehen, oder? Dafür sind die Murk bekannt. Fügen wir dem noch ein wenig wölfische Weisheit hinzu und wir können schauen, wohin uns das führt."

Mein lockeres Auftreten scheint den Rattengestaltwandler ein wenig zu beruhigen. Er seufzt und lässt seine Schultern kreisen. „Ich … Es gibt eine Murk-Frau, von der ich gehört habe und die sehr mächtig ist. Ich weiß nicht, ob sie eine spezielle Affinität für die Heilkünste hat, doch es gab Gerüchte, dass nur Orion mächtiger ist als sie. Was gut für Orion ist – dass er noch immer an der Spitze steht – denn sie mag ihn nicht besonders. Sie hat ihre eigene kleine Kolonie und weigert sich, diese mit seinem Imperium zu vereinen."

Ich tippe mir an den Mund. „Interessant. Und du denkst, wir könnten sie ansprechen und fragen, ob sie den Fluch brechen kann, mit dem er Talia belegt hat, weil sie ihm dadurch ans Bein pissen könnte."

Madocs Mund zuckt erneut, ob seine Belustigung an seiner Überraschung liegt, weil ich seinem Gedankengang gefolgt bin, oder an meiner Wortwahl, weiß ich nicht. „Das ist das Wesentliche, ja. Aber ich weiß nur *von* ihr. Ihr selbst bin ich nie begegnet. Ich habe eine ungefähre Ahnung, wo und wie ich sie erreichen könnte, doch ich müsste auch sicherstellen, dass niemand, der mit Orion in Verbindung steht, jemals davon erfährt, andernfalls wäre ich anschließend nicht mehr hier, um euch zu helfen. Es ist auch möglich, dass sie die Fae der Nebelwelt noch mehr hasst als Orion."

„Das sind nachvollziehbare Bedenken." Ich lege die

Hände auf den Tisch und verschränke sie ineinander. „Lass uns schauen, ob wir sie aus der Welt räumen können. Ich denke, es wäre nicht so schwer für dich, dich zu verstecken. Bist du nicht der Meister der Illusionen?"

Madoc verzieht das Gesicht. „Meine Magie wird mir definitiv helfen, unentdeckt zu bleiben. Sie wird mir aber nicht dabei helfen, die Murk-Frau dazu zu überreden, mit mir zu sprechen."

Ich zucke mit den Achseln. „So wie es sich anhört, wird sie eher dazu neigen, mit dir zu sprechen, wenn sie *nicht* weiß, wer du bist, als wenn sie sich bewusst ist, dass du einer von Orions ‚Rittern' bist."

„In Ordnung, damit hast du recht." Madoc lacht kurz auf. Seine Augen werden schmal, nicht wegen mir, sondern wegen des Problems, über das er nachdenkt. Urplötzlich kann ich den Intriganten in ihm sehen, und einen Verstand, der gut mit meinem zusammenarbeiten könnte.

„Es wäre vermutlich *noch* besser, wenn ich einen eurer Leute mit einer Illusion belege, sodass er sie unbemerkt von Spionen erreichen kann. Dann könntet ihr euren Fall direkt zusammen mit einer Belohnung präsentieren, um sie zum Zuhören zu ermutigen ..." Er hält inne und eine seiner Augenbrauen hebt sich. „Wie ich höre, mag sie besonders gerne Stachelzahnfilets und Dämmerapfelwein. Davon gibt es in der Menschenwelt nicht besonders viel."

„Ich schätze nicht", lache ich und lasse zu, dass sich ein Lächeln auf meinem Gesicht ausbreitet. Ich vertraue dem Mann vor mir zwar nicht, doch einen Plan mit ihm zu schmieden, könnte tatsächlich erfreulich sein. „Nun, wie könnten wir ihre Aufmerksamkeit erregen ..."

13

Talia

Ich bleibe vor der Hütte stehen, die abseits in dem Wald hinter der Burg von Hearth-by-the-Heart steht. Ich bin mir nicht sicher, ob ich dankbar dafür sein soll, dass Madocs Wohnquartiere hier bedeutend privater und angenehmer sind als das Gefängnis, in dem er das letzte Mal festsaß, oder ob ich mich an den Wachen und dem magischen Summen stören soll, die ihn immer noch gefangen halten. Ich verstehe Sylas' Sicherheitsbedürfnis, doch wie lange werden meine Gefährten Madoc wie einen Eindringling anstatt einen Verbündeten behandeln?

August spricht mit einer der Wachen, die Madoc wenigstens die Höflichkeit erweist, anzuklopfen, bevor sie die Tür öffnet. „Du hast Besuch", verkündet sie barsch. „Du kannst rauskommen."

Der Murk-Mann erscheint mit einer misstrauischen Miene in der Tür. Misstrauen scheint seine bevorzugte

Einstellung in Gegenwart der Fae der Nebelwelt zu sein. Als er mich entdeckt, entspannt er sich jedoch ein wenig und lächelt leicht. „Ich wusste nicht, ob sie dir tatsächlich erlauben würden, mich zu besuchen."

„Mein Lord hält sein Wort", sagt August mit dem Hauch eines Knurrens.

Madoc hebt abwehrend die Hände. „Das war keine Kritik. Ihr beschützt eure Gefährtin vor den unehrenhaften Ratten. Das ist sehr bewundernswert." Sein Tonfall balanciert auf der Grenze zwischen Mitgefühl und Sarkasmus.

August runzelt die Stirn, als sei er sich nicht sicher, wie er diese Bemerkung auffassen soll, und scheint zu entscheiden, dass er sie einfach ignorieren wird. Er legt eine Hand in mein Kreuz, als wolle er *mich* damit beruhigen. „Sie ist hier. Falls es etwas gibt, was du ihr sagen willst, kannst du das jetzt tun."

Madocs sturmgraue Augen betrachten mich und seine Stimme wird sanfter. „Sie haben mir erzählt, dass es dir abgesehen von ein paar kurzen Anfällen des Fluchs gut geht."

Es ist keine Frage, doch ich höre sein Bedürfnis nach einer Bestätigung heraus. „Das stimmt", bestätige ich. „Ich fühle mich die meiste Zeit ganz gut. Nur ab und zu ..." Ich zucke mit den Achseln, als sei es keine große Sache und als würde sich mein Magen nicht vor Sorge darüber verkrampfen, wann mich ein weiterer Anfall treffen könnte und wie es sein wird, wenn die Anfälle stärker werden oder häufiger auftreten – oder beides.

Madocs Mund verzieht sich. „Ich schätze, sie haben dir erzählt, dass ich kaum Neuigkeiten mitgebracht habe. Orion lässt sich nicht gern in die Karten schauen."

„Ich weiß. Mir ist es lieber, wenn du vorsichtig bist und kein Misstrauen bei ihm weckst. Whitt hat gesagt, dass ihr euch einen möglichen Plan überlegt habt."

Er gluckst rau. „Wir werden sehen, wie das läuft. Er wird später herkommen, damit wir die restlichen Einzelheiten ausarbeiten können. Ich schätze, nachdem er mit seinen Kollegen beratschlagt hat, die keine Ratten sind, um sicherzugehen, dass ich euch alle nicht in die Irre führe."

Ich fixiere ihn mit einem entschlossenen Blick, von dem ich hoffe, dass er so viel Zuversicht vermittelt, wie ich hineinlege. „Es wird eine Weile dauern, aber sie werden sehen, dass du wirklich helfen willst. Es ist ja nicht so, als wärst du besonders glücklich darüber, mit ihnen zusammenzuarbeiten."

„Gutes Argument." Er atmet geräuschvoll aus und ich bemerke, dass er auf der Stelle tritt. Er sitzt bereits seit Stunden in der kleinen Hütte fest.

„Möchtest du einen Spaziergang machen, während wir uns unterhalten?", frage ich mit einem Anflug von Sorge. „Du könntest dir die Beine vertreten, die frische Luft genießen …?"

Etwas flackert in Madocs Augen auf, bevor sein kleines Lächeln zurückkehrt. „Das würde mir sehr gefallen, wenn meine Gefängniswärter zustimmen."

Ich blicke zu August, der die Brauen zusammenzieht und den Wachen ein Zeichen gibt. „Wir werden euch ein wenig Raum geben", sagt er, „aber ich lasse dich nicht aus den Augen."

„Das würde ich auch nicht von dir erwarten", erwidert Madoc, bevor ich antworten muss. Er mustert die Wachen, als wollte er sich vergewissern, dass dies nicht irgendein Trick ist, und überquert die Türschwelle.

Es ist immer noch eigenartig, ihn ohne seinen Schwanz herumlaufen zu sehen, als würde ihm ein essenzieller Körperteil fehlen. Würde er ihn zeigen, würde das hier *definitiv* die falsche Art von Aufmerksamkeit erregen. Ich frage mich, ob es ihn stört, dass er ihn verbergen muss, nachdem er so viel Zeit im Refugium verbracht hat, wo er immer sichtbar war. Andererseits muss er es von seinen Missionen in der Nebelwelt gewohnt sein, sich an seine rein menschliche Gestalt zu halten.

Bei dem Gedanken an all die Male, die er uns in der Vergangenheit mit nichts als Feindseligkeit im Herzen ausspioniert hat, verknotet sich mein Magen. Damals kannte er mich jedoch noch nicht, genauso wie wir ihn nicht kannten. Es kann sich eine Menge in kurzer Zeit verändern.

Ich erlaube ihm, unseren Pfad zu bestimmen, und er schlendert zwischen den Bäumen hindurch in die Richtung der Burg von Hearth-by-the-Heart. August und die Wachen folgen mehrere Schritte hinter uns. Ich kann sie nicht sehen, weiß jedoch, dass Astrid ebenfalls irgendwo in der Nähe Wache hält. Corwin ist eine ständige Präsenz in mir und beobachtet alles durch meine Augen.

„Niemand hat dich zu grob angepackt, seit du zurückgekommen bist, oder?", frage ich, obwohl ich mir nicht sicher bin, ob es Madoc zugeben würde, wenn das der Fall wäre. Egal, was die Fae der Nebelwelt über die Murk sagen, sie haben ihren Stolz.

„Nein", antwortet Madoc in einem Ton, der so verwirrt klingt, dass ich ihm glaube. „Dein Rudel war geradezu freundlich im Vergleich zu meinem Empfang beim letzten Mal." Er holt tief Luft und seine Augenlider senken sich kurz, als würde er die warme Waldluft mit ihrem Kiefern- und Fichtenduft genießen. Dann richtet sich sein Blick wieder auf mich. „Wenn es dich nicht stört, darüber zu sprechen, was genau fühlst du von dem Fluch? Ich habe meine eigene Vermutung zu dem Fluch, es könnte jedoch helfen, die ,Symptome' zu kennen."

Meine Hand hebt sich automatisch an meine Brust und lässt sich auf der Stelle über meinem Brustbein nieder, auf die ich seine Hand vor einigen Tagen gelegt habe. „Die meiste

Zeit ist es nur ein schwaches Kribbeln, das sich anfühlt, als befände es sich direkt zwischen meinen Lungenflügeln. Wenn es schlimm ist, ist es, als würde diese Stelle ohne Vorwarnung ... in einen Haufen Messer zerplatzen, die mich von innen heraus erstechen." Ich zucke bei den Erinnerungen zusammen. „Es ist ein scharfer Schmerz und jede Menge davon. Es ist schwer für mich, zu denken oder auf irgendetwas Bestimmtes zu achten, während es passiert."

Madocs Kiefer hat sich verkrampft. „Aber es dauert nicht besonders lange?"

Ich schüttle den Kopf. „Ungefähr eine halbe Stunde, glaube ich, bei allen drei Malen." Wird sich der Fluch beim nächsten Mal *länger* auf mich auswirken? Ich werde heute vermutlich irgendwann einen weiteren Anfall erleiden ... ich schlucke und verdränge diesen Gedanken. „Ich komme zurecht. Es könnte definitiv schlimmer sein."

„Nichts an deiner Beschreibung ist überraschend", meint Madoc grimmig. „Orion ist gerne unberechenbar und hält seine Feinde auf Trab. Ich wünschte, er hätte nicht beschlossen, dich zu diesen Feinden zu zählen."

„Nun, die Alternative bestand darin, seine Verbündete zu werden, und *das* wollte ich definitiv nicht."

„Ich weiß." Madoc verstummt. Als wir zwischen den Bäumen hervor und ins Sonnenlicht treten, neigt er sein Gesicht zu der hellen Wärme. Eine eigenartige Begierde huscht über sein Gesicht und mir kommt der Gedanke, dass er auf seinen Missionen in der Nebelwelt vermutlich genügend Frischluft erhalten hat, sich den Großteil der Zeit jedoch in der Dunkelheit verstecken musste.

Er blickt zu meinen Füßen, als wollte er sich vergewissern, dass mein Humpeln nicht schlimmer geworden ist, und verlangsamt seine Schritte ein wenig, ehe er in einem Winkel zu den Feldern läuft, durch den wir einen großen Bogen um die Burg und das Rudeldorf machen, was wahrscheinlich klug ist. Diese kleinen Gesten – das Erkennen der Verletzlichkeit meines Rudels und meiner Schwächen sowie die Rücksichtnahme auf diese Faktoren – löst einen Schmerz in meiner Brust aus, der nichts mit dem Fluch zu tun hat.

Meine Gefährten *müssen* einfach sehen, dass dieser Mann kein Interesse daran hat, uns zu schaden. Er will nur als Ebenbürtiger behandelt werden und dass seine Ideen und Ziele in Erwägung gezogen werden.

Ich kann diesen Kampf nachempfinden und spüre ihn bis in meine Knochen. Ich kämpfe noch immer darum, alle Erzlords dazu zu bringen, meine Meinung zu berücksichtigen. In mancherlei Hinsicht habe ich als Mensch mehr mit den Murk gemeinsam als mit den restlichen Fae. Zudem weiß ich, wie eingefahren sie sein können.

Doch ich habe Fortschritte gemacht. Ich muss sicherstellen, dass Madoc das ebenfalls tun kann. Er ist definitiv entschlossen genug, solange er die Fae der Nebelwelt nicht komplett abschreibt.

Er hat zwar nicht die Absicht, uns zu verletzen, schwebt jedoch wegen seiner Abmachung mit den Seelie selbst in Gefahr. Ich schlucke schwer und frage: „Du denkst nicht, dass Orion etwas vermutet, oder? Er hat nicht den Anschein erweckt, als würde er deinen Berichten misstrauen oder so etwas?"

Madoc schüttelt den Kopf. „Nein, ich habe nichts Derartiges bemerkt. Ich glaube, er vertraut *niemandem* richtig, doch er hat in meiner Anwesenheit Themen angesprochen, die er vermutlich nicht erwähnt hätte, wenn er der Meinung wäre, ich würde sie weitersagen. Es könnte nur zunehmend schwierig werden, sein Misstrauen abzuwenden, je mehr ich in diese Sache hineingezogen werde."

Ich verspüre den Drang, seine Hand zu nehmen und sie

zu drücken, bin mir allerdings nicht sicher, ob er die Geste schätzen würde. „Wenn du das Gefühl hast, dass du bei ihm nicht mehr sicher bist – oder er dir zeigt, dass du es nicht bist – kannst du hierherkommen. Du musst dich dem nicht allein stellen.“

Madoc lacht rau, vielleicht denkt er an die Ironie, sich Schutz suchend an die Fae zu wenden, gegen die er vor kurzem noch einen Krieg geplant hat – und gegen die er womöglich noch immer Krieg führen wird, wenn die erblühende Allianz zwischen ihm und den Seelie-Erzlords zerbricht. Dann schaut er vor uns zu der leuchtenden Masse des Herzens der Nebelwelt, das gerade in Sicht gekommen ist.

Dorthin war er die ganze Zeit unterwegs, wird mir bewusst. Er hat einen Weg eingeschlagen, der uns beinahe schnurstracks zum Herzen geführt hat. Die Energie, die sanft über meine Haut pulsiert, ist mir mittlerweile so vertraut, dass ich sie nur bemerke, wenn ich mich darauf konzentriere. Er war dem Herzen allerdings nicht so nahe seit … vielleicht war er ihm in all der Zeit vor seiner Gefangennahme neulich noch nie so nah.

„Spürst du irgendeine Verbindung zu ihm?“, frage ich leise.

Madocs Blick zuckt zu mir, zunächst erschrocken, dann verlegen. Er wendet sich dem Herzen wieder zu, das mit jedem Schritt, den wir auf es und den Dunst der Grenze zugehen, etwas größer aufragt. „Nein“, antwortet er. Das Geständnis klingt, als würde es an etwas tief in ihm zerren. „Ich … nein.“

Und dennoch wünscht er es sich so sehr. Er will all seine Leute hierher zurückbringen, wo sie wieder von diesem Licht umhüllt sein können, ob sie dessen Energie nutzen können oder nicht. Man kann über die Mittel, auf die er zurückzugreifen bereit war, sagen, was man will, doch es gibt nicht viele Träume die nobler sind.

Ich zögere, bevor ich noch etwas sage, weil ich Angst habe, dass ich ihn beleidigen könnte, indem ich die Tragödie anspreche, die er vor so langer Zeit in der Nebelwelt erlebt hat. „Du hast erzählt, dass deine Eltern die Magie des Herzens ein wenig nutzen konnten, als du mit ihnen in den Randgebieten des Sommerreichs gelebt hast."

Madoc bleibt ungefähr fünfzehn Meter entfernt vom Herzen stehen und betrachtet es weiterhin. Wir sind ihm jetzt so nahe, dass ihn das Leuchten berührt, seiner hellen Haut einen wärmeren Ton verleiht und seine strohblonden Haare in Gold taucht. Er sieht aus, als wäre er hin und her gerissen, ob er die kurze Entfernung überwinden und geradewegs zum Herzen laufen oder ob er hierbleiben soll, wo es nicht ganz so intensiv über ihn hinwegschwappen kann.

„Das konnten sie", antwortet er. „Nicht besonders gut, aber sie hatten eine kleine Verbindung hergestellt. Ich konnte es damals selbst ein wenig spüren, hatte allerdings noch nicht den Umgang mit Magie gelernt. Doch … wenn einer von uns beginnt, Energie von dem Herzen zu nutzen, das Orion gemacht hat, füllt es all die Stellen, an der die alte Verbindung gewesen wäre, wenn wir näher beim Herzen der Nebelwelt geblieben wären. Die letzten Reste einer Verbindung, die mir geblieben waren, wurden davon überwältigt."

Er schüttelt sich und dreht sich mit einem schiefen Lächeln zu mir um. „Aber das ist es wert. Ich kann mit unserem Herzen viel mehr tun, als ich mit den schwachen Resten tun könnte, die uns dieses Herz zugestehen würde. *Es hat uns vor einer Ewigkeit abgelehnt.*"

Ich bin mir nicht sicher, ob diese Ablehnung einseitig war. Nach den Geschichten meiner Gefährten zu urteilen, schwächen gewisse Taten – Lügen, ungerechtfertigte Morde – die Verbindung zum Herz für jeden Fae. Zumindest ein paar der Murk entschieden sich in der Vergangenheit dafür, sich von seiner Macht loszusagen, damit sie mehr Freiheiten bei der Durchführung ihrer Pläne hatten.

Es erscheint mir jedoch unfair, dass sich ihre Entscheidungen auf ihre Nachkommen ausgewirkt haben. Wie viele Generationen trafen ihre eigenen Entscheidungen, die die Magie der Nebelwelt in ihrer Familie reduzierten, bevor Madoc geboren wurde und nur noch die Wahl hatte, kaum Magie zu besitzen oder die Magie einer anderen Quelle zu nutzen?

„Ich weiß, dass du viele Gründe hast, die Fae der Nebelwelt zu hassen", sage ich, „aber ich glaube nicht, dass das Herz so nachtragend ist. Vielleicht könntest du einen Weg zu ihm zurückfinden, wenn du dich ihm öffnest. Die Murk hatten seit langer Zeit keine richtige Gelegenheit, zu versuchen, ihm nahezukommen, und das ist etwas, was wir ändern sollten."

Madocs nächstes Lächeln ist bittersüß. „Natürlich sagst du das. So leicht ist es nicht, Talia. Glaub mir, das Herz will nichts mit mir oder irgendeinem der Murk zu tun haben."

„*Mich* hat es nicht abgewiesen", protestiere ich. „Obwohl ich nur wegen Orion hier bin. Obwohl ich die Murk-Magie in mir habe und an den Fluch gebunden bin, der ihm seine Kraft raubt."

„Nun, es wird dich nicht durch ein Portal stoßen. Doch was hat es für dich *getan*?"

Eine plötzliche Entschlossenheit schwillt in mir an. Er muss es sehen – er muss es wissen. Er *verdient* es, zu wissen, dass er seinen Leuten eine noch bessere Zukunft schenken könnte, als er sich vorstellen kann.

Corwin, der meine Entscheidung spürt, obwohl er nicht in Sichtweite ist, schickt mir eine Woge der Sorge. *Talia, wir wissen noch immer nicht, ob er es seinem König erzählen wird ...*

Es ist okay, beharre ich, bevor er seinen Protest beenden kann. *Ich kenne Madoc. Ich denke, er muss das hören. Und selbst wenn er es Orion erzählt, würde das jetzt nichts mehr ändern.*

Ich halte Madocs Blick und hebe die Hände, zwischen denen ich einen kleinen Abstand lasse. „Die Kräfte, die mir Orion verliehen hat ... bestehen nur in der Fähigkeit, den Fluch der Fae der Nebelwelt zu heilen, und in dem Seelenband mit Corwin, stimmt's?"

Madoc betrachtet mich offenkundig verwirrt. „Ja, was eine Menge ist. Warum?"

„Dann hat mir das Herz der Nebelwelt das hier gegeben." Ich hole tief Luft und denke an die Freude, die ich gestern empfand, als ich zwischen Sylas und Whitt gekuschelt war, nachdem wir uns leidenschaftlich geliebt hatten, und spreche den wahren Namen für Licht. *„Sole-un-straw."*

Ein leuchtender Ball flammt zwischen meinen Handflächen auf. Madoc blinzelt, starrt und starrt noch angestrengter. „Du ... wie hast du ...?"

Ich löse das Leuchten mit einem Fingerschnipsen auf und greife nach meinem neuen Armreif. „Wie denkst du, habe ich die Bolzen des Luftschachts gelockert? Niemand hat mir ein Werkzeug gegeben. Ich habe es *gemacht*. Orion hat mir nur nicht geglaubt." Ich packe die warme Bronze, erinnere mich an die Panik des Moments, in dem mich die Murk-Wache auf frischer Tat ertappte, und murmle den ersten wahren Namen, den ich jemals gelernt habe. *„Fee-doom-ace-own."*

Der Armreif teilt sich, streckt sich in meiner Hand und formt einen Schraubenschlüssel. Madocs Augen werden noch größer.

„Diese Macht stammt nicht von Orion oder seinem

Herzen, oder?", frage ich und umklammere den Schraubenschlüssel. „Er hatte keine Ahnung."

„Die hatte er nicht", antwortet Madoc schwach. „Aber ..."

Ich deute auf das Herz der Nebelwelt und Zuneigung für die Präsenz durchströmt mich, die so lange auf meiner Seite war, ohne dass ich es wusste. „*Dieses* Herz hat beschlossen, dass ich ein wenig Magie verdiene. Obwohl ich ein Werkzeug für jemanden war, der alles in der Nebelwelt zerstören will. Wenn es etwas Würdiges in mir sehen konnte, dann gibt es keinen Grund, aus dem du oder einer der anderen Murk es aufgeben sollten. Es hat euch nicht aufgegeben."

Madocs Adamsapfel hüpft. Er schaut von mir zum Herzen und zurück. So viele Emotionen kämpfen auf seinem Gesicht um die Vorherrschaft, dass ich sie nicht unterscheiden kann, aber ich meine, kurz einen Anflug von Hoffnung zu erkennen. Etwas Wärmeres folgt ihm, das eine Woge der Hitze von seinen Augen über meine Haut sendet.

Bevor er noch etwas sagen kann, kommt eine Wache aus der Richtung der Burg angerannt und bricht den Moment, den wir geteilt haben.

„Whitt ist bereit, mit dir zu sprechen", informiert er Madoc. „Er möchte, dass du sofort mitkommst."

„Natürlich möchte er das", brummt Madoc, es liegt jedoch eine viel geringere Schärfe in seiner Stimme, als zuvor zu hören gewesen wäre. Er wirft mir einen letzten fassungslosen Blick zu und folgt dem Mann zur Burg. Whitt ist in der Tür erschienen und wartet dort auf ihn.

Die Wachen von der Hütte folgen Madoc. Ich humple zu August und bin plötzlich erschöpft, obwohl ich nur wenig Magie gewirkt habe. Mit einem schnellen Murmeln befestige ich die Bronze wieder in ihrer Armreif-Form um mein Handgelenk.

August legt seinen Arm um meine Schultern und zerzaust

mir die Haare. Er betrachtet den Armreif. „Bist du dir sicher, dass das eine gute Idee war, Süße?"

Ich beobachte, wie Madoc in der Burg verschwindet. Erneut winden sich Schmerzen durch meine Brust, als ich daran denke, wie schwer es ihm fiel, das zu akzeptieren, was ich ihm erzählte, und zu glauben, er könnte jemals wieder auf das Herz der Nebelwelt zugreifen. Dabei hat er sich ehrenhafter benommen als eine ganze Menge der Sommer- und Winter-Fae, denen ich während meines Aufenthalts hier begegnet bin.

Bin ich mir sicher? Vielleicht nicht zu einhundert Prozent. Aber …

„An irgendeinem Punkt", sage ich, „müssen wir unsere Arme öffnen, so wie es das Herz für mich getan hat. Ich möchte lieber dieses Risiko eingehen, als es nicht zu tun."

14

Madoc

Ich erinnere mich nicht daran, jemals Gras berührt zu haben, das so weich war. Oder vielleicht ist es das nur in der Nähe der gewaltigen Masse der Fall, die alles Leben in der Nebelwelt mit Energie versorgt. Wie auch immer, mein Körper liegt so bequem auf den Halmen wie in einem willkommenen Bett am Ende eines langen Tages. Sie kitzeln mich im Nacken und an meinen nackten Unterarmen. An das angenehme Wetter bin ich auch nicht gewöhnt.

Doch es ist nicht das Ende eines langen Tages, sondern der Anfang eines neuen – und ich weiß nicht, wie lange er dauern wird. Ich habe Glück, dass Whitt mir diese kurze Pause erlaubt hat, um ‚mich zu sammeln‘, wie er es ausgedrückt hat, bevor wir zu den Randgebieten aufbrechen, um zu sehen, ob sich Delta zu einer Verhandlung mit uns treffen wird. Einer von Whitts Spionen konnte dieses Treffen arrangieren, nachdem er sie mit den Geschenken umgarnt hat, die ich vorgeschlagen hatte.

Das Sonnenlicht scheint mit einem gedämpften Leuchten durch meine geschlossenen Augenlider. Es flackert leicht im Rhythmus der anderen Lichtquelle in der Nähe. Ich liege mehrere Meter entfernt vom Herzen der Nebelwelt, seine Energie wäscht über mich hinweg und kribbelt über meine Haut. Ich kann nicht entscheiden, ob die Empfindung eine angenehme Erinnerung an das ist, was hätte sein können, oder eine qualvolle Erinnerung daran, was nicht ist. Kein einziges Fitzelchen der Energie sickert in meine Mitte, wo sie mir helfen könnte, Magie zu entzünden.

Nur wenige Schritte entfernt von hier stand Talia mit ihren Seelie-Männern, als sie sie offiziell zu ihrer Gefährtin machten. Ich sah nur einen kurzen Teil der Zeremonie, bevor ich meine Vorbereitungen traf, um sie wegzulocken, und selbst diesen Teil beobachtete ich aus der Ferne, während ich in meiner Rattengestalt auf einem teilweise verdeckten Ast auf halber Höhe eines Baumes hockte. Ich erinnere mich an die Freude, die ihr Gesicht erhellte.

Damals machte mich diese Freude wütend – weil sie sich so vollkommen auf die Fae einließ, die brutal über meine Leute hergefallen waren. Nachdem ich ein wenig Zeit in ihrer Gegenwart verbracht habe, kann ich zugeben, dass ihre Entscheidung nicht vollkommen furchtbar war.

Die Männer, die sie als Gefährten genommen hat, vergöttern sie eindeutig und sind gewillt, vor nichts Halt zu machen, um sie zu beschützen. Es ist nur ein Jammer, dass sie alle noch immer der Überzeugung sind, sie müssten sie vor mir schützen. Whitt, der einen scharfen Verstand besitzt, den viele Murk bewundern würden, wenn er kein Wolf wäre, hat mir zumindest so viel Respekt entgegengebracht, sich meine Ideen anzuhören. Ich schätze, dafür sollte ich ihm widerwillig Anerkennung zollen sowie dafür, dass er nicht ganz so einschüchternd hin und her getigert ist wie die anderen, während ich meine Gedanken mit ihm geteilt habe.

Natürlich war *ich* mir vor ein paar Tagen nicht einmal sicher, ob sie Talia nicht vor meiner bloßen Anwesenheit schützen müssen. Wer kann schon sagen, ob ihr die Verbindung zu mir nicht auf Arten schaden wird, die ich weder vorhersagen noch kontrollieren kann?

Schritte, die aus der Richtung von Hearth-by-the-Heart kommen, rascheln durchs Gras. Ich öffne die Augen und hebe den Kopf, da ich erwarte, Whitt oder einen seiner Rudelkollegen herkommen zu sehen, um mich zu den Gefährten zu rufen.

Stattdessen ist es Talia. Das Sonnenlicht fällt auf ihre leuchtenden Haare, sodass sie wie ein schimmernder Heiligenschein wirken. Mein Herz schlägt einen Salto. Mir sausen die Bilder eines Traumes durch den Kopf, den ich vor einigen Wochen hatte. Ich lag im Gras, sie sank auf mich und entblößte ihren Körper für mich.

Mein Schwanz zuckt und ich richte mich auf, um mich zu vergewissern, dass ich jetzt nicht träume, und um die eingebildete Begegnung aus meinen Gedanken zu vertreiben.

„Hey", sagt sie und bleibt einige Schritte entfernt von mir stehen. Sie zögert, als würde jetzt sogar *sie* mir misstrauen. Meine Kehle schnürt sich zu.

„War dir nach einem weiteren Spaziergang?", erkundige ich mich.

„Ich … ich habe dich hier draußen gesehen. Geht es dir gut? Ich weiß, zu dieser Frau zu gehen und das Treffen durchzuführen, könnte dich in große Gefahr bringen."

Oh. Ihr Zögern war keine Sorge um sie, sondern um mich. Ich hätte sie gut genug kennen sollen, um das zu erkennen.

Ein Stich durchfährt meine Brust. Mir geht es nicht gut. Ich bewege mich auf einem schmalen Grat zwischen der

Rettung und dem Verrat meines Volkes. Ich bin mir nach wie vor nicht sicher, ob ich mich bisher an die richtige Seite gehalten habe, und …

Und ich bin dabei, mich in eine Frau zu verlieben, die ich niemals haben kann. Mein Herz schmerzt, weil ich nach oben greifen und sie zu mir ziehen möchte, so wie ich es in dem Traum getan habe. Ich möchte die Süße ihres Mundes mit mehr als einem flüchtigen Kuss erkunden und ich will mich in sie pressen, bis sie vor so viel Wonne stöhnt, dass sie es nicht mehr zurückhalten kann.

Doch ich glaube keine einzige Sekunde lang, dass auch nur die geringsten Zärtlichkeiten erwünscht wären. Sie hat den kurzen Kuss nicht erwähnt, den ich ihr bei ihrer Flucht aus dem Refugium einfach geben musste, und sie hat definitiv keinen weiteren ermutigt. Da sie die Angewohnheit hat, immer das Beste in Leuten zu sehen, hat sie vermutlich beschlossen, dass es einfach nur ein Impuls in einer verzweifelten Situation war, dem keine echte Bedeutung beigemessen werden sollte.

Sie würde die Männer, denen sie sich bereits verpflichtet hat, nie hintergehen. Und was könnte ich ihr anbieten, was sie dazu verführen würde?

Außerdem würde ich sie nicht wollen, wenn sie die Sorte Frau wäre, die denjenigen, die sie liebt, ohne Weiteres den Rücken kehrt.

Das alles kann ich ihr schlecht erzählen, weshalb ich mich stattdessen zu einem Lächeln zwinge. „Ich werde alle möglichen Vorsichtsmaßnahmen ergreifen und mich im Hintergrund halten. Keiner der involvierten Murk wird wissen, was für eine Rolle ich gespielt habe." Ich blicke zum Herzen und stehe auf. „Ich wollte nur die Atmosphäre genießen, solange ich kann."

Ein Lächeln zupft an Talias Mundwinkeln. „Selbst du

musst zugeben, dass die Landschaft hier *etwas* hübscher ist als ein verlassener U-Bahn-Tunnel."

Ich summe. „U-Bahn-Tunnel haben eine Menge für sich." Ich atme den Grasduft in der Luft tief ein und weil sie die einzige Person ist, der ich das gestehen kann, räume ich ein: „Ich bin wegen der Verhandlungen ein wenig nervös. Ich habe noch nie zuvor mit Delta verhandelt ... und eine Kollision zwischen den Murk und den Seelie anzuzetteln ..."

„Es wird keine Kollision sein", versichert mir Talia mit ihrer typischen optimistischen Entschlossenheit. „Es ist der Anfang eines größeren Bündnisses. Je mehr Murk sehen, dass wir gewillt sind, mit ihnen zusammenzuarbeiten, und je mehr Fae der Nebelwelt erkennen, dass sich die Murk an ihr Wort halten, desto einfacher wird es werden, einen Kompromiss zu finden, bei dem es nicht nötig ist, einander anzugreifen."

Ich glaube, jetzt ist sie ein wenig *zu* optimistisch. Orion wird nicht ohne einen Kampf aufgeben und eine Menge meiner Leute werden ihm bis zum bitteren Ende treu bleiben. Doch ich vermute, Talia ist sich dessen bewusst. Es ist einfach ihre Art, schlimme Situationen in ein positives Licht zu rücken.

„Das würde ich sehr gerne sehen", verkünde ich, was der Wahrheit entspricht. Da entdecke ich mehrere Gestalten, die sich vor Sylas' Burg versammeln. „Es sieht aus, als sei meine Pause vorbei. Zeit, zu gehen."

Ich versuche, das Unbehagen zu ignorieren, das sich in meinem Magen ausbreitet, aber vielleicht schimmert es trotzdem durch. Talia schenkt mir noch ein Lächeln. „Danke, dass du das tust ... Danke für alles, was du getan hast. Ich weiß, wie schwer es sein muss, da du so viele Gründe hast, uns zu misstrauen. Ich verspreche, die Fae wissen deine Beiträge ebenfalls zu schätzen, selbst wenn sie in deiner Gegenwart noch immer auf der Hut sind."

Plötzlich tritt sie vor und legt ihre Arme um mich in einer Geste, die bestimmt eine Umarmung werden sollte. Doch in dem Moment, indem ihr Körper meinen streift, werde ich stocksteif und mein Herz setzt aus. Ihre Hitze, die weiche Rundung ihres Busens … die Fae, die zuschauen, werden sie denken, dass ich sie dazu genötigt habe und dass ich ihr wehtun werde …?

Talia zuckt zurück, als hätte sie sich verbrannt. Ihr Gesicht läuft rot an und ich mache mir sofort Vorwürfe wegen meiner instinktiven Abwehrreaktion.

„Sorry", entschuldigt sie sich hastig. „Ich wollte dich nicht bedrängen. Ich … ich will nur, dass du weißt, wie wichtig es mir ist, dass du ebenfalls wohlbehalten zurückkommst."

Bei ihrer Entschuldigung fühle ich mich noch schlechter als ohnehin schon. Ich hätte sie wenige Sekunden lang eng an mich drücken, ihren Duft einatmen und wissen können, dass *sie* mir genug vertraut, um keine Angst vor mir zu haben. Doch wie seltsam wäre es jetzt, zu versuchen, den Moment zu wiederholen?

„Das ist in Ordnung", versichere ich ihr so energisch, wie ich kann. „Ich habe mich nicht bedrängt gefühlt. Ich war nur überrascht. Wir Murk tauschen im Allgemeinen keine freundlichen Gesten der Zuneigung aus, weshalb ich keine Übung mit der ganzen Umarmungssache habe."

Mein trockener Tonfall am Ende scheint sie zu beruhigen, weshalb ich mir wenigstens die Möglichkeit zukünftiger Umarmungen offenhalten kann, falls sie es wagt, es noch einmal zu versuchen. Ich werde mein Bestes geben, um nicht zu viel über diese potenzielle Zukunft zu grübeln, nachdem wir uns verabschiedet haben.

Whitt ist nun unter den anderen versammelten Fae erschienen. Er winkt mir und ich verneige den Kopf vor

Talia. „Ich hoffe, dir geht es gut, während ich fort bin, und dass wir mit guten Nachrichten zurückkehren können."

„Das hoffe ich auch", erwidert sie sanft. Ich gehe mit einem größeren Widerwillen, als vermutlich gesund ist, und kann noch immer ihre helle Gestalt vor meinem inneren Auge sehen.

Whitt winkt mich mit einem Grinsen zu sich, das beinahe freundlich wirkt. Ich glaube, er hat sich noch nicht ganz für mich erwärmt, doch ich habe einige Pluspunkte bei ihm gewonnen, weil ich gewillt war, diese Strategie zu erwähnen.

Die Fae ringsum ihn herum beobachten mich mit feindseligen Blicken. Es sind eine ganze Menge Fae hier. Sie haben fünf Gefährte heraufbeschworen, von denen jedes so groß ist, dass mindestens zehn Fae darin Platz finden können.

Ich gehe geradewegs zu Whitt und ignoriere die Augen, die mir misstrauisch folgen. „Ich bin mir nicht sicher, ob wir bei dem ersten Treffen eine so große Delegation brauchen. Wir sehen aus, als wären wir bereit für eine Schlacht."

„Das sind wir", bestätigt Sylas, der gerade aus der Burg kommt. Sein Blick ist noch immer skeptisch, als er auf mir liegenbleibt, und seine Haltung drückt erzlordhafte Autorität aus. „So, wie ich das verstehe, hast du selbst gesagt, dass uns diese Murk-Zauberin als Feinde anstelle von potenziellen Verbündeten sehen könnte. Wir wissen nicht, was für Kräfte ihr zur Verfügung stehen, wenn sie kommt. Ich halte es für das Beste, auf das Schlimmste vorbereitet zu sein."

„Wenn ihr alle mitbringt, wird sie das Gespräch vermutlich gar nicht abwarten", merke ich an.

„Wir werden den Großteil von ihnen auf der anderen Seite des Portals zurücklassen. Sie werden mit einem Zauber mit uns in Verbindung stehen, der sie alarmieren wird, wenn sie gebraucht werden", erklärt Whitt sorglos. „Es ist nur eine Vorsichtsmaßnahme."

So wie die Wachen und die Magie, die die Hütte umgeben, in der ich die letzten zwei Nächte verbracht habe. So wie die Blicke, die auf mich gerichtet sind, ganz gleich, wohin ich mich in den Revieren der Seelie bewege.

Vielleicht ist es lächerlich von mir, zu denken, dass es Sinn hat, Verhandlungen zu beginnen. Wenn die Fae der Nebelwelt mich nicht als einen echten Verbündeten sehen können trotz allem, was ich bereits für sie getan habe, wie groß ist die Wahrscheinlichkeit, dass sie einen der anderen Murk richtig akzeptieren?

Das ist allerdings eine andere Angelegenheit. Was wir heute tun, ist hauptsächlich für Talia. Falls Delta Orions Fluch auflösen kann, ist das ein Sieg für mich. Den Rest kann ich später entscheiden.

Sylas holt mich zu sich in sein Gefährt, in dem auch einige Krieger mitreisen, die ich kenne, da sie zu meinen Wachen gehören. Whitt betritt ein anderes Gefährt. Ich schätze, sie haben bereits ihre Strategien besprochen. Ich sinke auf meine Seite der Bank und verbringe den Großteil der Reise damit, die Landschaft zu beobachten, die vorbeizieht, während mir der Wind die Haare zerzaust.

Was würden sie von den Fahrzeugen halten, die meine Leute heraufbeschwören konnten? Wir sind in ihnen viele Male durch dieses Reich gereist, ohne entdeckt zu werden. Doch irgendwie glaube ich, dass die Fae auf alles herabblicken würden, was weniger elegant ist als ihre eigenen Gefährte, ganz egal, wie gut sie gebaut wurden.

Sylas unternimmt keine Versuche, sich mit mir zu unterhalten, ich kann jedoch spüren, dass er mich und die Fae ringsum überwacht. An einem Punkt unterhalten sich ein paar seiner Krieger flüsternd miteinander, woraufhin er sich räuspert und sie mit einem scharfen Blick bedenkt.

Vielleicht beobachtet er uns alle zu meinem und ihrem Schutz. Es ist ein eigenartiger Gedanke und er reicht nicht, damit ich mich in ihrer Gegenwart entspannen kann. Ich bezweifle, dass er in mir mehr als ein Werkzeug sieht, mit dessen Hilfe er dieses mögliche Bündnis schmieden kann.

Der Nebel und die gekrümmten Bäume der Randgebiete kommen rasant in Sicht. Ich zerre am Kragen meines Hemdes, da der Stoff allmählich schweißnass an meinem Rücken klebt. Mir ist die scharfe Kälte der Winterseite der Randgebiete definitiv lieber als die heiße Schwüle dieser Gegend, insbesondere da mich diese Atmosphäre an meine Kindheit und die Gewalt erinnert, die meine Familie zerstörte.

Als wir das Gefährt verlassen, versammelt sich die Gruppe Krieger und mein Magen zwickt erneut vor Nervosität. War ich dabei behilflich, Verhandlungen zu organisieren, die den Murk und diesen Fae helfen werden — oder habe ich den Weg für ein weiteres Massaker an meinen Leuten bereitet? Womöglich ist es verrückt von mir, auch nur einem Fae der Jahreszeiten zu trauen.

Der Mann, der gestern in meinen Illusionszauber gehüllt hierherkam, konnte nicht direkt mit Delta sprechen. Er ließ die Geschenke zurück und bat um Verhandlungen. Jemand aus ihrer Sippe überbrachte schließlich eine Antwort. Nach allem, was wir wissen, werden wir das Portal durchqueren, auf dessen anderer Seite sie sich mit uns treffen wollte, und niemanden vorfinden. Womöglich hat sie ihre Meinung geändert, traut der Nachricht nicht länger oder möchte sich nicht mehr mit den Fae der Nebelwelt treffen, obwohl sie glaubt, dass sie es ernst meinen.

Sylas versammelt einen bedeutenden Teil der Krieger in einer Gruppe, die um das fragliche Portal herum stationiert wird. Es sieht jedoch so aus, als würden wir nach wie vor ungefähr zwanzig Krieger mitnehmen. Ich knirsche mit den Zähnen, um eine weitere Beschwerde zurückzuhalten.

Ich habe meine Meinung gesagt. Wenn ich sie diesbezüglich piesacke, denken sie vielleicht, dass ich sie in eine Falle locke, und beschließen, noch mehr Krieger mitzunehmen.

„Bereit, das Portal zu durchqueren?", fragt mich Whitt. „Deine Illusion wirkt stabil auf mich."

Ich habe die letzten Minuten in dem Gefährt mit der Beschwörung von Magie verbracht, um mir ein anderes Aussehen zu verleihen. Delta wird erwarten, bei diesen Verhandlungen einen Murk unter den Fae der Nebelwelt zu sehen, aber ich will nicht, dass sie oder ein anderer Zuschauer mich erkennt. Ich nicke und lasse meinen Schwanz am Ansatz meiner Wirbelsäule frei als Zeichen meiner Herkunft. Falls einer der Wölfe ein Problem damit hat, kann er sich gerne darüber lustig machen.

Während wir einer nach dem anderen das Portal durchqueren, bleibe ich angespannt. In der geschützten Bucht auf der anderen Seite, die aus einem schmalen Streifen kaum berührten Strandes und einem Halbkreis aus zackigen Felsen besteht, trete ich an den Rand der Seelie-Truppe, wo ich sichtbar, jedoch nicht der Mittelpunkt des Gesprächs sein werde.

Wellen rauschen gegen den Sand. Salz liegt in der Ozeanluft und brennt in meinen Augen sowie meiner Kehle. Es ist kein Wunder, dass dieser Weg in die Nebelwelt nur selten benutzt wird, was ihn zu einem idealen Ort für besonders heimliche Treffen macht.

Die Fae, die mich begleiten, verziehen das Gesicht und grunzen vor Unbehagen. Sie sind jedoch so diszipliniert, dass sie steif Haltung annehmen und sich jegliche Beschwerden verkneifen, als eine Frau über die zerklüfteten Felsen klettert, um sich mit uns zu treffen.

Deltas Gesicht ist goldfarben wie der Sand und burgunderfarbene Locken fallen bis zu ihren schmalen Schultern. Sie sucht sich mit geschickten Händen und Füßen einen Weg über die Felsen. Ihre Kleidung ist nicht besonders beeindruckend, sondern wirkt wie drei zerrissene Kleider in verschiedenen verblassten Farben, die sie übereinander angezogen hat. Doch in dem Moment, in dem sie auf halbem Weg stehenbleibt und sich mehrere Schritte vom Strand entfernt aufrichtet, weiß ich, dass sie es ist. Ihre Präsenz strahlt Selbstvertrauen und Macht aus.

Weitere Gestalten strecken ihre Köpfe über die Felsen und wachen über die Herrscherin ihrer Kolonie. Die Seelie-Krieger mustern sie und einige Hände lassen sich auf Schwertgriffen nieder. Mein Körper spannt sich an, die Seelie tun ansonsten jedoch nichts.

„Du wünschst, mit mir zu sprechen, Wolf", sagt Delta und verschränkt die Arme. „Was hast du zu sagen, das von Interesse für mich sein könnte?"

Sylas macht mit hoch erhobenem Kopf einen Schritt auf sie zu. „Ich glaube, wir haben einen gemeinsamen Feind. Ich habe mich gefragt, ob du dich über eine Gelegenheit freuen würdest, König Orions Pläne zu untergraben."

„*König*", höhnt Delta. Die Geschichten, die ich von ihrer Abneigung Orion gegenüber gehört habe, entsprachen offensichtlich der Wahrheit.

Einige der Seelie im Hintergrund erregen meine Aufmerksamkeit, da sie sich von der Gruppe lösen und näher an die Felsen herantreten. Sie gehen nicht in Position, um die Murk anzugreifen, oder?

„Wie man hört, nennt er sich so", erwidert Sylas glucksend und in diesem Moment beginnen einige der Krieger, die ich beobachte, ihre Münder mit einer leisen Beschwörung zu bewegen.

Mein Herz macht einen Satz, als mich plötzlich die

Gewissheit überkommt, dass ich mich geirrt habe – ich habe diese Frau und ihre Anhänger in eine Falle geführt. Ich habe nur noch einen Gedanken im Kopf: Ich muss die Wachen unterbrechen, ganz egal wie. Daher husche ich um die Delegation herum zu ihnen.

Meine plötzliche Bewegung muss die Murk alarmiert haben. Als ich am Rand der Klippen stolpere, springen ein Dutzend weitere Gestalten auf die Felsen und wappnen sich für einen Angriff.

Die Seelie-Krieger wirbeln herum, entdecken die Murk-Truppe, die sich plötzlich verdreifacht hat, und kommen scheinbar zu dem Schluss, dass die Kolonie bereit ist, sie anzugreifen. Knurrend blaffen mehrere von ihnen Zauber und ziehen ihre Schwerter, während sich andere um Sylas scharen.

Der Rest passiert so schnell, dass ich ihm kaum folgen kann. Ich weiß nicht, ob die Zauber mehr als Schilde sind, doch die Murk brüllen und beginnen, nadelähnliche Messer und Zauber auf die Seelie zu schleudern. Die meisten prallen von den Schutzbarrieren ab, einige durchschneiden allerdings die Glieder der Krieger.

Ein Brüllen erhebt sich, die Seelie-Krieger stürmen zu den Felsen, Sylas ruft um Ordnung … und Delta springt die Felsen hinauf, um im Nu hinter ihren Leuten zu verschwinden.

„Wartet!", brülle ich. Ich klettere die Felsen empor in dem Versuch, mit den Murk aus der Nähe zu sprechen. Im nächsten Moment strömen sie über die Felsen und prallen gegen die Offensive der Seelie. Ich schaffe es, denjenigen auszuweichen, die an mir vorbeieilen. Eine ihrer Klingen schlitzt meine Wange auf.

Innerhalb von Augenblicken zischen Klingen durch die Luft und Stimmen schreien überall in der Bucht vor Schmerz auf. Sylas ruft den Seelie zu, sich durch das Portal zurückzuziehen. Einige Murk liegen blutig auf dem Sand, doch die anderen verspotten die Wolfgestaltwandler, die sich zurückziehen.

Ich ducke mich in eine Spalte. Die einzige Möglichkeit, die Fae zu erreichen, mit denen ich hergekommen bin, besteht darin, mich durch die Menge der Murk zu kämpfen, die mich womöglich als eine genauso große Bedrohung wie die Seelie sehen werden. Es scheint klüger zu sein, mich komplett rauszuhalten. Sie sind offensichtlich nicht in der Stimmung, sich eine Erklärung anzuhören.

Und warum sollte ich versuchen, eine zu finden? Ich bin mir nicht sicher, was hier passiert ist, ob die Seelie kurz davorstanden, einen Angriff zu starten, und die Murk sie dabei erwischt haben, oder ob wir alle die Situation falsch interpretiert haben.

Will ich Sylas' Leuten überhaupt folgen? Was genau haben sie ausgeheckt, bevor alles den Bach runterging? Wenn ich mich nicht bewegt hätte, würden jetzt vielleicht zehnmal so viele Murk-Leichen im Sand liegen.

Ich webe noch eine Illusion um mich und verberge mich vor den Augen und Nasen der Mitglieder von Deltas Kolonie. Sie bleiben noch mehrere Minuten lang in der Bucht, nachdem der letzte Seelie verschwunden ist, folgen den Wolfgestaltwandlern allerdings nicht in die Nebelwelt.

Schließlich erhebt sich Deltas Stimme außerhalb meiner Sichtweite. Sie ruft ihre Leute barsch zu sich und macht eine abfällige Bemerkung über die Heimtücke der Wölfe. Ihre Leute klettern schnell über die Felsen und folgen ihr zurück zu ihrer Kolonie.

Ich bleibe, wo ich bin, zwischen zwei raue Felswände geklemmt, und mein Magen verknotet sich. Dieses Treffen hätte nicht schlimmer ausgehen können und ich weiß nicht einmal, wer an seinem Scheitern schuld ist. Ich weiß nur mit Sicherheit, dass die Seelie begannen, Magie zu wirken und ihre Waffen zu schwenken, bevor die Murk mehr getan hatten, als sie *anzuschauen*.

Warum habe ich ihnen überhaupt so weit vertraut, um den Versuch einer Verhandlung zu unternehmen? Ich hätte wissen sollen, dass sie *uns* nicht genug vertrauen würden, um sich fair mit uns zu unterhalten.

Die Einzige in der Nebelwelt, die irgendeine Rücksichtnahme von mir verdient, ist Talia.

Dieser Gedanke lastet schwer auf mir. Ich will den Seelie in die Gesichter spucken und ihnen den Rücken kehren, doch soll ich Talia auch im Stich lassen nach dem Vertrauen, das sie in mich gesetzt hat?

Ich verharre mehr als eine Stunde lang zwischen den Felsen und ringe mit mir. Dann stemme ich mich aus der Spalte, betrete das Dschungelgebiet dahinter und lasse das schädliche Salz des Ozeans zurück.

In dieser Gegend gibt es noch ein Portal, das in der Nähe der Zivilisation liegt und durch das ich zurück zu den Randgebieten reisen kann zu der Passage, die ich brauche, ohne dass ich es riskiere, wieder in Sylas' Gesellschaft zu landen.

Falls es irgendetwas gibt, was ich für Talia tun kann, werde ich das nicht in der Nebelwelt schaffen, umgeben von Idioten, die mich wegen dem hassen, was ich bin. Ich muss zu Orion zurückkehren.

15

Talia

*D*ie Anspannung im Versammlungsraum der Grenzburg verstärkt sich mit jedem Neuankömmling. Die Erzlords sprechen kaum, abgesehen von geflüsterten kurzen Unterhaltungen mit ihren Kadern oder Zirkeln. Alle sehen grimmig aus.

Ich stütze mich auf meinen Stuhl in der Nähe des Kopfendes des Tisches und zwinge mich, konzentriert zu bleiben. Erst vor ein paar Stunden hat mich ein erneuter Anfall gepackt und ich bin erschöpft. Ich kann nicht sagen, wie sehr das an den Auswirkungen des Fluchs und wie sehr an der Erschöpfung liegt, die mit dem Anfangsstadium einer Schwangerschaft einhergeht.

Neben mir sitzt Corwin, der seine Finger um meine legt und mir durch unser Band eine Woge der Beruhigung schickt. Die restlichen Emotionen, die ich von ihm spüren kann, sind jedoch in Aufruhr. Sylas hat am Kopfende des

Tisches Platz genommen, und Frust zeichnet sich auf seiner normalerweise gefassten Miene ab. Hinter ihm macht Whitt ein ähnlich finsteres Gesicht.

Als die letzte der Erzlords, Neve, ankommt, Platz nimmt und uns betrachtet, als sei sie sich nicht sicher, warum sie hier ist, räuspert sich Laoni und beugt sich vor. „Also, so wie ich das verstehe, ist die Ratte, die ihr ins Vertrauen gezogen habt, ihrer Art treu geblieben. Er hat euch in eine Falle geführt, oder?"

Mein Herz setzt einen Schlag aus. „Das ist nicht das, was passiert ist!" Mein Blick huscht zu Sylas. „Das ist *nicht* das, was passiert ist, oder?" Er hat dieses Treffen gleich nach seiner Rückkehr einberufen, sodass ich kaum Gelegenheit hatte, herauszufinden, was geschehen ist, nachdem er, Whitt und Madoc zu den Verhandlungen aufgebrochen sind. Es hat jedoch niemand gesagt, dass Madoc sie verraten hat.

Sylas' Mund verzieht sich zu einem angespannten Strich, bevor er spricht: „Wir sind uns nicht sicher, an welchem Punkt die Verhandlungen schiefgegangen sind, doch sie sind gründlich schiefgegangen. Unser Murk-Kollaborateur hat dabei womöglich eine Rolle gespielt."

„Er schien die anderen Murk anzustacheln", wirft Whitt mit ruhiger, allerdings harter Stimme ein. Das Zucken seines Kiefers verrät mir, dass er vor allen Dingen wütend auf sich selbst ist. „Und er ist nicht mit uns zurückgekehrt. Er wirkte aufrichtig, während wir an dem Plan arbeiteten, aber vielleicht habe ich ihn falsch eingeschätzt."

Celia seufzt. „Es war von Anfang an ein riskanter Schachzug. Wir müssen alles ignorieren, was er uns erzählt hat."

„Und den Befehl erteilen, ihn sofort zu töten, falls er versucht, zurückzukehren", fügt Uzziah mit einer bedrohlichen Schärfe in seiner normalerweise mürrischen Stimme hinzu.

„Wenn sich seine Leute nicht für uns darum kümmern", meint Celia. „Wir können wie geplant den Beweis seiner Falschheit an seinen König schicken und ..."

„Warten Sie mal", bricht es aus mir hervor und ich schlage mit meiner freien Hand auf den Tisch, um meine Worte zu betonen. „Wir haben noch nicht einmal darüber gesprochen, was genau passiert ist. Wie ‚schien' Madoc jemanden anzustacheln? Was haben die Murk getan? Was haben unsere Krieger getan? Ihr seid alle wohlbehalten zurückgekehrt." Ich richte meinen Blick beschwörend auf Sylas. „Wir können keine Entscheidung über Leben und Tod treffen, ohne die ganze Geschichte zu kennen."

Er atmet harsch aus. „Du hast recht, das sollten wir nicht tun. Der Bericht, den wir liefern können, wird die Situation allerdings vermutlich nicht aufklären."

„Dann erzählt es uns trotzdem", sagt Terisse in einem Tonfall, den ich nicht interpretieren kann. Sie hat sich in letzter Zeit eher auf die Seite meiner Männer und ihrer moderaten Ansichten gestellt, war davor jedoch Laoni treu. Ich weiß nicht, wie sehr sie die Murk hasst.

Sylas verschränkt seine Hände auf dem Tisch. „Wir sind zu den Randgebieten gereist und durch ein Portal zu dem vereinbarten Treffpunkt. Die Murk-Frau, mit der Madoc ein Treffen für uns vereinbart hat, kam mit einem scheinbar kleinen Aufgebot ihrer Anhänger. Wir hatten gerade erst angefangen, uns zu unterhalten, als Madoc, der uns begleitete, eine plötzliche Bewegung machte und zu den Kriegern im Hintergrund unserer Formation eilte. Der Anblick schien die anderen Murk zu provozieren und viele weitere näherten sich uns. Sie griffen an und wir wehrten sie ab, während wir uns durch das Portal in Sicherheit brachten. Keiner folgte uns – einschließlich Madoc. Ich weiß nicht, ob er bei ihnen geblieben ist oder allein an einen anderen Ort in der Menschenwelt gegangen ist."

„Er ist vermutlich zu seinem ‚König' zurückgekehrt",
knurrt Donovan. Sogar der normalerweise sanftmütige
Seelie-Erzlord ist wegen dieses Desasters aufgebracht.

Ich schlucke schwer, denke über Sylas' Geschichte nach
und bemerke die Lücken. Ich kann nicht glauben, dass
Madoc veranlasst hat, dass Sylas und so viele unserer Leute
angegriffen werden. Er hat den Eindruck erweckt, dass sie
mit einem möglichen Heilmittel für mich zurückkommen
würden. Ich habe nicht die kleinsten Schuldgefühle bei ihm
bemerkt, kurz bevor er ging.

Ich bin zwar nicht so geschickt darin wie Whitt, Leute zu
lesen, aber der Spionagechef hat ihm ebenfalls so weit
vertraut, dass er dem Plan zugestimmt hat. Es muss mehr
hinter dem Ganzen stecken, als sie berichtet haben.

„Was haben die Krieger getan, zu denen Madoc gerannt
ist?", frage ich. „Habt ihr irgendeine Ahnung, warum er so
reagiert hat?"

„Sie haben sich ein wenig vom Rest unserer Gruppe
entfernt, um zusätzliche Zauber zu wirken, die wir
bereithalten wollten für den Fall, dass wir angegriffen
werden", erklärt Sylas. „Es war nur eine Vorsichtsmaßnahme.
Sie haben kein Spektakel daraus gemacht oder Magie auf
jemanden gerichtet."

„Madoc hat es jedoch offensichtlich bemerkt. Wusste er
nicht, dass sie Zauber wirken würden?"

Sylas hält inne und Whitt spricht in die Stille: „Es schien
unklug zu sein, ihn im Voraus über jeden Aspekt unseres
Plans zu informieren. Falls er mit den anderen Murk unter
einer Decke steckte, hätten wir jeden möglichen Vorteil
verloren. Doch wenn er in gutem Glauben gehandelt hat,
hätte er erkennen sollen, dass wir niemandem schaden
würden, der es nicht provoziert hat."

„Wieso?", hake ich nach. Ich streite nur ungern mit
meinen Gefährten, habe allerdings anscheinend keine andere

Wahl. Sie hassen die Murk so sehr, dass sie nicht einmal sehen können, wie unfair sie sich benehmen. „Wenn ihr *ihm* nicht vertraut habt, euch keine Falle zu stellen, warum erwartet ihr dann von ihm, dass er mehr Vertrauen in euch hat? Es klingt, als wärt ihr diejenigen, die den ersten unerwarteten Schritt gemacht haben."

Whitt öffnet den Mund und schließt ihn wieder. Er sieht kurz reumütig aus.

Sylas mischt sich ein. „Das hätte nicht genug Grund für die anderen Murk sein sollen, uns anzugreifen. Es war, als würden sie sich nach ihm richten."

Ich verlagere meinen Blick wieder auf ihn. „Warum sollten sie das nicht tun? Er war der einzige Murk unter euch … natürlich haben sie ihn beobachtet, um sicherzugehen, dass alles in Ordnung ist. Haben sie wirklich in dem Moment angegriffen, indem er auf die Zauber reagiert hat?"

Sylas runzelt die Stirn und massiert seine Schläfen. „Meine Aufmerksamkeit galt hauptsächlich der angeblichen Zauberin. Ich sah eine Schar Rattengestaltwandler, die plötzlich auf den Klippen hinter uns erschien …"

„Sie waren überall", wirft Whitt ein. „Eine riesige Truppe, die außer Sicht auf uns gelauert hat."

„… aber wir haben etwas Ähnliches getan", gibt Sylas zu und schaut zu seinem Strategen. „Also können wir ihnen das nicht verübeln. Unsere anwesenden Krieger reagierten auf die plötzlich größer gewordene Gruppe, indem sie Schutzzauber wirkten. Und es ist gut, dass sie das getan haben, denn sie haben sie gerade rechtzeitig hochgezogen, um das Schlimmste des ersten Angriffs abzuwehren."

„Hat einer der Murk tatsächlich versucht, unsere Leute zu verletzen, *bevor* unsere anfingen, diese Schutzzauber zu wirken?"

Sylas und Whitt scheinen beide darüber nachzudenken,

während alle anderen am Tisch schweigend unser Gespräch beobachten.

„Ich glaube nicht, dass sie das getan haben", antwortet Whitt schließlich langsam, „aber es ist beinahe gleichzeitig passiert."

„Dann ist es also möglich, dass sie bereits besorgt waren wegen Madocs offenkundiger Beunruhigung. Daraufhin sahen sie, dass eine ganze Menge von euch weitere Magie wirkte, weshalb sie vielleicht annahmen, dass *ihr* sie gleich angreifen würdet, oder?"

Er verzieht das Gesicht. „Ich gebe zu, das könnte stimmen. Wir können allerdings nicht wissen, ob das der Fall war oder sie von Anfang an vorhatten, auf Gewalt zurückzugreifen."

„Und da wir es nicht wissen können, müssen wir zur Sicherheit unserer Leute vom Schlimmsten ausgehen", sagt Celia und drückt ihren schmalen Rücken durch. „Wir haben ihnen eine Gelegenheit gegeben und sie haben uns verraten."

„Oder sie haben *uns* eine Gelegenheit gegeben und ihrer Meinung nach haben wir *sie* verraten", protestiere ich.

Laoni macht ein finsteres Gesicht. „Wenn das der Fall ist, warum hat die Ratte, die angeblich mit dir verbündet ist, keine Erklärung abgegeben?"

Ich schaue sie böse an. „Weil er wahrscheinlich Angst hat, dass Sie ihn in der Sekunde töten, in der Sie ihn sehen, so wie Sie es seiner Meinung nach bei den anderen Murk vorhatten, die er zu einem Gespräch mit Ihnen gebracht hatte. So wie Sie es vor wenigen Minuten noch besprochen haben." Ein frustrierter Laut entfährt mir und eine weitere Woge der Erschöpfung schwappt durch meinen Körper hindurch.

Corwins Hand hebt sich, packt meine Schulter und stützt mich. „Wir sind alle aufgebracht über das, was vorgefallen ist, und können eindeutig nicht die Beweggründe anderer feststellen", sagt er an den Tisch gewandt. „Talia spricht aus der Güte ihres Herzens und sieht zu, dass wir alle Faktoren berücksichtigen. Doch ..." Er drückt meine Schulter. „Ich bin mir nicht sicher, wie viel wir noch riskieren sollen in der Hoffnung, dass einer der Murk wirklich mit uns zusammenarbeiten wird."

„Genau", stimmt Uzziah zu. „Wir besitzen jetzt die Fähigkeit, sie mit Talias Blut aufzuspüren. Der erste Versuch hat vielleicht nicht so gut geklappt, doch wir lernen aus unseren Fehlern. Ich schlage vor, wir spüren jeden Einzelnen von diesem Ungeziefer auf und vernichten sie und ihr Herz ebenfalls. Dann werden wir Frieden haben und sämtliche Flüche, mit denen wir belegt sind, werden enden."

Das Raunen, das um den Tisch läuft, klingt viel zu anerkennend. Sogar in mir besteht ein winziger Funken Erleichterung bei dem Gedanken, den einfachen Weg einzuschlagen, der die schnellste und sicherste Methode sein könnte, dafür zu sorgen, dass wir alle in Sicherheit sind, sodass ich weiterleben und mein Kind in mir heranwachsen kann.

Doch wird es wirklich so einfach sein? Orion hat uns so oft überlistet, dass ich das nicht glauben kann.

Und selbst wenn wir uns sicher sein könnten, dass uns ein Massaker an jeder lebenden Ratte zum Sieg führen könnte, ist es nicht nur einfach, sondern brutal – so brutal, dass es mir den Magen umdreht.

Die Bilder aus den Murk-Erinnerungen, die ich gesehen habe, blitzen in meinen Gedanken auf – die Gewalt, das Blutvergießen, das Entsetzen. Madoc hat mir erzählt, dass er nicht auf Orions bösartige, sadistische Art gewinnen will ... und ich will auch nicht, dass wir so gewinnen. Ich will nicht, dass die Fae in diesem Raum so bösartig werden wie die Fae, die meine Eltern zerfetzt und mich in einen Käfig gesperrt haben, wie die Fae, die

Madocs Eltern und die Kinder in dem Waisenhaus zerrissen haben.

Ich schüttle Corwins Hand ab, schiebe meinen Stuhl nach hinten und stehe auf. Alle Köpfe am Tisch drehen sich nach mir um.

„Nein", sage ich, als könnte ich diese Entscheidung treffen. Wenn ich so spreche, als könnte ich es tun, reicht das vielleicht, damit sie auf mich hören. „Ich möchte lieber *sterben*, als meine Heilung so zu erhalten. Sie halten die Murk wie Orion und seine Anhänger für schreckliche, bösartige Tiere. Was denken Sie, werden *Sie* sein, wenn Sie jeden Fae umbringen, der zufällig als Rattengestaltwandler geboren wurde? Warum *sollte* irgendeiner der Murk Ihnen trauen, wenn Sie sofort auf diese Lösung zurückgreifen?"

„Talia", mahnt mich Sylas sanft, doch ich bin noch nicht fertig.

„Die Murk haben Gutes in sich", verkünde ich. „Vielleicht nicht Orion, aber es gibt auch schreckliche Seelie und Unseelie. Die meisten Murk, mit denen ich mich unterhielt, waren wütend, empfanden allerdings auch eine ganze Menge anderer Dinge. Ihre Familien und Freunde waren ihnen wichtig. Sie unterstützten einander und verteidigten sich gegenseitig. Sie hatten Hoffnungen auf eine Zukunft, in der sie sich *nicht* Sorgen darüber machen müssen, dass die Fae der Nebelwelt jeden Moment mit Krallen oder Fangzähnen auf sie losgehen könnten.

Greifen Sie Orion und jeden an, der sich auf seine Seite stellen will. Zerstören Sie ihr Herz. Doch wenn Sie es gutheißen, dass Murk getötet werden, die nicht einmal einen Finger gegen Sie erhoben haben, kehre ich lieber in ihr Refugium zurück, als hierzubleiben."

Die Ankündigung kostet mich meine letzten Energiereserven. Ich falle auf meinen Stuhl. Alle starren mich an, Whitts Gesicht ist kränklich blass geworden und Entsetzen tröpfelt durch mein Band mit Corwin.

Sylas erholt sich als Erster. „Ich stimme Talia zu, dass wir uns nicht auf die gleiche Niederträchtigkeit wie die schlimmsten Ratten herablassen können. Wir schulden uns und unserem Volk mehr. Doch wir können auch nicht tatenlos zusehen und hoffen, dass uns einer der Murk berät. Wir sollten anfangen, weitere Suchkommandos auszuschicken, um das Refugium aufzuspüren.“

Laoni holt tief Luft. Ich zucke innerlich zusammen in der Erwartung einer beißenden Bemerkung, doch zu meiner Überraschung klingt ihre Stimme ruhig. „Es gibt Möglichkeiten, die Murk herauszulocken, die uns Böses wollen, um sicherzustellen, dass wir uns darauf konzentrieren, unsere Hauptfeinde zu vernichten. Sie glauben, sie können uns überlisten … wir können diese Annahmen ausnutzen, indem wir Fallen stellen, bei denen wir wie leichte Opfer aussehen, jedoch den Spieß umdrehen, wenn jemand die Gelegenheit nutzt, uns anzugreifen.“

Ihre Unseelie-Erzlord-Kollegen nicken langsam, jedoch ohne Proteste. Celia befeuchtet ihre Lippen. „Na schön. Fürs Erste. Doch wir können nicht so friedlich mit denen umgehen, die in unsere Ländereien dringen. Wir nehmen diejenigen gefangen, die wir mühelos dingfest machen können, und befragen sie. Jeder, der sich wehrt, bekommt, was er verdient.“

Meine Hände verkrampfen sich auf meinem Schoß. Sie sprechen nach wie vor so, als würde die Nebelwelt nur ihnen gehören, obwohl sie offensichtlich die Welt ist, aus der alle Fae kommen. Madoc liegt nicht falsch mit der Einschätzung, dass die anderen Fae die Murk verdrängt haben.

„Was ist mit Madoc?“, frage ich leise und meine Brust zieht sich bei dem Gedanken an ihn zusammen. „Falls er zurückkommt, sollten wir ihm die Gelegenheit geben, uns seine Seite der Geschichte zu erzählen, meinen Sie nicht? Soweit ich das erkennen kann, hat er die Bedingungen der Abmachung nicht verletzt. *Er* hat niemanden angegriffen, oder?" Ich schaue zu Sylas und Whitt.

„Das hat zumindest niemand berichtet", gibt Whitt zu. „Ich habe ihn in dem Chaos aus den Augen verloren, aber ich habe ihn weder eine Waffe ziehen noch einen Zauber sprechen sehen."

„Dann wissen wir nur, dass er zu einigen Kriegern geeilt ist, um nachzuschauen, was sie treiben. Wir können deswegen nicht sein Leben zerstören."

Erneut entsteht Stille. Corwin durchbricht sie. „Ich würde sagen, dass es davon abhängt, *wie* er zurückkehrt. Falls er einen von uns angreift oder sich anderen dabei anschließt, gehen wir davon aus, dass das Bündnis vorüber ist. Falls er zeigt, dass er in Frieden kommt, seine Taten jedoch nicht angemessen erklären kann, verfahren wir genauso. Ich denke, er hat sich das Recht verdient, angehört zu werden, da er Talia zu uns zurückgebracht und uns vor Orions neuem Angriff auf sie gewarnt hat."

Die Gesichter am Tisch sehen nicht unbedingt glücklich über seinen Vorschlag aus, doch einer nach dem anderen neigen die Erzlords ihre Köpfe. Ich schlinge die Arme um mich und wünsche mir, ich würde mich beruhigter fühlen.

Ich komme nicht umhin, zu vermuten, dass wir kurz davorstehen, ebenfalls Monster zu werden, und ich habe Angst davor, wie wenig nötig sein wird, um die Herrscher um mich herum über diese Grenze zu stoßen.

16

Talia

Der erste der neuen Anfälle trifft mich, als ich über die verschneite Ebene zwischen der Grenzburg und dem Palast von Heart's Cadence laufe, da ich Charles und Beth kurz in der Küche besuchen möchte. Ich habe mich seit einer Ewigkeit nicht mehr mit ihnen unterhalten. Trotz allem, was um mich herum – und in mir – vor sich geht, muss ich an ein wenig Normalität festhalten.

Doch ich habe nur die Hälfte des Weges hinter mich gebracht, als der Schmerz zwischen meinen Lungenflügeln aufflammt. Meine Beine knicken unter mir ein und Corwin, der mich begleitet hat, fängt mich auf, kurz bevor meine Knie auf den eisigen Untergrund krachen.

„Talia", sagt er. Seine Stimme ist angespannt wegen der Schmerzen, in denen ich so verloren bin, dass ich ihn nicht abschirmen kann. „Konzentriere dich auf mich. Ignoriere die

Schmerzen so gut wie möglich. Ich werde dich zurück zu deinem Zimmer bringen."

„Kann ich irgendetwas tun?", fragt Zelpha, die sich hinter ihm hält. Meine Gefährten bestehen nach wie vor darauf, dass ich jederzeit mindestens zwei vertrauenswürdige Beschützer an meiner Seite habe, wenn ich eine unserer Burgen verlasse.

Corwin hebt mich in seine Arme und atmet harsch aus. „Wir haben noch keine Zauber gefunden, die die Schmerzen dämpfen. Ich kann sie zumindest an den Ort bringen, an dem sie sich am wohlsten fühlt."

Bevor er jedoch auch nur zwei Schritte zur Grenze gemacht hat, verebbt die sengende Empfindung, die meine Brust durchschnitten hat. Ich keuche und kuschle mich erschüttert dichter an ihn. Kann es wirklich schon vorbei sein?

Corwin hält inne, blickt auf mich herab und bemerkt die Veränderung zur selben Zeit wie ich. „Es hat zuvor nicht annähernd so schnell nachgelassen, oder?"

Ich schüttle den Kopf. „Vielleicht … vielleicht hat etwas, was wir ausprobiert haben, den Fluch geschwächt?"

Hoffnung huscht über sein Gesicht – und in diesem Moment durchschneidet mich eine weitere bösartige Klinge aus Schmerz, als würde ich von innen heraus aufgeschlitzt werden.

Ich huste, keuche und meine Muskeln verkrampfen sich. Ein Beben durchläuft meinen Körper. Corwin drückt mich eng an sich. Seine Emotionen sind so gequält wie mein Körper. Ich weiß, wie sehr er mich von diesen Schmerzen abschirmen will und wie stark es ihm zusetzt, dass er es nicht tun kann.

„Das Muster hat sich geändert", informiert er Zelpha. „Hol Sylas – er sollte in Hearth-by-the-Heart sein. Er soll sich in der Grenzburg mit uns treffen."

Ich sehe Zelphas Reaktion nicht, sondern spüre nur die Luftbewegung, als sie als Rabe davonfliegt. Corwin spreizt seine Flügel in ihrer größeren Form, während der Rest von ihm seine menschliche Gestalt bewahrt, bevor er das gefrorene Terrain auf die ihm schnellstmögliche Art überquert.

Als er auf der Türschwelle des Wintereingangs landet, lässt der Schmerz erneut nach. Dieses Mal traue ich dem Frieden nicht. Ich mache flache Atemzüge und teste meine Lunge, während ich nach wie vor in die Umarmung meines seelenverbundenen Gefährten geschmiegt bin.

„Du kannst das durchstehen", raunt er mir zu, wobei er ein wenig erstickt klingt. „Du bist stärker als die Magie eines Murk-Königs."

Vielleicht bin ich das, das bedeutet allerdings nicht, dass es eine Freude ist, diese Schmerzen zu durchleiden.

Auf halbem Weg durch den Flur packt mich der nächste Anfall mit einer solchen Heftigkeit, dass es sich anfühlt, als würde nicht nur ein Messer, sondern mehrere zwischen meine Rippen gestoßen werden. Ich kann mir einen Schrei nicht verkneifen.

Corwin schluckt schwer und eilt die Treppe hoch zu meinem Zimmer. Die Messer bohren sich tiefer, bis er mich auf die Bettdecke legt.

Ich keuche und mein ganzer Körper schmerzt auf eine dumpfere, jedoch nach wie vor quälende Art. Jedes Mal, wenn mich der Schmerz überkommt, spanne ich mich an. Das Hin und Her ermüdet mich schneller, als wenn ich auf einer fortwährenden Woge des Schmerzes reiten würde. Man sollte meinen, die Pausen würden es leichter machen, doch ich kann sie nicht wertschätzen, wenn mich viel zu sehr die Furcht und Frage plagen, wie lange es dauern wird, bevor es erneut passiert.

Woran werde ich erkennen, dass dieser Anfall wirklich

vorbei ist? *Wird* er jemals vorbei sein oder ist es meine neue Normalität, dass sich Erleichterung und Schmerz alle paar Minuten abwechseln?

Denk nicht so, beschwört mich Corwin durch unser Band. Ich merke jedoch, dass er sich die gleichen Sorgen macht.

Sylas kommt einen Augenblick später mit Whitt im Schlepptau durch die Tür. „Was …", beginnt er.

Und dann trifft mich der Schmerz erneut, brüllt durch mein Bewusstsein und übertönt jede andere Empfindung. Ich schlinge die Arme um mich und drücke die Seite meines Kopfes ins Kissen.

Ich kann das hier durchstehen. Ich bin stärker. Aber oh Gott, ich wünschte, ich müsste es nicht sein.

Als ich wieder zu mir komme, unterhalten sich Corwin und Sylas mit gedämpften, eindringlichen Stimmen. Corwin hat einen Teil seiner Eindrücke blockiert, sodass ich sie nicht lesen oder durch seine Ohren hören kann, was sie sagen.

Sie *streiten* über etwas … Ich kann nicht heraushören, worum es geht. Corwin wirkt besorgt. Sylas' Kiefer ist vor Entschlossenheit zusammengepresst.

Whitt fängt meinen Blick auf. Seine Miene ist angespannt vor Sorge. „Ich denke, wir sollten Talia entscheiden lassen", verkündet er plötzlich.

Trotz des schrecklichen Zustandes, in dem ich mich befinde, füllt Liebe für ihn meine Brust. Ich bringe sogar ein Lächeln zustande.

„Was solltet ihr mich entscheiden lassen?", frage ich krächzend.

Dann bin ich fort. Der Schmerz breitet sich in mir aus und schrumpft zugleich – jetzt sind es nicht mehrere Messer, sondern dutzende spitze Nadeln, die mich durchbohren. Es fühlt sich so an, als würde meine Lunge jeden Moment durchstochen werden und wie ein Luftballon zusammenfallen.

Ich kehre in die Realität zurück, Tränen brennen in meinen Augenwinkeln und ein Schluchzen steckt in meiner Kehle. Corwin sinkt neben mir auf die Bettkante und wischt die Flüssigkeit weg. Er schaut zu Sylas. „Wie können wir ihr diesen Stress antun, wenn sie bereits so leidet?"

Sylas macht ein finsteres Gesicht. „Wie können wir es nicht versuchen, wenn die Möglichkeit besteht, dass er helfen könnte? Du weißt, was sie sagen würde … du hast sie gestern gehört."

Ich brauche kurz, um mich so weit zu sammeln, dass ich meine Stimme benutzen kann. „Was auch immer es ist, ich …"

Eine weitere sengende Woge, noch eine Phase der Desorientierung. Danach gebe ich den Versuch auf, ein Gespräch zu führen, und ich glaube, meinen Gefährten ergeht es ähnlich. Corwin murmelt leise Worte über mir und beschwört ein kühles Kribbeln herauf, das mich ein winziges bisschen von dem Schmerz ablenkt. Whitt setzt sich ans Kopfende des Bettes und streichelt meine Haare.

„Wenn ich dir das abnehmen könnte, Krümel, würde ich es tun", verspricht er.

Sylas tigert hin und her. In einem klaren Moment glaube ich, dass er gehen wird, doch er tut es nicht. Als eine Pause in dem Anfall so lange dauert, dass ich mich auf der Matratze zu entspannen beginne, ist er noch da.

Meine Haare kleben schweißnass an meiner Stirn. Whitt streicht auch sie beiseite. Corwin packt meine Hand. Wir warten und rechnen alle mit einer weiteren Runde …

Doch sie kommt nicht. Die Minuten verrinnen und die Erinnerung an den Schmerz verblasst. Es ist nichts übrig außer dem Kribbeln hinter meinem Brustbein.

Ein Lachen entfährt mir. „Es ist vorbei."

Für den Moment. Bis zum nächsten Mal.

Whitt wirft Sylas einen bedeutungsvollen Blick zu, woraufhin der Seelie-Erzlord auf mich herabblickt und sich sein Mund verzieht.

„Madoc ist zurückgekehrt", verkündet er.

Ich schnelle in die Höhe und Corwins Griff um meine Hand spannt sich an. Ich schwanke kurz, weil mir schwindlig wird, bevor ich mich wieder auf Sylas konzentriere. „Was? Wann? Was hat er gesagt?"

„Vor einigen Stunden", gesteht Whitt. „Wir wollten ihn gründlich befragen, bevor wir entscheiden, wie wir vorgehen wollen."

Bevor sie mir erzählen, dass er hier ist, meinen sie. Ich verziehe das Gesicht.

Ehe ich mich über ihre Geheimniskrämerei beschweren kann, fährt Sylas fort. „Ich bin mir nicht sicher, ob er dieses Mal gewillter war, mit uns zu interagieren, als beim ersten Mal, als er hierherkam. August und einige unserer Rudelmitglieder haben ihn im Wald in der Nähe der Burg erwischt. Er *behauptet*, er hätte auf eine Gelegenheit gewartet, direkt mit dir zu sprechen, und er möchte sich nicht mehr mit dem Rest von uns befassen."

„Und wie können wir ihm vertrauen, wenn er die Situation so angeht?", will Corwin voller Beschützerinstinkt und Zorn wissen.

Whitt schüttelt den Kopf. „Du hast ihn nicht gesehen. Er ist eindeutig wütend auf uns, weil er denkt, *wir* hätten die Verhandlungen ruiniert."

„Oder vielleicht ist er sauer, weil seine Versuche, uns zu verraten, nicht so gut funktioniert haben, wie er gehofft hat."

Whitt zieht bei den Worten des Unseelie-Mannes die Augenbrauen hoch. „Ich gebe zu, bei einer Täuschung kann es eine exzellente Taktik sein, die eigenen Emotionen zu nutzen und den Gegner in die Defensive zu drängen. Doch er hat versucht, ein Gespräch mit uns zu vermeiden. Und er hat mehrere Gegenstände gebracht, die keinerlei schädliche Eigenschaften aufweisen. Er sagt, dass er sie in der Menschenwelt gesammelt hat. Es sind Heilmittel, die die Murk bei verschiedenen Erkrankungen nutzen. Er wollte sie einfach nur Talia geben."

„Was nicht bedeutet, dass wir ihn zwangsläufig in die Nähe unserer Gefährtin lassen sollten", wirft Sylas ein. „Aber wir können das, was er angeboten hat, zu ihr bringen und schauen, ob es ihr hilft."

Corwin macht ein finsteres Gesicht. „Bevor einer seiner Gegenstände in ihre Nähe kommt, möchte ich …"

„Stopp!", unterbreche ich sie. Meine Brust zieht sich auf völlig andere Art zusammen bei dem Gedanken an die Behandlung, die Madoc in den letzten Stunden vermutlich widerfahren ist, ohne dass ich davon wusste. „Ich will ihn sehen. Was kann er mir antun, das schlimmer ist als das, was ich bereits durchmache? Denkt ihr, Orion muss jemanden schicken, um mich doppelt zu verfluchen?"

Ich betrachte die drei Männer aus schmalen Augen. „Wenn Madoc versuchen würde, euch zu manipulieren, würde er euch nicht gegen ihn aufbringen. Also hört auf, ihn und euch gegeneinander aufzubringen. Schauen wir uns lieber an, was er gebracht hat."

Whitts Mund zuckt zu einem angespannten Lächeln. „Sie weiß, was sie will", sagt er zu Sylas.

„Das tut sie." Der Seelie-Erzlord wendet sich an Corwin.

Ich drücke die Hand meines seelenverbundenen Gefährten und er seufzt, bevor er mir einen Kuss auf die Schläfe gibt. „In Ordnung. Es gefällt mir nicht, aber … es stimmt, dass ich nicht weiß, was er davon haben könnte, mit Talia zu sprechen." Er hält inne. „Ich bin mir allerdings nicht sicher, ob wir ihm Zugang zu dieser Burg gewähren wollen. Talia, geht es dir so gut, dass du runterkommen kannst?"

Vorsichtig stelle ich meine Füße auf den Boden und nicke. „Ich komme zurecht.“

Sylas und Whitt gehen voraus, um Madoc dort abzuholen, wo ihn August bewacht. Corwin bleibt auf dem Weg zum Eingang bei mir. Meine Beine tragen mich prima, doch nachdem ich die Hälfte der Treppe hinter mich gebracht habe, weht eine Wolke gegrillten Fischs von der Küche in meine Nase und mein Magen beginnt, zu rumoren. Bisher hat mich kaum ein Essen gestört, aber ab und zu löst ein Geruch eine Woge der Übelkeit aus.

„Du kannst den Geruch nicht schnell genug loswerden, um mir zu helfen“, informiere ich Corwin. „Lass uns einfach so schnell wie möglich rausgehen.“

Der Geruch ist eine Etage weiter unten stärker. Mein Kiefer presst sich fest vor meiner aufsteigenden Übelkeit zusammen. Die Anstrengung ist jedoch nicht ganz erfolgreich. Kaum bin ich durch die Tür getreten und will meinen ersten tiefen Atemzug frischer Sommerluft nehmen, als sich mein Magen verknotet und ich die Reste meines Frühstücks auf das Gras am Fuß der Mauer erbreche.

Schritte eilen herbei und ich schaue auf, woraufhin ich meine Seelie-Gefährten, Astrid und ein paar andere Wachen sehe, die mit Madoc in ihrer Mitte zu mir hasten. Es ist so wundervoll, ein Publikum zu haben.

Ich wische mir über den Mund und die Übelkeit legt sich, während Corwin meinen Rücken streichelt und rasch einen Zauber wirkt, um die Sauerei zu entfernen. Ich weigere mich, mich von der Scham zurückhalten zu lassen, trete nach vorne und komme der Entourage entgegen.

„Ist der Fluch schlimmer geworden?“, fragt Madoc, sobald er so nah ist, dass ich ihn hören kann. Sorge umwölkt seine Augen. Es sieht nicht so aus, als hätten ihn die Wachen verletzt, die ihn gefangen haben. Gott sei Dank. „Wenn er bis zu deinem Magen vorangeschritten ist ...“

Ich halte meine Hand hoch, um seinen Wortschwall aufzuhalten. Eigenartigerweise hebt der Anblick seines schiefen, gut aussehenden Gesichts meine Laune. Ich kann mit nur einem Blick auf ihn und an der Art, wie er mich betrachtet, erkennen, dass es richtig war, mich für ihn einzusetzen. Ich verspüre den unerwarteten Drang, erneut zu versuchen, ihn zu umarmen, diese muskulösen Arme um mich zu spüren, so wie damals, als er mich bei der Flucht aus dem Refugium versteckte …

Ich reiße meinen Verstand von diesen abschweifenden Gedanken los, unterdrücke das Aufflammen von Begehren, das mit ihnen einherging, und konzentriere mich auf seine Fragen. „Ich glaube, das lag daran, dass ich schwanger bin, nicht am Fluch. Ein viel besserer Grund, um sich zu übergeben, allerdings ist es nicht toll, beides in Kombination zu haben.“

Der Murk-Mann hält inne und ich realisiere, dass ich ihm diese Neuigkeit noch nicht verraten hatte. Es schien nicht relevant zu sein.

Sein Blick huscht zu Whitt und wieder zu mir. „Nach bestimmten Fragen habe ich vermutet …“ Er scheint nicht zu wissen, wie er fortfahren soll. Schließlich entscheidet er sich für: „Es tut mir leid, dass es Orion gelungen ist, noch mehr Freude zu verderben, als er beabsichtigt hat.“

„Es ist noch nicht vollkommen ruiniert“, beruhige ich ihn. „Und es ist der Fluch, der zählt. Wie ich höre, hast du Dinge mitgebracht, die helfen könnten?“

„Ja, einige Arzneien, die wir benutzen, und ein paar Zauber … Nichts davon ist speziell für einen derartigen Fluch gedacht, aber sie unterscheiden sich wenigstens von dem, was du bereits ausprobiert hast. Wir können eine Menge Menschenprodukte mit unseren Heilkreationen kombinieren. Dadurch haben sie vielleicht eine stärkere Wirkung auf dich.“ Er zögert erneut und mustert mich. „Du wirst sie einfach so annehmen? Du wirst mir nicht weitere Fragen darüber stellen, wieso die Verhandlungen aus dem Ruder gelaufen sind?"

Er klingt so unsicher bezüglich meiner Reaktion, dass sich etwas in meiner Brust verdreht. Ohne den Impuls zu überdenken, überwinde ich die Distanz zwischen uns. Corwin macht ein scharfes Geräusch in seiner Kehle, Sylas bedeutet den Wachen jedoch, zu bleiben, wo sie sind.

Es ist vermutlich besser, wenn ich Madoc nicht umarme angesichts dessen, dass sich jedes Mal, wenn ich auch nur darüber nachdenke, andere Emotionen in mir regen, die ich nicht fühlen sollte. Doch ich kann ihm wenigstens so viel anbieten. Ich berühre seinen Unterarm und drücke ihn leicht, während ich ihm in die Augen schaue. Er starrt mich ebenfalls an und der Sturm in seinem Blick beruhigt sich zu etwas Wärmerem. Daraufhin flattern die Gefühle in meinem Bauch, die ich nicht hatte auslösen wollen.

Ich muss mich auf das vorliegende Thema konzentrieren. „*Wolltest* du, dass die Verhandlungen aus dem Ruder laufen?", frage ich.

Madoc macht ein finsteres Gesicht. „Natürlich nicht", antwortet er und es blitzt in seinen Augen, als sie erneut zu den Männern huschen, die uns umzingeln. „Ich wollte nicht, dass die Murk deine Leute angreifen. Aber obwohl das offensichtlich ein Problem für manche von ihnen ist, wollte ich auch nicht, dass *sie* einen der Murk dort angreifen."

„Was keiner von uns getan hat, bevor wir angegriffen wurden", erklärt Sylas ruhig.

„Was als ein ‚Angriff' zählt, ist offensichtlich strittig", brummt Madoc und wendet sich wieder an mich. „Sie vertrauen mir nicht und ich vertraue ihnen nicht. Anscheinend ist es einfach so. Also werde ich keine weiteren Verhandlungen arrangieren. Doch obwohl sie sich deswegen alle wie Ärsche aufführen wollen, bedeutet das nicht, dass ich dich im Stich lassen werde."

Und da ist der leidenschaftliche Trotz, der ihm zuvor erlaubte, seine Loyalität für seinen König um unseretwillen abzuschütteln. Er versucht stets, das zu tun, was richtig für die Leute ist, die ihm wichtig sind, obwohl es für ihn im Moment schwieriger denn je sein muss, zu erkennen, was das ist.

Ich komme nicht umhin, mich glücklich zu schätzen, dass ich einer dieser Leute geworden bin.

Ich trete einen Schritt zurück und lasse meine Hand fallen, bevor die widersprüchlichen Empfindungen in mir zu weit aufsteigen. Er ist ein Verbündeter und vielleicht sogar ein Freund, aber ich sollte definitiv keine Sehnsüchte verspüren, die darüber hinaus gehen.

Selbst wenn ich meinen Instinkt verdränge, dem Mann vor mir zu glauben, und mir die Zeichen wie eine Unbeteiligte anschaue, muss ich Whitts Einschätzung zustimmen, dass Madoc nicht den Anschein macht, als würde er versuchen, sich irgendwelche Pluspunkte zu verdienen oder uns hinters Licht zu führen. Seine Wut klingt tatsächlich aufrichtiger als die zurückhaltende Skepsis, die er in Gegenwart der anderen Fae zuvor durchblicken ließ, als er noch versuchte, Frieden zu wahren.

„Das reicht mir", verkünde ich und schaue zu meinen Gefährten. „Und das bedeutet, dass es auch für euch reichen wird."

17

Corwin

Ich habe immer mein Bestes gegeben, Talia alle Freiheiten zu gewähren, die sie sich nur wünschen könnte, und ihr zu zeigen, dass ich ihre Meinung respektiere und an ihre Kraft glaube. Es war noch nie so schwer wie jetzt, diese Absichten in die Tat umzusetzen.

Sie sitzt einige Schritte von der Grenzburg entfernt neben Madoc im Gras. Mehrere Fae, die im Bruchteil einer Sekunde, zu ihrer Verteidigung eilen könnten, wachen über die beiden. Dennoch sträuben sich meine Nackenhaare, als ihr der Rattengestaltwandler einen Brocken aus einem komprimierten Puder anbietet, das eine der ‚Arzneien‘ seines Volkes ist. Ich will zwischen sie springen und Talia den Brocken aus der Hand reißen.

Doch sie hat steif und fest behauptet, dass sie ihm zumindest in dieser Sache vertraut, und ihre Argumente waren stichhaltig. Ich kann mir nicht vorstellen, wie ihre

Situation noch schlimmer werden könnte, als sie es bereits ist. Und ich kann nicht behaupten, dass der Murk-Mann jemals das geringste Anzeichen dafür gezeigt hat, dass er ihr schaden will. Wenn überhaupt ist das Gegenteil der Fall.

Seine Einstellung gegenüber dem Rest von uns ist eine andere Geschichte.

Ich zügle diese Gedanken und erlaube den unbehaglichen Emotionen nicht, durch unser Band zu reisen. Ich will ihr nicht noch mehr Kummer bereiten und schäme mich ein wenig dafür, wie sehr meine Emotionen momentan mit mir durchgehen. Von uns allen sollte ich der besonnene Rabe sein und ich fühle mich so wild, als würde ein Wolf unter meiner Haut lauern.

„Du solltest das schnell kauen", rät Madoc Talia soeben. „Hoffentlich wird dir davon nicht schlecht."

Sylas räuspert sich. „Was genau ist darin enthalten?"

Der Murk-Mann blickt zu ihm auf. „Verschiedene Kräuter, Magie, um ihre heilenden Eigenschaften zu verstärken, und Zeug, das die Menschen Penizillin nennen."

„Oh", sagt Talia mit einem leisen Lachen. „Das musste ich einmal nehmen, als ich ein Kind war ... als ich eine Ohrenentzündung hatte." Sie betrachtet den Brocken belustigt und steckt ihn sich in den Mund. Ihre Kehle hüpft beim Schlucken. „Es schmeckt gar nicht so schlimm. Ich bin mir allerdings nicht sicher, ob dieser Fluch mit Bakterien im Trommelfell vergleichbar ist."

Madoc schenkt ihr ein schiefes Lächeln. „Normalerweise nutzen wir das nicht bei Flüchen. Oder bei Bakterien. Aber in magischer Hinsicht kann man eine Wirkung, auf die man es abgesehen hat, verstärken, indem man den Hauptwirkstoff eines ähnlichen Materials hervorhebt."

„Das ist eine stichhaltige Magietheorie", stimmt Whitt widerwillig zu.

„Ich schätze, es ergibt Sinn, dass eure Magie viel mehr

mit menschlichen Dingen verbunden ist als mit den Zaubern, die die anderen Fae nutzen", sagt Talia zu Madoc. „Da ihr so viel näher bei ihnen lebt. Ich habe viel von dem vergessen, was normal für mich war, bevor ich hierhergebracht wurde."

Sie verstummt und ich bemerke ein Aufflackern von Sorge in Madocs Augen. Er holt rasch ein weiteres Objekt aus der Innentasche der Lederweste, in der er hier angekommen ist. Der Gegenstand sieht wie eine Blume mit seidigen lila Blütenblättern aus, in deren Mitte ein kleines Stoffbündel genäht wurde. Er reicht sie Talia, deren Laune sich wieder hebt.

„Sehr hübsch", schwärmt sie. „Wie funktioniert das?"

„Es soll feindselige Energien abwehren", erklärt Madoc. „Die Strategie hat keine großen Erfolgsaussichten, da ein Großteil dieser Energie bereits in dir ist, aber ich dachte, es könnte nicht schaden, alles auszuprobieren. Es hat auch seine eigene menschliche Komponente."

Er deutet an die Unterseite der Blume und sie dreht sie um. Ein Kichern entfährt ihr. Sie strahlt ihn an und eine Woge der Zuneigung durchflutet sie sowie unsere Verbindung. Daraufhin hält sie es so hoch, dass wir das Symbol sehen können, das an die Unterseite des Bündels gestickt wurde. „Es ist das Logo einer Heldengruppe aus einer Fernsehserie. Ich habe sie mir ständig mit Jamie angeschaut. Ich wusste nicht, dass sie noch beliebt ist."

„Die Menschen hängen sehr an ihren Geschichten", erwidert Madoc und lächelt sie an. Dann wird sein Lächeln etwas angespannter. „Genauso wie wir Fae, schätze ich."

Ich muss nicht fragen, an welche Geschichten er denkt. Wir Unseelie und die Seelie haben im Lauf der Jahrhunderte eine Menge schreckliche Geschichten über die Murk erzählt. Ich habe bisher jedoch keine Beweise gesehen, dass diese nicht gerechtfertigt waren.

Seine Bemerkung erinnert mich an eine andere Geschichte, die *er* neulich erzählt haben muss. „Du hast deinem König bestimmt Bericht erstattet, als du nach Hause zurückgekehrt bist. Er hat nicht so früh mit deiner Rückkehr gerechnet, oder? Was hast du ihm erzählt?"

Madoc begegnet meinem Blick ruhig. Sein Misstrauen hat mit Talias Akzeptanz seiner Anwesenheit ein wenig nachgelassen. „Ich hatte eine gute Entschuldigung. Ihr denkt doch nicht, dass er nicht von dem Kampf gehört hat, der sich zwischen den Murk und den Fae der Nebelwelt ereignet hat? Und es brauchte nicht viel, um zu erraten, *warum* ihr versucht habt, euch mit Delta zu treffen. Er ist zwar verrückt, aber kein Idiot. Wenn es euch gelungen wäre, friedliche Verhandlungen zu führen, hätten wir das Ganze viel besser geheim halten können."

„Das beantwortet die Frage nicht", entgegnet August mit einem leisen Knurren. „Ich wüsste gerne genau, was du ihm erzählt hast."

Madoc widmet dem Krieger seine Aufmerksamkeit. „Ich habe ihm erzählt, dass ihr meinen Informationen zufolge wegen Talias Situation so verzweifelt seid, dass ihr euch hilfesuchend an die Murk gewendet habt. Doch angesichts dessen, wie ihr nun mal seid, konntet ihr offensichtlich nicht anders, als es zu vermasseln."

Talia runzelt die Stirn. „Wird er nicht realisieren, dass uns bereits jemand von der Murk-Seite hilft? Woher hätten wir sonst wissen sollen, wie man Delta erreichen kann … und dass sie eine gute Wahl wäre, um gegen Orion vorzugehen?"

Der Rattengestaltwandler zuckt mit den Achseln, als würde er versuchen, die Anspannung zu verbergen, die sich bei der Frage in seine Haltung geschlichen hat. „Diese Puzzlestücke hat er zweifellos bereits zusammengesetzt, sobald er erfuhr, dass es einen Aufruhr in Deltas Kolonie gab.

Das bedeutet nur, dass ich weiterhin so vorsichtig sein muss wie bisher."

Talia sieht sich um. „Musst du dir keine Sorgen machen ... falls er andere Spione hat und du hier bei uns gesehen wirst ...?"

Madoc schnaubt. „Nicht einmal ich konnte all den Schutzmaßnahmen entgehen, die diese Ländereien umgeben, und ich bin besser im Umgang mit unseren Tarnzaubern als jeder andere, der für Orion arbeitet. Ich würde mir nur in der Nähe der Randgebiete Sorgen machen."

Das ist vielleicht ein weiterer Grund, aus dem er zu uns zurückgekehrt ist – um außer Sichtweite seines Königs zu bleiben. Doch in dem Moment, in dem mir dieser Gedanke durch den Kopf geht, erkenne ich, wie unfair er ist. Selbst wenn er es für unmöglich hält, weiß er, dass er jeden Moment, den er in unserer Gegenwart verbringt, eine Entdeckung riskiert.

Und wenn seine Verbindung zu uns rauskommt, wird er überhaupt nicht mehr nach Hause zurückkehren können.

Ich gehe vielleicht zu hart mit ihm ins Gericht und bin zu skeptisch in Bezug auf seine Absichten. Allerdings kann ich nichts gegen den Beschützerinstinkt tun, der in mir aufflammt, als seine Finger Talias streifen, während er ihr ein kleines Glas mit einer Salbe reicht, die er mitgebracht hat, oder als er sie eindringlich mustert, während sie es untersucht.

Es könnte nicht nur ein Beschützerinstinkt sein. Ich kann zugeben, dass er mit einem Anflug von Eifersucht einhergeht wegen der Art und Weise, wie sie sein Lächeln erwidert. Wegen ihres Lachens, als er erklärt, dass die Substanz eine weitere Zutat aus der Menschenwelt benutzt. Dieses Mal handelt es sich um eine beliebte Seifenmarke.

Sie neigt sich leicht zu ihm, als sie sich bei ihm bedankt. Und Freude durchströmt sie wegen ihres Gesprächs, weil sie mit jemandem reden kann, der diese Seite ihres alten Lebens auf Arten versteht, wie es der Rest von uns nie tun wird.

„Hast du jemals die Werbung mit der sprechenden Katze gesehen, die die Seife am Ende frisst?", fragt Talia und Madoc gluckst bei der Erinnerung.

„Wir sind ziemlich sensibel in Bezug auf alles, bei dem Katzen vorkommen", informiert er sie mit hochgezogener Augenbraue. „Diese Werbung habe ich mir definitiv gemerkt. Zum Glück sind keine Katzen nötig, damit die reinigenden Eigenschaften dieser Salbe wirken."

Talia wendet sich ab, um etwas von der Salbe über der Stelle zwischen ihren Brüsten in die Haut einzumassieren, wo sie den Fluch sogar zwischen den schlimmen Anfällen spürt, und Madoc wendet den Blick ab, um ihr Privatsphäre zu schenken. Irgendwie nervt mich diese Höflichkeit mehr, als wenn er sie angestarrt hätte.

Dann hätte ich wenigstens einen guten Grund, mir zu wünschen, ihn zu Tode zu picken.

Talia steckt das Glas in den Beutel an ihrem Gürtel, wo sie auch den Blumenzauber verstaut hat. Als sie sich wieder zu Madoc umdreht, mustert er sie. „Spürst du irgendeinen Unterschied? Ich weiß, es ist noch früh."

Doch er kann nicht umhin, zu hoffen, genauso wie der Rest von uns. Das Erkennen dieser Hoffnung und dass sein Gesichtsausdruck meinem entspricht, jagt eine eigenartige Emotion durch mich hindurch.

Talia berührt die Stelle durch ihr Kleid hindurch und scheint sich lange zu konzentrieren. Ihr Mund verzieht sich nach unten. Ich merke, dass es ihr leidtut, uns und sich selbst zu enttäuschen. „Zumindest keinen, den ich bemerken kann. Aber vielleicht wird es einfach eine Weile dauern."

Madoc zieht den Kopf ein und verzieht das Gesicht. „Es war weit hergeholt. Ich wollte nur nicht mit leeren Händen zurückkehren."

„Das ist in Ordnung. *Niemand* konnte den Fluch beeinflussen, weshalb du dich nicht fertigmachen musst, weil du es auch nicht kannst." Talia streckt die Hand aus und legt sie sanft auf seinen Unterarm, so wie sie es tat, als er sie fragte, ob sie seinen Mitbringseln traut. Sie ist fest entschlossen, ihn zu beruhigen.

Madoc reibt mit der anderen Hand über sein Gesicht. „Ich weiß." Seine Stimme klingt jedoch rau und seine Miene hat sich angespannt.

Ich wünschte, ich könnte es wertschätzen, wie wichtig ihm das Wohlbefinden meiner Gefährtin ist. Es wird immer schwieriger, zu glauben, dass es nur vorgespielt ist. Talia glaubt ihm und ihre Sorge um ihn durchfährt mich.

„Falls das alles ist, sollte sich Talia ausruhen", verkündet Sylas. „Sie hatte einen harten Morgen und das wird deinen möglichen Heilmitteln eine Gelegenheit geben, ihre Wirkung zu entfalten."

Talia nickt widerwillig und steht auf. „Was ist mit Madoc?", fragt sie. „Werdet ihr ihn den Rest des Tages zurück in diese kleine Hütte sperren?"

Madoc meldet sich zu Wort, bevor es einer von uns tun muss. „Es ist tatsächlich auch zu meinem Besten, Talia. Falls ein Spion wie durch ein Wunder doch so weit kommt, ist die Wahrscheinlichkeit geringer, dass er meine Anwesenheit bemerkt, wenn ich dort drin versteckt bin. Dieses Mal habe ich mich vorbereitet und ein paar Bücher mitgebracht." Er klopft auf die andere Seite seiner Weste und betrachtet den Rest von uns. „Werdet ihr mir Bescheid geben, wenn euch noch eine Möglichkeit einfällt, wie ich versuchen kann, Talia zu helfen?"

Nur Talia. Nicht den Kriegsbemühungen, nicht bei der Verteidigung unserer Leute, nicht bei unserem Fluch. Nur ihr. Er hätte seit seiner Rückkehr nicht deutlicher machen können, dass er den Rest von uns aufgegeben hat.

Kann ich ihm das wirklich zum Vorwurf machen?

Talia erkennt diesen Teil seiner Aussage ebenfalls und ein Anflug von Verzweiflung durchfährt sie – sowohl um unseretwillen als auch wegen des Bündnisses, von dem sie gehofft hatte, wir würden es mit ihm schmieden. Sie glaubt ebenfalls, dass wir ihn im Stich gelassen haben.

August hilft ihr durch die Tür zu ihrem Schlafzimmer und die Wachen bringen Madoc zu seiner Hütte. Als sie gehen, gebe ich Sylas und Whitt ein Zeichen. „Können wir uns kurz unterhalten?"

Wir versammeln uns in einem der kleineren Wohnzimmer der Grenzburg. Ich warte, bis sich August einige Minuten später wieder zu uns gesellt. Die fröhliche Miene, die ich von ihm zu erwarten gelernt habe, ist in den letzten Tagen vorwiegend düster gewesen.

„Ich kann nicht sehen, dass ihr irgendetwas von dem geschadet hat, was er getan hat, doch wir werden sie im Auge behalten müssen", berichtet er.

„Trotz meines vorherigen Zögerns glaube ich nicht, dass er ihr schaden will", erwidere ich. „Ich glaube, sie ist die einzige Person in der Nebelwelt, die er im Moment schützen will."

„Dem muss ich zustimmen", seufzt Whitt. „Weshalb ich mir noch sicherer bin, dass der Vorfall in der Bucht ein Unfall war. Wir haben uns hauptsächlich an Delta gewandt, um zu fragen, ob sie Talia heilen kann. Jede Hilfe, die sie uns möglicherweise beim Krieg gegen Orion angeboten hätte, war damals zweitrangig. Ich kann mir nicht vorstellen, dass die Ratte das aufs Spiel setzen wollte, außer er glaubte ehrlich, dass wir uns nicht an *unser* Wort halten würden."

Sylas betrachtet mich. „Wolltest du darüber mit uns sprechen?"

Ich schüttle den Kopf, muss mich jedoch zwingen, die

Worte auszusprechen. „Ich habe bemerkt, dass Talia ihn liebgewinnt.“

Whitts Augenbrauen schnellen in die Höhe. „Worauf willst du hinaus?“

Ich spreize die Hände. „Sie spürt eine Verbindung zu ihm und ist dankbar für alles, was er für sie getan hat. Sie empfindet auch Mitleid für die Tragödien, die er erlebt hat, und ihr gefällt seine Hingabe für sein Volk. Er erweist sich immer wieder als treuer Verbündeter und sogar als *ihr* Freund … Es ist nicht überraschend, dass sie ihn ebenfalls sehr mag, oder?“

August bleckt die Zähne. „Wenn diese Ratte auch nur versucht, sie mit seinen dreckigen Pfoten zu berühren …“

„Ich glaube nicht, dass das sehr wahrscheinlich ist“, unterbricht ihn Whitt. „Ich habe die beiden zusammen beobachtet. Ich glaube, er ist ziemlich angetan von ihr, hält sich jedoch zurück. Er weiß, wie sehr *sie* uns zugetan ist, daran hege ich keinen Zweifel.“ Er hält inne und blickt mir in die Augen. „Doch jetzt, da ich darüber nachdenke, muss ich zugeben, dass ich ein wenig von dem beobachtet habe, von dem du sprichst, und du hast offensichtlich einen direkten Einblick in ihre Gefühlswelt.“

„Aber eine Ratte …“, brummt August.

„Sie hat es geschafft, mir eine Chance zu geben, obwohl sie mich als den Feind sah und ihr das Band auf eine Weise aufgezwungen wurde, die ihr Angst gemacht hat“, erinnere ich sie und mein Magen verknotet sich. „Und ihr alle habt meinen Platz in ihrem Leben, an ihrer Seite akzeptiert. Ich dachte nur, wir sollten das Thema offen zwischen uns besprechen und möglicherweise zu einer zaghaften Einigung gelangen, wie wir mit der Verbindung zwischen den beiden umgehen wollen, sollten sich ihre Gefühle weiterentwickeln.“

Stille legt sich über uns. Sylas blickt zum Fenster und schenkt mir wieder seine Aufmerksamkeit. „Sie wird die

Bande unserer Beziehungen nicht verraten. Sie hat Whitt die tiefere Zuneigung, die sie für ihn entwickelt hat, erst gestanden, nachdem August und ich ihr versichert hatten, dass es kein Verrat wäre. Bei dir war es das Gleiche. Sie hat das tiefste Loyalitätsgefühl, das ich jemals gesehen habe. Wenn wir es nicht erwähnen, wird sie nie etwas tun. Sie wird ihre Gefühle einfach beiseiteschieben."

„Und du denkst, dass wir das tun sollten?", frage ich. „Es ignorieren?"

„Wir können ihm nicht vertrauen", sagt August. „Egal, wie wichtig sie ihm ist, er würde den Rest von uns gerne tot unter der Erde sehen."

Sylas' Mundwinkel biegt sich nach oben. „Ich bin mir nicht sicher, ob das stimmt, wenn auch nur, weil er weiß, wie sehr es Talia wehtun würde, uns zu verlieren. Allerdings bin ich der Meinung, dass es zu früh ist, um irgendeine Entscheidung zu treffen. Solange wir uns nicht einmischen, wird sich nichts Bedeutsames an der Situation ändern. Wir haben Zeit, um herauszufinden, wie tief *seine* Loyalität reicht, vor allem, wenn der Krieg erst einmal bevorsteht. Jede Zuneigung, die sie für ihn empfindet, wird rasch in die Brüche gehen, wenn er zeigt, dass er gewillt ist, den Rest unserer Leute anzugreifen."

Er hat recht. Natürlich hat er recht. So wird es sich zweifellos abspielen: Trotz all seiner Vernarrtheit wird es irgendwann hart auf hart kommen und er wird zusammen mit seinen Leuten nach den Waffen greifen. Talia wird ihm nie verzeihen, dass er die Hoffnung auf Frieden aufgegeben hat.

Daraufhin wird nichts von dem, was an mir nagt, eine Rolle spielen.

„Ich denke, einen Teil seiner Strategie sollten wir selbst in Betracht ziehen", bemerkt Whitt mit einem schwachen Grinsen. „Wir sollten ebenfalls alle möglichen Heilmittel ausprobieren, ganz gleich, wie unwahrscheinlich es ist, dass sie wirken. Es gibt Optionen, die wir noch nicht versucht haben, weil wir annahmen, sie hätten keine Wirkung. Aber ich würde unserer allkräftigen Gefährtin gerne zeigen, dass wir auch nicht aufgeben. Sie könnte vermutlich eine Auszeit davon vertragen, tagein tagaus in einer der Burgen dahinzusiechen."

Unsere Probleme sind nicht gelöst, sein Vorschlag hebt meine Laune allerdings geringfügig. Ich schenke ihm ein Lächeln. „Was hast du im Sinn?"

18

Talia

„Diese Quellen sollen also Leute heilen?", frage ich, spähe über den Bug des Gefährts und betrachte das Gelände vor uns. In der Ferne ist nur das schwache Schimmern einer Wasseroberfläche zu sehen.

„Nicht speziell von Flüchen", antwortet Sylas, der neben mir steht und das Fahrzeug lenkt. „Und wie der Großteil der natürlichen Magie dieser Welt ist ihre Wirkung nicht besonders konstant. Viele Fae haben jedoch von schlimmen Erkrankungen berichtet, die von einem Bad in dem Gewässer weggewaschen wurden. Wir wollen nichts unversucht lassen."

Denn nichts von dem, was meine Gefährten für wirksamer hielten, hat bisher irgendetwas bewirkt. Denn trotz allem, was sie und Madoc für mich getan haben, bin ich heute Morgen aufgewacht und fühlte mich schwächer denn je.

Die kribbelnde Empfindung in meiner Brust hat sich ausgedehnt und verschärft. Es ist nicht so unerträglich wie die schlimmsten Anfälle, von denen mich gestern Nacht mehrere in schneller Folge getroffen haben. Es ist jedoch so schlimm, dass ich zögere, zu tief einzuatmen, um das unangenehme Stechen zu vermeiden, der damit einhergeht. Mein Herz setzt zu den merkwürdigsten Gelegenheiten aus keinem erkennbaren Grund aus. Außerdem durchbohrt ab und zu ein Schmerzensstich meinen Magen.

Ich habe das Gefühl, als würde ein Wesen mit einem gezackten Äußeren in mir wachsen und stündlich ruheloser werden.

Corwin weiß das, weil er einen Großteil dieser Empfindungen durch unser Band spüren kann. Ich habe nicht mehr die Energie, um viel vor ihm abzuschirmen. Meinen anderen Gefährten habe ich allerdings nur knapp berichtet, dass sich mein Zustand verschlechtert.

Sie wissen, dass die Situation fatal ist. Sie machen sich bereits genügend Sorgen. Dass wir diesen Ausflug machen, obwohl ein Krieg droht, beweist das.

„Selbst wenn es nicht hilft, ist ein Bad immer um seiner selbst willen angenehm", meint Whitt in seinem typischen sarkastischen Tonfall. Ich kann jedoch die darunter liegende Anspannung heraushören. „Ich beabsichtige, das gründlich auszunutzen."

„Wir können Talia ohnehin nicht allein in der Quelle lassen", merkt August an. „Wenn sie beim Baden ein Anfall packt, könnte sie sich nicht darauf konzentrieren, den Kopf über Wasser zu halten."

Corwin summt zustimmend und ich verkneife mir eine Grimasse. Sie müssen so vieles berücksichtigen, von dem ich niemals gedacht hätte, dass sie das eines Tages tun müssten. Es ist noch nicht lange her, dass ich ihnen sagte, sie sollten aufhören, so einen Wirbel um mich zu veranstalten, da ich keine Invalidin bin, nur weil ich schwanger bin. Jetzt *bin* ich wegen des Fluchs eine Invalidin.

Die Fragen, die mich immer öfter heimsuchen, seit sich die Wirkung des Fluchs verstärkt hat, plagen mich erneut. Was, wenn wir den Fluch nicht heilen können? Was, wenn mir nur noch wenige Wochen bleiben? Wenige Tage?

Ich schlucke schwer. Ich wusste, ich würde kein komplettes Fae-Leben mit meinen Gefährten verbringen können, hatte jedoch gedacht, dass ich wenigstens ein ganzes Menschenleben mit ihnen hätte. Ich wollte mich mit Jamie in Verbindung setzen, wenn ich mir keine so großen Sorgen mehr darum machen muss, dass ihm die Spannungen innerhalb der Fae-Welt schaden könnten – doch wenn ich nicht so lange warten kann, wie kann ich aus heiterem Himmel in seinem Leben auftauchen, nur um kurz danach wirklich zu sterben?

Corwin tritt näher, streichelt beruhigend über meinen Kopf und schickt mir gleichzeitig eine Woge der Zuneigung durch unser Band. *Wir werden eine Möglichkeit finden. Was auch immer nötig ist. Dazu wird es nicht kommen.*

Er kann sich nicht sicher sein, ob diese Worte der Wahrheit entsprechen, doch ich verdränge die grimmigen Gedanken trotzdem. Sie bringen mir nichts und vergrößern nur die schrecklichen Empfindungen, die der Fluch in mir hervorrufen kann.

Ich werde die Hoffnung nicht aufgeben, so wie ich es beinahe in dem Käfig in Orions Thronsaal getan hätte. Ich werde den Murk-König nicht gewinnen lassen.

Eine Ansammlung dunkler Steine kommt vor uns in Sicht. Als das Gefährt langsamer wird und in dieses Gebiet schwebt, kann ich sehen, dass die Steine nicht nur dunkel, sondern pechschwarz sind. Die Schwärze hat jedoch etwas Weiches an sich, wodurch sie den Eindruck einer dicken Decke oder eines Fellmantels erweckt. Sie erinnert nicht an die polierte Kälte der Obsidian-Steine, aus denen die Vorgängerburg von Hearth-by-the-Heart bestand.

Allein die dunkle, milchige Oberfläche zu betrachten, beruhigt etwas tief in mir. Als Whitt und August mir aus dem Gefährt helfen, stelle ich fest, dass der Boden unter meinen Füßen leicht schwammig ist.

„Das ist eine Moosart", erklärt mir Whitt, der meine Neugier bemerkt hat. „Es wächst hier überall auf den Steinen außer in der Quelle selbst – und das hier ist der einzige Ort im gesamten Reich, wo es wächst. Manche haben spekuliert, dass es dem Wasser seine heilenden Eigenschaften verleiht, doch niemand ist sich sicher. Das Moos mitzunehmen und andernorts ein Heilmittel daraus herzustellen, hat noch nie funktioniert."

In der Fae-Welt gibt es so viele Rätsel. Ich finde das irgendwie beruhigend – dass es nicht so merkwürdig ist, dass wir Probleme haben, meinen Fluch zu knacken, und dass viele Dinge hier einfach so funktionieren. Insgesamt hat sich diese Welt als gar nicht so schrecklich entpuppt, also verhält es sich bei dieser Situation vielleicht genauso.

Meine Gefährten führen mich zum Wasser. Auf der anderen Seite der Quelle fließt ein Bach über einen flachen, glitschigen Abhang, wo sich die moosbedeckten Felsen einige Meter in die Luft erheben. Dann strömt er in fünf getrennte Teiche. Der mittlere ist so groß wie mein Zimmer zu Hause und die anderen sind weniger als halb so groß.

„Ich … steige einfach ins Wasser?", frage ich.

Sylas nickt. „Um sicherzustellen, dass du die volle Wirkung erhältst, falls es überhaupt eine geben wird, ist es am besten, ungefähr eine Stunde lang in dem Wasser zu baden. Ich habe jedoch gehört, dass es ziemlich angenehm ist. Falls du dich unwohlfühlst, gib uns einfach Bescheid."

Ich nicke und beginne, mich auszuziehen. Whitt wirft seine Kleider einfach beiseite und macht sich anscheinend keine Gedanken um Sittlichkeit, was mich nicht überrascht. Die anderen folgen seinem Beispiel langsamer.

Corwin lässt seine Boxershorts-ähnliche Unterwäsche an und setzt sich an den Rand des Teichs. „Ich halte es für ratsam, dass einer von uns außerhalb des Wassers Wache hält."

„Hmm", sagt Whitt. „Willst du nicht, dass deine Federn nass werden?" Er zwinkert und springt in das sanft fließende Wasser.

Ich gleite vorsichtiger in das Becken. August rutscht neben mir ins Wasser und hält meinen Arm fest, bis ich allein stehen kann. Das Moos reicht bis zum Rand des Teichs und die felsige Oberfläche, auf der meine Füße landen, hat eine gewellte Textur, auf der ich sicher stehen kann.

Das Wasser ist so warm, dass sich meine Muskeln sofort entspannen, allerdings nicht so warm, dass es dampft. Es gleitet über meine Haut und um meine Schultern herum. Ein Seufzen entweicht mir und ich lehne mich nach hinten an die Wand. Ich fühle mich nicht imstande, mehr zu tun.

Corwin rutscht zu mir, sodass ich meinen Kopf an sein Knie lehnen kann. Er blickt zu Whitt, der eine langsame Runde um den Teich dreht, und ich fange einen Funken Belustigung durch unsere Verbindung auf. „Was machst du da?", fragt er. „Hundepaddeln?"

„Oh!" Whitt greift sich an die Brust, als wäre er verwundet worden, und seine Augen funkeln. „Ein Schuss vor den Bug von Lord Vogel."

August lacht und Sylas schüttelt den Kopf, ehe er bis zum Kinn ins Wasser sinkt. Dann macht er eine Geste unter der Wasseroberfläche und bewegt kurz seine Lippen, woraufhin sich eine kleine Welle erhebt und über Whitts Kopf bricht.

Ein Kichern entwischt mir und der Spionagechef schaut seinen Bruder gespielt finster an. „Zwei Erzlords verschwören sich gegen mich. Ich sehe, was hier vor sich geht. Aber ihr habt vergessen, dass es nie klug ist, sich mit einem Strategieexperten anzulegen.“

Er hat den Satz noch nicht beendet, als eine Welle aus dem Wasser schießt. Sylas weicht ihr aus – und gelangt so direkt in den Pfad einer unerwarteten größeren Welle, die seine dunklen Haare komplett mit Wasser überschüttet.

Sylas wischt sich die nassen Strähnen aus dem Gesicht und lacht. August nutzt den Moment, in dem er abgelenkt ist, um eine gut platzierte Welle auf den Hinterkopf seines Bruders zu richten.

„Wer verschwört sich jetzt gegen wen?“, fragt der Seelie-Erzlord, in dessen dunklem Auge Belustigung funkelt.

Die drei schwimmen, täuschen Angriffe an und weichen ihnen aus, während sie sich durch den Teich bewegen. Jeder wird abwechselnd von den anderen mit Wasser bespritzt. Ein Lächeln liegt auf meinen Lippen, während ich ihnen dabei zuschaue, wie sie, nun, wie Wolfwelpen herumalbern. Wie lange ist es her, seit *sie* sich richtig entspannen konnten?

August schwimmt zufällig an mir vorbei und ich kann nicht widerstehen, die Gelegenheit zu nutzen und mit meinen Händen Wasser über seine rotbraunen Haare zu spritzen. Er wirbelt grinsend herum und gibt mir mit seinen feuchten Lippen einen schnellen Kuss.

Da wird mir bewusst, dass ich den Moment vollkommen genießen kann. Die Schmerzensstiche in mir haben sich zurückgezogen. Das Kribbeln ist noch da, doch es hat sich auf seine vorherige Intensität reduziert. Ich weiß nicht, ob das irgendetwas bedeutet, doch es erleichtert mich und mein Lächeln wird breiter.

Ich stoße mich vom Teichrand ab. „Ich will im Wasser treiben“, verkünde ich.

„Und was der Krümel will, kriegt sie auch“, erwidert Whitt.

Er packt meine Schulter und stellt sicher, dass ich ruhig

auf dem Wasser liege, als ich mich auf der Oberfläche ausstrecke. Rinnsale strömen über die Rundungen meiner Brüste und Verlangen erreicht mich von Corwin, der zuschaut. Er zügelt es jedoch.

Das Wasser hält mich in seiner warmen Umarmung. Ich treibe dahin und jeder meiner Seelie-Gefährten lenkt meinen Weg abwechselnd mit einer zärtlichen Berührung am Kopf, meiner Seite, meiner Hüfte. Der Himmel erstreckt sich strahlend blau über mir.

In diesem Moment will ich für immer so auf dem Wasser treiben, als würde mich die Welt selbst halten und als könnte mich nichts unter die Oberfläche ziehen.

Nach einer Weile verspüre ich den Drang, mich zu bewegen. Ich paddle ein wenig durchs Wasser und halte am Rand des Teichs wieder an. „Ich fühle mich besser", informiere ich meine Gefährten.

„Das ist wundervoll." August schwimmt herbei und zieht mich in eine Umarmung.

Ich kuschle mich an ihn. Doch da sich der Schmerz zurückzieht, entzündet es einen Funken Verlangen in mir, seine nackte Haut an meiner zu fühlen. Ich neige den Kopf nach hinten und suche einen längeren Kuss.

August kommt meinem Wunsch mit einem zufriedenen Knurren nach.

Eine berauschende Hitze durchflutet mich, als sich unsere Lippen treffen. Meine Glieder gleiten über seine und er umfasst meine Brüste im Wasser. Als er den Daumen langsam in Kreisen über die Spitze bewegt, wimmere ich sofort.

Ich kann die Blicke all meiner Gefährten spüren, sie beeilen sich jedoch nicht, sich uns anzuschließen. Corwin verströmt eine gewisse Vorsicht, da er sicherstellen möchte, dass ich nicht überwältigt werde. Sie werden mir die Führung überlassen.

Ich will das hier so sehr, solange ich es genießen kann. Ich küsse August stürmischer und biege mich seiner Berührung entgegen. Noch ein Knurren vibriert durch seine Brust.

Er drückt mich gegen die Teichwand, wobei er darauf achtet, nicht zu viel Druck auszuüben, und schiebt ein Knie zwischen meine Beine. Dessen Bewegung an meiner Mitte veranlasst mich dazu, in seinen Mund zu keuchen. Seine Zunge tanzt über meine und er legt seine Hand auf meine andere Brust.

Eine Weile schaukle ich einfach nur vor und zurück und treibe gleichermaßen in der Lust und der Auftriebskraft des Wassers. Jede Berührung seines Schenkels an meinen bringt mich weiter weg von den Sorgen der Gegenwart. Gerade, als ich zu zittern beginne und mich die Empfindungen zu meinem Höhepunkt tragen, weicht August zurück.

„Das kann ich noch besser", murmelt er.

Indem er mich hochhebt, setzt er mich auf den Teichrand und spreizt meine Beine. Daraufhin presst er sein Gesicht an die Stelle, wo zuvor sein Schenkel war, leckt mit der Zunge über meine Öffnung und schnalzt gegen die empfindsame Lustperle über ihr.

Wonne rast durch meinen Körper. Ich stütze mich mit einem Schrei auf meine Hände und kann mich nicht davon abhalten, ihm mit den Hüften entgegenzukommen und ihn anzutreiben.

Eine tropfnasse Gestalt hockt sich neben mich, Whitt spricht in mein Ohr und sein heißer Atem weht kitzelnd über mich. „Darf ich dabei helfen, dich zu noch größeren Höhen zu bringen, Allkräftige?"

Ich bringe ein Nicken zustande, das ich mit einem Wimmern untermale, als August mit einem Finger in mich eindringt. Er bewegt ihn im Rhythmus seiner Zungenschläge in mich rein und raus. Whitt wandert unterdessen mit den

Fingern über meine feuchte Haut. Der Spionagechef streichelt meinen Rücken und meinen Bauch, ehe er meine Brüste umkreist.

Mein Kopf neigt sich noch weiter nach hinten und Whitt beugt sich vor, um ihn zu stützen. Seine Finger kommen meinem aufgerichteten Nippel immer näher, während August fester an mir saugt. Dann, gerade als die letzte Woge der Lust über mir zusammenschlägt, zwickt Whitt die Spitzen meiner Brüste.

Die zusätzliche Wonne lässt mich noch höher schweben. Ich stöhne, umklammere seine Hand und packe Augusts Haare mit der anderen.

Als ich von dem Hoch runterkomme, steigt Sylas neben uns aus dem Teich. Der Anblick des Wassers, das über seine breite, muskulöse Gestalt rinnt, lässt erneut Begehren in mir aufflammen.

Ich greife nach ihm, woraufhin er lächelt und mich in seine Arme hebt, als wöge ich gar nichts. Es fühlt sich an, als würde ich noch in dem Teich treiben, während ich über dem Boden emporgehalten werde … allerdings befinde ich mich in Sylas' Armen, weshalb ich *das hier* tun kann.

Ich drehe mich in seinen Armen, lege meine Hand in seinen Nacken, vergrabe meine Finger in seinen Haaren und ziehe seinen Mund zu meinem. Mit einem Stöhnen erobert er meine Lippen. Meine Hüften streifen die harte Länge seines Schafts, der bereits vollständig erigiert ist, und Lust zuckt zwischen meine Beine – die Sehnsucht, gefüllt zu werden.

Doch ich spüre nach wie vor, dass Corwin alles beobachtet und sich zurückhält. Die Leidenschaft in mir braucht all meine Gefährten, damit sie vollständig befriedigt werden kann.

Ich winke den Unseelie-Erzlord durch unser Band zu mir und er erhebt sich. „Vielleicht muss unsere Gefährtin sehen, wie gut wir sie unterstützen können", meint er mit einer heiseren Note in der Stimme, die mein Verlangen verstärkt, als er zu uns kommt.

Der Rabengestaltwandler packt meine Schenkel und Sylas lockert seinen Griff, sodass Corwin mich an ihn pressen und meine Beine spreizen kann. Er streichelt mit den Fingern über meine Mitte, bevor er mich über Sylas' steifer Länge positioniert. Ein erstickter ungeduldiger Laut entwischt mir, aber er weiß, dass ich mehr von ihm brauche.

Ich will dich auch in mir. Wenn … wenn du es ebenfalls willst … Er hat noch nie zuvor diese Rolle übernommen.

Die einzige Antwort, die ich brauche, ist die Woge Verlangen, die durch unsere Verbindung in mich kracht. Corwin senkt den Kopf, um an meiner Schulter zu knabbern, als ich auf Sylas sinke. Er zieht seine Hand gerade so lange weg, dass er seine Boxershorts nach unten zerren kann. Anschließend streichelt er mit den Fingern über meinen anderen Eingang. Dabei murmelt er leise, wodurch seine Berührung von der heraufbeschworenen Feuchtigkeit seidig wird.

Sylas reibt seine Nase an meiner Wange und meinem Hals, verteilt winzige Küsse an meinem Kiefer und meinem Hals und streift meine Haut leicht mit seinen Fangzähnen. Seine Härte scheint in mir noch größer zu werden und füllt mich mit einem berauschenden Brennen. Dann gleitet auch Corwin Zentimeter für Zentimeter in mich, bis ich zwischen den beiden eingeschlossen bin und von der mächtigen Mischung aus Liebe und Lust gehalten werde, die wir zusammen heraufbeschworen haben.

Sie bewegen sich gemeinsam, als würden sie schon ihr ganzes Leben zusammenarbeiten, als hätte sie nie eine Grenze oder Feindseligkeit getrennt. Corwins Vergnügen über unsere Nähe und die sinnliche Freude, die der Druck meiner Muskeln in ihm auslöst, fließen in einem ununterbrochenen

Strom von ihm in mich. Ich kann nur die anschwellende Welle reiten, die mich immer höher hebt. Ich fühle mich schwerelos in der Flut aus Wonne.

Hitze entzündet sich in meinem gesamten Oberkörper und knistert durch meine Adern. *Oh, meine Liebe*, sagt Corwin stumm und sein Atem weht harsch über meinen Rücken. *Oh, meine Seele.* Sylas stiehlt sich noch einen Kuss, in den sein Stöhnen fließt, und Corwin beißt in meine Schulter.

Ich komme so heftig, dass es sich anfühlt, als würde ich fliegen und in das endlose Blau des Himmels schweben. Beben zucken durch jeden Nerv in meinem Körper.

Die sengende Glückseligkeit von Corwins Höhepunkt befördert mich noch höher. Ich bekomme keine Luft mehr, erschaudere und packe Sylas fester, als ich spüre, dass er sich anspannt und zuckt, da er seinen Gipfel erreicht hat.

Wie könnte irgendetwas im Argen liegen, wenn wir uns gemeinsam so fühlen können?

Erschöpfung rollt durch mich hindurch, als mich die zwei Erzlords auf den Boden senken. Ich greife nach Whitt und August, damit sie sich uns ebenfalls anschließen, und meine vier Gefährten setzen sich im Kreis um mich herum und stützen mich auf dem Boden, so wie es zwei von ihnen vor einer Minute noch in der Luft getan haben.

Meine Atmung beruhigt sich und meine Muskeln erschlaffen. Ich wünschte, ich könnte hier schlafen und vielleicht erst wieder aufwachen, wenn die Albträume meines Wachzustandes vorbei sind.

Doch diese Schrecken werden nicht von allein verschwinden. Nach einer kurzen Pause zwinge ich mich, mich zu bewegen. „Wir sollten zurückgehen. Was auch immer die Quelle für mich tun kann, ist bereits geschehen, oder?"

Sylas küsst meine Schläfe und begegnet meinem Blick

mit seinen ungleichen Augen. „Wir können mehr Zeit erübrigen, falls du noch eine Weile hier entspannen möchtest."

Können sie das wirklich? *Ich* werde mich nicht entspannen können, wenn ich mir Sorgen machen muss, dass ich sie zu lange von etwas anderem abhalte, auf das sie sich konzentrieren sollten.

Ich rapple mich auf. „Ich kann mich im Gefährt entspannen. Ich fühle mich viel besser. Vielleicht war das hier genau das, was ich gebraucht habe."

Die Hoffnung in diesen Worten bleibt während der ersten Minuten bei mir, nachdem wir zum Herzen aufgebrochen sind. Ich kuschle mich zwischen Whitt und August auf ein Kissen, das sie auf den Boden des Gefährts gelegt haben, und döse ein.

Ich befinde mich im Halbschlaf, als mich der nächste Angriff des Fluchs erwischt und mich so tief und scharf durchschneidet, dass ein Schrei über meine Lippen kommt.

Whitt

Meine Stimme erklingt in der Stille meines Büros, als ich die letzten magiegeladenen Worte intoniere, die die Stücke meines Zaubers miteinander verbinden werden – und die sie an den vorgesehenen Gegenstand binden. Energie kribbelt durch mich hindurch und vibriert in meiner Kehle. Anschließend lehne ich mich auf meinem Stuhl zurück und betrachte den Dämmerapfelkuchen auf seinem schlichten Teller.

Was hätte August von meiner Bitte gehalten, mir einen von denen zu geben, wenn er gewusst hätte, was ich damit tun würde? Nun, ich schätze, ich werde es bald herausfinden. Ich werde meinen Plan ins Rollen bringen und das Wissen, dass er bereits in die Wege geleitet wurde, sollte Augusts Bedenken hinsichtlich der Unehrlichkeit meines Vorhabens beruhigen.

Er wird niemanden täuschen, sondern nur einen bereits vorhandenen Trick nutzen.

Nein, ich verspüre keine Schuldgefühle, weil ich meinen Plan ohne Augusts Zustimmung durchführe. Ich mache einfach nur meinen Job. Mich lässt einzig und allein der Gedanke daran zögern, wie ich das Ganze unserer Gefährtin erklären werde.

Ich weiß, was Talia sagen würde, wenn ich ihr meine Absichten darlegen würde. Sie würde sich weigern, bei meinem Plan mitzumachen. Die verflixte Ratte hat sie so für sich eingenommen, dass sie seine Rechte vor die Möglichkeit stellen würde, sich selbst zu retten und diesen Krieg zu beenden – und er hat möglicherweise mehr von ihrem Herzen eingenommen, als mir lieb ist. Wenn Corwin bereits andere Emotionen in ihr wahrnimmt …

Ich schiebe diesen Gedanken beiseite und stecke den Kuchen in einen Stoffbeutel, bevor ich die Kordel um mein Handgelenk wickle. Meine Gefährtin ist noch krank und es ist meine Aufgabe, sie zu beschützen. Wenn ich so weit gehen könnte, ihre vergangenen und zukünftigen Schmerzensschreie auszulöschen, würde ich das tun. Jegliche Wut, die sie später auf mich empfinden wird, werde ich einfach ertragen müssen.

Das werde ich mit Freuden tun, wenn es ihr dafür so gut geht, dass sie mir eine Standpauke halten kann.

Als ich mein Büro verlasse, liegt der Gang ruhig da. Jetzt schallen keine Schreie oder Stöhnen durch die Luft. Nach den schlimmen Anfällen, die sie auf unserem Heimweg von den Erquickenden Quellen immer wieder befielen, hatte sie einen weiteren Anfall, der sie einen bedeutsamen Teil der Nacht wachhielt. Nichts, was wir unternahmen, schien ihre Schmerzen zu verringern.

Am Ende war das Weiß ihrer Augen rötlich gefärbt und

ihre Nase hatte zu bluten begonnen. Die Zerstörung des Murk-Königs sickert jetzt durch ihren gesamten Körper.

Wir müssen diesen Fluch beenden, bevor er sie komplett zerreißt.

Als ich Talias Zimmertür aufstoße, entdecke ich sie ruhig, jedoch wach, an Corwin gekuschelt auf dem Bett. Der Rabengestaltwandler nickt mir zu und küsst Talia auf den Kopf. Sie löst ihre Arme von ihm, weil sie weiß, dass wir einen ‚Schichtwechsel' vollziehen. Corwin muss sich in seinen Ländereien um Geschäfte kümmern, obwohl ich weiß, dass er am liebsten jede Minute an der Seite unserer Gefährtin verbringen würde.

Eigentlich bin ich nicht damit an der Reihe, über sie zu wachen. Sylas hat vor, in ein oder zwei Stunden vorbeizukommen. Ich erledige in der Zwischenzeit einfach nur meine Arbeit und kann nicht behaupten, dass ich etwas dagegen habe, mich dabei in Talias Gegenwart aufzuhalten.

Als Corwin aufsteht, setze ich mich auf ihre andere Seite. Sie lehnt sich an mich und ein Beben durchläuft ihren Körper, als würde es sie eine gewaltige Menge Energie kosten, sich selbstständig kurz aufzusetzen. Noch mehr Sorgen winden sich um meinen Magen.

Womöglich bleibt uns kaum noch Zeit. Orion will ihre Folter und unsere Qualen hinauszögern, uns jedoch ebenfalls lieber früher als später vernichten. Und selbst wenn sie noch einige Wochen überlebt, befürchte ich, dass der Fluch sie allmählich auf Arten verletzt, die wir nicht in Ordnung bringen können, wenn wir sie aus seinem Griff befreien.

Ich lege den Beutel mit dem Kuchen ans Bettende und lege meine Arme um Talia, um ihr gesamtes Gewicht zu stützen. Sie sackt mit einem Seufzer gegen mich, der von ihrer Erschöpfung und ihrem Frust spricht.

„Ich hasse es, mich so zu fühlen", brummt sie. „Ich bin

so erschöpft, dass ich mich nicht einmal richtig entspannen kann. Es tut *überall* ein bisschen weh.“

Ich gleite mit der Nase über ihre Schläfe und meine Kehle schnürt sich zu. Falls mein Plan aufgeht, wird sie sich nicht mehr lange so fühlen müssen, rufe ich mir ins Gedächtnis.

„Wir erforschen nach wie vor mögliche Heilmittel“, versichere ich ihr. „Und wir suchen nach einer Möglichkeit, zur Quelle von Orions Macht zu gelangen. Vielleicht fällt unserem Rattengestaltwandler-Freund noch etwas ein.“

Ich habe Madoc absichtlich erwähnt, damit wir über dieses Thema sprechen können. Talia greift nach ihrem Kissen und nimmt den blumenförmigen, verzauberten Gegenstand in die Hand, den ihr der Murk-Mann mitgebracht hat. Mir war nicht bewusst, dass sie ihn in ihrer Nähe aufbewahrt.

Sie fährt die Blütenblätter nach und blickt auf sie hinab, als hoffte sie, Antworten in ihren Nähten zu finden. Der Gedanke, dass sie sein Geschenk beim Schlafen neben sich liegen hat, verdreht mein Inneres auf eine völlig andere Art. Ich muss meine Fangzähne daran hindern, auszufahren.

Talia blickt zu mir auf. „Geht es Madoc gut? Ihr habt ihn ab und zu aus der Hütte rausgelassen, oder? Außerdem muss er irgendwann zurückkehren und Orion Bericht erstatten.“

Sie macht sich sogar Sorgen um ihn, während sie sich in einem so schlimmen Zustand befindet. Ich schlucke das Wissen, dass er viel früher zu seinem König zurückeilen wird, als erwartet, wenn alles nach Plan verläuft.

„Soweit ich weiß, kommt er gut zurecht“, erwidere ich. „Er ist eine Ratte. Er muss es gewohnt sein, sich in engen Räumen zu verkriechen.“

Obwohl *sie* krank ist, schafft Talia es, mich mit einem strafenden Blick zu bedenken. Ich streichle mit den Fingern über ihren Rücken und zügle meine Schuldgefühle.

„Möchtest du ihn besuchen? Wir können ihn wie zuvor zur Burg kommen lassen, damit du dich nicht so sehr anstrengen musst."

Und dann werde ich ihr den Kuchen anbieten, damit sie ihn dem Murk schenken kann. Natürlich wird er ein Geschenk von ihr ohne das Misstrauen entgegennehmen, mit dem er auf eine ähnliche Geste von einem von uns Fae reagieren würde. Wenn er ihn isst, wird sich mein Zauber in seinem gesamten Körper ausbreiten, ohne dass er es bemerkt. Nachdem sie sich unterhalten haben, werde ich ihn beiseitenehmen und ‚enthüllen', dass wir den Standort seines Refugiums entdeckt haben und wir einen Angriff starten werden, sobald wir unsere Truppen versammelt haben.

Daraufhin werden August und ich einen geeigneten Moment arrangieren, in dem er fliehen kann. Madoc wird geradewegs nach Hause eilen, um seinen König zu warnen – und mein Zauber wird es uns ermöglichen, ihm dorthin zu folgen. Wir werden kurz nach ihm das Refugium betreten und sowohl seinen König als auch das falsche Herz zerstören, das all unseren Flüchen Energie verleiht.

Einfach, elegant und schnell – die beste Art von Plänen. Wenn Madoc uns nicht hilft, seinen König direkt zu konfrontieren, warum sollte ich ihn dann nicht zum Handeln zwingen?

Vielleicht wird er sich am Ende sogar bei mir bedanken.

Talia reibt sich über den Mund. „Ich würde gerne Zeit mit ihm verbringen und ihm ein wenig Gesellschaft leisten. Doch ich will nicht, dass er sich schlecht fühlt, wenn er mich sieht und bemerkt, dass nichts geholfen hat, was er mir gebracht hat."

Oh, meine allkräftige, weichherzige Gefährtin. Ich küsse ihre Schläfe. „Ich denke, er wird sich größere Sorgen machen, wenn er nicht von dir hört. Außerdem glaube ich, dass er es schätzen wird, Zeit mit dir zu verbringen. Das wird den Rest aufwiegen.“

Talia zieht die Augenbrauen hoch. „Fängst du an, zu glauben, dass es ihm wirklich wichtig ist, mir zu helfen, und es nicht nur ein Trick ist?“

Ich lache leise und antworte vollkommen ehrlich: „Es ist nicht schwer, das zu glauben, nachdem er seinen Kopf für dich riskiert hat.“

Man erkennt es auch an der Art, wie er mit ihr spricht und sie ansieht.

Talia legt ihre Hand um meine und verschränkt unsere Finger ineinander. „Das freut mich. Es war schön, zu sehen, dass ihr beide zusammengearbeitet habt. Vielleicht fällt euch noch so ein Plan ein. Danke, dass du ihm eine Chance gibst. Ich weiß, es ist nicht einfach aufgrund der Vergangenheit zwischen den Seelie und Murk.“

Ihre Dankbarkeit durchbohrt meine Brust mit schärferen Schuldgefühlen. Ich muss mich zu einem Lächeln zwingen. „Ich bin gewillt, aufgeschlossen zu bleiben, wenn es uns das erleichtert, dich und den Rest der Nebelwelt zu schützen.“

„Gut. Weißt du …“ Sie hält inne, als würde sie sich einen Augenblick nehmen, um ihre Gedanken zu sortieren. „Es ist nicht fair, dass die Murk so viel verloren haben. Und wenn es tatsächlich so ist, dass viele von ihnen gerne lügen und Leute reinlegen und das ihre Verbindung zum echten Herzen geschwächt hat? Warum sollte Madoc oder einer der anderen sein Leben so weit entfernt vom Herzen beginnen, wenn er noch gar nichts falsch gemacht hat? Und – *du* und die anderen Fae der Nebelwelt finden alle möglichen Arten, um einander reinzulegen und zu täuschen, indem ihr um die Wahrheit herumredet. Doch so lange ihr euch im Grunde an die Gesetze haltet, lässt euch das Herz das durchgehen. Die Murk sind wenigstens … sie sind wenigstens ehrlich in

Bezug auf ihre Lügen und tun nicht so, als würden sie die Wahrheit sprechen, wenn sie es nicht tun."

Sie verfällt wieder in Schweigen, sodass es mir überlassen bleibt, nach Worten zu ringen. Sie kann nicht wissen, was ich gedacht habe. Die Ungerechtigkeit, die sie gerade angemerkt hat, beschäftigt sie offensichtlich schon eine Weile.

Doch ich kann nicht behaupten, dass sie falschliegt, oder? Ich *habe* meine Fae-Kollegen öfter getäuscht, als ich zählen kann, seit ich sie kenne. Ich habe vor, in wenigen Minuten das Gleiche mit Madoc zu tun – ich werde genau die richtigen Worte sagen, damit er das denkt, was ich will, ohne tatsächlich etwas zu sagen, was strenggenommen nicht der Wahrheit entspricht.

Ist das wirklich so viel besser? Macht es mich so viel würdiger?

Was das Herz angeht, anscheinend schon. Für Talia jedoch …

Ein Knoten bildet sich in meinem Magen. Sie hat sich gerade bei mir dafür bedankt, dass ich jemand bin, der ich nicht bin – jemand, der viel aufgeschlossener und großzügig ist. Und zum Teufel mit allem, ich will der Mann sein, den sie in mir sieht. Sie hat immer das Gute in mir gefunden, selbst wenn ich Schwierigkeiten hatte, an mich zu glauben.

Meine andere Hand greift nach dem Beutel mit dem Kuchen, ich erwähne ihn allerdings nicht, sondern trage ihn nur bei mir, während ich ihr nach unten zum Eingang der Sommerseite helfe. Nach einem kurzen Wortwechsel geht eine der Burgwachen, um Madoc zu holen. Talia lässt sich auf dem Gras nieder und ich hole auf magische Weise einige Kissen aus der Burg, damit sie sich an diese lehnen und ihre Kräfte besser schonen kann.

Ich kann meinen Plan noch durchführen. Ich habe ihn noch nicht verworfen. Ich möchte Madoc lediglich noch einmal beobachten, um mir meines Entschlusses sicher zu sein, bevor ich die letzten Vorkehrungen treffe.

Ich stelle fest, dass ich meine Gefährtin so genau beobachte wie die Richtung, aus der Madoc kommen wird. In dem Moment, in dem er in Sicht kommt, hellt sich ihr Gesicht auf und ihre Haltung entspannt sich ein wenig. Ihn zu sehen, *beruhigt* sie auf eine Weise, die ich nicht erklären kann.

Oder vielleicht will ich es nicht tun wegen der Eifersucht, die in mir aufflammt.

Sie hat sich in Bezug auf seine Reaktion auf ihren offensichtlich geschwächten Zustand nicht geirrt. Das zufriedene Licht, das in seinen Augen bei ihrem Anblick leuchtet, verglimmt, als er näher kommt, und Sorgen umwölken sein Gesicht. Er lässt sich vorsichtig gegenüber von ihr nieder, als hätte er Angst, es könnte ihr Schmerzen bereiten, wenn er ihr zu nahe kommt.

Er kommentiert es nicht direkt, die ersten Worte aus seinem Mund sind jedoch: „Ich habe über all die Heilzauber nachgedacht, die ich gesehen habe, über alles, was ich über Flüche gehört oder gesehen habe ... und über Möglichkeiten, wie ich Orion weitere Informationen entlocken kann, wenn ich zurückgehe. Sobald ...“

Talia hält ihre Hand mit einem sanften Lächeln hoch, das auch das härteste Herz schmelzen könnte. „Ich weiß. Es ist okay. Es ist, was es ist. Ich möchte lieber über etwas Schöneres sprechen. Haben dir die Bücher gefallen, die du mitgebracht hast?“

Madocs Mundwinkel biegen sich in einem bittersüßen Winkel nach oben. In diesem Moment gibt es keinen Teil in mir, der die Hingebung leugnen kann, mit der er sie betrachtet.

Es ist ein Jammer, dass er keine besondere Begabung in den Heilkünsten aufweist. Ich hege keinerlei Zweifel daran, dass er an die Grenzen seiner Magie gehen würde, wenn er der Meinung wäre, er könnte Talia selbst heilen. Ihm steht offensichtlich genügend Murk-Magie zur Verfügung angesichts seiner Fähigkeiten im Bereich der Illusionen. Wenn diese nur in etwas anderes gelenkt werden könnte …

Mir kommt so plötzlich eine Idee, dass sie kurz alles andere auslöscht. Ich blinzle, überdenke die Idee und zügle meinen Eifer für den Fall, dass ich einen Fehler entdecke. Doch je mehr ich darüber nachdenke, desto mehr Aufregung schwillt in mir an.

Ich hätte schon früher daran denken sollen. Das habe ich jedoch nicht getan … weil ich Madoc nicht genug vertraute, um meinen Verstand so weit zu öffnen.

Womöglich wird es nicht funktionieren. Es fühlt sich jedoch wie eine viel handfestere Möglichkeit an als unser Ausflug zu den Quellen oder Madocs kleine Heilmittel.

Außerdem muss ich dabei nicht das hart errungene Vertrauen meiner Gefährtin verraten.

Mein Verstand arbeitet unablässig und geht die Einzelheiten durch, während Talia und Madoc seinen jüngsten Lesestoff und seine anderen Lieblingsbücher besprechen, von denen auch Talia einige kennt. Viel zu schnell beginnt die Energie meiner Gefährtin, zu schwinden. Ich bemerke es am Herabsinken ihrer Schultern und Madoc blickt sofort zu mir.

Er wendet sich wieder an Talia und erweist ihr den Respekt, sie anzusprechen, anstatt mich zu bitten, die Entscheidung zu treffen. „Du siehst aus, als könnest du ein wenig Ruhe gebrauchen. Ich genieße es zwar, eine Pause von der Hütte zu erhalten, aber ich würde mich besser fühlen, wenn ich wüsste, dass du deine Kräfte so gut wie möglich schonst.“

Talia seufzt, nimmt sein Argument jedoch mit einem Nicken entgegen – was mir verrät, dass sie schwächer ist, als sie sich anmerken lässt. Die Wachen scharen sich um Madoc, um ihn wegzubringen. In dem Moment kommt Sylas von der Burg von Hearth-by-the-Heart zu uns.

Mein Bruder wirft mir einen fragenden Blick zu und ich schenke ihm ein Lächeln, das ihm eine Erklärung verspricht. „Ich dachte, der Krümel könnte etwas frische Luft und soziale Stimulation gebrauchen", erkläre ich laut.

Sylas summt leise und hebt Talia in seine Arme. Ich drücke einen Kuss auf ihre Fingerknöchel, bevor ich den Wachen folge.

Ich hole sie am Waldrand ein. „Wartet kurz", sage ich und sie halten sofort an. So viel sind die Worte eines Kader-Gewählten wert.

Madocs fragender Blick wirkt viel misstrauischer als Sylas' vorhin, doch angesichts dessen, was ich ihm sagen wollte, als ich mir dieses Gespräch das erste Mal ausmalte, kann ich ihm das schlecht vorwerfen.

Das Lächeln, das ich ihm schenke, meine ich genauso ernst wie das, mit dem ich meinen Lord bedacht habe. „Unsere letzte Zusammenarbeit ist nicht so gut verlaufen, aber vielleicht lag das daran, dass zu viele widersprüchliche Faktoren beteiligt waren", sage ich. „Ich habe eine Idee für eine andere Zusammenarbeit zwischen uns, die womöglich genau das ist, was Talia braucht, damit sie von dem Fluch deines Königs befreit wird."

Talia

Normalerweise mag ich die Fahrten in den Gefährten – die Landschaften, die vorbeisausen, die Brise, die mir durch die Haare weht. Heute jagt jedoch jeder Ruck, den das Fahrzeug in den wechselnden Luftströmungen macht, einen Schmerzensstich durch meine Rippen oder meinen Magen.

Es tut stärker weh, wenn ich aufrecht sitze. Daher haben meine Gefährten für mich auf dem Boden des Transportmittels ein Nest aus Kissen gebaut, in dem ich gut gepolstert und außer Reichweite des Windes mit dem Rücken an der Bank im Heck lehne. Ich mag es nicht, hier unten zu sein, wo ich außer dem Himmel und den höchsten Ästen der vorbeiziehenden Bäume nichts sehen kann, die Schmerzen mag ich allerdings noch weniger.

Ich weiß, dass noch zwei Gefährte neben uns fliegen, obwohl ich sie nicht sehen kann. Sylas lenkt eines und

Corwin das andere. In jedem Gefährt befinden sich die fähigen Heiler, die meine Erzlords bereits für meine Pflege versammelt haben, sowie mehrere Krieger für den Fall, dass wir ihren Schutz brauchen. August und Whitt haben das Kommando über das Fahrzeug, in dem ich bin. Uns begleiten auch Madoc und sein mittlerweile vertrautes Kontingent an vier Wachen sowie ein paar andere, die die Landschaft um uns herum im Auge behalten anstelle des Murk-Mannes.

August hat den Großteil der Fahrt auf der Bank gegenüber von mir verbracht, während sich Madoc und Whitt bezüglich unseres genauen Kurses beratschlagt haben. Wir sind auf dem Weg zu den Randgebieten, in denen sich das Portal befindet, das zu der Stelle führt, die dem Refugium und dem Herzen der Murk am nächsten ist. Madoc zögerte, die Wegbeschreibung im Voraus preiszugeben, obwohl es ein Dutzend andere Portale in der gleichen Gegend gibt und keiner von uns weiß, welches das richtige ist, ohne dass er es präzisiert.

Er hatte vermutlich Angst, dass meine Gefährten ihre Meinung bezüglich ihrer aktuellen Strategie ändern und stattdessen eine Invasion versuchen würden. Ich bin mir nicht sicher, ob es so falsch von ihm war, sich diesbezüglich Sorgen zu machen. Die Wachsamkeit in Augusts Blicken, mit denen er sich umsieht, deutet darauf hin, dass er auf einen Kampf vorbereitet ist.

Doch er konzentriert sich hauptsächlich auf mich. Er hat seine Beine neben mich gelegt, damit ich meinen Kopf an sein Knie lehnen kann, und ich weiß seine Körperwärme zu schätzen. Jedes Mal, wenn ich zusammenzucke, spannt er sich an. Er hat einen Beutel voller Delikatessen mitgebracht, die er vor unserer Abreise in der Küche zubereitet hat, aber ich habe keinen Hunger. Mein Magen fühlt sich an, als wäre er bereits voll – mit Nadeln und scharfkantigem Schotter.

„Wir hätten es in Hearth-by-the-Heart getan, wollten jedoch nicht die Macht erschöpfen, die Madoc noch in sich trägt, falls es dort nicht funktioniert", erklärt er in entschuldigendem Ton. „Wir erhalten vielleicht nur eine richtige Chance. Wir werden es nicht riskieren, dich in die Menschenwelt zu bringen. Dort wäre unsere Magie der Herausforderung womöglich ohnehin nicht gewachsen. Aber Madocs Komponente ist die wichtigste, da er der Einzige ist, der die Murk-Aspekte des Fluchs angehen kann. Er sagt, er sollte ein wenig Energie von ihrem Herzen ziehen können, nur indem er sich in der Nähe des Portals aufhält."

Ich nicke. Das Meiste haben mir meine Gefährten bereits Stück für Stück erklärt – oder vielleicht zusammenhängender und ich konnte mich einfach nicht gut genug konzentrieren, um das zu erkennen. Wie sehr erinnert mich August daran, um mich zu beruhigen und wie sehr, um sich zu beruhigen?

„Glaubst du wirklich, dass es funktionieren könnte?", kann ich mir nicht verkneifen, zu fragen, und mustere sein Gesicht. August ist der Ehrlichste meiner Gefährten. Er hat nicht die Angewohnheit, Tricks zu benutzen. Anhand seiner Antwort werde ich am besten abschätzen können, wie die Chancen stehen.

Er lächelt und es sieht so aufrichtig aus, dass es meine Laune trotz meines Unbehagens hebt.

„Ich glaube, es ist die beste Chance, die wir haben", antwortet er. „Wir hätten das schon früher ausprobieren sollen ... wenn wir uns dabei nicht so sehr auf Madocs Beitrag verlassen müssten ... Aber magische Affinitäten zu mischen, ist eine uralte, wenn nicht sogar geläufige Praktik. Es gibt eine Menge Berichte darüber, dass es funktioniert hat. Wir müssen nur das richtige Gleichgewicht finden und ihm genügend Energie geben, damit er die komplizierteren Teile der Magie seines Königs auflösen kann."

Ich habe mich vorhin bei Whitt dafür bedankt, dass er

gewillt ist, mit unserem Murk-Verbündeten zusammenzuarbeiten, und jetzt ist er sogar noch einen Schritt weitergegangen. Ich verstehe die Magietheorie dahinter nicht so recht. Anscheinend wollen sie die medizinische Magie von August und den anderen Heilern mit Madocs Murk-basierten Kräften vereinen in dem Versuch, den Fluch aufzulösen. Whitt hat es mir so beschrieben, dass sie auf diese Weise eine Wirkung erzielen können, als wären sie ein super mächtiger Murk-Heiler.

Falls diese Strategie nicht aufgeht, kann ich mir nicht vorstellen, was helfen könnte … abgesehen von der Zerstörung des Herzens der Murk. Das müssen wir womöglich immer noch tun, um die anderen Flüche zu beenden, die die Nebelwelt befallen haben. Doch ich weiß so gut wie meine Gefährten, dass es schwierig werden wird, Orion in seinem Revier zu bekämpfen. Mir bleibt womöglich nicht mehr genug Zeit, dass sie mich durch den Sieg in diesem Krieg retten können.

In meinem Kissennest ist meine Sicht zwar so eingeschränkt, dass ich kaum etwas sehen kann, aber ich kann an der zunehmenden Luftfeuchtigkeit erkennen, dass wir uns den Randgebieten nähern, denn die Luft fühlt sich heiß und klebrig auf meiner Haut an. Mein Kopf beginnt, zu brennen, als hätte das Wetter ein Fieber in mir ausgelöst. August raunt einen Kühlungszauber über mir, der mir ein wenig Linderung verschafft, bevor ihn Whitt zu sich ruft, um etwas mit ihm zu besprechen.

Als ich mich in meine Kissen zurücklehne und in den Himmel blicke, über den jetzt Wolken ziehen, sucht sich Madoc einen Weg um die Bänke herum, um sich zu mir zu gesellen. Er bewegt sich zaghaft, als würde er damit rechnen, jeden Moment von den Wachen zurückgerufen zu werden. Hat er gewartet, bis August gegangen ist, um zu mir zu kommen? Ich schätze, es ergibt Sinn, dass er sich in der

Gegenwart meiner Gefährten nicht besonders willkommen fühlt.

Es ruft ihn allerdings niemand zurück. Er bleibt kurz stehen, als er mich erreicht. Der Wind weht durch seine Haare, wodurch sie noch zerzauster als üblich aussehen. Er lässt sich auf die Bank und neben die Stelle sinken, an der ich lehne. Dabei achtet er darauf, nicht zu dicht bei mir zu sitzen, und lässt so viel Platz zwischen uns, dass wir einander nicht berühren.

Der nachdenkliche Ausdruck auf seinem Gesicht weckt den Wunsch in mir, die Hand auszustrecken und seine zu drücken, um ihm zu versichern, dass ich mich über seine Gesellschaft freue, selbst wenn sich die anderen Fae seiner Loyalität noch unsicher sind. Ich habe jedoch Angst vor der Reaktion, die eine ausladende Bewegung in meinem Körper auslösen wird. Also verändere ich meine Position nur leicht, damit ich ihm zugewandt bin und nach wie vor an meinen Kissen lehne.

Sogar diese kleine Bewegung sorgt dafür, dass ich zusammenzucke, und Madoc schreckt zurück, als fühle er sich dafür verantwortlich. „Es ist wieder schlimmer geworden, oder?", fragt er und mustert mich.

„Ich komme zurecht", erwidere ich automatisch.

Er schenkt mir ein angespanntes Lächeln. „Du bist gut darin, es zu verbergen, aber ich habe selbst viel Übung darin, Dinge geheim zu halten. Ich kann die Zeichen erkennen. Du musst es nicht verheimlichen, um *meine* Gefühle zu schonen."

Mir entweicht ein Seufzen. „Was, wenn es für *mich* einfacher ist, damit zurechtzukommen, indem ich so tue, als sei es nicht so schlimm?"

„Dann ist das in Ordnung." Madoc hält inne und sein Blick hebt sich zu der Landschaft um uns herum. „Willst du allein gelassen werden oder würde dir eine Unterhaltung helfen?"

Ich weiß nicht, wie viel *ich* reden kann, ihm zuzuhören, könnte allerdings eine willkommene Ablenkung sein. Nicht nur von den Schmerzen des Fluchs, sondern auch von all den anderen Sorgen, die über uns hängen. Ich schaue zu dem Murk-Mann auf und denke an die Einblicke in sein Leben, die ich im Refugium erhalten habe, an die Informationen, die er mir seitdem anvertraut hat, und an all das Gewicht, das er mit sich herumschleppt.

Ich will ihn kennenlernen – ich will wissen, was diesen komplizierten, jedoch mutigen und hingebungsvollen Mann antreibt, den ich langsam verstehen lerne. Allerdings glaube ich nicht, dass ich im Moment mit einem zu ernsten Thema klarkäme.

„Erzähl mir von den Dingen, die dich in deinem Leben am glücklichsten gemacht haben", sage ich. „Ich will etwas Gutes hören."

Madoc blinzelt, als sei er überrascht von der Bitte oder vielleicht der Vorstellung, dass irgendetwas in seinem Leben besonders glücklich war. Doch dann macht er es sich auf seinem Platz bequem und seine halb geschlossenen Augen richten sich gedankenverloren in die Ferne.

„Ich habe dir erzählt, dass ich den Großteil meiner Kindheit in einem Waisenhaus verbracht habe", sagt er. „Dieses befand sich unter einer Straße, auf der ein beliebter Süßwarenladen stand. Einmal in der Woche erlaubten uns die Fae, die das Waisenhaus leiteten, mitten in der Nacht hochzugehen, während der Laden geschlossen war. Jeder durfte sich eine Süßigkeit aussuchen und sie entweder sofort essen oder für später aufheben. Ich glaube, ich habe so gut wie alles ausprobiert, was es in dem Laden gab, und mich Woche für Woche darauf gefreut, zu entdecken, auf welches Aroma ich als Nächstes stoßen werde."

Meine Mundwinkel biegen sich nach oben. „Daher rührt also deine Vorliebe für menschliche Snacks.“

„Das muss es sein, allerdings hatten sie damals ganz andere Snacks. Die beste Nacht war die, in der wir feststellten, dass der Laden eine Feier abgehalten und noch niemand die Sauerei aufgeräumt hatte. Es war ein halber Kuchen übrig und Luftschlangen und ausgefallenere Snacks – wir sind herumgetollt, als würden wir all unsere Geburtstage auf einmal feiern. Es fühlte sich an, als würde sich irgendeine höhere Macht dafür interessieren, was mit uns geschieht, da sie uns so ein Geschenk gemacht hat.“

Die bittersüße Note, die sich in seine Stimme geschlichen hat, verrät mir, dass er die Freuden dieser Nacht nicht mehr so sieht, aber es ist trotzdem eine eindeutig gute Erinnerung. Es fällt mir schwer, mir den Mann neben mir als ein aufgeregtes Kind vorzustellen, das sich über etwas so Simples freut, was ich für selbstverständlich gehalten hätte, als ich klein war.

„Was noch?“, hake ich nach.

Er summt vor sich hin. „Das erste Mal, als ich eine Sternkarte zeichnete und wirklich die Bedeutung der Muster erkannte. Das war aufregend. Es gab eine alte Murk-Frau, die mir eine Menge beigebracht hat, und ich genoss es immer, sie zu besuchen. Sie hatte eine Stimme wie brüchige Herbstblätter. Sie konnte Bilder in deinem Kopf zeichnen, wenn man richtig zuhörte.“

„Du wirst mir irgendwann zeigen müssen, wie das funktioniert.“

Er sieht mich verblüfft an und lächelt. „Ich würde gerne sehen, was du davon hältst. Und es gibt auch …“ Er holt tief Luft und zögert.

„Was?“, frage ich, als er nicht weiterspricht, und drehe meine Hand, um seine Wade anzutippen.

Madocs Lächeln verzieht sich. „Eine Menge meiner

glücklichen Erinnerungen sind Dinge, die du wahrscheinlich eher ungern hören willst. Orion kennenzulernen, die Macht seines Herzens aufzunehmen, die Erkenntnis, dass eine echte Chance besteht, dass wir Murk das Zuhause erhalten, das wir verdienen. Die gleiche Hoffnung in so vielen anderen ringsum mich herum zu sehen. Schritte zu unternehmen, die uns diesem Ziel näherbringen, zu wissen, dass ich dabei half, die Dinge wiedergutzumachen, die so viele von uns verloren haben ..." Er verstummt und ein Schatten huscht über sein Gesicht.

Meine Kehle schnürt sich zu. „Ich kann verstehen, warum dich diese Dinge glücklich machen. Ich weiß ... ich weiß alles, was du für Orion getan hast, hast du getan, weil dir der Rest der Murk so wichtig ist. Ich *mag* es, dass sie dir so wichtig sind und du so hart gearbeitet hast, um ihr Leben zu verbessern, nicht nur deines. Es ist nur die Art und Weise, wie Orion euch euer Zuhause zurückgeben will, die ein Problem ist."

„Seine Art war früher das, was *ich* ebenfalls wollte. Also bist du vielleicht zu großzügig." Madoc lacht rau und sein Blick wendet sich wieder von mir ab. „Ich war einfach so in dem Traum gefangen, die gesamte Nebelwelt frei erkunden zu können, und war so wütend auf die Fae, die uns verjagt hatten ..."

Er sieht mir wieder in die Augen. „Die Wut hat meine Sicht getrübt und selbst als ich dort draußen war, um zu beobachten, wie es dir erging, sah ich es nicht *richtig*. Ich hätte realisieren sollen, dass es nicht richtig war, wie er dich benutzte. Ich hätte dich schon früher warnen und dich nicht noch mehr in den Einfluss seiner Macht ziehen sollen."

Sein Kummer über das Geständnis macht seine Stimme noch heiserer als üblich. Ich lege meine Hand wieder auf sein Bein und Schmerzen winden sich um mein Herz. „Es hätte vermutlich keinen Unterschied gemacht. Es wäre auf diese

Weise womöglich noch schlimmer gewesen. Ich weiß nicht, ob einer von uns geglaubt hätte, wie viel Macht er angesammelt hat, wenn ich es nicht mit eigenen Augen gesehen hätte. Niemand hätte dir getraut. Und er hätte den Fluch trotzdem in mir aktivieren können. Es ist nicht so, als hättest du mich davor bewahren können."

„Ich schätze nicht. Trotzdem tut es mir leid." Madocs Kehle hüpft. „Ich weiß nicht, ob du mir überhaupt vergeben solltest. Ich werde heute und jeden Tag danach alles in meiner Macht Stehende tun, um den Schaden umzukehren, den er dir mit meiner Hilfe zugefügt hat."

Ich weiß nicht, wie ich auf die Emotion in seinen Worten reagieren soll. Da schießt ein schärferer Schmerz durch meine Wirbelsäule. Ein Keuchen entweicht mir. Ich ziehe die Beine näher an mich heran, schlinge die Arme um sie und wappne mich für die nächsten Qualen.

Sie werden noch nicht schlimmer. Ich schließe die Augen, spüre jedoch, wie Madocs Finger hauchzart über meine Haare streicheln.

Als ich nicht zurückweiche, wiederholt er die tröstliche Geste etwas weniger behutsam. Seine Berührung sendet ein angenehmes Beben durch meine Nerven hindurch, über das ich jetzt nicht zu genau nachdenken kann. Nicht, wenn meinen Magen ein weiterer Schmerzensstich durchbohrt. Ich knirsche mit den Zähnen.

Dann hält das Gefährt an. Madoc steht auf.

Augusts Stimme erreicht mich wie aus weiter Ferne. „Die anderen werden vorausgehen und sich vergewissern, dass die Gegend sicher ist. Wir schließen uns ihnen bald an."

Er kommt zu mir, Madoc geht allerdings nicht. Ich bin mir bewusst, dass er noch immer über mir steht, als würde er mich bewachen, während sich August vor mich hockt. „Soll ich dich tragen, Süße?", fragt mein Gefährte mit herzzerreißender Zärtlichkeit.

Der Schmerz hat ein wenig nachgelassen. Meine Gedanken sind durcheinander, aber ich weiß, dass ich so lange wie möglich auf eigenen Beinen stehen möchte. „Ich komme schon klar“, murmle ich. „Ich brauche nur ein wenig Hilfe, um aus dem Gefährt auszusteigen.“

„Natürlich.“

Während wir darauf warten, den anderen zu folgen, werden meine Gedanken erneut von einem weiteren Schmerz verwüstet, der nicht so scharf ist, jedoch tiefer dringt, länger anhält und beharrlich pocht. Ich beginne, zu denken, dass ich überhaupt nicht laufen kann, als Whitt ruft: „Da ist das Signal. Bringen wir es hinter uns und fangen an.“

Die Fae-Wachen verlassen das Gefährt und ihre Stiefel schlagen mit einem dumpfen Laut auf dem Boden auf. Madoc bleibt bei mir und stützt mich zusammen mit August. Gemeinsam führen sie mich aus dem Gefährt. Als der Murk neben mir zu Boden springt, schwanke ich und packe seinen Arm, damit ich nicht hinfalle …

Da erklingt ein harscher Schrei vor uns, wo der Nebel zwischen den Bäumen dichter ist. Schritte poltern über den Untergrund und Körper rennen durch den Dunst.

„Alle zu mir, *jetzt*!“, brüllt Sylas außer Sichtweite. „Wir werden angegriffen.“

Talia

Beim Ruf seines Lords und Bruders macht August einen Schritt nach vorne, bevor er zu mir blickt. Seine Augen sind weit geöffnet und er ist hin und her gerissen zwischen dem Wunsch, bei mir zu bleiben und den Rest seiner Leute zu verteidigen. Die Wachen eilen bereits zu Sylas' Hilfe. Augusts Lippen ziehen sich frustriert zurück und er knurrt.

„Bleibt hier", befiehlt er Madoc und mir. „Versteckt euch." Dann stürmt er mit den anderen in den Nebel.

Er erreicht sie keinen Augenblick zu früh, soweit ich das erkennen kann. Grunzen, Stöhnen und Knurren dringen durch den Nebel – die Schlacht klingt bereits verzweifelt.

Ich recke den Hals und spähe um die Seite des Gefährts, doch selbst diese winzige Bewegung sendet eine Woge des Schmerzes durch meinen Körper hindurch. Er verdichtet sich in meiner Körpermitte direkt zwischen meinem Herzen und

Magen und bebt in einem stetigen, sengenden Pulsieren durch mich hindurch.

„Was ist los?", frage ich mit abgehackter Stimme.

Madoc runzelt die Stirn und blickt in den Nebel. „Ich weiß es nicht." Bei einem Jaulen und einem rabenähnlichen Kreischen, das aus dem Schlachtgewühl an unsere Ohren dringt, zuckt er zusammen. Seine Finger, die noch immer meinen Arm umklammern, spannen sich an.

Urplötzlich zieht er mich weiter um das Gefährt zur Rückseite, von wo ich gar nichts sehen werde. Er atmet schneller.

Panik durchschneidet den Schmerz in mir. „Sind sie in diese Richtung unterwegs?"

„Noch nicht, aber wenn sie durch die Gruppe deiner Fae brechen können, um zu dir zu gelangen, werden sie hierherkommen." Seine Augen huschen zu den Bäumen um uns herum, sein Mund presst sich zusammen und mein benebelter Verstand setzt die Puzzlestücke zu einem klaren Gedanken zusammen.

Es sind die Murk. Meine Gefährten und ihre Krieger wurden von Rattengestaltwandlern aus dem Hinterhalt angegriffen. Wer *könnte* es sonst sein? Warum sollte einer der Fae der Nebelwelt verhindern wollen, dass ich geheilt werde?

„Sie werden als Erstes die Gefährte nach dir absuchen", sagt Madoc, dessen Gesichtszüge sich verhärten, als hätte er eine schwierige Entscheidung getroffen. „Wir können nicht hierbleiben … Das Risiko können wir nicht eingehen."

Er legt seinen Arm um mich und führt meinen über seine Schultern, sodass er mein Gewicht stützen kann. Ich stolpere neben ihm über den Boden und kann meine Schritte kaum kontrollieren. Jedes Mal, wenn meine Füße auf dem Waldboden auftreten, schießen frische Messer durch meine Schenkel und meinen Bauch.

Ich knirsche mit den Zähnen, um einen Schrei

zurückzuhalten, der die Angreifer zu uns führen würde. Dennoch entwischt mir ein Zischen.

„Es tut mir leid", murmelt Madoc. Dann hebt er mich vom Boden und drückt mich an seine Brust. Sein Gewitterduft füllt meine Nase und passt zu dem Aufruhr in seinen Augen.

Er eilt mehrere Schritte von dem Gefährt weg zu einer Stelle, wo einige Bäume so dicht nebeneinanderstehen, dass sie einen guten Unterschlupf bilden. Dort setzt er mich ab, sodass ich mich an die Baumstämme lehnen kann. Er hält kurz inne, um meine Wange zu berühren, und sieht mir in die Augen, als würde er versuchen, zu erkennen, wie groß meine Qualen sind.

„Ich werde dich von hier wegbringen … zurück zu deinem Herzen", verkündet er. „Ich werde nicht zulassen, dass sie dich noch mehr verletzen. Ich wünschte … Das ist das Einzige, was ich tun *kann*."

Er wendet sich ab und beginnt, leise magische Worte zu intonieren und seine Hände über der feuchten Erde zu spreizen. Kieselsteine und Zweige zucken und huschen über den Boden, um sich unter seinen Händen zu einem Haufen aufzuschichten. Immer mehr kommen zusammen mit Matschklumpen und Rindenstückchen herbei – es ist ein Durcheinander aus natürlichen Materialien, das für mich keinen Sinn ergibt.

Schmerzen durchbohren meinen Magen und ich ersticke ein weiteres Keuchen. Mein Kiefer schmerzt, weil ich ihn so fest zusammenpresse. Ich schließe die Augen und versuche, mich von den zunehmenden Qualen wegzudenken und an einen Ort in mir zu fliehen, wo ich dem Verlangen, zu schreien und zu schluchzen, entkommen kann.

Ein Beben schüttelt meinen Körper. Ich beginne, zur Seite zu kippen, da sich meine Muskeln weigern, mich zu halten. Mein Rücken schabt über den Baumstamm, als ich stürze.

Bei dem Quieken, das über meine Lippen kommt, wirbelt Madoc herum. Er packt mich, kurz bevor mein Kopf auf dem Boden aufschlägt. Als er mich aufrichtet, legen sich seine Arme wieder um mich und kurz umarmt er mich einfach nur. Ich lehne meinen Kopf an seine Schulter und trotz meiner größten Bemühungen bricht ein Wimmern aus meiner Kehle hervor.

„Ich hab dich", sagt er mit rauer Stimme. „Du wirst das durchstehen. Du bist zu stark, als dass dich Orion überwältigen könnte … Ich *weiß* das."

In diesem Moment kann ich nicht behaupten, dass *ich* es weiß. Ich habe das Gefühl, als würde ich mich auflösen und in Splitter meiner Selbst gerissen werden.

Madoc drückt mich an seinen Körper, während er sich wieder zu seinem Werk umdreht. Ich spanne mich an und zittere, als ein schärferer Hagel aus Schmerz auf mich niedergeht. Madoc wechselt sich zwischen den magischen Worten, die er skandiert, und tröstlichem Gemurmel ab.

Als die Qualen kurz nachlassen, gelingt mir ein Blick zu dem Haufen, den er heraufbeschworen hat. Doch jetzt kann ich sehen, dass es nicht nur ein Haufen oder ein Durcheinander ist.

Die Kieselsteine und Zweige und der Rest haben die ungefähre Form eines Bootes angenommen – es ist so schmal, dass nur eine Person darin sitzen könnte. Es ist ungefähr anderthalb Meter lang, wächst jedoch, während Madoc seine Magie wirkt.

Natürlich. Er wäre nicht in der Lage, das Seelie-Gefährt oder Corwins Unseelie-Gefährt mit seiner Magie zu lenken, weshalb er sein eigenes herstellt. Die Murk, mit denen ich mich im Refugium unterhalten habe, sagten, sie hätten eine Möglichkeit gefunden, schnell durch die Nebelwelt zu reisen.

„Es wird nur noch ein oder zwei Minuten dauern, bis es fliegt", verspricht Madoc, ehe er mit seiner Beschwörung fortfährt. Die Anstrengung, die ihn die hastige Magie kostet, schwingt in seiner Stimme mit und ist in dem Spiel seiner Muskeln bemerkbar, wo ich an seinen massiven Körper gepresst bin.

Er hat sein Gefährt kaum vergrößert, als Schritte und Schreie hinter uns erklingen. Ich zucke instinktiv in Madocs Armen zusammen, bevor ich Augusts Stimme erkenne, die rau vor Sorge ist. „Talia! Talia, wo bist du?"

„Wir sind hier!", rufe ich. Die Worte kommen mehr wie ein Krächzen heraus, doch August hört mich. Er rennt herbei und Äste knacken unter seinen Füßen.

Madoc steht auf, um ihn zu begrüßen, und stellt mich auf die Füße, hält mich jedoch eng an sich gedrückt, um mich zu stützen. Er richtet sich gerade auf, als uns August erreicht. Meine anderen Gefährten und einige der Wachen sind dicht hinter ihm.

Augusts Augen sind wild und Blut strömt aus einem Schnitt an seiner Stirn über seine Schläfe. Corwin blutet ebenfalls aus einer Wunde an seiner Schulter, deren Schmerz ich erst jetzt bemerke, da ich sie sehe. Ich war zu sehr in meinen eigenen Schmerzen verloren, um seine Qualen wahrzunehmen. Mehr kann ich nicht erfassen, bevor sich Whitt auf uns stürzt und mich Madocs Armen entreißt.

Als er mich an sich zieht, marschieren die anderen Männer auf Madoc zu, der mit erhobenen Händen und bleichem Gesicht zurückweicht.

„Du hast sie vorgewarnt, damit sie für uns bereit sind", knurrt Sylas. „Und dann wolltest du unsere Gefährtin entführen?"

Nein, das ist nicht passiert. Ich versuche, zu sprechen, doch als ich den Mund öffne, bricht der Fluch in meinem

Oberkörper aus und es kommt nur ein Schmerzensschrei heraus.

Meine Gefährten stürzen sich bereits auf Madoc. Er wirft mir einen panischen Blick zu und springt davon. In der Luft verwandelt er sich in eine Ratte und huscht zwischen die Bäume, um im Nebel zu verschwinden. August macht Anstalten, ihm zu folgen. Seine Schultern krümmen sich bereits, aber im selben Moment segelt eines der Seelie-Gefährte in Sicht.

„Mein Lord", ruft einer der Krieger, dessen Arm schlaff an seiner Seite hängt.

„Wir müssen gehen", blafft Sylas und August hält inne. Der Seelie-Erzlord hebt seine Stimme, sodass sie durch den nebligen Wald hallt. „Aber die verräterische Ratte sollte wissen, dass er zusammen mit jedem anderen seiner Art in Stücke gerissen wird, sollte er jemals wieder auch nur ein Barthaar in meinem Revier zeigen."

Nein. Das ist nicht richtig. Ich schüttle den Kopf an Whitts Brust, als er mich in das Gefährt hebt, doch er versteht es nicht.

„Es ist jetzt alles in Ordnung, Krümel", flüstert er mir in einem beruhigenden Ton ins Ohr. „Wir müssen dich von hier wegbringen, bevor uns die Murk folgen. Sie werden sich nicht so weit von den Randgebieten entfernen." Er schaut an mir vorbei zu den Erzlords, die gerade eingestiegen sind. Das Gefährt schießt nach vorne, sobald sie es betreten haben. „Er hat sein eigenes Fahrzeug gebaut, habt ihr das gesehen?", fragt er sie mit scharfer Stimme. „Nur das Herz weiß, wohin er sie damit bringen wollte."

Nach Hause, denke ich. *Er wollte mich nach Hause bringen, wo ich in Sicherheit gewesen wäre.* Doch der Schmerz benebelt meinen Verstand so sehr, dass ich keine zusammenhängenden Sätze zustande bringe. Ich kann kaum dem Geschehen um mich herum folgen.

Die Murk haben uns angegriffen. Meine Gefährten und die Wachen haben sie abgewehrt – aber nicht komplett. Nur so weit, dass sie mich holen und fliehen konnten? *Alle* bluten aus irgendeiner Wunde – eine der Kriegerinnen sitzt zusammengesunken auf dem Boden des Gefährts und einer der Heiler murmelt hastig Worte über ihr – es schallt noch immer Knurren aus dem Nebel. Lassen wir Leute zurück? Das ist nicht richtig. Das ist nicht …

Die nächste sengende Klinge schneidet durch meine Brust bis in meine Mitte und brennende Qualen explodieren in meinem Bauch. Der Schrei, den ich so lange zurückgehalten habe, bricht aus mir hervor. Ich beuge mich in Whitts Armen vornüber, meine Muskeln zittern, Krämpfe brennen in meinem gesamten Unterleib. Sie pochen immer stärker …

Whitt gibt einen erstickten Laut von sich und seine Arme werden um mich herum steif. „Wir brauchen die Heiler bei Talia. *Jetzt*. Bitte …"

Etwas schrecklich Verzweifeltes schwingt in seiner Stimme mit, ich verstehe es allerdings nicht. Nichts hat sich verändert – nichts ist *schlimmer* als zuvor, oder? Er hasst es nur, zu sehen, dass ich solche Schmerzen leide. Er …

Die Welt neigt sich, als sich sanfte Hände auf meinen Bauch und meine Schenkel legen. Ich werde mir vage bewusst, dass dort unten etwas … feucht ist. Der Stoff meines Kleides klebt feucht an meiner Haut. Was …?

Als sich meine Augen öffnen, verweben die drei Heiler, die es in dieses Gefährt geschafft haben, ihre Stimmen zu einem einzigen Chor. Ich starre die Stelle an, wo sie mich berühren und der Schmerz erneut seine Krallen in mich schlägt … und kann nur denken, dass ich genauso gut schon tot sein könnte, so wie ich aussehe. Wie können sie das in Ordnung bringen?

Blut ist auf *mir*. Da ist so viel Blut, das sich vor meinen

Augen auf dem Rock meines Kleides ausbreitet und unter mir auf den Kissen sammelt.

Wie kann … Niemand hat *mich* geschnitten. Hat der Fluch etwas tief in mir durchtrennt?

Dann, als die zunehmend heiseren Stimmen der Heiler um uns herum anschwellen, August eine zittrige Hand ausstreckt, um meine Schulter zu drücken, und blankes Entsetzen von Corwin in mich vibriert, verstehe ich es.

Ich bin nicht tot. Ich verliere das andere Leben, das in mir gewachsen ist.

Nein. Nein! Ich wehre mich gegen die Erkenntnis mit allem, was in mir steckt – doch fast alles in mir ist Schmerz.

Die endlosen Klingen des Fluchs durchbohren meine Lunge, mein Herz und meinen Verstand und die Welt um mich herum löst sich in Nichts auf.

Sylas

Ich bin mir nicht sicher, wie viele Stunden wir alle um Talias Bett versammelt waren, als ich bemerke, dass uns Corwin verlassen hat. Nachdem ich unablässig meine bewusstlose Gefährtin betrachtet habe, hebe ich den Kopf und realisiere, dass nur noch meine Brüder hier sind.

Meine Hand erstarrt. Bis jetzt habe ich fortwährend Talias Haare gestreichelt, als würde sie das irgendwie zu uns zurückbringen. „Wohin ist Corwin gegangen?"

Whitt, der auf Talias anderer Seite sitzt, zuckt mit den Achseln und streichelt ihre Hand. „Ich kann nicht behaupten, dass ich Lord Vogel viel Aufmerksamkeit geschenkt habe."

In dem Spitznamen schwingt keine Feindseligkeit mit, doch er kann ihm auch keine humorvolle Note verleihen. Ich vermute, dass er sich genauso gebrochen fühlt wie ich, während wir Talia betrachten, die einfach nur daliegt und nicht aus dieser neuen Phase des Fluchs aufwachen kann. Wir wissen nicht, ob wir nur das Kind verloren haben, das wir erwarteten, oder auch unsere Gefährtin.

Das ist genau das, was der Murk-König wollte: Dass wir alle mit der Angst um sie und einem bevorstehenden Gefühl der Trauer zu kämpfen haben und von den Plänen abgelenkt sind, die er schmiedet. Ich kann nicht zulassen, dass er auch den Rest seiner teuflischen Pläne erfolgreich in die Tat umsetzt, konnte meine Gefährtin allerdings nicht gleich im Anschluss an die Tragödie allein lassen. Meine Erzlord-Kollegen sind in der Lage, sich kurz ohne mich um die Sicherheit der Reiche zu kümmern.

Talias leiser, hektischer Herzschlag, den meine Wolfsohren vernehmen, beruhigt mich nur geringfügig. Sie ist fürs Erste noch am Leben, aber der Fluch schreitet nach wie vor grausam voran. Falls der Fluch noch eine andere Wirkung in sich birgt, solange sie lebt, hege ich keinerlei Zweifel daran, dass es noch schlimmer werden wird, so unvorstellbar das auch ist.

August, der Talias Füße massiert hat, regt sich. Er macht den Eindruck, als wollte er mit dem Druck seiner Daumen Wohlbefinden in sie reiben. Seine Lippen ziehen sich zurück, als ihn einer der Anfälle von Wildheit packt, die ihn stets überkommen, wenn er Talias Gesicht betrachtet. Wahrscheinlich denkt er an das Ungeziefer, das ihr das angetan hat. Er schafft es, seine Fangzähne einzuziehen, bevor er antwortet. „Er hat nicht gesagt, wohin er geht. Er ist einfach gegangen.“

Das Wissen bereitet mir Unbehagen. Corwin hat das Ganze am härtesten getroffen. In den Stunden seit unserer Rückkehr zur Grenzburg hat er kaum gesprochen. Ich habe ihn nicht einen Schluck Wasser trinken oder irgendetwas essen sehen. Einmal blickte ich zu ihm und mein totes Auge bemerkte das verblasste Bild eines Rabenkopfes vor seinem

Gesicht, der nach hinten geworfen und dessen Schnabel zu einem herzzerreißenden Schrei geöffnet war.

Der Unseelie-Erzlord gibt seine Emotionen nicht preis. Er fing auch an, sich zu verschließen, als Talia vermisst wurde. Ich will unsere Gefährtin jetzt nicht verlassen, habe jedoch andere Pflichten, die sie und ihr Glück sowie den Rest der Fae-Welt schützen werden.

Ich glaube nicht, dass sie wollen würde, dass ich den Kummer ihres seelenverbundenen Gefährten ignoriere.

„Ich werde ihn suchen und mit ihm sprechen", verkünde ich. „Außerdem müssen wir uns neuformieren und all unsere Energie in das Finden des Refugiums und die Zerstörung des falschen Herzens der Murk stecken."

Mir ist Madocs Warnung egal, dass der Versuch närrisch sei, Orion in seinem Zuhause so weit weg von unserem eigenen herauszufordern. Die Ratte ist so verräterisch wie der Rest von ihnen und führte uns in einen Hinterhalt, damit uns seine Leute überwältigen konnten. Wir sind kaum mit dem Leben davongekommen. Mehrere unserer Krieger sind gestorben, um dem Rest von uns einen Pfad zurück zu den Gefährten zu erkämpfen. Es waren einfach zu viele Ratten – wir wären womöglich alle gestorben, wenn wir nicht beschlossen hätten, so schnell zu fliehen, wie wir es taten.

Ich hasse es, vor einem Feind zu fliehen, aber ich würde es noch mehr hassen, zu sehen, wie meine Brüder, meine Gefährtin und der Rest meiner Männer von Rattenkrallen aufgeschlitzt werden.

Whitt nickt. „Lass nach uns rufen, falls du uns brauchst, und wir schicken dir eine Nachricht, sollte sich etwas an ihrem Zustand ändern."

Mein Herz ist so schwer, dass es sich anfühlt, als wäre es in meinen Magen gesunken. Dennoch marschiere ich aus dem Zimmer und schnuppere in der Luft nach dem Geruch des Raben. Er ist nach unten zur Winterseite der Burg gegangen …

Als ich im Gang Stimmen höre, halte ich inne und schleiche den Rest des Weges auf leisen Sohlen an der Wand entlang. Corwin steht im Eingangsbereich mit der Frau aus seinem Zirkel, mit der sich Talia angefreundet hat – Zelpha. Es ist deutlich zu hören, dass sie aufgebracht ist.

„Ich sollte weder dem Schwarm noch jemand anderem diese Befehle erteilen", sagt sie. „Sie wollen es von dir hören. Sie sind bereits ratlos, da sie von Talias Zustand wissen und …" Sie unterbricht sich, bevor ihre Stimme noch rauer wird.

„Ich muss mich um andere Dinge kümmern", verkündet Corwin schärfer, als ich ihn jemals mit seinem inneren Zirkel habe reden hören. „Du, Olander und Verik solltet in der Lage sein, alles eine Weile zu regeln. Meriol und Domhnall werden bald zurückkehren, falls ihr zusätzliche Unterstützung braucht."

Etwas an seinen Worten jagt ein besorgtes Kribbeln über meinen Rücken und Zelpha sieht aus, als hätte sie das Gleiche bemerkt. Sie verengt die Augen zu Schlitzen. „Wie lange hast du vor, mit ‚anderen Dingen‘ beschäftigt zu sein? Was ist los, Corwin? Ich weiß, dass es schwer ist, während Talia so …"

„Darüber sprechen wir nicht", unterbricht Corwin sie. „Bitte führe die Befehle aus, die dir erteilt wurden."

Ich erhalte den Eindruck, dass Zelpha noch etwas sagen möchte, doch sie schließt den Mund und macht auf dem Absatz kehrt. Bei dem kurzen Blick, den ich auf ihr Gesicht erhasche, sieht sie überhaupt nicht glücklich aus.

Corwin schüttelt sich. Es ist eine Geste, die mich an einen Vogel erinnert, der seine Federn glättet, und meine Sorge wächst. Ich betrete den Eingangsbereich – und im gleichen Moment kommt sein älterer Zirkelmann Verik herbeigeeilt.

Der grauhaarige Mann verneigt seinen Kopf bei Corwins Anblick tiefer als sonst. „Es tut mir leid, dass ich dich stören muss. Eine kleine Gruppe ist aus Brambledown gekommen. Der Kriegschef ihres Lords wurde von dem Fluch getroffen."

Corwin schließt kurz die Augen und sieht aus, als gäbe es ein paar Flüche, die *er* gerne formulieren würde. Als ich zu ihm und Verik trete, wird seine Haltung noch steifer. „Du musst sie über den aktuellen Zustand meiner Gefährtin informieren. Sag ihnen, dass wir alles in unserer Macht Stehende tun, um sie wieder gesund zu machen, aber dass sie vorerst nicht in der Lage ist, ihr Heilungsritual durchzuführen. Und überbringe ihnen meine Entschuldigung."

Veriks Mund verzieht sich, doch er nickt erneut und geht. Corwin stößt einen langen Seufzer aus und sieht zu mir. Ich entdecke ein kurzes Aufflackern von Hoffnung, bevor er mein Gesicht mustert und die Hoffnung erlischt. Er hat anscheinend erkannt, dass ich nicht mit guten Nachrichten gekommen bin.

„Sie ist nicht einmal aufgewacht, oder?", fragt er.

„Nein. Aber Whitt und August werden uns sofort benachrichtigen, wenn sie es tut." Ich blicke zur Tür. „Die Nachricht hat sich noch nicht im gesamten Winterreich verbreitet?" Aus anderen Seelie-Revieren sind bereits mehrere Repräsentanten zu Hearth-by-the-Heart und der Sommerseite der Grenzburg gekommen, um ihr Beileid auszudrücken.

„Ich vermute, dass die meisten mittlerweile wissen, dass sie krank ist, doch dieses jüngste Opfer … Brambledown ist eine der entlegensten Ländereien. Nach diesem Vorfall wird es nicht mehr lange dauern." Er massiert sich die Stirn. „Brauchst du etwas von mir?"

„Ich war überrascht, dass du gegangen bist, ohne mit einem von uns zu sprechen", antworte ich. „Und ich bin noch überraschter, zu hören, dass du dich anscheinend um Dinge kümmern wirst, die du uns gegenüber nicht erwähnt hast. Wir müssen schnell und entschlossen gegen die Murk vorgehen … und das bedeutet, dass wir gemeinsam unsere Strategie planen müssen."

In diesem Augenblick schimmert ein Licht in Corwins Augen, das so wütend und dennoch verwundet wirkt, dass er mich an eine Reißkatze in einer Falle erinnert. „Meine seelenverbundene Gefährtin steht nach Tagen der Qualen an der Schwelle des Todes", erklärt er mit derselben schroffen Stimme, die er bei Zelpha benutzt hat. „Sie hat das Kind verloren, das ich als meines betrachtet hätte, ganz gleich, wer sein Vater gewesen wäre. Ich denke, ein wenig Zeit für mich steht mir zu."

Er wirbelt herum, als würde er denken, dies wäre das Ende der Diskussion. Da fegt nicht nur Sorge, sondern Furcht durch mich hindurch zusammen mit einem schleichenden Verdacht. Er hat erst zwei Schritte in Richtung Tür gemacht, als ich ihm in den Weg springe.

„Du kannst so viele Momente für dich haben, wie du brauchst", sage ich mit leiser Stimme, „aber ich bitte dich um Talias Willen, dass du mir mitteilst, wohin du gehst."

Corwin betrachtet mich mit einer Wut, die ich noch nie zuvor auf seinem Gesicht gesehen habe, nicht einmal, als er seinen Kollegen die Meinung geigte, weil sie Talia respektlos behandelt hatten. „Ich tue, was getan werden muss. Geh mir aus dem Weg."

Er versucht, an mir vorbeizutreten, doch ich blockiere ihm erneut den Weg und greife nach seinem Arm. Corwin zuckt zurück, bevor ihn meine Finger zu fassen kriegen, und verwandelt sich in null Komma nichts. Mir gelingt es jedoch, einen seiner Rabenfüße zu packen, bevor er so hoch geflogen ist, dass er sich meiner Reichweite entziehen kann. Mit einem wütenden Krächzen pickt er nach meiner Hand, verwandelt sich erneut und schubst mich mit den Händen eines Mannes zurück.

Ich falle der Länge nach auf den Boden, wirble jedoch rechtzeitig herum, um ihm die Füße mit meiner Ferse wegzutreten. Keuchend schlägt Corwin auf dem Boden auf und rollt herum. Im nächsten Augenblick stürze ich mich auf ihn. Ich starre in meiner Wolfgestalt auf ihn hinab und ziehe die Lippen zurück. In meiner Kehle wartet jedoch kein Knurren auf ihn, sondern nur der dumpfe Schmerz des Kummers.

Ehe er sich noch mehr wehren kann, verwandle ich mich erneut, damit ich sprechen kann, und fixiere ihn mit meinem größeren Gewicht an Ort und Stelle. „Du wirst *nicht* allein dorthin gehen und versuchen, es mit dem verflixten Murk-König aufzunehmen.“

Das Flackern in Corwins Blick verrät mir, dass ich recht habe. „Wer hat irgendetwas darüber gesagt, dass ich es mit dem König aufnehmen will?“, fragt er hochmütig, doch es ist zu spät. Er kann mir nichts mehr vormachen.

Ich schaue ihn finster an. „Denkst du, ich will das nicht ebenfalls tun? Jedes Mal, wenn ich an diese verfluchten Ratten *denke*, will ich …“ Ich unterbreche mich, knirsche mit den Zähnen und Wut wallt zusammen mit Trauer in meiner Brust auf. „Ich empfinde womöglich nicht das Gleiche wie du mit deinem Band, doch ich verstehe genug. Und ich weiß, dass keiner von uns eine Chance hat, diese Bedrohung allein zu zerstören. Wir werden schon Schwierigkeiten haben, das mit den vereinten Truppen unserer Krieger zu tun.“

„Aber das wird Zeit in Anspruch nehmen“, protestiert Corwin und gibt jegliche Heuchelei auf. „Jetzt wird er noch nicht damit rechnen … Er wird nicht mit einem einzelnen

Raben rechnen. Ich könnte zu ihm gelangen und seine Kehle aufschlitzen, bevor ihm bewusst ist, dass er angegriffen wird. Ich weiß, wohin ich gehen muss … ungefähr. Ich habe gesehen, durch welches Portal eine der Ratten gegangen ist, die wir verletzt haben.“

Mein Herz macht einen Satz bei dem Gedanken, dass wir so kurz davorstehen, das Refugium zu finden. Mitgefühl für den Mann unter mir durchströmt allerdings den Rest meines Körpers. „Vielleicht hast du recht. Vielleicht würde dieser Teil funktionieren. Ihn zu töten, wird den Fluch jedoch nicht beenden. Du musst das Herz zerstören, das er erschaffen hat. Du besitzt die Vernunft eines Raben … Du kannst doch nicht ernsthaft glauben, dass du in der Lage sein wirst, das Herz allein zu verbannen, während seine Unterstützer nach deinem Blut verlangen.“

Corwin knirscht mit den Zähnen, sackt allerdings auf den Boden und der Kampfgeist weicht komplett aus ihm. „Ich weiß es nicht. Ich dachte … wenn ich vielleicht die richtige Magie wirke, um das Herz irgendwie an ihn zu binden … Es war kein handfester Plan. Ich wollte es mir auf dem Weg dorthin überlegen. Und falls es nicht funktioniert hätte, wären die Murk wegen des Todes ihres Königs wenigstens durcheinander, sodass unsere größere Truppe ins Refugium dringen und die Aufgabe beenden könnte, die ich begonnen habe.“

„Und du würdest dabei sterben“, merke ich an. „Du glaubst hoffentlich nicht einen Augenblick lang, dass Talia das wollen würde. Und wenn du nicht zu Orion vordringen kannst, wäre alles umsonst. Es wäre schlimmer als umsonst, denn dann wüssten sie, dass wir sie gefunden haben, und wir werden das Überraschungselement verlieren.“

„Doch sie … Wenn ich sie verliere …“

Er klingt so hoffnungslos, dass ich zurückweiche – vorsichtig für den Fall, dass er auf eine Gelegenheit gewartet hat. Corwin setzt sich jedoch nur auf und massiert seine Schulter mit verlegener Miene. Er schaut mir nicht in die Augen. „Ich kann verstehen, dass meine Idee tollkühn war, aber ich muss etwas tun. Ich kann sie nicht einfach so liegen lassen … wer weiß, was sie durchmacht, das ich nicht einmal spüren kann …“ Unausgesprochene Emotionen schwingen in seiner Stimme mit.

„Ich verstehe", erwidere ich. „Und wir lassen das Ungeziefer nicht damit davonkommen. Angefangen mit dem Verräter, der uns in diese Falle geführt hat."

Corwins Augen blitzen auf. „Haben deine Kollegen bereits den Beweis geschickt, um seinen König gegen ihn zu wenden? Ich würde gerne sehen, wie sehr ihm die Belohnung gefällt, die er im Gegenzug für seine *Loyalität* erhält."

Ich schüttle den Kopf und ein gewaltiger Zorn lässt sich schwer in meinem Magen nieder. „Noch nicht. Ich habe ihnen gesagt, dass sie warten sollen, bis ich eine Gelegenheit hatte, darüber nachzudenken. Und ich denke Folgendes: Wir nutzen das Ganze so, wie Orion Talia gegen uns verwenden wollte. Wir bereiten uns so schnell wie möglich zum Angriff vor und in dem Moment, in dem wir bereit sind, schicken wir ihm die Nachricht. So wird *er* von dem Verräter in seiner Mitte abgelenkt sein, wenn wir sie angreifen."

Corwin lächelt schmal. „Es gefällt mir nicht, auf die Taktik einer Ratte zurückzugreifen, doch ich weiß die poetische Gerechtigkeit zu schätzen … und die Stärke dieser Strategie. Vielleicht wird dies das Blatt zu unseren Gunsten wenden."

Er rappelt sich auf und blickt durch den Gang zu Talias Zimmer, ehe er zu dem Eingang schaut, durch den er zu seiner Selbstmordmission aufbrechen wollte. Er strafft die Schultern. „Sie *werden* bezahlen", verkündet er mit leiser Stimme, in der eine solche Bösartigkeit liegt, dass ich mich nie bei dem Mann unbeliebt machen möchte. „Der König und der Verräter. Es könnte noch eine Chance bestehen …"

Er hält inne, fährt mit einer Hand über seine Augen und holt tief Luft. „Aber du hast recht. Die Chance ist gering und unsere Gefährtin verdient mehr als einen unausgegorenen Plan, der uns genauso viel Schaden zufügen könnte wie ihnen. Ich hätte unser Blatt zu früh gezeigt. Ich … ich entschuldige mich für meine Achtlosigkeit."

Ich knuffe seine Schulter leicht. „Ich bewundere deine Hingabe für unsere Gefährtin. Nun, da ich weiß, dass du so viel auf dich nehmen würdest, um sie zu schützen, bin ich noch glücklicher, dass ich an deiner Seite stehen darf. Ihr Raben verbringt so viel Zeit damit, ruhig zu sein und eure Reaktionen zu zügeln, dass es kein Wunder ist, dass du ausrastest, wenn du deinen Emotionen freien Lauf lässt. Lass uns all unsere Stärken mit unseren Kollegen verbinden und uns die beste Methode überlegen, wie wir dieses Ungeziefer so gründlich vernichten können, dass es nie wieder das Tageslicht erblickt."

Und – das Herz stehe uns allen bei, vor allem Talia – lass es funktionieren.

Talia

Alles verschmilzt miteinander. Ich laufe über die eisigen Felder zwischen den Ländereien der Unseelie-Erzlords und einen Schritt später durchquere ich die Wälder, die das ehemalige Heim meines Rudels – Hearthshire – umgeben. Ein rötlicher Nebel durchzieht alles, verdichtet sich und wirbelt um mich herum.

Ich bin verloren. Ich muss zurück nach … nach irgendwo. Doch mein gesamter Körper schmerzt und mein Kopf dreht sich. Meine Füße stolpern. Fieber brennt durch meine Adern.

Ich blinzle und stehe in den nebligen Wäldern der Randgebiete. Madoc rennt zu mir und schlingt seine Arme um mich.

Automatisch versinke ich in seiner Umarmung und suche die zuverlässige Festigkeit seines Körpers und den Gewitterduft, der auf das Feuer in ihm hindeutet.

Obwohl ich bereits brenne, will ich dieses Feuer in mir aufnehmen. Ich will ... ich will ihn küssen, mich ohne Kleidung an ihn schmiegen und seiner sanften, heiseren Stimme lauschen, während sie mir von der glanzvollen Zukunft erzählt, die er für seine Leute, für uns zu errichten gedenkt ...

Nein, das ist nicht richtig. Ich kann nicht ...

Ich wirble von ihm weg und er verschwindet einfach. Ich stolpere auf dem Gras vor der Grenzburg.

Das ist mein Zuhause. Dort lebe ich mit den Männern, die ich liebe. Ich sollte nicht an Madoc denken ... Ich sollte nicht so *fühlen* ...

Doch ein anderer Schmerz hat sich zusammen mit Madocs Verschwinden in meiner Brust gebildet. Er hat etwas an sich, das mich zu sich ruft, obwohl ich es nicht tun sollte.

Ich muss es einfach ignorieren. Diesen Krieg zu verhindern oder zumindest zu verhindern, dass er mein Zuhause zerstört ... das ist es, was zählt. Das und meine Gefährten ... wo sind sie?

Ein Schluchzen füllt meine Kehle und ich drehe mich um, woraufhin ich ins Straucheln gerate und auf den Rücken falle. Der Himmel über mir dreht sich.

Ich habe sie alle verloren. Ich habe so viel verloren. Sogar ...

Schwaches Sonnenlicht dringt durch einen Vorhang. Eine sanfte Hand fährt mit einem weichen Tuch über meine Stirn, das den Schweiß wegwischt. Ich blinzle und schaffe es, mich auf das Gesicht über mir zu konzentrieren. Es hat übergroße Augen und wird von glattem, flachsblondem Haar gerahmt.

„Talia?", fragt Harper mit einem scharfen Einatmen. Ihr Kopf schnellt in die Höhe und sie schaut zu jemandem. „Sie ist wach! Zumindest mehr als zuvor."

Ich befeuchte meine Lippen. Mir ist noch immer

schwindlig, obwohl ich mich nicht bewege. Dreht sich das Bett unter mir?

Astrid tritt in mein Sichtfeld. Das runzelige Gesicht der Fae-Kriegerin wirkt erschöpfter als üblich. Ein Lächeln berührt ihre Lippen, als ich ihr in die Augen schaue. „Da bist du ja. Du warst eine Weile fort."

Sie sagt nicht, dass sie sich Sorgen gemacht haben, dass ich nicht zurückkommen würde, doch ich weiß, dass sie besorgt waren. Sogar *ich* war irgendwo tief unter den Fieberträumen besorgt.

Ich atme langsam ein und teste meine Lunge. Ich kann nur wenig Luft aufnehmen, bevor der Fluch beginnt, sie zu durchbohren. Der Schmerz strahlt jetzt bis in meine Füße.

In meinem Bauch ist noch eine andere brennende Empfindung. Meine Hand legt sich auf meinen Bauch und Tränen treten mir in die Augen, als es mir einfällt. Meine Kehle schnürt sich zu, sodass ich eine Minute brauche, um die Worte hervorzuzwingen. „Das Baby ..."

Astrids Mund verzieht sich und Harper blinzelt heftig. Ich wusste es bereits – verloren, ich habe so viel verloren – doch die Trauer kracht in mich, als wäre ich von einem Auto angefahren worden.

Ich kneife meine Augen zu und nehme einen flachen Atemzug nach dem anderen, während sich meine Finger zu meinen Handflächen krümmen. Ich will reißen und zerren, ich will schlagen und kratzen ... Ich kann nicht einmal sagen, mit wem oder was ich das tun will. Ich will einfach nur diese schreckliche herzzerreißende Empfindung in mir auf etwas anderes loslassen.

„Ich werde deine Gefährten holen", verkündet Astrid und es raschelt, als sie sich vom Bett entfernt. „Sie wollten informiert werden, sobald du wieder bei Bewusstsein bist. Sie sind stundenlang an deiner Seite geblieben, konnten dich so allerdings nicht heilen."

Sie schlüpft aus dem Zimmer. Harper nimmt meine Hand und drückt sie.

Meine Gefährten – sie schmieden wahrscheinlich Pläne für den Krieg. Da Madoc fort ist und jede andere Möglichkeit erschöpft wurde, können sie mich nur heilen, indem sie das Herz der Murk zerstören.

Doch selbst wenn ihnen das gelingt und ich bei dem Versuch keinen von ihnen verliere, wird das nicht das Leben zurückbringen, das wir gemeinsam gemacht haben und das erst zu erblühen begann.

Ein Schluchzen entfährt mir. Die Tränen, die sich in meinen Augen gesammelt haben, laufen über. Ich drehe den Kopf ins Kissen, damit es sie aufsaugen kann. Harper kommt näher und massiert meine Schulter mit ihrer anderen Hand.

„Es tut mir leid", sagt sie. „Ich weiß, das hilft nicht … Ich weiß, dass ich nichts sagen oder tun kann, was helfen würde. Doch wenn es etwas gäbe, würde ich es tun. Es ist nicht fair."

Nein, das ist es nicht. Nichts in meinem Leben war fair seit dem Moment, in dem Orion beschloss, den Samen seiner Magie in meiner Familie zu pflanzen, und mich meinen Eltern raubte, um diese Magie zu etwas zu formen, was meinen Körper und Seele übernahm.

Ich hatte diese eine Sache, die nur mir gehörte und nicht von ihm berührt worden war, und er hat es geschafft, sie mir trotzdem zu entreißen.

Der nächste stechende Schmerz des Fluchs ist beinahe eine Erleichterung, denn er lenkt mich von den Qualen meiner Trauer ab.

Harper bringt mir einen Kelch mit Wasser, doch ich stelle fest, dass ich mich nicht aufrichten kann, um richtig zu trinken. Am Ende schütte ich alles über die Bettdecke, als ich seitlich im Liegen an dem Kelch nippe. Meine Glieder gehorchen mir nicht mehr – selbst die kleinste Bewegung löst eine Woge der Erschöpfung und ein schmerzhaftes Kribbeln aus.

Ich sterbe. Ich sterbe wirklich und bin dem Tod näher denn je zuvor. Der Gedanke dringt zu mir durch und lässt sich einfach in mir nieder, als könnte ich ihn nicht vollständig verarbeiten. Zu viel ist falsch, als dass ich alles aufnehmen könnte.

Es gab noch so vieles, was ich tun und sehen wollte, so vieles, was ich erreichen wollte. Wer wird sich für die Menschen in der Fae-Welt einsetzen, wenn ich sterbe? Wer wird über Jamie wachen? Werden sich meine Gefährten um die Anliegen kümmern, die mir am Herzen lagen, oder werden sie trauern und mit all den Jahrhunderten weitermachen, die noch vor ihnen liegen?

Und was ist mit dem Mann, von dem ich nicht weiß, wo ich bei ihm stehe? Das Fieber schlängelt sich erneut durch meinen Verstand und kurz meine ich, Madoc am Rand meines Sichtfeldes stehen zu sehen. Als ich den Kopf drehe, verschwindet er.

Sylas hielt es für einen Trick und dachte, Madoc hätte mich in die Randgebiete gelockt, wo die Murk darauf lauerten uns aus dem Hinterhalt zu überfallen. Hat er damit recht und mein Verstand ist so benebelt, dass ich die Situation nicht so klar sehen kann wie er?

Madoc fühlte sich nicht wie ein Feind an, als er mich während der qualvollen Beben in den Armen hielt. Er klang nicht wie ein Feind, als er mir schwor, mich nach Hause zu bringen.

Welchem Schicksal werde ich ihn überlassen, wenn ich nicht überlebe? Wird Orion ihn auf so schreckliche Weise töten, wie er einst drohte, mich zu verstümmeln?

Ich hätte mehr zu ihm sagen sollen, bevor … Vor allem …

Mein Blick heftet sich wieder auf Harper und ich werde

von einem weiteren plötzlichen Emotionswechsel durchgeschüttelt. Entschlossenheit packt mich. Ich kann nicht kontrollieren, was mit den Männern in meinem Leben geschieht, wenn ich tot bin, doch sie … sie hat noch Chancen …

„Es gibt einen reinblütigen Fae, in den du verliebt bist", sage ich und ziehe an ihrer Hand. „Ich weiß, dass du es nicht zugeben willst, aber es gibt einen."

Harper zuckt vor Überraschung zusammen und errötet. „Du solltest dir jetzt keine Sorgen um meine romantischen Aussichten machen. Es spielt ohnehin keine Rolle."

„Das tut es", beharre ich. „Für mich spielt es eine Rolle." Für den Fall, dass ich nie wieder mit ihr reden kann. Sie hat einen Fehler während unserer Freundschaft gemacht, war abgesehen davon jedoch oft für mich da und hat so viel für mich getan. Wenn ich ihr auf eine kleine Weise helfen kann, bevor ich tot bin … „Warum sprichst du ihn nicht an? Vielleicht will er dich auch."

„Talia … ich weiß, dass er mich nicht will. Es ist in Ordnung."

Ich schaue sie finster an. „Selbst wenn du denkst, dass keine Hoffnung besteht, solltest du mir verraten, wer er ist. Nur um es dir von der Seele zu reden, um es *jemandem* zu erzählen." Ein raues Kichern entfährt meiner Kehle. „Es ist nicht so, als würde ich eine Gelegenheit erhalten, dein Geheimnis zu verraten."

Harper versteift sich. „Rede nicht so", schimpft sie mich. „Sie … sie werden die Murk und ihr Herz zerstören und dann wird es dir wieder gut gehen."

Das Fieber flammt auf und meine Gedanken zerbrechen. Meine Augen schließen sich mehrere Sekunden lang. Dann konzentriere ich mich wieder auf sie. „Wir wissen beide, dass das womöglich nicht stimmt. Lass mich das für dich tun.

Lass mich zuhören. Vielleicht kannst du ein paar Dinge klären, indem du es laut aussprichst."

Harper beißt sich auf die Lippe, meine Beharrlichkeit hat ihr allerdings offensichtlich zugesetzt. Sie blickt auf ihre Hände und sieht mich wieder an. „Ich muss es nicht laut aussprechen, um zu wissen, dass es keinen Sinn hat. Er hat seine seelenverbundene Gefährtin noch nicht kennengelernt, aber ich habe mich mittlerweile viele Male in seiner Gegenwart aufgehalten, und ich bin es definitiv nicht. Außerdem könnte er so viele andere Frauen haben … warum sollte er an mir interessiert sein …"

Die Art und Weise, wie sie spricht, erinnert mich daran, wie ich einst über meine Seelie-Gefährten dachte. Ich war mir so sicher, dass sie keine ernste Beziehung mit einer Menschenfrau haben wollen würden, wenn sie ihre vorherige berühmte Stellung in der Fae-Gesellschaft erst einmal wieder eingenommen hatten. Ein Verdacht durchfährt mich zusammen mit einem weiteren Speer aus Schmerz.

Wer steht so weit oben in der Hierarchie, dass Harper das Gefühl hat, sie wäre so viel weniger wert, obwohl sie zum Rudel eines Erzlords gehört?

„Es ist Donovan, oder?", frage ich leise und beobachte ihr Gesicht. Ich habe zuvor schon erlebt, dass sie in seiner Gegenwart nervös wurde, oder nicht? Ich dachte, sie wäre einfach allgemein unbeholfen gewesen, da sie bis vor kurzem kaum Erfahrungen in der Fae-Welt sammeln konnte, geschweige denn sich in der Gegenwart der Herrscher dieser Welt aufgehalten hat.

Die Röte auf Harpers Gesicht vertieft sich und sie lässt den Kopf in ihre Hände fallen. „Verrate es niemandem. Er hat nie etwas angedeutet … Ich habe ein paar Mal versucht, mich mit ihm zu unterhalten, und er war sehr höflich, aber nicht besonders interessiert. Es ist nur … Wie würdest du es nennen? Eine Schwärmerei. Ich werde darüber hinwegkommen und jemanden finden, bei dem ich wirklich eine Chance habe."

Jetzt, da sie es zugegeben hat, frage ich mich, warum mir das nicht schon früher aufgefallen ist. Soweit ich das sehen kann, passen sie gut zusammen, obwohl ich Donovan natürlich nicht gut kenne. Sie haben beide eine Weichheit an sich, die einen eisernen Willen verbirgt, der herauskommt, wenn etwas oder jemand, der ihnen wichtig ist, bedroht wird. Sie sind beide unsicher, geben jedoch ihr Bestes, um Fuß unter Leuten zu fassen, die mehr Erfahrung haben als sie.

Das reicht allerdings nicht, um sich in jemanden zu verlieben, doch vielleicht hat Donovan einfach noch nicht genug von Harper gesehen.

Ich drücke ihre Hand. „Ja, ja, das wirst du." Ich weiß nicht, ob ich hinzufügen soll, dass der Erzlord vielleicht seine Meinung ändern und anfangen wird, sie zu bewundern. Wäre das wirklich zum Besten, wenn er später von einer seelenverbundenen Gefährtin abgelenkt wird?

Andererseits liebe ich meine gewählten Gefährten nicht weniger als Corwin. Wenn ich das schaffe, warum sollte es ein Fae-Erzlord nicht tun können?

„Und wer weiß, was mit Donovan geschehen wird?", fahre ich fort. „Dinge … passieren nicht immer so, wie es anfangs scheint. Ich sollte das wissen." Ich lache schwach.

„Das stimmt", erwidert Harper. „Wir werden einfach abwarten und auf das Beste hoffen."

Ich merke, dass sie nicht mehr über Donovan spricht. Sie hält meine Hand und beginnt, wieder meine Schulter zu massieren, woraufhin sich eine andere Art von Ruhe auf mich legt. Mein Körper tut noch weh und mein Herz schmerzt bei dem Gedanken daran, was ich verloren habe und wie viel mehr ich in den kommenden Tagen womöglich verlieren werde, doch zugleich …

Ich wurde zumindest ein Weilchen von vier fantastischen Männern geliebt. Ich durfte erleben, wie es sich anfühlt, ein Kind in mir zu tragen, zumindest am Anfang. Wer bin ich, dass ich mich beschwere, wenn es andere gibt, die all das nie erleben durften?

Ich will mehr. Ich will so viel mehr … Ich will den Rest des Lebens, von dem ich dachte, dass ich es haben würde. Doch ich werde diesen Kummer nicht auf meinen Freunden oder Gefährten abladen. Ich werde das weder für sie noch für mich schwieriger machen.

Wenn dies das letzte Geschenk ist, das ich ihnen geben kann – sie daran zu erinnern, wie glücklich sie mich gemacht haben, anstatt ihnen zu erzählen, wie traurig ich bin, dass ich sie verlassen muss – so sei es.

„Danke schön", bedanke ich mich bei Harper. Es kostet mich große Anstrengung, mit hörbarer Stimme zu sprechen. „Dass du bei mir sitzt und dich mit mir unterhältst. Du warst eine großartige Freundin."

Harper wendet den Kopf kurz ab, um über ihre Augen zu wischen. Dann strahlt sie mich an. „Du warst sogar eine noch bessere."

Die Zimmertür schwingt auf und meine vier Gefährten platzen in den Raum. Als sie sich um das Bett scharen, drückt Harper ein letztes Mal meine Finger und huscht mit einem Nicken an ihren Lord und seinen Kader davon.

Die Männer scheinen zu zögern und stehen angespannt um mich herum, als hätten sie Angst, sie würden mich verletzen, wenn sie näher kommen. Corwin hatte die ganze Zeit unsere Verbindung blockiert, doch jetzt, da er mir nahe ist, erreicht mich trotz seiner besten Bemühungen ein Kribbeln einer wilden Mischung aus Erleichterung und Furcht.

Ich greife nach ihnen, nach allen, und ignoriere die Tatsache, dass ich plötzlich doppelt sehe, wodurch die

Umrisse ihrer Gestalten verschwimmen und sich multiplizieren. „Ich will euch alle bei mir haben. Ich liebe euch so sehr.“

„Und wir lieben dich“, entgegnet Sylas rau. Sie bewegen sich gleichzeitig und hüllen mich in einen Kreis aus Wärme, die sich stark von dem Brennen meines Fiebers unterscheidet. Ich kuschle mich zwischen sie, umarme sie nacheinander und raune Worte der Zuneigung, bis ich sie nicht mehr formen kann.

Dies sind meine Männer, meine Gefährten. Ich werde jeden Moment mit ihnen auskosten, den ich erhalte, auch wenn ich mir wünsche, ich würde mehr bekommen.

Madoc

Mir gefällt nicht, wie das Refugium aussieht, als ich aus einem Gang in einen der Bahnhöfe trete. Meine Murk-Kollegen eilen umher, tragen Ausrüstung oder Zubehör und raufen miteinander in vorgetäuschten Kämpfen, die eindeutig der Übung anstatt dem Spaß dienen.

Normalerweise entspannen sich viele von ihnen zu jedem beliebigen Zeitpunkt. Die Aktivitätszunahme scheint kein gutes Zeichen zu sein.

Doch vielleicht sollte sie das sein. Warum sollte es mich stören, wenn sich Orion bereitmacht, seinen Krieg in den nächsten Tagen zu beginnen? Jede Hoffnung auf eine friedliche Lösung löste sich in Luft auf, als sich die Fae der Nebelwelt, die zugestimmt hatten, mit mir zusammenzuarbeiten, gegen mich wandten in der Sekunde, in der etwas schiefging.

Ich habe *versucht*, ihre Gefährtin zu retten, zum Teufel noch mal, aber anscheinend wäre es ihnen lieber gewesen, wenn ich sie angreifbar hätte sitzen lassen und unbekümmert angenommen hätte, dass sich das Blatt niemals gegen sie wenden würde.

Ich hätte erst gar nicht mit ihnen kooperieren sollen. Ich hätte meine Lektion von dem Desaster mit Delta lernen sollen.

Ich ging einfach davon aus, dass sie mir wenigstens zutrauen würden, *Talia* nicht zu verletzen, wenn das Vorhaben allein ihrem Wohl diente. Woher sollte ich wissen, dass sich dort ein Geschwader Murk aufhalten würde für den Fall, dass wir auftauchen? Denken sie, dass ich in den wenigen Stunden, zwischen der Ausarbeitung des Plans mit Whitt und unserem Aufbruch eine Botschaft abgeschickt habe?

Ja, das tun sie vermutlich. Vielleicht habe ich meine Fähigkeiten im Umgang mit Illusionen zu sehr hervorgehoben. Nach reiflicher Überlegung wird mir bewusst, dass ich tatsächlich in der Lage gewesen wäre, eine derartige Nachricht zu verschicken. Ich hatte genügend Zeit, zu beobachten, wie die Seelie-Wachen agieren, was ihre Aufmerksamkeit erregt und was sich ihnen entzieht.

Nichts davon entschuldigt jedoch, dass sie das Schlimmste von mir denken, nur weil ihre Angreifer zufällig die gleiche Art von Fae waren wie ich. Warum sollten dann nicht auch Sylas und sein verdammter Kader die Schuld für die Sünden der Seelie wie Ambrose und Aerik auf sich nehmen?

Meine schlechte Laune folgt mir durch den Bahnhof. Ich bleibe in dem Tunnel stehen, in dem eine Treppe zu meinem Privatzimmer führt, doch obwohl ich lange Zeit unterwegs war, seit ich den Krallen und Fangzähnen entflohen bin, die gestern auf mich gerichtet wurden, glaube ich nicht, dass ich mich entspannen könnte.

Orion hat vermutlich bereits von meiner Ankunft erfahren. Seine Spione multiplizieren sich täglich. Er wird wollen, dass ich ihm sofort Bericht erstatte.

Mehrere Murk, an denen ich auf dem Weg zum Thronsaal vorbeikomme, heben die Hände zum Gruß oder neigen respektvoll die Köpfe. Das ist beruhigend. Ich habe auf die Reaktionen auf meine Anwesenheit geachtet, seit ich der ersten Wache begegnet bin, die ich in dem Gebiet um den Eingang herum spürte, den ich benutzt habe. Bis jetzt gab es keine Hinweise darauf, dass mich meine Leute als Feind betrachten. Ich glaube nicht, dass die Fae der Nebelwelt Orion meine Verbindung zu ihnen enthüllt haben … noch nicht.

Ich habe mir den Respekt der anderen Murk verdient, indem ich mich auf die Seite meines Königs gestellt habe – und ich habe das beinahe weggeworfen. Ich knirsche erneut mit den Zähnen bei der Erinnerung an die Anschuldigungen, die mir Talias Gefährten entgegenschleuderten. Wie viel Zeit bleibt mir, bis sie versuchen, mich als Verräter zu präsentieren, um alle gegen mich aufzubringen? Ich habe noch nicht herausgefunden, wie ich die Beweise wegerklären werde, die sie vorbringen können. Wenigstens wird es helfen, dass Orion nicht dazu neigt, einem Seelie anstelle seines eigenen bewährten Ritters zu glauben.

Dann denke ich an Talia und daran, wie zerbrechlich sie sich in meinen Armen anfühlte, während ich versuchte, sie von den Schmerzen in ihr abzuschirmen, und mein Magen verknotet sich.

Ist es das, worauf unsere gemeinsame Zeit hinausläuft? Werde ich in wenigen Tagen gegen ihre Gefährten und den Rest der Fae marschieren, die sie als ihre Sippe betrachtet?

Wird sie bis dahin überhaupt noch am Leben sein, um zu

sehen, dass ihre Hoffnung auf Frieden zerstört wird und dass ich den Angriff anführe?

Doch was soll ich sonst tun? Einfach den Traum aufgeben, meinen Leuten das Zuhause zu schenken, das sie verdienen? Talia kann die Fae der Nebelwelt nicht zwingen, mit uns zu verhandeln. Sie haben gezeigt, wie wenig sie gewillt sind, mir einen Vertrauensvorschuss zu gewähren. Obwohl sie eine ernstzunehmende Naturgewalt ist, kann sie das Unmögliche nicht ändern.

Ich wünschte nur, es würde nicht bedeuten, dass ich ihr den Rücken kehre, wenn ich die Hoffnung auf ein Friedensabkommen aufgebe.

Denkt *sie*, dass ich den Hinterhalt gelegt habe? Wird das ihre letzte Erinnerung an mich sein – der angeblich falsche Trost, den ich ihr spendete, während ich versuchte, die Leute zu vernichten, die sie am meisten liebt?

Allein der Gedanke daran veranlasst mich dazu, die Hände zu Fäusten zu ballen. Ich muss mich davon abhalten, eine Faust in die Tunnelwand vor dem Thronsaal zu rammen. Orion wird das definitiv bemerken und sich nach *diesem* Temperamentsausbruch erkundigen, selbst wenn er nur von anderen davon hört.

Ich trete durch die breite Öffnung und gehe zum Podest. Orion sitzt in einer typisch lässigen Pose auf der Armlehne seines Throns und sein Schwanz zuckt über dem Sitz hin und her, während er sich mit ein paar meiner Ritter-Kollegen unterhält. Als er zu mir blickt, werden seine gelben Augen schmal.

Ein Kribbeln läuft mir über die Haut. Haben ihn die Seelie doch gewarnt? Oder vermutet er aus anderen Gründen, dass etwas nicht stimmt?

Er winkt mich zu sich, entlässt die anderen mit einer nachlässigen Handbewegung und steht auf. Seine Bewegungen wirken zwar lässig, seine Miene wirkt jedoch nüchtern, wie ich es noch nicht oft bei ihm gesehen habe. Er sieht nicht unbedingt *vernünftig* aus, wirkt allerdings auch nicht ungewöhnlich konzentriert auf seine Wildheit.

„Hier bist du wieder, Madoc", sagt er. „Nach all deinen langen Besuchen in der Nebelwelt kann ich dich dieser Tage kaum vom Refugium fernhalten."

Ist er deswegen sauer? Hat er das Gefühl, dass ich mich um die Erfüllung meiner Pflicht drücke? Ich recke das Kinn und gebe mir den Anschein von Selbstbewusstsein, jedoch nicht von Unverschämtheit. In seinen Augen besteht ein feiner Grat zwischen Stärke und Rebellion.

„Ich dachte, du wolltest von mir hören, sobald es irgendwelche größeren Entwicklungen gibt", erwidere ich. „Soweit ich verstehe, haben Talias Gefährten und mehrere andere Fae sie zu den Randgebieten gebracht, um dort eine Art Heilung deines Fluchs zu versuchen. Dort wurden sie aus dem Hinterhalt von unseren Leuten angegriffen, woraufhin sie mit eingeklemmtem Schwanz flohen. Sie haben eine Drohung gegen die Murk ausgesprochen und geschworen, jeden zu töten, den sie in ‚ihren' Ländereien entdecken. Wenn sie zuvor von einem Verräter unter uns Hilfe erhielten, so hat dieses Bündnis jetzt geendet."

Ich muss nicht einmal lügen, um all das zu sagen.

Orion summt, wickelt seinen Schwanz um sein Handgelenk und tippt mit den Fingern gegen dessen schmales Ende. „Sie stehen deiner Einschätzung nach also am Rand eines Zusammenbruchs?"

Ich nicke. „Ansonsten wären sie nicht so verzweifelt gewesen, sie so nah an unser Territorium zu bringen. Wie ich zuvor erwähnte, haben sie meinen Beobachtungen zufolge, alle möglichen Heilmittel ausprobiert – natürlich erfolglos. Dass sie daran gehindert wurden, ihren jüngsten Plan durchzuführen, wird sie nur noch mehr aus der Ruhe gebracht haben."

Mein König schmunzelt leise und dreht sich, sodass das bebende orangefarbene Licht des Herzens über sein kantiges Gesicht zuckt. „Es *ist* gut, dass du deine Berichte rechtzeitig überbracht hast, damit wir diesen Hinterhalt legen konnten. Ich habe dir dafür zu danken, dass du mir die Information gegeben hast, die ich brauchte.“

Kälte legt sich um meinen Magen. Wovon spricht er? Ich hätte damals nicht berichten können, dass die Fae der Nebelwelt eine Gruppe zu den Randgebieten schicken würden, denn beim letzten Mal, als ich mit ihm sprach, *wusste* ich nicht, dass sie das tun würden.

Ich schaffe es, mit ruhiger Stimme zu sprechen. „Ich befürchte, ich kann dir nicht folgen. Ich war mir des Hinterhalts nicht bewusst, bis er geschah.“

„Natürlich, natürlich. Ich entschied mich für den Plan, nachdem du schon wieder auf dem Weg in die Nebelwelt warst. Du hast mir berichtet, warum die Seelie mit Delta sprechen wollten, auch wenn das für alle Beteiligten schiefgegangen ist. Du hast deutlich gemacht, dass sie realisiert hatten, dass sie keine Hoffnung haben, mein Haustier allein zu retten. Aufgrund dieser Fakten war offensichtlich, dass sie versuchen würden, erneut unsere Kräfte zu nutzen – und wo in den Randgebieten könnten sie das besser tun als so nah wie möglich an unserem Herzen?“ Seine Augen leuchten zufrieden.

Ich empfinde das genaue Gegenteil. Jede Freude, die ich aus dem Gedanken gezogen habe, dass die Fae der Nebelwelt in ihre Schranken gewiesen wurden, wird in meinem Magen sauer.

Sie hatten recht. Nicht auf die Art, an die sie dachten. Es war nicht so, dass ich sie absichtlich verraten habe – doch ich habe sie trotzdem reingelegt. Ich muss zu viel gesagt oder übertrieben haben, als ich die ein oder andere Sache hervorhob, und anscheinend habe ich mir zu sehr in die

Karten schauen lassen. Ich wollte Orion kein derart genaues Gespür für die Herangehensweise der anderen Fae geben ...

Wenn ich meinen Mund einfach etwas früher gehalten und die Einzelheiten etwas verzerrt oder mehr ausgelassen hätte, würde ich jetzt vielleicht neben Talia sitzen und sie wäre frei von dem Fluch, von dem wir sie gemeinsam befreit hätten.

Ich zwinge mich zu einem Lächeln, da mich Orion so eindringlich wie eh und je beobachtet. „Ich bin froh, dass dir meine Einblicke diesen Vorteil verschafft haben."

Sein Herz schreckt nicht vor der Lüge zurück. Wenn überhaupt flammt das orangefarbene Licht kurz etwas heller auf. Als ich in dieses Licht starre, nachdem ich Zeit in nächster Nähe des Herzens der Nebelwelt verbracht habe, zuckt meine Haut vor seiner hektischen Energie zurück.

Talias Gefährten nannten es ein falsches Herz und sie haben sich nicht geirrt. Es ist kein Vergleich zu der Masse lebender, harmonischer Macht, die *ihren* Leben Energie verleiht.

Es ist alles, was wir haben. Es ist das Beste, worauf wir uns verlassen können. Und es raubt dem echten Herzen langsam die Energie, während es zugleich Talia tötet.

Mich überkommt der plötzliche, wilde Drang, Orion in die Mitte dieser orangefarbenen Masse zu stoßen und Worte zu schreien, um diese leuchtende Monstrosität zu zerschlagen.

Ich könnte Talia auf diese Weise befreien. Ich wäre eine Art Held, auch wenn es niemand außer mir wissen würde.

Doch ich weiß nicht, welche Worte unser Herz zerschlagen würden, und ich bezweifle, dass es Orion verletzen würde, diesem so nahe zu kommen. Es ist immerhin seine Schöpfung. Ich würde nur zeigen, was mir wichtig ist, woraufhin er mich fertigmachen würde und es niemanden mehr gäbe, der auf Vernunft pocht.

Und könnte ich es wirklich zerstören, selbst wenn ich es wüsste? Dabei würde ich auch die Magie vernichten, auf die sich meine Leute verlassen, wodurch wir für die Fae der Nebelwelt angreifbar wären, die entschlossener denn je sind, uns alle zu töten.

Es gibt keine guten Optionen. Das Beste, was ich tun kann, ist, die Leute zu beschützen, die es am dringendsten brauchen.

Ein Gefühl der Resignation legt sich über mich, als sich Orion räuspert. „Ich bin mir sicher, du hast bemerkt, dass wir uns auf unseren ersten richtigen Angriff vorbereiten. Es gibt nur noch einen Dorn, den ich in ihre Seite stoßen will, bevor wir unseren Zug machen. Das bedeutet, dass ich dich wieder fortschicke."

„Selbstverständlich", erwidere ich und verschränke die Arme vor der Brust. Ich kann ihm nicht erzählen, dass mir die Fae der Nebelwelt mit dem Tod gedroht haben, sollte ich in die Welt zurückkehren, die sie als die ihre betrachten. Was für eine Rolle spielt es schon? Sie hätten sich sowieso, ohne zu zögern, auf jede Ratte gestürzt, die ihnen über den Weg läuft. Jetzt ist das Risiko für mich genauso groß wie für alle anderen.

Solange ich nicht an einen von ihnen herantrete und ihm auf die Schulter klopfe, kann ich sicherstellen, dass niemand weiß, dass ich da bin.

Orion grinst bloß vor sich hin und starrt so lange ins Licht des Herzens, dass ich anfange, mich zu fragen, ob er die Aufgabe vergessen hat, die er mir übertragen wollte. „Was genau soll ich tun?", erkundige ich mich.

Er grinst breiter und entblößt seine spitzen Zähne. „Ich denke, dass es an der Zeit ist, dass die Fae der Nebelwelt erfahren, was für die Heilung ihrer Heilsbringerin nötig ist — und wie sehr sie außerhalb ihrer Reichweite liegt. Sie sollen sich ein oder zwei Tage damit quälen, ehe wir sie niedermähen, wenn sie völlig außer sich sind. Vielleicht werden sie sogar den ein oder anderen selbst töten in dem vergeblichen Versuch, die Bedingungen zu erfüllen."

Ein Beben der Aufregung durchläuft mich. Dennoch bewahre ich eine sorgsam neutrale Miene. Er wird mir erklären, was Talias Fluch heilen würde? Doch wenn es etwas Unmögliches ist, spielt es vielleicht keine Rolle.

„Ich kann dafür sorgen, dass sie die Nachricht erhalten", erwidere ich. „Ich könnte die Illusion eines Murk heraufbeschwören, den sie fangen können. Er wird mit seinem angeblich letzten Atemzug die Nachricht keuchen. Was soll ich ihnen mitteilen?"

Orion führt die Hände aneinander und seine Finger klopfen in einer unregelmäßigen Kadenz gegeneinander, die das unstete Pulsieren des Herzens nachahmt. „Lass sie so bald wie möglich wissen, dass das Mädchen nur geheilt werden kann, indem sie jemand, der sie liebt, eigenhändig in seinem Lebensblut tränkt. Selbstverständlich freiwillig."

Ich blinzle und bin mir nicht sicher, ob ich ihn richtig verstanden habe. Anspannung windet sich um meine Brust. „Eigenhändig", wiederhole ich. „Derjenige müsste es selbst tun."

„Genau." Orion grinst mich an. „Perfekt, nicht wahr? Ihre angeblichen Gefährten werden sich überschlagen, das Opfer zu erbringen, um sie zu retten, doch selbst wenn sie sie stark genug lieben, um die Bedingung zu erfüllen, wird ihr lächerliches Herz ihnen nicht erlauben, sich selbst umzubringen. Es sollte jedoch genügend Chaos verursachen, während sie es versuchen."

Es ist auf eine schreckliche, ekelerregende Art perfekt. Ich schlucke schwer und habe plötzlich das Gefühl, als wäre ich kilometerweit von diesem Raum und dem Mann vor mir entfernt. Meine Stimme klingt immer noch ruhig, doch ich höre sie, als käme sie von weit weg. „Ist das wirklich das Heilmittel?"

Orion gackert. „Warum nicht? Jeder Fluch braucht eines. Der Trick besteht darin, es außer Reichweite zu platzieren. Ich war sehr zufrieden mit dieser speziellen Idee." Er deutet zur Tür. „Nun geh. Wir haben Blut zu vergießen und Köpfe abzuschlagen. Ich habe lang genug gewartet."

Er hat gewartet. Als ginge es bei diesem Krieg nur darum, seinen Blutdurst und seine Sehnsucht nach Chaos zu befriedigen.

Andererseits ist das für ihn so, oder? Talia hat das nach wenigen Tagen in seiner Gesellschaft erkannt. Ich habe es die ganze Zeit tief in meinem Inneren gewusst, obwohl ich die Beobachtung verdrängt und mir eingeredet habe, es würde keine Rolle spielen, solange der Rest der Murk am Ende erhält, was wir ihnen schulden.

Ist das jedoch wirklich das, was ich ihnen schulde? Ein Leben unter einem bösartigen König, der durch seinen Sieg noch brutaler werden wird? Zweifle ich daran, dass er seine sadistischen Sehnsüchte noch mehr gegen den Rest von uns wenden wird, wenn er keine Kriegspläne mehr hat, die ihn beschäftigen?

Ich senke den Kopf und marschiere aus dem Raum zum nächsten Eingang. Mein Puls hämmert schwer durch meine Adern. Die Übelkeit, die mich überkommen hat, als mir Orion von dem Heilmittel erzählte, breitet sich aus und verstärkt sich mit jedem Schritt, den ich mache.

Ist es so unmöglich?

Könnte ich überhaupt die Gelegenheit erhalten, es herauszufinden? Falls die Fae, die um sie versammelt sind, nur den kleinsten Wind von meiner Anwesenheit bekommen, werden sie *meinen* Kopf abschlagen …

Ich habe meine Befehle und meine Loyalität und mein Gewissen. In diesem Moment führen sie mich alle in den gleichen feuchten Tunnel zur Außenwelt. Ich werde mich von ihnen so weit wie möglich leiten lassen und hoffen, dass ich weiß, wo ich stehe, wenn ich den Punkt erreiche, an dem sie auseinandergehen.

Und wenn ich eine Chance habe, alle zu retten, die wichtig sind – dann werde ich sie ergreifen. Ich werde sie ohne Reue ergreifen.

25

Talia

Ich glaube, es ist das Klicken der Tür, das mich aus meinem Schlummer reißt. Was ich am vergangenen Tag getan habe, kann man nicht schlafen nennen. Wach war ich allerdings auch nicht richtig. Ich scheine in einem Zustand halber Wachsamkeit zu dämmern. Ich bin weder ganz da noch ganz weg.

Entweder habe ich mich so sehr an den Schmerz gewöhnt, dass ich ihn nicht mehr bemerke, oder mein Körper ist in seinem zunehmend geschwächten Zustand taub geworden. In meinem gesamten Oberkörper und meinen Gliedern ist nur ein dumpfes Pochen mit einem gelegentlich schärferen Stich oder Ziehen zu spüren. Mein Atem geht flach, meine Haut ist heiß vor Fieber, das in Wogen durch mich hindurch schwappt und mir jedes Mal mehr Energie raubt.

Der eine oder andere meiner Männer war stets bei mir,

wenn ich mir meiner Umgebung so bewusst war, dass ich es bemerkte – bis jetzt. Wer auch immer als Letztes über mich gewacht hat, muss kurz gegangen sein, während ich erneut gedöst habe. Sie schmieden ihre Pläne und versammeln eine Armee der Fae in den Ländereien der Erzlords – durch Corwins Augen habe ich kurz Bilder von den Vorbereitungen gesehen in den Momenten, in denen die Mauer verrutscht ist, die er hochgezogen hat.

Ich weiß nicht, wie bald sie das Refugium angreifen wollen jetzt, da sie seinen Standort eingegrenzt haben, doch es liegt eine zunehmende Dringlichkeit in der Luft, die ich sogar von hier spüren kann. Ich vermute, es ist jetzt nur noch eine Frage von Stunden.

Ich weiß nicht, ob ich lang genug leben werde, um ihre Rückkehr zu erleben. Ich weiß nicht, ob sie zurückkehren *werden*. Beim letzten Mal, als Sylas hier war, habe ich stotternd und mit einer Hand um sein Handgelenk versucht, ihm mitzuteilen, dass sie nicht um meinetwillen dort reingehen sollen. Sie sollten warten, bis sie richtig vorbereitet sind. Mir wäre es lieber, wenn ich sie bei mir hätte und nicht allein sterben müsste in dem Wissen, dass sie womöglich ebenfalls sterben werden, weil sie die Gefahr ignoriert haben in dem Versuch, mich zu retten.

Er sagte, dass ich mir keine Sorgen machen soll und sie für das bereit sein werden, was auch immer kommt. Dass sie mich alle besuchen werden, bevor sie gehen, und dass sie vorhaben, mich bei bester Gesundheit zu sehen, wenn sie zurückkehren. Dass ich nie allein sein werde, weil ihre Herzen immer bei mir sind.

Also warum tut mein Herz weh?

Ich hatte in den letzten Stunden allerdings Probleme, mehr als ein paar Worte zusammenzusetzen. Das, was ich aussprechen kann, klingt stotternd. Ich weiß nicht, welche Argumente ich vorbringen kann, auf die sie hören werden.

Ich bin mir nicht sicher, dass *ich* zuhören würde, wenn unsere Positionen vertauscht wären.

Ich befeuchte meine Lippen. Mein Magen zwickt vor Hunger, der schnell von einer Woge der Übelkeit geschluckt wird. Mein Körper sinkt tiefer ins Bett, da meine Muskeln noch mehr an Kraft verlieren.

Dann berührt etwas ganz leicht mein Handgelenk.

Ich zucke und bin in meinem aktuellen Zustand nicht einmal in der Lage, richtig zusammenzuschrecken. Langsam neige ich den Kopf und spähe an meinem Arm hinab, der auf der Decke liegt. Ich bin halb zugedeckt, sodass die Decke nur bis zu meinem Bauch reicht, um eine Art Gleichgewicht zwischen den Fieberschüben und den gelegentlichen Kälteschauern zu schaffen.

Auf dem Bett neben mir ist nichts. Ich blinzle einige Male für den Fall, dass meine Sicht nachlässt, aber obwohl die Einzelheiten ein wenig verschwommen sind, sehe ich definitiv nichts als meinen Arm und die dunkelblaue Bettwäsche. Vielleicht war das nur ein Zucken meiner Nerven.

Doch dann, während ich zuschaue, spüre ich es erneut. Ein vorsätzliches Schubsen, immer noch sanft, mit einer kitzelnden Empfindung, bevor ich einen breitflächigeren sanften Druck spüre, als hätte sich ein haariger Körper in der Länge meines Unterarms an meinen Arm gekuschelt.

Mein Puls setzt aus und obwohl ich noch immer nichts sehen kann, formt sich ein Bild vor meinem inneren Auge – eine spitze Nase, zuckende Schnurrhaare und der lange, glatte Umriss eines Rattenkörpers, der neben meinem Arm kauert.

Madocs Stimme fällt mir ein, als er mich vor Wochen durch die Tunnel aus dem Refugium führte. *Meine Illusionen können sie daran hindern, uns zu sehen und zu hören, aber sie werden ihnen nicht erlauben, durch uns hindurchzulaufen.*

Er ist hier und durch seine Magie vor meinen Blicken verborgen, jedoch nicht vor meinem Tastsinn. Er muss es sein, oder? Welcher andere Murk kennt die Fae der Nebelwelt und die Funktionsweise von Illusionen so gut, dass er sich unbemerkt in die Grenzburg schleichen kann?

Wer würde sonst so zaghaft zu mir kommen und abwarten, wie ich reagiere?

Ein Kloß füllt meine Kehle. Er ist zurückgekommen, sogar nach … nach allem. Er muss wissen, wie die anderen Fae reagieren würden, wenn sie es wüssten. Er hat vermutlich keine Ahnung, wie *ich* reagieren werde. Doch wenn ich nur den geringsten Zweifel daran gehegt hätte, ob es sein Plan war, unseren Vorstoß in die Randgebiete zu vereiteln, würde seine Anwesenheit diese jetzt zerstreuen.

Er könnte dort draußen sein und die Kriegsvorbereitungen ausspionieren – oder sie sabotieren. Stattdessen ist er zu mir gekommen und bietet mir den Trost an, den er mir schenken kann.

Ich drehe die Hand und lasse sie über seinen Körper gleiten. Sie wandert über die Höcker seiner Schulterblätter und die Kurve seines Pos, die absolut reglos bleiben, während meine Finger über sein Fell streichen. Ich lege meine Hand neben ihn und streichle mit dem Daumen über seine Seite in der Hoffnung, dass er versteht, was ich ihm zu zeigen versuche – dass ich froh bin, dass er hier ist, und nicht wütend auf ihn bin oder Angst vor ihm habe.

Er lehnt seinen Kopf an meine Finger, wodurch mich seine Schnurrhaare erneut kitzeln, und ich schaffe es, meine Stimme zu finden. „Danke", flüstere ich rau. „Ich weiß, es war ein großes Risiko … zu mir zu kommen. Ich werde nicht … ich werde nicht zulassen …"

Meine Stimmbänder beben und ich verliere meinen Schwung. Madoc presst seine Nase an meine Hand, als wollte er sagen, dass es in Ordnung sei. Dann entfernt er sich von mir. Eine Woge des Verlusts erfasst mich in dem Moment, bevor ich verstehe warum.

Plötzlich sitzt er als Mann auf der Bettkante und blickt auf mich herab. Seine blonden Haare sind zerzaust und seine grauen Augen wirken nicht stürmisch, sondern überzogen von Schmerz. Sein Mund spannt sich an. „Er hätte dir nie so zusetzen sollen", murmelt er. „Du solltest nicht in diesem Zustand sein."

Ich schlucke schwer und lockere meine Kehle. „Es … es tut mir leid."

Madocs Blick wird zu einem Starren. „Was zur Hölle sollte *dir* leidtun?"

Die hoffnungsvolle Zukunft, die ich mir ausgemalt habe, geht mir durch den Kopf. „Ich wollte … helfen, die Murk heimzubringen … den anderen Fae zeigen … dir zu helfen …" Meine Stimme zittert und meine Gedanken zerstreuen sich. Es ist so schwer, sich zu konzentrieren.

Madocs Kiefer zuckt, als er es zusammenpresst. „Sogar jetzt, wenn du … Ich weiß nicht, ob wir dich verdienen." Er schüttelt den Kopf und schließt kurz die Augen, bevor er wieder meinem Blick begegnet. Seine Stimme klingt noch rauer als meine. „Du bist ein Licht, das sogar die Murk erhellen könnte. Und du wirst die Gelegenheit dazu erhalten, falls du sie noch immer ergreifen willst, wenn das alles vorbei ist. Du wirst deine Gefährten haben und dein Kind und …"

Ein Schluchzen entringt sich mir. „Kein Kind."

Madoc erstarrt. „Was?"

Ich verschließe die Augen vor der neuerlichen Woge Kummer. „Ich wurde … so krank … Es ist fort."

Der Murk-Mann zischt durch seine Zähne und flucht leise. „Es tut mir so leid. Wenn ich gewusst hätte … wenn ich es früher herausgefunden hätte … *zum Teufel* mit ihm." Er steht auf. „Ich muss schnell machen. Ich wünschte, ich könnte mehr tun, aber ich kann dir das hier geben. Und hoffentlich verdienen dich meine Leute."

Als sich meine Augenlider flatternd öffnen, zieht Madoc ein kleines, schmales Messer aus seiner Tasche. Ich habe nur eine Sekunde, um es zu bemerken und mich zu fragen, wovon in aller Welt er spricht, bevor die Tür auffliegt und sich ein wütender Seelie auf den Rattengestaltwandler stürzt.

„Nimm deine dreckigen Pfoten von ihr", knurrt August und stößt Madoc zu Boden.

Astrid und ein paar der Burgwachen kommen hinter ihm hereingerannt. Das Messer schlittert über den Boden. Astrid reißt es an sich und reduziert es mit einem hastig geblafften wahren Namen auf einen Metallklumpen. August hebt die Hand, Krallen schießen aus seinen Fingerspitzen, um den Mann aufzuschlitzen, der unter ihm fixiert ist, und mein Herz platzt beinahe vor Panik.

Ich zwinge die Worte hervor. „Nein! Tu ihm nicht weh!"

Augusts Arm holt bereits aus, doch beim Klang meiner Stimme hält er ruckartig inne. Seine Krallen schneiden anscheinend trotzdem Madocs Haut auf, denn ich höre ein schmerzerfülltes Geräusch außerhalb meiner Sichtweite. Es ist jedoch nicht der tödliche Schlag, den mein Gefährte im Sinn hatte.

„Ich habe nur versucht …", stottert Madoc, doch August legt seine Hand über den Mund des Rattengestaltwandlers. Mein Gefährte betrachtet mich über die Seite des Bettes hinweg. In seinen Augen liegt eine wilde Mischung aus Zorn und Fassungslosigkeit.

„Er wollte dich *töten*", sagt er. „Er hat sich hier reingeschlichen … das Messer … Wir können ihm keine Chance mehr gehen. Ich werde ihm jetzt die Kehle aufreißen."

Ich weiß, wie die Situation auf ihn wirkt, vor allem da August Madoc die Schuld an dem Hinterhalt gibt. Doch keine Faser meines Körpers glaubt, dass Madoc vorhatte, das Messer gegen mich zu wenden, zumindest auf keine Art, die mir schaden würde.

Warum hätte er über die Gelegenheiten gesprochen, die ich haben würde, darüber, dass ich mit meinen Gefährten und meinem Kind zusammen sein werde, wenn er vorhatte, mein Leben jetzt zu beenden? Warum hätte er mir irgendeinen Trost gespendet, anstatt im ersten Moment das Messer in mich zu rammen, in dem ich allein war?

Ich verstehe nicht, was er tun wollte, weiß jedoch, dass es nicht das war. Ich weiß, ich will nicht, dass er stirbt, denn er hat alles riskiert, um mir zu helfen.

„Er hat nicht ... Du kannst nicht ...“

Doch meine Worte fügen sich einfach nicht schnell genug zusammen und August spannt sich an, um einen weiteren Schlag anzubringen. Er hört mir nicht zu.

Entsetzen durchfährt meinen gesamten Körper und mit einem Keuchen stürze ich mich nach vorne. Ich stemme mich hoch und werfe mich zur Bettkante und zu August mit einer Anstrengung, die an meiner Lunge zerrt und mich mit Qualen durchflutet. Ich schaffe es, mich aufzusetzen, schwankend und schwindlig, jedoch ohne einen Zusammenbruch.

Augusts Kopf fährt zu mir herum. Astrid eilt an meine Seite, aber als sie versucht, mir zu helfen, mich wieder hinzulegen, schüttle ich so entschieden wie möglich den Kopf. Mein Atem kommt als gebrochenes Keuchen heraus.

„*Nein*“, protestiere ich und halte Augusts goldenen Blick. Ich wage es nicht, die Verbindung zu brechen, um zu Madoc unter ihm zu schauen. Aus jeder dunklen Spalte in mir beschwöre ich jedes bisschen Kraft herauf, das noch in mir steckt, und befördere es meine Kehle hinauf, um meine Zunge zu bewegen. „Er hat uns nicht verraten ... das hat er nie. Er hat die ganze Zeit versucht, uns zu helfen. Er kam zurück … er kam zurück, obwohl er wusste, dass du so reagieren würdest …“

„Er hat nur versucht, zu beenden, was er begonnen hat“, widerspricht August knurrend, macht jedoch keine Anstalten, wieder nach Madoc zu schlagen. Ich habe jetzt seine Aufmerksamkeit. Ich habe diese eine Chance, vielleicht ist es meine letzte, um noch eine Sache richtigzustellen, bevor ich tot bin.

Meine Finger krallen sich in die Bettdecke. „Was er begonnen hat, war ein Band zwischen den Fae der Nebelwelt und den Murk. Eine Möglichkeit, die schlimmsten Kämpfe zu verhindern, eine Möglichkeit … Ihr müsst ihn … Ihr vertraut ihm nicht, also vertraut mir. Ich habe ihn gesehen. Ich kenne ihn. Was auch immer er hier tun wollte, er wollte uns damit retten, nicht schaden. Gebt ihm eine Chance zum Reden. *Hört* ihm zu. Glaubt, was er sagt. Bitte. Für mich. Glaubt *mir*.“

Als diese letzten Worte über meine Lippen kommen, schüttelt ein stärkeres Beben meinen Körper. Sämtliche Luft entweicht mir. Ich versuche, mich an die Bettdecke zu krallen, aber meine Finger bewegen sich nicht.

Ich habe sämtliche Energie aufgebraucht, die noch in mir steckte, und jetzt sacken meine Glieder zusammen und mein Rückgrat knickt ein.

Astrid atmet scharf ein und springt vor, um meinen Sturz zu verlangsamen. Mein Kopf sinkt ins Kissen, das Zimmer dreht sich und alles wird schwarz.

26

August

Sämtliche Farbe weicht Talia aus dem Gesicht, als sie auf dem Bett zusammenbricht. Meine Muskeln spannen sich an aus dem Drang heraus, an ihre Seite zu springen. Das würde jedoch bedeuten, den Schurken unter mir freizulassen. Die Ratte, die mit einem Messer in der Hand über ihrem geschwächten Körper stand …

Astrid ist ohnehin näher bei ihr. Sie schiebt ihre Arme gerade rechtzeitig um meine Gefährtin, um sie sanft auf die Seite zu legen. Talias Augen rollen nach hinten und ihre Glieder erschlaffen. Ihre Augenlider zucken und schließen sich.

Mein Herz setzt aus. „Ist sie …“

„Sie lebt noch“, sagt Astrid rasch und beugt sich über Talia. „Aber ihr Puls ist sehr schwach.“ Sie sieht mich mit besorgten Augen an. Ich habe noch nie erlebt, dass die erfahrene Kriegerin Angst hatte.

Der Mann unter mir spannt sich an und seine Muskeln ziehen sich zusammen, doch ich habe ihn so fest auf dem Boden fixiert, dass für ihn keine Hoffnung auf eine Flucht besteht. Ich halte meine krallenbesetzte Hand hoch und stelle mir vor, wie mühelos ich seine Halsschlagader aufschlitzen könnte und wie befriedigend es wäre, zu beobachten, wie das Leben aus dieser verräterischen Kreatur fließt. Selbst jetzt funkelt er mich wütend an und tut nicht einmal so, als wollte er Frieden mit mir stiften.

Talias Worte gehen mir allerdings noch durch den Kopf. Die Worte, für die sie sich so sehr angestrengt hat. Er war ihr so viel wert, er war es ihr wert, das bisschen Kraft zu verbrauchen, das ihr noch geblieben war, um ihn zu verteidigen …

Die Wachen ziehen den Kreis um mich herum enger, bereit, mir zu helfen. Ich schließe die Augen und ringe mit Wut und Vernunft. Ich will den Mann unbedingt töten, der alles repräsentiert, was der Frau geschadet hat, die ich liebe …

Doch ich kenne meine Gefährtin. Talia ist die personifizierte Liebenswürdigkeit, gutherzig und mitfühlend, aber sie ist nicht *dumm*. Sie hat die Fae, die sie misshandelt haben, nie liebgewonnen – wenn überhaupt wurde sie selbstbewusster und stellte sich den erzürnten Erzlords und den Feinden aus ihrer Vergangenheit.

Sie hätte Madoc nicht vergeben – nein, sie hätte nicht so geredet, als gäbe es gar nichts, was man ihm vergeben müsste – wenn sie nicht etwas verstehen würde, was sich mir entzieht.

Sie bat mich, ihm zuzuhören. Das Herz stehe mir bei, sie *flehte* mich an, ihr zu vertrauen. Was für ein Gefährte wäre ich für sie, wenn ich mich weigern würde, ihre womöglich letzte Bitte zu ehren?

Ich hole tief Luft und schaue wieder finster auf die Ratte hinab. Ich wünschte, wir hätten dieses Halsband mit dem Eisenkern behalten, das Celia vor all den Monaten bei Corwin benutzt hat. Wenn Madoc seine Magie noch immer anwenden kann, wie kann ich mir sicher sein, dass er sich nicht verwandeln und uns entfliehen wird?

Ich würde ihn lieber vor meine Brüder und Corwin zerren, damit sie ihn befragen können. Mit Worten zu kämpfen, ist ihr Spezialgebiet, nicht meines. Doch wenn ich keine andere Wahl habe, werde ich ihn hier selbst befragen, während meine Krallen nur Zentimeter von seiner Kehle entfernt und meine Fangzähne bereit sind, eine flüchtende Ratte zu zermalmen.

Sein einziger Fluchtweg wäre die Tür. Ich rucke mit dem Kopf zu den anderen. „Schließt die Tür und bewacht sie. Entfernt euch nicht davon, bis ich den Befehl dazu gebe. Zwei von euch, lasst eure Wölfe raus. Haltet euch bereit für den Fall, dass er zu fliehen versucht.“

Eine der Wachen starrt mich mit offenem Mund an. „Du wirst ihn nicht töten?“

Ich bedenke ihn mit einem strengen Blick. „Ich werde herausfinden, ob er uns etwas Nützliches erzählen kann, bevor ich ihn töte. Andersherum funktioniert das nicht so gut. Falls weitere Ratten auf dem Weg sind – oder schon hier sind – müssen wir das wissen.“

Das ist nicht der Hauptgrund, aus dem ich ihn die nächsten Minuten verschone, und vielleicht ist ihnen das bewusst, doch es ist eine Erklärung, die die Krieger akzeptieren können. Sie ziehen sich zur Tür zurück, vor der zwei Stellung beziehen, während die anderen zwei auf alle viere sinken und sie flankieren. Ihre wölfischen Augen leuchten hell.

Astrid bleibt neben Talia auf dem Bett. Sie murmelt

einige Worte, die ich als einen kräftigenden Zauber erkenne, der den Blutfluss und den Rhythmus der Lunge stärken soll. Ich kann nicht erkennen, ob er hilft.

Die Zeit rinnt uns davon. Ich lasse meine Beine auf Madocs liegen und mein Unterarm presst seine verschränkten Handgelenke an seine Brust. Allerdings schiebe ich meine Hand gerade so weit abwärts, dass meine Krallen an seinem Hals liegen und nicht mehr seinen Mund verdecken. „Sie hat mich gebeten, dir zuzuhören", sage ich mit einem leichten Knurren in der Stimme. „Ich kann nicht versprechen, wie *lange* ich zuhören werde. Also sprich schnell."

Der Rattengestaltwandler schluckt hörbar und öffnet den Mund, doch Astrid spricht mit drängender Stimme, bevor er es tun kann. „August, sie schwindet. Ich weiß nicht … nichts, was ich tue, hält sie bei uns."

Meine Lippen ziehen sich von meinen Zähnen zurück, als mein Blick zurück zu Madoc schnellt. „Du *hast* ihr wehgetan … du hast etwas mit ihr gemacht, wozu du das Messer nicht gebraucht hast …"

„Ich habe versucht, sie zu retten!", krächzt er und zuckt erneut unter mir in dem erfolglosen Bemühen, mich abzuschütteln. „Um Himmels willen … Ich weiß, wie man den Fluch heilt."

Das Blut, das in meinen Ohren rauscht, scheint zu erstarren. Er … was? „Du hast rausgefunden …", beginne ich, aber die Einzelheiten, wie er das geschafft hat, spielen jetzt keine Rolle. Es zählt nur … „*Wie?* Was müssen wir tun?"

Madoc verzieht das Gesicht. „Ich muss es euch zeigen. Ihr müsst mich näher an sie heranlassen."

Ich fletsche erneut die Zähne, da mich Misstrauen durchströmt. „Ich lasse dich nie wieder in ihre Nähe. Sag mir einfach, was sie braucht."

„Das wird dir nichts nützen", blafft der Rattengestaltwandler. „Du kannst es nicht tun. Keiner von euch kann es tun. Wirst du mir erlauben, sie zu retten, oder wirst du ihr beim Sterben zuschauen, weil du ein zu sturer Bock bist, um mir die Chance zu geben? Warum zur Hölle sollte ich hierher zurückkommen, um sie zu töten, wenn sie bereits im Sterben liegt, du Vollidiot?"

Er hat recht, aber seine Beleidigungen verstärken mein Vertrauen in seine guten Absichten nicht. „Warum in aller Welt sollte ich dir vertrauen, wenn du mir nicht verrätst, was dieses Heilmittel *ist*?"

Talia erzittert auf dem Bett. Ein Beben nach dem anderen durchläuft ihre Glieder. Ohne hinzuschauen, kann ich spüren, dass sie die letzten Lebensfunken verlassen.

Astrid zieht die Decke vom Körper meiner Gefährtin zurück. Sie presst ihre Hände auf Talias Beine, ihren Bauch, ihre Brust und ihren Kopf und keucht verzweifelte Worte, ich merke jedoch, dass Talia nichts davon zurückbringt.

Madocs Augen weiten sich bei den Lauten, die von oben kommen. „Du wirst mir nicht glauben", sagt er und wehrt sich erneut. „Oder du wirst mir glauben und etwas Dummes tun. Es ist keine Zeit, um darüber zu diskutieren. Ich weiß nicht einmal, ob ich es tun kann, aber ich bin der Einzige, der es tun kann. Lass es mich bitte versuchen!"

Ein frustriertes Stöhnen bleibt am Ansatz meiner Kehle stecken. Er klingt, als meine er es ernst, doch er ist ein Meister der Illusionen. Was weiß ich über das Erkennen von Lügen? Das ist Whitts Domäne.

Ich war jedoch bei weitem am nächsten, als der Zauber Alarm schlug, den wir in der gesamten Burg angebracht haben, damit wir auf die Anwesenheit von Murk aufmerksam gemacht werden. Die anderen werden kommen, aber ich weiß nicht, ob sie schnell genug hier sein werden.

Ein leises Jammern kommt über Talias geteilte Lippen

und Madoc zuckt zusammen. Sein Gesicht ist starr vor offenkundigem Kummer. „Ich … ich werde dir meinen wahren Namen verraten", spuckt er aus. „Du kannst mir *befehlen*, ihr nicht wehzutun. Beeil dich einfach und lass mich zu ihr."

Ich kann nicht anders, als ihn eine Sekunde lang anzustarren, während sein Angebot zu mir durchsickert. Unsere wahren Namen sind mit unseren Seelen verbunden. Die Murk haben zwar ihre Fähigkeit verloren, Magie zu wirken, als sie das Herz der Nebelwelt ausschlossen – bis sie ihr eigenes falsches Herz erschufen – doch das hat nicht die Fähigkeit anderer geändert, sie mit Magie zu belegen. Er bietet mir die vollkommene Kontrolle über seinen Verstand und Körper an.

Talia erschaudert erneut und ich treffe meine Entscheidung. „Verrate ihn mir", knurre ich und beuge mich dicht zu ihm.

Madoc senkt die Stimme, sodass nur ich ihn hören kann, und sagt mit dem leisesten Flüstern: *„May-dim-goss."*

Das Kribbeln, das bei den Silben durch meinen Verstand rast, spricht von der Macht in diesen Silben. Er lügt nicht. *„May-dim-goss",* wiederhole ich leise und füge lauter hinzu, wobei Magie in meiner Stimme knistert, „du wirst nichts unternehmen, was Talia schaden würde."

„Das werde ich nicht tun", stimmt Madoc zu und zuckt zusammen, als sich mein Befehl an seinen Verstand heftet.

„Du wirst auch nicht versuchen, einem von uns zu schaden", füge ich hinzu und zwinge die Stränge der Kontrolle, die mir sein wahrer Name verschafft, sich noch fester zwischen uns zusammenzuziehen.

„Natürlich nicht. Ich will einfach nur ihr Leben retten. Jetzt lass mich hoch!"

Als ich zurückweiche, donnern Schritte durch den Gang draußen. Madoc rappelt sich auf und wirbelt zu Talia herum.

„Warte!", rufe ich. Panik durchfährt mich und er bleibt mit einem frustrierten Zischen wie angewurzelt stehen. Die Macht seines wahren Namens hält ihn an Ort und Stelle fest.

Auf Sylas' Befehl von draußen entfernen sich die Wachen von der Tür. Er, Whitt und Corwin platzen mit wilden und verzweifelten Gesichtern in den Raum.

Whitt blickt von mir zu Madoc und Talia und stottert: „Das Herz rette uns, was machst du …"

Sylas stürzt bereits nach vorne. Ich strecke den Arm aus und schaffe es nur, ihn zurückzuhalten, weil er sich aufgrund der Geste zusammenreißt.

„Er sagt, er weiß, wie man den Fluch heilt", sprudelt es aus mir heraus. „Er hat mir seinen wahren Namen verraten … Ich habe ihn schwören lassen, weder ihr noch uns zu schaden. Aber ich …" Ich drehe mich zu der Ratte um. „Bevor du es tust, verrate uns, was das Heilmittel ist."

Da ich seinen wahren Namen erst vor kurzem benutzt habe, kann ich ihm die Antwort entlocken, obwohl ich die Abwehr in seiner Haltung erkennen kann. „Jemand, der sie liebt, muss eigenhändig sein Lebensblut für sie vergießen und sie damit bedecken."

Ich spüre, dass meine Brüder und Corwin genauso erstarren wie ich und Entsetzen bebt von Kopf bis Fuß durch mich hindurch. Mein erster Instinkt besteht darin, mich aufs Bett zu werfen, wo Astrid noch immer hektisch Zauberworte über Talias sterbendem Körper murmelt. Ich will mich vom Kinn bis zum Bauch aufschlitzen, wenn es das ist, was nötig ist. Doch obwohl es mich in den Beinen juckt, nach vorne zu treten, weiß ich, dass ich das nicht tun kann.

Das Herz wird mir nicht erlauben, dieses Opfer zu bringen. Die Männer hinter mir wissen das so gut wie ich.

Ich wende mich an Sylas und mein Herz hämmert schmerzhaft schnell. „Wenn du es tun würdest … ich würde mich anbieten …"

Madoc unterbricht mich mit einem kurzen, humorlosen Lachen. „Das ist genau das, was Orion wollte. Das hat er sich vorgestellt, als er den Fluch wirkte … dass ihr euch alle darum reißt, eure Hingabe auf eine Art unter Beweis zu stellen, die euch euer Herz nicht erlauben wird … dass ihr euch vielleicht sogar gegenseitig abschlachtet … aber das wird nicht funktionieren. Denkt ihr, er hätte nicht daran gedacht? *Eigenhändig*, habe ich gesagt. Man muss es selbst tun und ihr könnt das nicht. Also bleibe nur ich.“

Es dauert einen Augenblick, bis diese letzten Worte zu mir durchdringen, und bis dahin ist er bereits aufs Bett gesprungen. Corwin stößt einen Warnlaut aus. Ich springe nach vorne …

Und Madoc schneidet sich mit der schmalen Kralle, die er aus seiner Fingerspitze hat sprießen lassen, so tief über die Kehle, wie er kann.

Blut spritzt aus der tödlichen Wunde und regnet auf Talia und das Bett. Sofort färbt sich jeder Zentimeter ihrer unbedeckten Haut rot, es durchtränkt ihre Haare, ihr Nachthemd und die Laken, auf denen sie liegt.

Madocs sterbender Körper bricht über ihr zusammen, während immer mehr der scharlachroten Flüssigkeit aus ihm strömt. Astrid zuckt zurück und greift nach ihm. Sie hält mit den Händen über seinen Schultern inne, ihr Gesicht ist ebenfalls mit roten Flecken bespritzt. Ihr Blick huscht zu uns. Sie weiß nicht, ob es sicher ist, ihn zu bewegen.

Ich weiß es auch nicht.

Wie … warum … *Er* konnte unmöglich …

Das Blut, das Talias Haut bedeckt, beginnt, zu verblassen. Es sickert in sie, realisiere ich mit einer Woge entsetzter Faszination. Ihr Körper scheint die rötliche Flüssigkeit überall dort zu absorbieren, wo sie sie direkt berührt.

Innerhalb von Sekunden ist jeder Blutstropfen von ihrer

Haut verschwunden, sodass nur noch ihre Kleider und Haare mit dem Zeug besudelt sind. Ich mache einen vorsichtigen Schritt an die Seite des Bettes.

Dann hebt sich Talias Brust und ein tiefer Atemzug, wie sie seit Tagen keinen genommen hat, rauscht in ihre Lunge.

Talia

Ein ekelhafter Fleischgeruch füllt meine Nase. Meine Lippen teilen sich und ich sauge instinktiv die Luft ein – die mit diesem metallischen Geruch verunreinigt, jedoch trotzdem willkommen ist. Ich schlucke immer mehr Luft, bis meine Lunge voll ist.

Zum ersten Mal seit Tagen spüre ich keinen Schmerz, kein Stechen oder Pochen oder auch nur das schwache Kribbeln, das so lange mein ständiger Begleiter war. Die Erleichterung trifft mich so heftig, dass meine Augen aufklappen.

Ich liege noch immer auf dem Bett in meinem Zimmer. Ich habe eine vage Erinnerung an viele Stunden, die ich hier verbracht habe, während ich schwächer wurde. Jetzt hat mich diese Erschöpfung allerdings nicht mehr im Griff.

Meine Gefährten stehen um mich herum. August hilft Astrid, ein schweres Gewicht von meinem Körper zu heben.

Corwin beugt sich nahe bei meinem Kopf über mich. *Meine Seele*, murmelt er ehrfürchtig und dennoch gequält durch unser Band aus Gründen, die sich mir entziehen.

Sylas' dunkles Auge leuchtet, als er neben meinen seelenverbundenen Gefährten tritt. „Wie fühlst du dich?", fragt er mit eigenartig behutsamen Worten.

Die Empfindungen, die in Abwesenheit der Schwäche und Qualen in meinen Körper zurückkehren, sind so überwältigend, dass ich einen Augenblick brauche, um mitzukommen. „Ich bin … feucht", stelle ich fest, da ich mir plötzlich der Feuchtigkeit bewusst werde, wegen der mein Nachthemd an meiner Haut klebt. „Was … was ist passiert?"

Noch während ich diese Frage stelle, stemme ich mich hoch. Corwin schnellt nach vorne, als wollte er mich aufhalten. Die Bewegung ist jedoch ein Kinderspiel für mich und ich verspüre nichts von der Anstrengung der letzten Tage, weshalb ein Lachen aus meinem Mund purzelt.

Dann sehe ich das Blutbad auf dem Bett um mich herum und der Laut erstirbt in meiner Kehle. Mein Mund klappt zu.

Die gesamte Mitte meines großen Bettes ist durchtränkt von roter Flüssigkeit. Es ist überall um mich herum und auf mir – auf meinen Kleidern und meinen Haaren, die feucht über meine Schulter gleiten. Feucht von *Blut*. Daher rührt der schreckliche Geruch.

Und – das Gewicht, das August und Astrid von mir gehoben haben – sie ziehen gerade einen schlaffen Körper vorsichtig vom Bett auf den Boden. Mein Blick bleibt an den zerzausten blonden Haaren hängen, an der klaffenden Wunde am bleichen Hals des Mannes und ein Schrei bricht aus mir hervor.

„Was … was habt ihr mit ihm gemacht? Er …"

„Er hat sich das selbst angetan", unterbricht mich Whitt

mit angespannter und tonloser Stimme. „Er hat es getan, um dich zu uns zurückzubringen."

Ich fahre mit den Händen über meine tropfnassen Haare und zucke zusammen, als ich all das Blut spüre. Mein Verstand beeilt sich, meine letzten bruchstückhaften Erinnerungen zu verarbeiten.

Ich steckte in einem solchen Nebel aus Schmerz und Fieber fest – ich bin mir nicht sicher, was Traum und was Realität war. Doch ich erinnere mich daran, dass Madoc hier war, zuerst als haariger Körper, der sich an meine Hand schmiegte, dann als Mann, der auf der Bettkante saß. Ich erinnere mich daran, dass er mit mir sprach, und August hereinhastete ...

Ich schüttle den Kopf, als könnte ich den Anblick vor mir damit ändern. „Ich verstehe nicht. Ihr müsst ... ihr müsst ihn retten! Gibt es nicht irgendeine Magie, die ihr wirken könnt, um ihn zu heilen, oder ...?"

Die ernsten Mienen meiner Gefährten sorgen dafür, dass mir die Stimme versagt und sich mein Magen verkrampft. Eine andere Art von Schmerz breitet sich in meiner Brust aus und drückt mein Herz zusammen.

Nein.

„Er hat anscheinend endlich von seinem König erfahren, was das Heilmittel für deinen Fluch war", erklärt Sylas leise. „Eines, das unmöglich sein sollte, um uns noch mehr aus der Fassung zu bringen und zu quälen. Orion hat offensichtlich nicht in Erwägung gezogen ..." Er hält inne. „Du musstest mit dem Lebensblut einer Person bedeckt werden, die dich liebt und es selbstständig für dich vergießt."

Seine Worte dringen Stück für Stück zu mir durch. Meine Gedanken schnellen als Erstes zu Corwins Mutter, zu ihren verzweifelten, erfolglosen Versuchen, ihr eigenes Leben zu beenden, damit sie ihrem Mann in den Tod folgen kann. Meine Kehle schnürt sich zu. „Keiner von euch hätte ... das

Herz hätte es nicht erlaubt ..." Die restlichen Puzzleteile setzen sich in meinem Verstand zusammen und ein Ruck des Verstehens geht durch mich hindurch. „Dann hat *er* ..."

Ich kann die Worte nicht laut aussprechen. Madoc hat mich geliebt. Er liebte mich so sehr, dass er sein Leben gegeben hat, um meines zu retten. Vielleicht hat er es auch für sein Volk getan, für das Vertrauen, das er darauf setzte, dass ich einen blutigen Krieg verhindern könnte. Ich muss allerdings davon ausgehen, dass die Heilung nicht funktioniert hätte, wenn er mich nicht um meinetwillen geliebt hätte.

Mein Herz zieht sich noch fester zusammen. Tränen brennen in meinen Augen. „Das ist nicht richtig", sage ich abgehackt. „Gibt es nichts, was ihr tun könnt ... irgendeine Chance ...?"

August richtet sich von der Stelle auf, wo er neben Madoc auf dem Boden hockte, nachdem er und Astrid ihn dorthin gelegt hatten. Ich kann den Murk-Mann nicht mehr sehen, der sich in mein Herz eingenistet hat – und ich mich anscheinend in seines – doch das Bild seines leblosen Körpers bleibt mir im Kopf.

August macht ein finsteres Gesicht. „Er ist schon tot. Niemand kann jemanden zurückbringen, wenn ihn der Funke bereits verlassen hat."

Meine Hände umklammern die Bettdecke, als plötzlich Hoffnung in mir aufflammt. „Aber er *hat* ihn nicht verlassen, oder? Ihr haltet diese Beerdigungszeremonie für die Seelie ab, die gestorben sind – die Energie, die ihren Seelenstein macht, ist noch in ihnen. Etwas ist übrig. Wenn ihr ..."

Sylas greift nach meiner Hand. „Dieser Teil ist zu dem Zeitpunkt bereits vom Körper losgelöst. Niemandem ist es bisher jemals gelungen, ihn wieder mit dem Körper zu verbinden. Wiederbelebung ist keine Macht, die uns das Herz schenkt, und höchstwahrscheinlich aus gutem Grund."

Er versucht, mich zu beruhigen und mir vor Augen zu führen, dass es unmöglich ist, doch stattdessen heftet sich mein Verstand an den einzigen Teil seiner Aussage, der mir einen Weg nach vorne zeigt.

Die Männer um mich herum sind einige der mächtigsten Fae dieser Welt, aber ihre Magie hat eine Quelle, etwas, was jeden Funken ihrer Magie und allem Leben in beiden Reichen Energie verleiht. Etwas, was sie alle in den Schatten stellt.

Corwin massiert meine Schulter. „Wir sollten dich waschen und …"

„Nein", unterbreche ich ihn angetrieben von einem Anflug verzweifelter Hoffnung. Ich schiebe mich zur Bettkante und ignoriere das blutdurchtränkte Nachthemd, das an meinen Gliedern klebt.

Sylas und Corwin machen Anstalten, mich aufzuhalten, doch ich schlage ihre Hände weg. Mein Blick schnellt zu Madocs ausgestrecktem Körper. Die blutleere, bleiche Farbe seines Gesichts und die Wunde an seinem Hals sorgen dafür, dass sich mein Magen umdreht und stärken meinen Entschluss.

„Bringt ihn zum Herzen", verkünde ich und deute auf ihn, während ich aufstehe. Meine Beine tragen mich ohne das geringste Zittern. *Er* hat das für mich getan. Er hat mir das Leben zurückgegeben, das mir Orion beinahe gestohlen hat, und ich kann nicht tatenlos zusehen, solange die geringste Chance besteht, ihm dieses Opfer zu vergelten. „Tragt ihn dort runter … jetzt. Bitte beeilt euch."

Meine Gefährten starren mich an. „Talia", beginnt August sanft, „ich denke nicht …"

„Du *weißt* es nicht", unterbreche ich ihn mit lauter werdender Stimme. „Du hast auch nicht geglaubt, dass ich wahre Namen benutzen oder ein Seelenband schmieden könnte, bevor sich herausstellte, dass ich beides tun kann. Es besteht eine Chance. Wir müssen es versuchen. Nach allem, was er für mich getan hat, kann ich ihn nicht einfach im Stich lassen. *Bitte.*"

Als sie sich nicht sofort bewegen, dränge ich mich an Sylas und Whitt vorbei zu Madocs Körper. Whitt packt mich am Arm. Ich wirble zu ihm herum, aber bevor ich mich losreißen und ihm befehlen kann, mich loszulassen, drückt er mich kurz und schließt sich mir an. „In Ordnung. Wenn du das Gefühl hast, dass es eine Möglichkeit gibt, werden wir sie ausprobieren. Das schulden wir ihm."

Er und August heben Madoc hoch und Astrid huscht herbei, um die Arme des Murk-Mannes auf seiner Brust zu verschränken, damit sie nicht nach unten baumeln. August stützt den Kopf des Rattengestaltwandlers mit seiner Schulter. Dass dieser leblos gegen die breite Gestalt meines Gefährten rollt, sorgt dafür, dass mein Magen noch stärker rumort.

„Beeilt euch", treibe ich sie an und reiße die Tür weit auf.

Einige Wachen stehen im Gang. Diejenigen, die August begleiteten, als er zu meiner Verteidigung eilte, schätze ich. Sie starren mich in meinem blutigen Nachthemd und anschließend meine Gefährten an, die Madocs Körper tragen. Ich muss entsetzlich aussehen, werde jedoch nicht kostbare Minuten darauf verschwenden, mich um des äußeren Scheins willen aufzuhübschen. Ich habe keine Ahnung, ob das hier funktionieren wird, aber alles in mir sagt mir, dass die Chance mit jeder verstreichenden Sekunde kleiner wird.

„Räumt das Gebiet um das Herz herum", befiehlt Sylas den Wachen. „Haltet alle fern, bis ich einen anderen Befehl erteile."

Die Wachen reißen ihre Blicke von uns los, sehen ihn an, nicken zum Zeichen ihres Verstehens und eilen vor uns durch den Gang. August und Whitt tragen Madoc so schnell, sie können, der Rest von uns hält mit ihnen Schritt.

Corwin bleibt dicht an meiner Seite. „Du bist wirklich wieder ganz gesund? Du spürst keine nachhaltige Wirkung?"

Ich habe keine inneren Mauern errichtet – er sollte die schmerzlose Kraft in mir beinahe so gut spüren wie ich. Doch vielleicht braucht er die zusätzlich Beruhigung nach allem, was er mich durchmachen hat sehen.

„Nichts tut weh", teile ich ihm mit. „Mir geht es gut. Ich fühle mich besser als die Hälfte der Zeit, sogar bevor …"

Sogar bevor mich der Fluch traf. Vor allem kurz bevor er einsetzte, ging es mir nicht gut, da ich müde und mir von der Schwangerschaft manchmal schwindlig oder übel war.

Meine Hand sinkt zu meinem Bauch und eine frische Woge des Kummers schwappt durch mich hindurch. Kurz wackeln meine Beine. Corwin packt meine Schulter. „Falls es zu viel ist … du hattest keine Zeit zum Trauern …"

Ich knirsche mit den Zähnen, schüttle den Kopf und zwinge mich, weiterzugehen. Ich werde nicht noch mehr verlieren, als ich bereits verloren habe. Das Baby in mir hatte kaum zu wachsen begonnen. Der Mann, den ich zu retten versuche, war eine vollständig geformte Person mit einer komplizierten Vergangenheit und Träumen für die Zukunft … so viele Träume …

Jetzt, da ich frei von Orions Fluch bin, wird es viele Chancen geben, mit meinen Gefährten ein Baby in meine neue Familie zu bringen. Es wird nie wieder einen anderen Madoc geben, wenn ich keine Möglichkeit finden kann, ihn jetzt zurückzubringen.

Wir marschieren auf der Sommerseite aus der Burg und eilen zu der leuchtenden Masse des Herzens. Seine Energie pulsiert im Rhythmus eines echten Herzens über mich hinweg. Ein leises Flehen beginnt, durch mich hindurch zu vibrieren, noch bevor wir es erreichen.

Bitte. Bitte. Bitte.

Whitt und August zögern auf halbem Weg über das Feld, welches das Herz umgibt. Ich bedeute ihnen, weiterzugehen. „Direkt bis zum Herz. Legt ihn so nah wie möglich am Herzen ins Gras."

Ohne Protest machen sie die letzten Schritte zum Rand der Grenze. Als ich ihnen folge, wird das Leuchten so hell, dass es in meinen Augen brennt. Sie legen Madoc ab und weichen ein paar Schritte zurück, sodass ich Platz habe, um mich neben ihn zu knien.

Es ist beinahe so wie vor ein paar Tagen, als ich ihn in der Nähe im Gras liegend vorfand, wo er die Energie des Herzens auf die einzige Weise aufsaugte, die ihm zur Verfügung stand. Damals war sein Körper allerdings voller Leben und jetzt liegt er schlaff im Gras.

Blut aus seiner Wunde wurde auf seinem Hemd verschmiert. Ich schrecke nicht davor zurück, sondern lege meine Hände auf seine Brust. Ich starre mit schmalen Augen ins pulsierende Licht des Herzens, um die Helligkeit zu reduzieren, und gehe dazu über, laut zu betteln.

„Bitte. Du hast so viel Macht in dir. Du hast mir die Fähigkeit verliehen, wahre Namen zu benutzen, obwohl ich nur ein Mensch bin und als Waffe gegen die Fae der Nebelwelt eingesetzt wurde. Du hast bei meiner Paarungszeremonie für mich heller geleuchtet. Kannst du auch für ihn leuchten? Er verdient es nicht, zu sterben. Er hat alles in seiner Macht Stehende getan, um mir zu helfen – um uns allen zu helfen. Er wollte *Frieden*. Ist es nicht das, was du auch möchtest?"

Das Herz bewahrt einfach nur seinen steten, unerschütterlichen Rhythmus bei. Die Energie kribbelt in meine Haut und die Härchen auf meinen Armen richten sich auf, doch Madoc zuckt nicht einmal.

Ich befeuchte die Lippen und suche nach den richtigen

Worten. „Er war der erste Murk seit Jahrhunderten, der eine Möglichkeit fand, mit den Fae der Nebelwelt zusammenzuarbeiten. Das sollte etwas wert sein. Er beendete meinen Fluch – seine Hilfe könnte der Schlüssel zur Beendigung der anderen Flüche in dieser Welt sein. Bitte bring ihn zurück, damit er eine Chance hat, all das Gute zu tun, das er hätte tun können. Damit er nicht alles verlieren muss, nur damit ich leben kann. *Bitte.*"

Ich lege all meine Kraft in dieses letzte Wort. Meine Kehle fühlt sich rau an.

Es verändert sich jedoch nichts. Das Herz schlägt weiter und gibt kein einziges Zeichen, dass es mich gehört hat. Kein Zeichen, dass es einen Unterschied macht, dass ich es auf den Knien in einem Nachthemd anflehe, das in dem Blut dieses Mannes getränkt wurde, der mich mit seinem Opfer von der Schwelle des Todes zurückgeholt hat.

Wut strömt so schnell und plötzlich durch mich hindurch, dass sie alles andere überwältigt.

Ich rapple mich auf und balle die Hände zu Fäusten. Ich sehe bestimmt absurd in meinen grausigen Kleidern und blutbesudelten Haaren aus, doch es ist mir egal. Ich will einfach nur, dass mir die undurchdringliche Masse aus Magie vor mir *zuhört*. Die Worte fließen schneller und harscher aus meinem Mund, als ich darauf vorbereitet war.

„Wie zur Hölle kannst du dich ein Herz nennen? Ist dir alles egal? Du hast dich genug für deine Welt interessiert, um den Murk die Magie wegen etwas so Kleinlichem wie einer gelegentlichen Lüge wegzunehmen. *Das* war wichtig genug, um sie und ihre Kinder und die Kinder ihrer Kinder zu bestrafen, aber alles, was Madoc getan hat, reicht nicht, um ihn einer Rettung würdig zu machen? Vielleicht sollten wir uns alle an das Herz der Murk wenden, wenn du so rachsüchtig bist."

Eine Hand legt sich auf meinen Rücken. „Talia", sagt

Sylas leise und ich kann spüren, dass mich Corwin aufmerksam durch unser Band hindurch überwacht und mit mir trauert, sich jedoch zugleich Sorgen um mich macht.

„Nein", sage ich zu ihnen und wende mich wieder ans Herz. „Es sollte das hören. Alle hier sprechen ständig darüber ‚das Herz' tut dies und ‚das Herz' tut jenes, als sei es so eine wundervolle Sache, doch es war auch schrecklich zu einigen seiner Leute." Ich zeige mit dem Finger darauf. „Die Murk *sind* deine Leute; *du* hast ihnen die Magie geschenkt, mit der sie hier anfingen, und sie zu Fae gemacht. Dann hast du sie ihnen weggenommen und irgendwie ist es *ihre* Schuld, dass sie jetzt verbittert und verärgert sind? Ich denke nicht, dass es so einfach ist."

Ich lasse meine Hand sinken und deute auf Madoc. „Dieser Mann hat sich über all diese Verärgerung erhoben. Er sah, dass die Dinge besser sein könnten, dass sein Volk in der Lage sein könnte, ein glücklicheres Leben zu führen, ohne das anderer zu ruinieren. Er wollte nur ein Zuhause für sich und Fae wie ihn. Du hast ihnen das versprochen, als du sie erschaffen hast, und es wird Zeit, dass du etwas unternimmst, um ihnen dabei zu helfen, es zu bekommen. Wenn du an mich glauben konntest, besteht kein Grund, aus dem du nicht auch an ihn glauben kannst."

Meine Wut beginnt, zu verrauchen. Ich schlucke schwer und starre wieder in das Leuchten. „Er hat an dich geglaubt", füge ich jetzt mit rauer Stimme hinzu. „Hast du nicht gesehen, dass er hierhergekommen ist, nur um in deiner Nähe zu sein? Er hat an *dich* geglaubt. Er wollte zu dir zurückkommen. Du weißt, dass er das wollte. Das sollte etwas zählen."

Ich sinke wieder neben Madoc ins Gras und mein Kopf fällt herab. Ich beuge mich über ihn und lege mein Gesicht auf seine reglose Brust. Ich presse die Augen fest vor dem erneuten Brennen von Tränen zu.

Es hat nicht gereicht. Ich konnte nicht die richtigen Worte, die richtige Herangehensweise finden … ich konnte diese Macht nicht überzeugen. Wie konnte ich nur denken, dass ich dazu in der Lage wäre? Ich muss so erbärmlich aussehen, sogar geistesgestört …

Doch ich würde es wieder tun. Ich würde es immer wieder tun, wenn ich dächte, es bestünde eine Chance, dass es funktioniert.

Dieser Gedanke ist mir gerade erst durch den Kopf gegangen, als ein schärferes Leuchten durch meine Augenlider dringt. Ich rucke hoch in eine Woge aus Licht, die über das Feld und uns alle schwappt. Einige Sekunden lang kann ich nur weiß sehen.

Das Leuchten des Herzens zieht sich wieder zurück. Ich blinzle die fleckigen Nachbilder weg, die in meinem Sichtfeld übrig sind – und höre ein leises Krächzen unter mir.

Mein Blick schnellt zu Madoc und dem leichten Heben seiner Brust, als würde er atmen. Zu seinem Hals …

Die Wunde an seinem Hals ist fort. Die blasse Haut hat sich geschlossen, als wäre sie nie aufgerissen worden. Seine Augen haben sich geschlossen und seine Lippen geteilt.

Als ich meine Hand über seinen Mund halte, streift der Hauch eines Atems über meine Haut.

Mein Herz hämmert so heftig vor Freude, dass ich glaube, es wird jeden Moment aus meiner Brust hervorbrechen. Ich packe Madocs Hand und neige mein Gesicht zum Herzen der Nebelwelt. Die Tränen, die jetzt in meinen Augen brennen, sind Tränen der Dankbarkeit. „Danke schön.“

Meine Gefährten scharen sich dichter um uns. Whitt pfeift leise und ehrfürchtig. „Du weißt, wie man sich durchsetzt, was, Allkräftige?“

Stolz fließt von Corwin in mich, wenn auch mit einem Anflug von Zögern.

Als ich verwirrt zu ihm blicke, geht er neben mir in die Hocke. Kurz betrachten wir beide den noch immer bewusstlosen Murk-Mann und beobachten, das wundersame Heben und Senken seiner Brust.

„Du hast gut für ihn gesprochen", sagt mein seelenverbundener Gefährte. „Für alle Murk, aber besonders für ihn."

„Das musste ich tun", erwidere ich automatisch.

„Ich weiß. Weil du ihn auch liebst."

Ich drehe mich zu ihm um und mein Magen schlingert. Die Wahrheit seiner Worte hallt durch mich hindurch, doch zugleich kann ich es nicht ertragen, dass er – dass irgendeiner meiner Männer – denkt, ich würde sie verraten. „Ich liebe *dich*. Euch alle. Ich … alles andere, was ich fühle, ändert nichts daran. Ihr seid meine Gefährten und ich würde niemals zulassen, dass irgendetwas unser Band bedroht."

„Wir wissen, dass du das nicht tun würdest, Süße", sagt August und legt seine Hand auf meinen Kopf.

Corwin nickt. „Ich habe es nicht angesprochen, um dich zu beschuldigen. Ich …" Sein Mund verzieht sich und er atmet tief ein, bevor er fortfährt. „Drei tollwütige Wolfgestaltwandler haben einst zugestimmt, ihre Geliebte mit einem kalten Raben zu teilen. Wie kann ich diese Art der Großzügigkeit annehmen und sie nicht im Gegenzug anbieten, wenn sie so verdient ist?"

Ich blinzle ihn an und wage es kaum, zu atmen. „Was willst du damit sagen?"

Seine Zuneigung fließt durch unsere Verbindung, als er mich anlächelt und mich in zärtliche, akzeptierende Wärme hüllt. „Er hat seine Liebe für dich bewiesen. Ich kann spüren, wie wichtig er dir ist. Wenn in deinem Herzen Platz für fünf ist, werde ich nicht von dir verlangen, dich zurückzuhalten."

Er schaut zu meinen Seelie-Gefährten und ich folge seinem Blick. Ich weiß nicht, was ich sagen soll.

Whitt gluckst und schüttelt den Kopf. Sein Gesichtsausdruck wirkt unsicher, aber seine Augen funkeln, als sie meinen begegnen. „Ein Rattengestaltwandler. Das hätte ich nie gedacht. Andererseits gab es einmal einen spießigen Unseelie, der es geschafft hat, nicht nur einen, sondern drei wilde Wölfe als die Liebhaber seiner seelengebundenen Gefährtin willkommen zu heißen. Also wäre ich ein schrecklicher Heuchler, wenn ich etwas dagegen hätte, oder?"

Corwins Lippen zucken zu einem breiteren Lächeln. Als Nächstes fange ich Sylas' Blick auf. Seine ungleichen Augen betrachten mich lange.

„Ich denke, wir alle schulden Madoc eine Entschuldigung", sagt er. „Wir dachten so viele Male das Schlimmste von ihm, wohingegen du die Wahrheit sahst. Ich habe dir nie das Recht verwehrt, deinem Herzen zu folgen, meine Liebste, und ich werde jetzt nicht damit anfangen. Wir können es gemeinsam schaffen."

August streicht meine feuchten Haare beiseite und küsst meine Schläfe. „Er war gewillt, zu sterben, um dich zu schützen. Gegen diese Art der Hingabe würde ich niemals protestieren."

Ich dachte … ich dachte, ich müsste diesen Teil meiner Emotionen rausschneiden und beiseitelegen. Doch sie sehen es … sie verstehen es …

Ich kann mir nicht vormachen, dass es einfach werden wird. Die Skepsis und das reflexartige Misstrauen werden sich nicht einfach auflösen. Sie sind jedoch gewillt, Madocs Rolle in meinem Leben zu akzeptieren … und ihn in der Familie willkommen zu heißen, die wir geformt haben.

Ein Lächeln breitet sich auf meinem Gesicht aus, das so breit ist, dass meine Wangen wehtun. „Ich liebe euch", sage ich erneut erstickt zu ihnen allen.

28

Talia

Das nächste Mal, als ich mein Zimmer betrete, ist eindeutig, dass dort eine Menge Magie gewirkt wurde. Auf den Laken und in der Luft ist keine Spur von Blut mehr. Der einzige Hinweis darauf, wie viel sich verändert hat, ist, dass ich mich normal fühle … und die Anwesenheit des Mannes, der auf einer Seite des breiten Bettes liegt.

Madoc ist noch immer bewusstlos, atmet jedoch gleichmäßiger als vorhin, als ich ihn in der Obhut meiner Gefährten zurückließ, um mich zu waschen. Sie stimmten zu, dass mein Zimmer ein vernünftiger Ort wäre, damit er sich ausruhen und von der Tortur erholen kann, die sein Körper durchgemacht hat.

Da ihm sein blutbespritztes Hemd ausgezogen wurde, fällt das Licht, das durchs Fenster scheint, auf die definierten Flächen seiner nackten Brust und betont die wulstigen

Linien der Narben, die seine Haut sprenkeln. Ich fühle mich ein wenig eigenartig, weil ich ihn teilweise unbekleidet sehe, andererseits habe ich ihn in nichts als Boxershorts gesehen, als wir im Refugium geduscht haben, weshalb er vielleicht nichts dagegen hat.

In den letzten Tagen habe ich viel Zeit in diesem Bett verbracht, könnte jetzt allerdings erneut ein wenig Ruhe gebrauchen nach meiner Konfrontation mit dem Herzen und nachdem ich allen Winter-Fae Tränen angeboten habe, die auf mich warteten und von denen einer beinahe komplett gefroren war. Meine Gefährten besprechen momentan mit den anderen Erzlords, wie sie im Konflikt mit den Murk am besten fortfahren sollen, jetzt, da die Zerstörung ihres Herzens nicht mehr ganz so dringend ist. Ich werde eine Weile nirgends gebraucht.

Außerdem wäre ich gerne bei Madoc, wenn er aufwacht.

Ich klettere aufs Bett und lege mich auf die andere Seite. Dabei lasse ich so viel Platz zwischen uns, dass ich seine Schulter nur mit den Fingerspitzen berühren könnte, wenn ich meinen Arm ganz ausstrecke. Einige Minuten lang beobachte ich das Heben und Senken der Brust des Murk-Mannes und bemerke, dass sein Gesicht weichere Züge annimmt, als er in eine tiefere Entspannung fällt, als ich jemals zuvor gesehen habe. Was wird er von dem halten, was ich getan habe?

Ich weiß es nicht, bereue meine Entscheidung jedoch nicht, alles in meiner Macht Stehende getan zu haben, um ihn zu retten.

Nach einer Weile falle ich in einen friedlicheren Schlummer, als ich ihn erlebt habe, seit der Fluch seine Krallen in mich geschlagen hat. Ich treibe auf einer ruhigen, traumlosen Strömung dahin, als mich die Bewegung des Körpers neben mir wieder in die Realität reißt.

Madoc blinzelt und seine Arme zucken an seinen Seiten.

Er starrt zur Decke und hebt die Hände, um auch diese anzustarren. Seine Miene drückt vollkommene Fassungslosigkeit aus.

Ich setze mich auf und ziehe die Beine unter das schlichte Kleid, das ich nach dem Waschen angezogen habe. Der Blick des Murk-Mannes schnellt zu mir. Er sieht benommen aus, als wäre er noch nicht ganz wach. Vielleicht ist er sich nicht sicher, ob er wirklich aufgewacht ist.

„Es hat funktioniert", sage ich, da ich annehme, dass er das als Erstes wissen möchte. „Dein Heilmittel. Soweit ich es erkennen kann, ist der Fluch fort. Ich kann seine Wirkung nicht mehr spüren."

Madoc blinzelt mich an, seine Augen klären sich langsam und eine Falte formt sich auf seiner Stirn. Er setzt sich ebenfalls auf … zuerst schnell, dann langsamer, wackelt und findet sein Gleichgewicht, vermutlich als ihm bewusst wird, dass er sich noch nicht vollständig erholt hat. Er stemmt sich ganz hoch und berührt seinen Hals an der Stelle, wo das Fleisch aufgeschlitzt war. Dort ist nicht einmal eine winzige Narbe zurückgeblieben.

„Dann wie … ich sollte für dich *sterben*, damit die Heilung funktioniert", sagt er und ich bin eigenartig erleichtert, zu hören, dass das Herz die vertraute Heiserkeit seiner Stimme nicht geglättet hat. „,Das Lebensblut' hat er gesagt, und … es hätte …"

Er sieht mich an und widersprüchliche Emotionen huschen über sein Gesicht, als wäre er erleichtert und beunruhigt, zufrieden und besorgt gleichzeitig.

„Das hat es getan", sage ich. „Es hat dich getötet. Doch ich … ich war nicht gewillt, dieses Ende zu akzeptieren." Mein Mund verzieht sich zu einem verlegenen Lächeln. „Ich habe meine Gefährten gebeten, dich zum Herzen zu bringen, und flehte es an, dich zu heilen. Und dann brüllte ich es auch eine Weile an. Ich bin mir nicht sicher, welcher Teil funktioniert hat. Vielleicht waren es beide gemeinsam. Jedenfalls hat es am Ende auf mich gehört, was das Einzige ist, was zählt."

Madocs Augen werden noch größer. „Das Herz …" Sein Blick zuckt zum Fenster und seine Hand fliegt zu der Stelle über seinem Herzen. Er atmet ein und aus und jede andere Emotion auf seinem Gesicht verschwindet unter einer Woge der Ehrfurcht. „Ich kann es *spüren*. In mir. Die Magie, die Energie … ich könnte …"

Er hält abrupt inne und raunt etwas, was wie ein wahrer Name klingt. Ein leuchtender Metallball in der Größe einer Murmel formt sich auf seiner Handfläche. Er mustert ihn lange und schaut mir erneut in die Augen. In seinen grauen Pupillen schimmert etwas Verblüfftes, jedoch Erfreutes. „Du hast mich zum Herzen zurückgebracht. Du …"

Seine Stimme versagt. Er scheint sich zu konzentrieren und sein Blick richtet sich in die Ferne. Sein Adamsapfel hüpft. „Ich kann Orions Herz jetzt gar nicht mehr spüren. Meine Verbindung zu ihm muss durchtrennt worden sein, als ich starb, und das Herz der Nebelwelt hat sie übernommen."

Ich weiß nicht, ob ich mich dafür entschuldigen soll. „Ich wusste nicht, wie es passieren würde", sage ich leise. „Ich wusste nicht, ob es überhaupt funktionieren würde. Ich konnte einfach nicht aufgeben nach … nach allem."

Ein Augenblick der Stille dehnt sich zwischen uns aus. Madoc blickt auf seine Hände hinab und wieder zu mir. Sein Kiefer mahlt. „Du weißt es, oder? Sie haben dir die Bedingungen der Heilung erklärt, warum es der Rest von ihnen nicht hätte tun können … Warum ich es sein musste."

Er klingt eigenartig nervös, als würde er sich auf irgendeine Form der Zurückweisung gefasst machen. Als würde er denken, ich hätte ihn von den Toten zurückgeholt, nur um ihm mitzuteilen, dass er keine Chance hat, mein Herz zu gewinnen.

Selbst wenn mir meine Gefährten nicht ihren Segen gegeben hätten, selbst wenn ich diese Gefühle vergraben und akzeptieren hätte müssen, dass ich bereits genug Glück habe, hätte ich es ihm vermutlich erzählt. Er hätte es verdient, es zu wissen.

„Das haben sie", bestätige ich. „Aber es bedeutet mir trotzdem eine Menge ... obwohl du der Einzige warst, der es tun *konnte*, hättest du es nicht tun müssen. Du hättest mich sterben lassen können."

„Nein", protestiert Madoc sofort, „das hätte ich nicht tun können."

Mein Mundwinkel biegt sich nach oben und Zuneigung brennt am Ansatz meiner Kehle. „Ich muss mich dennoch bei dir bedanken. Es gibt nicht genug Worte, um dir zu danken. Und für den Fall, dass es anhand der Tatsache nicht offensichtlich wurde, dass ich mit dem Herzen der Nebelwelt geschimpft habe, um dich ins Leben zurückzuholen, ich liebe dich auch."

Anscheinend war es nicht offensichtlich. Madoc starrt mich kurz noch angestrengter an. Seine Stimme klingt rau, angespannt und ist dennoch von so viel Sehnsucht erfüllt, dass sie an meinem Herzen zupft. „Talia ..." Er schüttelt sich. „Ich weiß, wie du für deine Gefährten empfindest ... ich habe nichts erwartet. Ich meine, ich habe erwartet, zu sterben." Er lacht rau. „Und das ist in Ordnung. Selbst das wäre genug gewesen."

Ich greife über die Bettdecke und lege meine Finger um seine Hand. „Ich denke, du und meine Gefährten müssen viele Gespräche führen, damit ihr euch besser versteht. Aber sie erkennen das Opfer, das du erbracht hast ... sie respektieren es. Es wird keine Zweifel mehr an deiner Loyalität geben. Und sie haben es geschafft, ihre Rollen in meinem Leben zu akzeptieren. Sie sind gewillt, auch dich zu akzeptieren. Ich musste sie nicht einmal *fragen*. Sie haben mich von selbst darüber informiert, dass du in der Familie willkommen bist."

Meine Lippen zucken zu einem breiteren Lächeln, Madoc scheint jedoch sprachlos zu sein. Er öffnet den Mund und schließt ihn wieder, seine Stirn runzelt sich und sein Blick sucht meinen. „Du sagst …"

„Ich sage, dass diese Burg sehr groß ist und sich alle einig sind, dass es noch Platz für einen weiteren Gefährten gibt." Ich zögere und mein Magen sinkt plötzlich. „Ich meine, wenn *du* das möchtest. Ich weiß, dass es nicht das ist, worauf die meisten Fae normalerweise hoffen … sich eine Gefährtin zu teilen. Ich weiß, alles war kompliziert, und du wurdest hier anfangs nicht mit offenen Armen willkommen geheißen. Wenn du dir nicht vorstellen kannst, mit einem derartigen Arrangement zu leben, verstehe ich das natü…"

Madocs Finger spannen sich um meine herum an und er rutscht näher zu mir. Er kommt mir so nahe, dass er seine andere Hand an die Seite meines Gesichts legen und seine Stirn an meine lehnen kann. „Talia", haucht er, „ich würde jedes noch so kleine bisschen von dir dem vorziehen, dich gar nicht zu haben. Ich habe nur Schwierigkeiten, zu verstehen, dass du *mich* wollen würdest."

Oh. Ich hebe meine Hand an seine Wange und fahre mit den Fingern seinen Kiefer nach und seinen Hals hinab, wo ich das Pochen seines Pulses spüre. Bei der Berührung stockt ihm der Atem. Urplötzlich will ich seinen Oberkörper ebenfalls berühren und die harten Erhebungen der Muskeln bis hinab zum Bund seiner Jeans.

„Du bist mutig und großzügig und der ehrenhafteste Fae, dem ich jemals begegnet bin", informiere ich ihn. „Selbst wenn es schwer ist. Selbst wenn es bedeutet, gegen alles zu gehen, woran du immer geglaubt hast. Du hast die gleichen Träume wie ich und ich habe gesehen, wie weit du zu gehen bereit bist, um sie wahrzumachen … für alle, die dir wichtig sind, nicht nur für dich. Also stell dein Licht nicht unter den Scheffel."

Er schluckt hörbar und reibt mit der Nase über meine Stirn. „Und du bist meine Strahlende, mein Licht in der Dunkelheit", sagt er. Es ist kaum mehr als ein Flüstern. Dann senkt sich sein Kopf, meiner hebt sich und irgendwo in der Mitte treffen unsere Lippen aufeinander.

Der Kuss fühlt sich an, als wäre ich in einem Gewitter gefangen, elektrisch und wild, eine Woge der Hitze schwappt über meine Haut hinweg. Ein Geräusch dringt tief aus Madocs Kehle, als er mich an sich zieht. Ich schlinge einen Arm um seinen Hals und fahre mit den Fingern in seine Haare. Meine andere Hand gleitet so über seine nackte Brust, wie ich es mir vor einigen Minuten vorgestellt habe. Meine Fingerspitzen hüpfen über die winzigen Mulden und Erhebungen, wo die Narben seine ansonsten glatte Haut kreuzen, doch ich schrecke nicht vor ihnen zurück. Sie sind ein Beleg für die Prüfungen, die dieser Mann durchgestanden hat, um zu diesem Moment mit mir zu gelangen.

So viel Verlangen, das ich unbewusst zurückgehalten habe, rauscht durch mich hindurch und füllt mich. Wir küssen uns und küssen uns wieder, bis ich nicht mehr weiß, wann ein Kuss endet und der nächste beginnt. Hart, weich, stürmisch und lange, einer fließt in den anderen über.

Es dauert nicht lange, bis ich atemlos bin, mich an ihn klammere und mehr will. Ich will diesem Mann so nahe wie möglich kommen, der sich im wahrsten Sinne des Wortes für mich geöffnet hat und sich dennoch nicht als Held sehen kann.

Madoc weicht zurück, allerdings nicht weit. Ein Protestlaut formt sich in meiner Kehle, doch das Begehren in seinen Augen hält mich davon ab, ihn auszustoßen. Er ist noch nicht fertig. Er legt nur fragend die Hände auf den Rock meines Kleides. „Ich will dich sehen."

Ich nicke und hebe die Arme sowie meine Hüften. Mit einem harschen Einatmen hebt Madoc den glatten Stoff über meinen Kopf und legt ihn beiseite. Sein Blick wandert voller Bewunderung über mich und jede Verlegenheit, die ich womöglich empfunden hätte, verpufft.

„So hübsch", raunt er. „Meine leidenschaftliche kleine Kämpferin. *Mein.*" Er lässt das Wort nachklingen, als würde er es testen, und ein Lächeln umspielt seine Lippen.

Er schaut mir in die Augen, führt seine Hand an meinen Busen, umfängt ihn und gleitet langsam mit dem Daumen über die Spitze. Bei dem Blitz aus Lust, der mich daraufhin durchfährt, richtet sich mein Nippel sofort auf. Er lässt den Daumen immer wieder über ihn wirbeln und schickt weitere Funken durch mich hindurch, bis mir ein Keuchen entwischt, sich mein Kopf nach hinten neigt und mein Körper in der Liebkosung schwankt.

Er knurrt und neigt mich auf dem Bett zurück, küsst meinen Kiefer und meinen Hals hinab, wobei er ab und zu zärtlich an meiner Haut knabbert. „Du hast keine Ahnung, wie viele Male ich mir vorgestellt habe, das hier zu tun. Es ist wie ein Wunder, dass ich dich wirklich berühren darf. Es ist ein Wunder, dass ich überhaupt hier bin." Ein Glucksen purzelt ihm zusammen mit seinem Atem aus dem Mund. „Die Frau, die das Herz der Nebelwelt herumkommandieren konnte."

Ich gebe einen ungeduldigen Laut von mir und meine Finger krümmen sich in seine Haare, woraufhin er seinen Kopf tiefer senkt, um meinen vernachlässigten Nippel in die Hitze seines Mundes zu saugen. Als er mit der Zunge dagegen schnalzt, wimmere ich und meine Finger packen seine Haare fester. Mit der anderen Hand gleite ich über seine Schulter und Arm und streichle jeden Zentimeter Haut, den ich erreichen kann, während er mich verwöhnt.

Er taucht tiefer und küsst einen Pfad über mein

Brustbein sowie meinen Bauch. Als er die Stelle unterhalb meines Bauchnabels erreicht, hält er inne und gibt ihr den bisher zärtlichsten Kuss. Er blickt zu mir auf und Kummer verdrängt vorübergehend das Verlangen auf seinem Gesicht.

„Es wird mehr geben", sagt er, als könnte er die Zukunft, von der er spricht, mit einem Zauber wahr werden lassen. „Ein Wolf und ein Rabe, beides. Ich weiß, das Herz wird auf dich scheinen."

Schmerzen breiten sich in meiner Brust aus wegen meines Verlusts und weil er sich selbst nicht erwähnt hat. Ich streichle mit den Fingern über die Seite seines Gesichts. „Dann eines von jedem. Ein Wolf, ein Rabe und eine Ratte."

Seine sturmgrauen Augen weiten sich und urplötzlich erhebt er sich über mich und erobert meinen Mund so leidenschaftlich, dass jeder Nerv in meinem Körper vor Freude zuckt. Seine Finger haken sich in mein Höschen und ich zerre an seiner Jeans. Der Knoten der Sehnsucht, der in meiner Mitte anschwillt, nimmt verzweifelte Züge an, da ich unbedingt gefüllt werden muss.

Als Madoc seine Jeans und Boxershorts beiseitetritt, durchläuft ein Beben seine Arme, die sein Gewicht tragen. Er ist erst vor wenigen Stunden gestorben … er hat seine übliche Kraft noch nicht zurückgewonnen. Doch er sinkt einfach auf seine Seite und rollt mich zu sich, hüllt mich in seine Umarmung und fängt meine Lippen mit einem weiteren Kuss ein.

Ich greife zwischen uns und schlinge meine Finger um seinen Schaft. Er presst sich steif gegen meine Handfläche und ist so hart, dass mir schwindlig wird vor Erregung.

Madoc stöhnt, küsst mich härter und führt meinen Schenkel zugleich höher über seinen, sodass er mich spreizen kann. Ich schmiege mich wimmernd enger an ihn, als die Spitze seiner Erektion meine Öffnung streift.

„Ich will so viele Dinge mit dir tun, wenn ich wieder bei

Kräften bin", murmelt er. „Aber das hier ist fürs Erste mehr als genug."

Ich wölbe mich ihm entgegen und er dringt langsam und stetig in mich. Noch ein Keuchen bebt durch meine Kehle. Er packt meine Hüfte und neigt mich so, dass ich seinen nächsten Stoß mit einer noch berauschenderen Explosion der Wonne aufnehme. Seine andere Hand schließt sich über meiner Brust. Sein Mund trinkt mein Wimmern und Stöhnen.

Etwas anderes gleitet wie ein seidiger Finger über meinen gebeugten Rücken, meinen Hintern und die Rückseite meiner Schenkel entlang.

Meine Muskeln zucken überrascht und Madoc hält inne. Sein Schwanz wandert aufwärts, um wie ein fünftes Glied über meinen Oberarm zu streicheln. „Ich kann vollkommen menschenähnlich bleiben", sagt er und mustert mein Gesicht, „wenn dir das lieber wäre. Ich kann einfach … mehr tun, wenn ich mit mehr von mir arbeiten kann."

Ein verschlagenes Funkeln tritt in seine Augen, doch ich erkenne auch die Vorsicht darin. Die Furcht vor Zurückweisung, mit der er noch zu kämpfen hat … und warum sollte er nicht so empfinden nach dem, wie ihn die Fae behandelt haben, mit denen ich mich verbündet habe, nur weil er ein Murk ist?

Ich lege meine Hand auf seine Wange und schaue ihm in die Augen. „Ich will jeden Teil von dir genießen."

Das ist eindeutig die richtige Antwort, denn Madoc stiehlt sich einen weiteren Kuss. Seine Finger massieren meine Hüfte im Takt mit dem schneller werdenden Rhythmus seiner Stöße in mir und sein Schwanz gleitet wieder über meinen Rücken.

Als er sich vorsichtig senkt, um über meine andere Öffnung zu streichen, entlockt die kribbelnde Wonne meinen Lippen ein frisches Keuchen. Ich küsse Madoc leidenschaftlicher für den Fall, dass irgendein Zweifel daran besteht, dass ich *das* genieße. Daraufhin beginnt er, im Takt mit seinen schaukelnden Hüften über diese empfindliche Stelle vor und zurück zu gleiten.

Wonne strahlt jetzt durch jeden Teil meines Körpers und wird exponentiell größer. Ich werde von einem erregenden Brennen zwischen meinen Beinen überwältigt, von lustvollen Schaudern, als Madoc meinen Busen massiert, und von einem tiefergehenden Kribbeln, wann immer mich sein Schwanz liebkost. Seine Zunge tanzt unterdessen mit meiner und entlockt mir ein Stöhnen.

Als ich zu zittern beginne, beschleunigt er das Tempo nur ein wenig, was ausreicht, um mich über die Klippe zu stoßen.

Ich schreie und klammere mich an ihn, als würde ich wegfliegen, wenn ich mich nicht festhalten würde. Madoc stöhnt und vergräbt sich tiefer in mir, während er zittert und seinen eigenen Höhepunkt erlebt. Er küsst mich und küsst mich wieder, murmelt sanfte Laute, die nicht ganz Worte sind, und drückt mich dichter an sich.

Ich erwidere seine Umarmung und der angenehme Schmerz in mir breitet sich aus, bis er mich vollständig füllt, als hätte mir bis zu diesem Moment etwas gefehlt und ich diesen verlorenen Teil endlich gefunden.

29

Talia

Ich wünschte, wir könnten noch Stunden zwischen den Laken liegen, miteinander kuscheln und den Körper des anderen erkunden. Anschließend würde ich gerne meine anderen Gefährten im Bett willkommen heißen und herausfinden, welche Art von Einheit wir zwischen uns allen aufbauen können. Doch es droht noch immer ein Krieg. Mein Intermezzo mit Madoc war nur eine kurze Flucht, ein Luxus, wegen dem ich mich schuldig zu fühlen beginne, nachdem wir noch ein Weilchen im Bett lagen.

„Fühlst du dich gut genug, um aufzustehen und zu laufen?", frage ich und küsse Madocs Wange. „Wir sollten schauen, wo meine Gefährten mit ihren Plänen stehen … und sie werden auch mit dir sprechen wollen." Corwin hat sich auf Distanz gehalten, damit ihre Diskussion nicht meine Ruhe beeinträchtigt … und alles andere … aber ich weiß, dass er sich bewusst ist, dass der Murk-Mann aufgewacht ist.

Madoc lacht angespannt. „Irgendwie glaube ich nicht, dass Laufen die größte Herausforderung sein wird." Doch als er mir in die Augen schaut, wird seine Miene sanfter. „Es gibt eine Menge zu besprechen und nicht nur in Bezug auf dich."

Durch das Band greife ich gerade so stark nach meinem seelenverbundenen Gefährten, dass er meine Absicht erkennt. *Wir beenden gerade ein Gespräch mit den anderen Erzlords*, berichtet er durch unser Band, als ich wieder in meine Kleider schlüpfe. *Wir treffen uns in wenigen Minuten unten mit euch.*

Madoc hat natürlich überhaupt kein Oberteil, weshalb ich eines aus dem Schrank in Whitts Zimmer hole, da seine Statur dem Rattengestaltwandler am ähnlichsten ist. Madoc mustert die Seidentunika mit dem Kragen skeptisch, nimmt sie jedoch entgegen. Vermutlich zieht er es vor, ein wenig overdressed zu sein, anstatt dieses Gespräch mit den anderen Männern zu führen, während er halb nackt ist.

Ich spüre es, als Corwin zusammen mit den anderen die Burg betritt. Er ist besorgt und dennoch hoffnungsvoll. Mit genauso viel Skepsis folgt mir Madoc die Treppe hinab zum Wohnzimmer, in dem meine Gefährten versammelt sind. Ein nervöses Beben rast durch meinen Bauch.

Meine Gefährten haben die Rolle akzeptiert, die Madoc in *meinem* Leben spielen könnte, doch wie einfach wird es für ihn sein, sich in die Gruppe der Fae der Nebelwelt einzufügen? In dem Rausch der Erleichterung und freigelassenen Emotionen haben wir nicht einmal darüber gesprochen, was er sich für die Zukunft wünscht.

Wird er hier bei uns bleiben? *Könnte* er seine Leute überhaupt besuchen, wenn er das wollte?

Wie lange wird es dauern, bis Orion realisiert, was passiert ist, und den Tod seines nicht mehr loyalen Ritters verlangt? Wie werden die anderen Erzlords auf Madocs fortwährende Präsenz unter uns reagieren?

Was, wenn ich ihn gerettet habe, nur um ihn wieder zu verlieren?

Als wir das Wohnzimmer betreten, zwinge ich mich, diese Sorgen beiseitezuschieben. Wir müssen die Dinge eines nach dem anderen angehen. Nichts davon spielt eine Rolle, falls jetzt sogar meine Gefährten vor ihm zurückschrecken, da der Murk-Mann wieder vor ihnen steht.

Madoc bleibt im Türrahmen stehen und ich mit ihm. Meine anderen Männer haben sich im Raum verteilt. Whitt lehnt an der Armlehne eines Sofas in der Nähe und seine Augenbrauen heben sich leicht, als er Madocs geliehenes Oberteil entdeckt. Corwin sitzt am anderen Ende des Sofas in seiner Nähe. Sylas tigert vor dem Fenster auf und ab, bleibt jedoch bei unserem Eintreten stehen und dreht sich zu uns um. August steht hinter einem der Sessel, die Ellenbogen oben auf den gepolsterten Rahmen gestützt.

Die Sorge, die ich bei Corwin spüre, durchdringt den gesamten Raum. Niemand spricht und vier Augenpaare heften sich auf Madoc. Sie bemerken zweifelsohne, wie dicht wir nebeneinanderstehen, und die neue Vertrautheit dieser Nähe.

Ich kann es nicht ertragen, die Stille zu lange andauern zu lassen. Ich habe meine Entscheidungen getroffen, ich fühle, was ich fühle, und jetzt muss ich dazu stehen.

Ich greife nach oben und berühre Madocs Wange. Als er seinen Kopf zu mir neigt, gehe ich auf die Zehenspitzen und gebe ihm einen sanften Kuss. Er erstarrt, erwidert den Kuss jedoch und seine Hand hebt sich zu meiner Schulter. Ich erinnere mich an den Tag, als ich ihn umarmen wollte und er sich anspannte.

Das war damals keine Zurückweisung. Er war vermutlich nur so nervös wie jetzt, weil er nicht weiß, welche Reaktion meine Geste auslösen wird.

Ein Funke besitzergreifenden Widerstands erreicht mich

durch meine Verbindung mit Corwin, aber ich kann nicht sagen, ob er schlimmer ist als die ähnlichen Gefühle, die er bei meinen Seelie-Männern zu Beginn empfand. Außerdem geht es bei diesem Moment nicht nur um Madoc. Es geht um sie alle.

Als Nächstes gehe ich zu Whitt, fahre mit den Fingern über seinen Hals und suche seinen Kuss. Seine Lippen zucken zu einem seiner verschlagenen Lächeln und er gibt mit einem zufriedenen Summen nach.

Von ihm trete ich zu Corwin, beuge mich auf dem Sofa über ihn und streife seine Lippen von oben mit meinen. Mein seelenverbundener Gefährte legt eine ruhige Hand an meine Taille und zärtliche Liebe strömt von ihm in mich. *Du musst nichts beweisen.*

Ich dachte, ich sollte von Anfang an den richtigen Ton für dieses Gespräch festlegen.

Als ich mich von ihm löse, funkelt Belustigung in seinen Augen. *Ich schätze, diese Strategie hat etwas für sich.*

Da er meinen Weg durch den Raum beobachtet hat, tritt Sylas nach vorne und trifft sich mit mir neben dem Sofa. Als er meinen Mund erobert, streichelt er mit der Hand über meine Haare und seine gewaltige Präsenz schützt mich, wie sie es immer getan hat.

August hat sich neben dem Sessel aufgerichtet. Sein Mund verzieht sich zu einem bittersüßen Ausdruck, bevor er mir einen kurzen Kuss gibt und mich in eine Umarmung zieht. Die Anspannung in seinen Muskeln, die um mich geschlungen sind, verrät mir, dass er noch nicht über den Schrecken meines Beinahe-Todes hinweg ist.

Madoc hat meinen Kreis durch den Raum ohne eine Bemerkung oder Beschwerde verfolgt, sieht jedoch nach wie vor ein wenig unsicher aus, als ich zu ihm zurückkehre. Ich lege meine Hand in seine, da ich spüre, dass er die zusätzliche Unterstützung braucht.

Ich wollte eigentlich etwas sagen, doch bevor ich mir Worte zurechtlegen kann, marschiert August vorwärts. Er bleibt einige Schritte entfernt von Madoc stehen und räuspert sich.

„Es tut mir leid", entschuldigt er sich. „Ich dachte mehr als einmal das Schlimmste von dir ... ich habe dich beinahe daran gehindert, sie zu retten." Der Kummer über dieses Wissen schwingt in seiner Stimme mit.

Madoc entspannt sich ein wenig neben mir. Einer seiner Mundwinkel biegt sich nach oben. „Um fair zu sein, ich stand mit einem Messer über ihr. Ich kann verstehen, dass ich dadurch nicht das unschuldigste Bild abgab."

„Talia wusste, dass du sie nicht verletzen würdest", fährt August fort. „Ich vertraue ihrem Urteil und ich hätte ihr in Bezug auf dich mehr vertrauen sollen."

Sylas nickt. „Ich glaube, das hätten wir alle tun sollen. Es war ein gewaltiges Opfer, das du erbracht hast ... eines, das keiner von uns hätte machen können, auch wenn wir es gerne getan hätten. Trotz Talias Anstrengungen, dich zurückzuholen ... Ich nehme an, du wirst jetzt nicht mehr zu deinem Zuhause und König zurückkehren können."

Madocs Kiefer spannt sich an. „Nein. Sobald Orion hört, dass Talias Fluch geheilt wurde – falls er es überhaupt hören muss und es nicht durch seine Magie in dem Moment spürte, in dem es geschah – wird er realisieren, was geschehen ist, und ich werde dort nicht mehr willkommen sein, wenn ich diese zweite Chance auf ein Leben behalten will."

Er hält inne und atmet scharf ein. „Ich sollte euch erzählen ... der Hinterhalt in den Randgebieten ... er war teilweise meine Schuld. Unbeabsichtigt, aber dennoch ... ich habe Orion bei einem früheren Bericht zu viel verraten. Das hat ihm gereicht, um zu erraten, dass ihr die Taktik wählen würdet, zu einem Portal in der Nähe seines Herzens zu gehen. Dadurch konnte er sich auf eure Ankunft vorbereiten.

Wenn ich es gewusst hätte … ihr könnt euch sicher sein, dass ich Talia niemals in diese Falle geführt hätte.“

„Nur den Rest von uns …“, sagt Whitt in einem trockenen Tonfall und hält die Hände hoch, als Madocs und meine Augen zu ihm schnellen. „Ein Witz! Es herrschten Misstrauen und Feindseligkeit auf beiden Seiten und ich denke nicht, dass es irgendetwas nutzt, mitzuzählen. Die Frage ist, wie wir jetzt weitermachen.“

Er blickt zu Corwin, der sich mit erhöhter Wachsamkeit an den Rand des Sofas schiebt.

„Der Hinterhalt war in einer Hinsicht von Vorteil für uns“, verkündet der Unseelie-Erzlord. „Du hast uns in ein Gebiet mit einem Portal gebracht, das zu dem wahren Standort eures Refugiums führt. Ich konnte sehen, durch welches Portal einer unserer Angreifer reiste. Selbst ohne deine Führung könnten wir jetzt das Refugium angreifen. Doch … *mit* deiner Führung haben wir eine bessere Chance, diese Schlacht zu überleben und die Murk zu retten, die gewillt wären, zusammen mit uns zu überleben und eine Art Frieden zu schmieden.“

„*Du* bist gewillt, zu glauben, dass die Murk friedlich mit euch in der Nebelwelt leben könnten?“, fragt Madoc in einem herausfordernden Ton.

Corwin erwidert seinen Blick unerschüttert. „Ich denke, du hast genügend Beweise dafür geliefert, dass wir die Beziehungen zwischen unseren Völkern so sehr von Vorurteilen haben trüben lassen, dass es sich jeder Vernunft entzieht. Wenn *du* es nicht für unmöglich hältst, bin ich gewillt, jedem eine Chance zu geben, der sie will.“

Madocs Blick gleitet von ihm zu Sylas. „Und was ist mit euren anderen Herrschern? Was halten sie davon, mit Ratten zu verhandeln?“

„Das ist etwas, was wir angesichts der jüngsten Ereignisse

bereits mit ihnen besprochen haben", antwortet Sylas. „Ich werde nicht lügen und behaupten, dass niemand Bedenken hat – ich vermute, es wird uns auf beiden Seiten schwerfallen, unsere Einstellungen anzupassen – aber wir können einen Weg finden, das zu überwinden. Es wäre einfacher, wenn du mitkommst und mit ihnen sprichst. Vielleicht mit Talia an deiner Seite, so wie jetzt." Er schenkt mir eines seiner kleinen, sanften Lächeln, die mein Herz immer zum Flattern bringen.

Madoc tritt unbehaglich von einem Fuß auf den anderen. Ich drücke seine Hand. „Das Herz selbst hat dich akzeptiert und beschlossen, dass du würdig bist, von ihm angenommen zu werden", erinnere ich ihn. „Sie werden Schwierigkeiten haben, das abzustreiten."

Er blickt auf mich herab und gluckst kurz. „Und nicht einmal das Herz hat es gewagt, mit dir zu diskutieren." Die Zuneigung, die in seinen Augen leuchtet, löst ein weiteres Flattern aus.

Dann schaut er zum Fenster. „Ich … es gibt eine Menge, worüber ich nachdenken muss. Ich möchte, dass dieser Konflikt so gelöst wird, dass so wenig Leute wie möglich sterben, und ich will, dass die Murk hier ein Zuhause finden, ohne dass sie verfolgt oder zu den Randgebieten verdrängt werden … und ich muss mir sicher sein, dass *all* eure Leute mit dieser Idee einverstanden sind, und sie nicht nur auf eine Gelegenheit aus sind, zuzuschlagen, wenn wir in unserer Wachsamkeit nachlassen. Aber ich kann sehen, dass eine Chance besteht, und das reicht, damit es den Versuch wert ist. Wenn ich mir einen Moment nehmen könnte … ich würde gerne zum Herzen gehen. Ich denke, ich schulde ihm ebenfalls eine Menge Dankbarkeit."

Sylas neigt den Kopf. „Du hast viel durchgemacht und dein Leben wurde komplett auf den Kopf gestellt. Ich kann nicht verlangen, dass du genau weißt, was du in diesem Moment aus deinen neuen Umständen machen sollst.“

Zum ersten Mal spüre ich, dass sich Madoc vollkommen entspannt, als würde er die Erwartung eines möglichen Angriffs endlich ziehen lassen. „Danke“, bedankt er sich leise, jedoch aufrichtig.

Wir gehen alle mit ihm zum Eingang und treten in die Sommerluft. Madocs Schritte beschleunigen sich, als das Herz in Sichtweite ist, und werden langsamer, als er an sein gewaltiges, pulsierendes Leuchten herantritt. Er schaut zu ihm auf, während sein reines Licht über seinen Körper wäscht, als würde er in seiner pulsierenden Energie nach Antworten suchen, so wie ich es einst getan habe.

Ich bin mir nicht sicher, ob er Antworten findet, doch nach einigen Minuten schließt er die Augen. Ein sanftes Lächeln biegt seine Lippen nach oben.

Ein Schmerz formt sich in meiner Brust, da ich weiß, wie sehr er diese Verbindung vermisst hat und wie lange es her ist, dass er zuletzt eine Gelegenheit erhielt, sie wirklich zu erleben. Jetzt genießt er sie auf eine Weise, wie er es noch nie zuvor tun konnte.

Wir haben alle eine Menge verloren – er, ich, meine Gefährten … alle. Doch wir haben auch Dinge gewonnen. Wir haben Vertrauen und Verständnis, Freundschaft und Liebe gefunden.

Wird das reichen, um Orions sadistischen Wahnsinn aufzuhalten? Keiner von uns kann das wissen. Madoc hat jedoch recht. Es besteht eine Chance und das ist alles, was wir brauchen.

Madoc tritt gerade von der hellen Mitte des Herzens zurück, als ein Wolf über das Feld zu uns rennt. Während wir sechs uns zu ihm umdrehen, segelt ein Rabe durch den Grenzdunst.

Beide Boten verwandeln sich beinahe gleichzeitig. Der

Wolf blickt zu Sylas und der Rabe zu Corwin. Beide stellen die gleichen panischen Mienen zur Schau. Mein Körper spannt sich an, bevor sie sprechen.

Der Wolf spuckt seine Worte als Erster aus. „Mein Lord … die Murk sind gekommen. Sie greifen die Nebelwelt an.“

ÜBER DEN AUTOR

Eva Chase ist eine Amazon Top 100-Bestsellerautorin für Urban Fantasy und paranormale Liebesromane. Sie ist mit Magie, Chaos und Herzschmerz aufgewachsen und bringt alle drei Elemente in ihre Geschichten ein. Aber keine Angst vor dem gefürchteten Liebesdreieck - Evas Heldinnen müssen sich nie entscheiden. Online findet man sie unter www.evachase.com.